CW01426421

MADAME...
DE SAINT-SULPICE

DU MÊME AUTEUR

Aux Éditions Le Pré aux Clercs
Les Grands Criminels
La Méthode à Mimile
(En collaboration avec Luc Étienne, dessins de Trez)
Faits divers et Châtiments

Aux Éditions de la Table ronde
L'Hôpital
La Cerise (Prix Sainte-Beuve 1963)
Cinoche
Bleubite
Les Combattants du petit bonheur (Prix Renaudot 1977)
Le Corbillard de Jules
Le Banquet des léopards
La Métamorphose des cloportes
Le Café du pauvre
Théâtre : *Les Sales Mômes*

À la librairie Flammarion
Les Enfants de chœur

Collection « Livre de Poche »
Le Café du pauvre, La Métamorphose des cloportes, La Cerise, L'Hôpital, Cinoche, La Fermeture, Bleubite, Le Corbillard de Jules, Les Grands Criminels, L'Éducation d'Alphonse

Collection « Folio »
Les Enfants de chœur
Saint Frédo

Aux Éditions Robert Laffont
La Fermeture
Mourir d'enfance

Aux Éditions Grasset
L'Éducation d'Alphonse

Aux Éditions Albin Michel
L'Âge d'or des maisons closes
(En collaboration avec Romi)

Aux Éditions Presses de la Cité
Hors collection
Sur le bout de la langue
(Illustrations de Dubout)

Aux Éditions Pierre Bordas
Paris la nuit

ALPHONSE BOUDARD

MADAME...
DE SAINT-SULPICE

ÉDITIONS DU ROCHER
Jean-Paul Bertrand

Collection Danielle Pampuzac

Il a été tiré de cet ouvrage
30 exemplaires, de luxe
sur papier vergé,
numérotés de 1 à 30.

Tous droits de traduction, de reproduction et d'adaptation réservés pour tous pays.

© Éditions du Rocher, 1996.

ISBN 2 268 02327 3

À Jean-Jacques Pauvert

Quel régal, n'est-ce-pas ? que le spectacle d'une ignominie hors série, quand on n'a pour festin quotidien que sa maigre et tiède médiocrité.

Marcel Jouhandeau

Le vrai peut quelquefois n'être pas vraisemblable.

Boileau

Désir de fille est un feu qui dévore ;
Désir de nonne est cent fois plus encore.

J.-B. Gresset (*Vert-Vert*)

I

Où l'on rencontre Blandine,
célèbre maîtresse de maison en fin de carrière

Je savais que c'était là au fond d'une cour d'un vieil immeuble d'allure tout à fait bourgeoise. Cossu. En tout cas selon ma jugeote de gamin élevé dans le XIIIᵉ à l'ombre de l'usine Panhard et Levassor. Étrange, mais en rétro... en regardant ses actes passés... les événements, on s'aperçoit alors qu'on a agi comme ça d'instinct pour l'avenir.

Je ne pouvais pas savoir... à cent mille lieues... qu'un jour je jouerais de la plume sur le papier... et qu'on me publierait et, plus précisément, que j'écrirais sur la prostitution et les maisons closes.

La curiosité, mère de tous les arts me pousse. Stèphe, un pote ancien de la guerre qui vient de se finir soi-disant en beauté m'a mis sur la voie. Il habite le quartier, Stèphe, il est d'une famille je vous dis que ça... goupillon et jetons de présence dans les entreprises les plus juteuses. Il m'a raconté... c'est là que les curés viennent commettre les péchés de la chair. En lousdoc... tout à fait comme beaucoup de gens, mais personne n'en parle. Ils passent par la petite rue derrière.

Dans la famille de Stèphe on se baigne à l'eau bénite. Défilent chez lui des abbés, des chanoines, des évêques et jusqu'à des cardinaux. Et c'est ceux-là, à peu de chose près, qui passent par la porte dérobée qui conduit à *l'Abbaye*, c'est ainsi que les initiés l'appellent... mais ça n'a rien d'officiel. Dans la réalité des choses, elle n'a pas de nom la maison, pas d'enseigne comme le *One Two Two*, le *Sphinx* ou le *Chabanais*. Sur le guide rose de l'année 1938, il est juste indiqué Blandine et l'adresse que je vous précise pas afin d'éviter qu'on vienne me chercher des salades... les descendants, ayants droit moraux... xetera... les curetons aussi.

Je me figure pas cet après-midi-là de 1946 que je vais aller sabrer une de ses pouliches à Madame Blandine. Stèphe m'a prévenu, vaut mieux se pointer avec un ou deux biffetons grand format pour avoir droit aux caresses. Ce que je gagne à peine en un mois à faire le grouillot dans une librairie. Simplement, je veux jeter un œil puisque ça va fermer dans deux ou trois mois. Ç'a été voté à l'Assemblée Nationale. On leur a juste laissé un peu de temps, quelques mois pour se retourner, se reconvertir... fourguer le mobilier et parfois des œuvres d'art, comme les petits Lautrec rue des Moulins.

Un perron, quelques marches... une porte noire. Chevillette et bobinette... s'ouvre sous mon nez un petit judas grillagé. Je me recule un peu par politesse, pour qu'on frime mieux, qu'on sache que l'éventuel client n'a pas une tronche de malfrat trop évidente. Ici, n'est-ce pas, il n'est pas dit qu'on ne reçoit pas n'importe qui mais c'est implicite. On m'ouvre, une soubrette tout à fait classique avec un petit tablier blanc, une robe de laine grise... un visage rose... sans maquillage, entouré de deux nattes blondes. Presque gretchen la soubrette. « Monsieur ». Elle me salue, me sourit... j'entre dans du velours rouge... la dominante... c'est le hall... le vestibule... y a une glace ovale au-dessus du porte-parapluies. Quelqu'un, ou quelqu'une m'observe certain derrière ce miroir. Il paraît que toutes les glaces sont sans tain... bordel oblige.

— Si Monsieur veut se donner la peine...

Il se donne la peine le monsieur. Il est un peu intimidé, il a pas tant l'habitude d'enquiller dans des taules pareilles. N'est-ce pas je dis taule, parce que tout de même c'en est une. Une de luxe, une spéciale, mais taule tout de même. Bobinard, claque, bordel, boxon... ça change pas lerche à la chose qui consiste à vendre du pain de fesse. Je me glisse dans un couloir, et puis la soubrette grise m'ouvre la porte d'un salon. Vous décrire... c'est dans le 1900 que ça orne... les moulures, les volutes modern' style... tarabisco... doré sur tranche et toujours sur du velours. On joue ici sur... on y marche, on s'y renverse aussi sans doute. Devant moi voici Blandine, la dame de Saint-Sulpice... une apparition tant elle a de présence, de prestance. Elle me regarde pas, elle me toise... esquisse un si mince sourire qu'il se rentre vite dans la bouche.

– Bonjour madame...

On a pas envie de se répandre dans les familiarités douteuses avec ce personnage. Je me sens tout petit, je suis encore à l'école en 1939, lorsque le directeur envoyé sur la Ligne Maginot avait été remplacé par une femme autoritaire qui nous foutait bien plus la trouille que le brave M. Capuchonet.

– Asseyez-vous...

Elle me désigne un fauteuil. Déjà elle a dû remarquer à mes pompes de l'armée américaine que je sortais pas d'une catégorie michetonneuse argentée. J'ai l'imper aussi des surplus, style officier celui-là, on le voit alors un peu partout sur les photos du temps. Les flics en sont revêtus et coiffés de chapeaux mous.

– Vous désirez rencontrer une de mes demoiselles sans doute ?

Ailleurs les tenancières parlent de ces *dames*... celles qu'on appelle en frappant dans les mains au salon. Ça je remarque, elle, elle dit « mes demoiselles ». Que répondre ?... que oui... que je suis venu pour ça... la simple curiosité, elle doit pas tant apprécier la vioque. Je pense, à ce moment-là, vioque, je suis à un âge ou toutes les femmes au-dessus de quarante berges sont des vioques. Elle a quoi Mme Blandine, dans les quarante-cinq... cinquante tout au plus ! Avant de passer à la suite faut que je vous la décrive une broque. Ça se fait dans les romans, sérieux... la description des personnages... Une règle. On n'est pas ici au cinoche où sitôt vu sitôt enregistré. Mme de Saint-Sulpice, elle correspond pas à ce qu'on peut attendre d'une appellation semblable. On a l'habitude des taulières maquillées outrageux, les doudounes serrées dans les robes de satin rouge vif... orangeade... jaune canari. Les perlouses autour du cou, les bagues... anneaux d'oreilles. Plutôt du poids, les mémères... le monde au balcon... le prosinard engoncé dans une gaine qui se

13

devine sous la roupane. Blandine, elle, on la dirait presque sortie de la messe de onze heures, qu'elle vient juste de poser son missel sur la console à l'entrée, qu'elle a retiré son chapeau à plume et son manteau droit à col d'astrakan. Elle est en tailleur des plus stricts, chemisier blanc, agrémenté d'une seule broche ornée de petits brillants. Elle a le visage lisse pour son âge, peut-être déjà, à cette époque, les femmes se faisaient-elles tirer la peau dans les Instituts de beauté. Les traits réguliers, n'était un pif légèrement bec d'aigle qui sied à son autorité. Chevelure blanche, en bandeau et pas un poil à la traîne. Restent ses yeux d'un bleu vif... des yeux qui vous transpercent l'interlocuteur... la pointe de férocité. Je suppose qu'elle doit de temps en temps prêter main-forte à ses pensionnaires pour fouetter les amateurs de soumission.

Pas question de siroter, de traînasser au bar comme dans la plupart des maisons. Elle ne propose rien, ni champagne, ni de ces jus de fruits qui vous éclaircissent le teint.

— Venez par ici...

Elle tire un rideau derrière elle, qui masque une petite porte et me voici dans un cabinet, une minuscule pièce où je me trouve devant une grande glace, Madame tourne le commutateur... la lumière fut, dit la Bible. Derrière la glace c'est comme un autre petit salon où vont apparaître les créatures de nos rêves, de nos fantasmes.

La première est en soubrette... enfin juste un petit tablier et un bonnet blancs. En dessous, elle est en guêpière... en bas noirs et porte-jarretelles.

— Mlle Fantine, m'annonce Madame qui s'est placée derrière moi.

Je peux m'asseoir... il y a une chaise sur le côté. Fantine sourit, fait un gracieux petit tour et puis s'en va côté jardin comme on dit au théâtre.

Je ne moufte pas. Fantine avec ses petits roberts bien fermes, son joli cul me ferait une drôle de joie de traversin je subodore. Déjà la suivante se pointe.

— Cléo, dit Madame.

14

Cléo, elle est en robe du soir, emperlousée, manucurée, coiffée savamment. Elle se veut souveraine, elle laisse juste deviner la fermeté de sa poitrine... elle roule des hanches et allume une cigarette négligemment. Une moue coquine et exit... toujours à ma droite. Je me retourne, je rencontre le regard attentif de Mme Blandine.

– Vous désirez peut-être Mlle Cléo ?

Je ne dirais pas non, mais je sais déjà que c'est impossible de m'offrir une de ces pouliches. La moindre turlutte ici dépasse mes possibilités financières réduites au-dessous de ce qu'on désigne pas encore sous le sigle SMIC. Mon patron dans sa triste librairie ne me déclare pas, il en a pas les moyens et les midis, je me sustente de yaourts qu'on appelle encore yogourts en ce temps-là. Tout ce que je pouvais rafler comme bectance à droite et à gauche faisait le bonheur de mes mandibules.

C'est à force de mijoter dans les privations que j'ai fini par me laisser tenter par le diable de la chourave. D'où le terminus en cul-de-basse-fosse. Ceci est autre aventure. Pour l'instant je suis là, chez Blandine, la bonne dame de Saint-Sulpice, et les tentations passent derrière le miroir sans tain.

Cléo peut-être... je fais une réponse de Normand... je suis là pour les voir toutes, me régaler les châsses à défaut de ma jolie bébête gourmande.

– Désirez-vous vous marier ?

La fée taulière me fait apparaître une Colette, en robe de mariée. Toute blanche avec le voile, la traîne... le toutime. Elle a quelque chose de réservé dans le maintien, elle adresse à l'inconnu derrière le miroir un sourire quasi angélique et s'en va comme elle est venue... on dirait qu'elle glisse sur le sol.

– Intéressant n'est-ce-pas ?

Euphémisme... c'est une aubaine pour un loquedu de mon acabit qui n'ose imaginer d'emmener à l'autel un jour une future pareille.

Je demande. Elle a l'air de vouloir arrêter le défilé.

– La suite... je ne pense pas que ça puisse vous convenir.

Je fais signe que je veux tout de même me rendre compte. Elle fait la moue et sur un geste, apparaît Marie-des-Anges. Normal, elle est pleine de grâces, mais, la surprise... elle est en bure... la robe marron, il me semble que c'est la tenue des franciscaines. Je m'y connais pas lerche dans les frusqueries de bonnes sœurs. Elle est nu-pieds dans des sandalettes, des sortes de spartiates, coiffée d'un voile. Elle se pointe les yeux baissés... elle les relève deux secondes, ils sont d'un bleu très clair. On ne peut pas se faire une idée de ses formes, ses miches, sa poitrine... Avant de s'éclipser, elle prend ostensiblement un gros chapelet entre ses doigts comme pour commencer à l'égrener. Tout de même je reste un peu bloqué dans la surprise. Mme Blandine me considère, l'ironie s'esquisse à ses lèvres et dans son regard.

— Marie-des-Anges peut vous punir si vous désirez faire pénitence.

Présage qu'elle manie le chat à neuf queues, la nonnette. Pas le temps de répondre... se pointe le dernier modèle, prénommée Dominique. Ambiguïté qui lui convient à ravir puisqu'elle est celle-là en enfant de chœur... une adorable minette aux cheveux coupés court, sans maquillage... avec la soutane rouge et surplis brodé, finement dentelé. On peut s'y gourrer, elle a l'air d'un petit garçon Dominique. Ça laisse deviner les envies refoulées que viennent assouvir avec elle les ecclésiastiques amateurs.

J'ai omis de vous préciser que la présentation s'accompagnait d'une musique douce... non pas des airs à la mode, des slows langoureux qui se prêtent aux approches amoureuses, mais carrément le *Kyrie eleison... Salve Regina* à l'orgue... de ce genre que j'avais chanté naguère à la chorale de la paroisse Saint-Hippolyte où m'envoyait ma chère grand-mère pour que je ne vive pas, disait-elle, comme un petit animal sans Dieu.

L'enfant de chœur évaporé, Madame a éteint la lumière du miroir en même temps que la musique et m'a signifié de retourner dans son salon. Ça devait me suffire comme échantillonnage de pensionnaires. Plus tard, j'apprendrai qu'elle en

avait peut-être encore d'autres en réserve... des plus sophisti-
quées... plus étranges.

Elle supposait que j'en avais assez vu pour mon âge. Voilà.
Que je me repose le cul sur mon fauteuil de velours rouge et
qu'on attaque le vif du problème... les pépètes, l'oseille chérie...
ce qu'il m'en coûterait d'aller tremper mon petit goupillon
d'amour en une de ces chattes merveilleuses.

– Vous connaissez peut-être nos conditions ?

Bien sûr que non, puisque je suis jamais venu, que c'est un
ami qui m'a dit que je pourrais trouver ici un petit coin de
paradis terrestre. Elle m'avance un chiffre de quoi défaillir.
C'est carrément bien au-delà de mon salaire mensuel.

– C'est-à-dire, madame, je ne pensais pas que...

Elle me coupe, elle peut, vu mon âge, ma bonne mine, me
faire un prix minimum... elle me précise que ça sera sans fioritures... et qu'il ne faudra pas que je traîne... que je dégage ma
semoule comme un gentil petit lapin.

– Excusez-moi... mais aujourd'hui, je ne peux pas...

Je sais plus tout ce que je lui bafouille,... des excuses mords-
moi... que je vais faire des économies et que je reviendrai dès
que j'aurai atteint la somme astronomique qu'elle me demande.
Ça arrive, j'ai appris par la suite, que des pauvres mecs, des
petits gratte-papier, des employés de ministère au bas de l'échelon, se privent de nourriture, de fringues pour s'offrir le plaisir
de s'envoyer en l'air en ces maisons de luxe. Certains, m'a-t-on
dit, ont une tirelire et se la remplissent jour après jour pour aller
ensuite se faire flageller au son du *Parce Domine*. Là, je dois tout
de même vous préciser qu'à la fleur de mon âge je ne pouvais pas encore concevoir des choses pareilles. J'avais côtoyé,
affronté la mort déguisé en petit soldat. Je croyais tout savoir... à
la vérité on ne sait jamais rien. On n'en a jamais fini d'avoir tout
vu. Question sexuelle c'est l'abîme... on ne sait pas où ça s'arrête et si d'ailleurs ça peut s'arrêter. Ça participe à la fois de
la plus grande simplicité... l'instinct impérieux... irrépressible...
et aussi de tous les tarabiscotages les plus dingues... les plus
effroyables, les plus répugnants.

Mme Blandine, je l'avais pas trouvée excessif aimable... une fleur de peau de vache dans le fond de l'œil. Une fois révélée la misérable condition de mon porte-monnaie, j'ai cessé d'exister à ses yeux. Le dénominateur commun des taulières... mis à part leur Jules... l'homme n'a de réalité qu'en fonction de ce qu'il peut extirper de ses fouilles. Clair et sans bavure. Un peu comme le percepteur, rien ne l'intéresse que nos piécettes. Et lui, ce triste nave, n'est que le délégué, le fonctionnaire de l'État maquereau... il n'a pas l'excuse de se goinfrer direct.

Ça s'est fait fissa le raccompagnement de ma jeune et peu délicate personne à la lourde. Pas le loisir de m'imprégner davantage des odeurs suaves... des joliesses de la maison.

– Revenez quand vous pourrez cher monsieur mais ne tardez pas trop, vous êtes au courant sans doute... en novembre tout sera fini... hélas !

Sur son hélas, elle module... sa voix se radoucit. Une civilisation millénaire va s'effondrer. En tout cas c'est ce qu'a écrit Mac Orlan, le poète des ports, des soldats à tulipe... et des putes à matelots.

Me voilà donc sur le bitume... la petite rue derrière l'église. À l'époque ça embaumait la soutane dans le secteur. Les boutiques les unes sur les autres qui fourguaient du livre de messe, de la statuette rose et bleue pâle de la Vierge Marie... des Jésus presque en susucre... Une iconographie dont on a perdu l'idée... les saint Jean un rien pédoques, la tête reposant sur l'épaule du Seigneur qui transformait l'eau en vin. Des tailleurs aussi, fripiers pour toutes les espèces de curetons, des bonnes sœurs, moines... les archevêques... les chasubles d'or... les calottes, les grands chapeaux noirs. Tout le déguisement du corbeau qu'Auguste, mon père nourricier à la Dezonnière, nous faisait couaquer, croasser lorsque j'étais môme... quand il passait sur la route de Bellegarde sur son gros vélo de femme... le sans-cadre conçu pour les jupes et les soutanes.

Longtemps les curés m'ont paru des sortes de loups-garous, pères fouettards... celui qui vous emporte dans son antre au fond des bois lorsqu'on n'a pas été sage. Il m'en est resté quelque chose. Beau dire, évoluer, devenir grand et fort et pas si bête... les impressions de la petite enfance vous restent quelque part dans la tronche, vous marquent indélébile et ressurgissent contre toute attente, contre tout bon sens.

II

Où je reçois un précieux cadeau d'un commissaire de la Mondaine

Cette visite chez la dame de Saint-Sulpice, elle s'était enfouie dans ma mémoire. Je voyais pas la nécessité de l'en extirper. Est venue l'époque où j'ai écrit *La Fermeture*, mon étude sur l'abolition du système dit de tolérance. Une plongée dans cet univers des claques... toute l'histoire vraie de Marthe Richard, personnage hors du commun, maîtresse gonzesse à sang froid... monstre de cupidité qui a foutu tout le monde dans sa poche à malices... les historiens, les flics, les tauliers. Morte en odeur de sainteté... légion d'honneur épinglée sur son vieux téton, les anciens combattants à ses obsèques. Mis à part le hoquet final, une réussite d'A à Z. Le hoquet final, on y a tous droit... on rend son âme de toute façon, propre ou sale, rose ou charbonneuse. C'est la seule justice divine.

Pourquoi ne me suis-je pas attardé sur ce bobinard, tout de même spécial dans un chapitre quelconque (mais y avait-il un chapitre qui fût quelconque ?) de mon cher ouvrage. Ne sais au juste, ça m'a pas paru présenter un intérêt particulier sur le moment. Et puis par la suite... lorsque le livre a paru, que la presse en a fait des tartines, qu'on m'a demandé d'aller me faire voir face et profil aux télévises... les interviews... le service après parution qu'on est bien obligé de se transpirer si l'on veut que son petit parallélépipède de papier se fourgue à l'étal des libraires. Ça vous provoque des lettres, des admiratives, des chichiteuses, des délirantes.

Le maboul épistolier est une espèce bien particulière. Y a des hommes, des femmes qui écrivent sans cesse aux journaux, aux stations de radio, aux vedettes du petit ou grand écran, aux présidents de toutes sortes de clubs et naturellement à celui de la République. Les écrivains n'échappent pas à l'assaut... certains en reçoivent chaque jour des centaines... surtout s'ils pleurnichent de la plume. Ceux qui éjaculent de la pointe feutre... toutes les mémères folles du minou sitôt les abreuvent de mots d'amour... les enfouissent sous leurs bafouilles.

Avec mon sujet de la fin des bobinards j'ai pas échappé à l'attaque en règle. Les abolitionnistes furieux qui m'ont lu à leur façon... m'ont décrété le thuriféraire du proxénétisme, l'âme damnée des vieux harengs en mal de réouverture. Les nostalgiques, eux, m'ont plutôt félicité... les pépés qui furent éduqués sexuellement avant Marthe Richard, les jeunots aussi qui voudraient bien qu'on revienne en arrière, qu'on reprenne le système tel qu'il était sous nos ancêtres les républicains de la IIIᵉ.

Ça m'aurait fait tout un volume cette correspondance. Dans l'ensemble pas du premier choix de plume, certes... ça nécessitait un coup de peigne cette littérature. L'épistolier manque souvent d'originalité aussi bien dans les louanges que dans les insultes. Vous arrivent parfois des missives plus intéressantes, lorsqu'elles contiennent quelques informations... quelques détails qu'on ignorait. Vous n'avez pas parlé de Monsieur Untel, Charles ou Antoine... de Madame Zizi, Madame Panpan... Madame Tutu. Qu'à tel endroit venait le ministre des Affaires étrangères se faire sodomiser par un chimpanzé éduqué spécial pour les petites séances... un homme qui fut à l'origine de notre politique au Moyen-Orient... qu'on voyait tous les dimanches à la messe à Saint-Eustache. Xetera...

Difficile d'utiliser ce genre de renseignements... savoir s'ils sont fiables ! Dans ce domaine, ça ragote sévère... depuis les confidences de putes plus ou moins mythomanes jusqu'aux faux rapports de police. Police elle-même à la source de médisances, calomnies plus ou moins utiles au gouvernement en place.

Ce qu'il m'aurait fallu c'était de pouvoir consulter, compulser tous les dossiers enfermés dans le placard rose de la Mondaine qui contient tous les meilleurs secrets de la chose. Le commissaire Beaulieu m'avait reçu pendant mon enquête et m'avait confié quelques savoureuses anecdotes... comment il avait entre autres sauvé un membre éminent de l'Académie Française d'une déshonorante mésaventure de pissotière. Ça lui avait, par la suite, valu de monter en grade, de devenir un des grands patrons de la police parisienne. Ça fait partie du métier de flic... savoir à bon escient fermer les yeux.

En prenant du carat le commissaire Beaulieu, il tournait mystico-philosophe, il noircissait du papier pour laisser posthume un message propre à orienter, sinon l'humanité entière, du moins la société française vers une harmonie des sexes et des classes sociales. Plutôt surprenant de la part d'un homme en fonctions à la brigade des mœurs pendant de nombreuses années... ce qui signifiait tout de même que, dans le domaine des affres et des turpitudes du derrière, il avait été à même de constater que tout était possible et qu'on devait faire avec, naviguer empirique... que les hommes et les femmes dès qu'ils se dénudent les organes, ça devient coton de les cataloguer, de leur prêcher la morale ou même le simple respect craintif du code pénal.

N'empêche, Beaulieu fut frappé d'une sorte d'angélisme. Après avoir reçu mon livre dédicacé, il m'a demandé d'aller lui rendre visite à La Celle-Saint-Cloud. C'était là qu'il achevait son existence, dans un petit appartement avec sa bobonne et un épagneul breton.

– Il m'oblige à faire un peu d'exercice quand je l'emmène faire son petit pipi.

Il venait de publier un ouvrage à compte d'auteur... un essai pour inclure l'homme dans un ensemble cosmique, m'exposait-il... Des élucubrations qui dénotaient qu'il se ramollissait, le cher commissaire. Ça paraissait pas, à le considérer, un vieillard à la dérive... de son aspect, je veux dire... tiré quatre épingles dès les aurores à son domicile avec sa cravate, son costard croisé... la chevelure blanche ordonnée soigneux.

– Votre livre m'a beaucoup intéressé et j'ai pensé à vous faire cadeau de quelques documents qui peuvent intéresser l'historien que vous êtes devenu, ce dont je vous félicite.

Un peu guindé de la jactance comme de la tenue, ce poulaga blanchi sous les voûtes du quai des Orfèvres. Des gens qui l'ont connu en fonction, tauliers, taulières, collègues ou autres me l'ont confirmé, il ne se départissait jamais d'un certain calme... d'une politesse qui tranchait, il faut bien dire, d'avec les manières triviales de l'engeance poulardine. En tout cas à cette époque... des années 30 à 50... quand il officiait à la P.J. Il se donnait le genre « Scotland Yard » m'a raconté un de ses anciens inspecteurs.

Ces documents il les sortait bien sûr, de la boîte à malices du placard rose. Il avait eu soin de garder des doubles sur papier pelure comme ça se pratiquait avant l'usage de la photocopieuse. Dans l'ensemble rien de très passionnant. Depuis les récits des appareilleuses et autres bordelières sous Louis XV, on retrouve toujours les mêmes histoires... de flagellation... de coprophagie... pan pan sur le cucul de monsieur le duc. Le marquis de Sade nous a donné le catalogue complet de toutes les perversions. La démocratie et les républiques n'ont rien changé dans ce domaine.

— Naturellement, j'ai biffé moi-même les noms.

Ça avait dû lui prendre du temps, certains feuillets avaient des trous soigneusement coupés aux ciseaux. Sûr que les blases de nos hommes politiques de la IIIe République eussent ajouté le réel piquant, l'essentiel de l'intérêt d'une publication quelconque. Sous leurs formes brutes : rapports de police, lettres de dénonciation, dépositions des uns et des autres. Ça ne pouvait guère accrocher qu'un vil marchand de papelard... La mise en forme : tout est là, comme pour les chapeaux.

— Tous ces documents, vous pouvez vous en servir si vous voyez la nécessité de donner une suite à *La Fermeture*. Mais j'ai là quelque chose de plus intéressant...

Nous étions dans la pièce qu'il avait aménagée en bureau... avec des rayonnages de bouquins, des dossiers entassés sur les meubles... Un ensemble qui détonnait un peu d'avec sa personne si soignée. Dans un cadre derrière lui, on pouvait voir ses décorations. Une croix de guerre 14-18, des médailles et diplômes d'honneur pour ses bons et loyaux services. Le quelque chose de plus intéressant, c'étaient six gros cahiers cartonnés noirs... semblables à des livres de comptes.

– Une dame que j'ai beaucoup protégée et qui a eu un destin tout à fait exceptionnel, m'a remis ça quasiment sur son lit de mort.

Il a chaussé ses lunettes à grosse monture d'écaille, il tapotait sur les cahiers. J'étais sur mes gardes tout de même... beau dire, la schnoquerie prolifère dès qu'on aborde la littérature... enfin l'idée de publier des livres. Je redoute encore et toujours les mêmes déconnantes impubliables.

– Ce sont les mémoires d'une personne qui a tenu pendant plus de vingt-cinq ans, une des maisons les plus curieuses de la capitale. Après l'abominable loi de 1946, elle s'est retirée sur la Côte d'Azur et pour tuer le temps – horrible expression ! – elle s'est mise à écrire... Je connaissais sa vie dans les grandes lignes, mais là, elle dit tout.

Voilà... il me confiait qu'à son tour il allait casser sa pipe dans un avenir assez proche, et qu'il avait eu l'idée de me refiler le bébé puisque je m'étais penché sur le problème avec tant de soins. Il se savait atteint d'un cancer qui ne pardonne pas et il me laissait ces mémoires d'une taulière comme une sorte d'héritage.

– Ne me remerciez pas. Faites-en l'usage qui vous paraîtra utile. Ça ne pourra être que le bon.

Constatez l'amabilité du bonhomme. J'avais bouffé du flic de si nombreuses années, que j'en avais presque des regrets. Mais après tout, ce Beaulieu était certainement une de ces exceptions qui confirment la règle.

Je vous la fais courte... l'immédiate suite, le petit verre de vieil armagnac qu'il m'a offert.

– Quand vous aurez lu tout ça, soyez aimable de me dire ce que vous en pensez.

Je l'ai quitté, cézig, en l'assurant de toute ma reconnaissance... bien entendu je ne manquerai pas de lui téléphoner...

de lui livrer mes immédiates impressions. Pris par d'autres bricoles... des pages à noircir pour je ne sais quelle cinocherie... de l'encre qui pourrait d'ailleurs se verser directos à la perception, puisque tout le pognon de ce scénario allait servir à régler la note exigée pour le 15..., etc. Des formulaires spéciaux de menaces... les exigences de l'État Vampire. Bien forcé de rendre à César ce qu'il vous demande. Il a bonne mine notre divin Christ barbu... on n'a pas le choix.

Pour expliquer mon retard à me plonger dans les documents du commissaire Beaulieu... les cahiers-mémoires de sa taulière d'élite... que je voulais pas m'éparpiller la substance, j'attendais d'avoir un peu de loisirs... d'être pour ainsi dire en roue libre... Encore une fois j'ai eu tort, j'aurais dû m'y mettre toutes affaires cessantes. J'ai pas eu le temps de lire tous les cahiers que le commissaire avait mis fin volontairement à ses jours, comme on dit... Bing ! Un coup de 38 spécial dans la cafetière pour s'éviter les affres et douleurs de la longue maladie dont il était atteint comme l'ont annoncé les radios... Europe... R.T.L... et les *Parisien*, les *Figaro* et autres *Monde*.

Il avait expliqué tout ça dans une bafouille à sa compagne Huguette qu'on voyait photographiée au cimetière, enveloppée de voiles noirs et entourée des vieux de la vieille de la Grande Maison.

Me voici encore dans les regrets... que j'aurais dû lire tout de suite les cahiers de la tenancière, que ça m'aurait permis d'aller lui demander quelques précisions utiles avant qu'il aille sortir son calibre consolateur du tiroir de sa commode. On loupe souvent dans l'existence quelques occases... un artiste qu'on aurait dû aller voir dans son atelier... un vieux pirate des mers du Sud quasi centenaire... et cette belle sur le retour encore accorte et qui pouvait vous offrir une pinte de joie, pour peu qu'on lui porte quelques fleurs et lui débite les compliments d'usage. La vie plus elle devient courte, plus on se dit qu'on ne l'a pas assez troussée de belle manière. Timidité. Paresse. Négligences. Oubli. Fatigue enfin lorsqu'on commence à avoir les cannes tristes et la vue basse.

Eh bien, c'était une sacrée surprise les cahiers du commis-saire Beaulieu... J'y avais rendez-vous avec Madame Blandine... la dame de Saint-Sulpice dont j'avais entrevu le bouclard en 1946. Cette villa où seule la vigne qui recouvrait la façade était vierge.

III

Quand une vieille dame très digne sait cultiver le patrimoine de la luxure

« J'ai décidé de tout dire. Tout. De ne rien cacher comme lorsque je comparaîtrai devant le Seigneur au jour du Jugement dernier !... » Ça commençait prometteur. Les pages n'avaient pas trop jauni, c'était un papier de qualité... des cahiers de luxe. La calligraphie frappait... de l'anglaise comme on apprenait à bien la mouler dans nos écoles laïques ou religieuses sous la République troisième du nom. J'allais écrire... le bon temps... je l'écris tout de même, mais immédiat les réserves montent... bon temps comme toujours pour ceux qui ont de quoi s'éclairer à la lumière indispensable du pognon. Et pas du pognon compté à l'heure de sueur par un patron cupide... de la braise qui vous réchauffe sinon le cœur, du moins l'estomac et le sexe... la grosse bébête qui monte ou la minette qui mouille.

En tout cas ça nous ramenait à un passé déjà lointain le récit de Mme Blandine. Ce que je ne peux pas vous révéler : son véritable patronyme... pour ne pas gêner ses descendants... d'une famille tout ce qu'il y a de plus respectable... à blason excusez du peu ! Les titres de noblesse quoi qu'on en dise gardent un prestige inaltérable. J'ai connu d'ardents marxistes, communistes tous crins... rouges le plus vif... qui se rengorgeaient imperceptible lorsqu'on leur rappelait qu'ils étaient ducs ou marquis à l'origine. Vite repris, le mouvement de bouche, de gorge, la lueur dans les châsses... « Pas de ça entre nous ! » Et de se gausser de ces fariboles d'un autre âge !

Blandine tout de même tirait une certaine fierté de sa particule. L'essentiel pour la suite de notre récit... que sur son berceau, un oncle chanoine s'était penché pour lui donner le sacrement qui faisait d'elle une *chrétienne pour l'éternité*.

Je reprends et je souligne la formule sortie de sa propre plume. Pour le reste j'ai renoncé à faire publier texto ses mémoires. Trop de temps s'est écoulé depuis leur rédaction. La forme en était devenue vieillotte. Elle s'exprimait dans le même registre que son écriture penchée, dite *du Sacré-Cœur*, dans les bonnes écoles. Pour narrer les pires scènes de dépravation, elle tournait la phrase... la période ampoulée... la métaphore rose chrétienne... en se piquant d'un académisme désuet, souvent maladroit dans le désir de respecter la grammaire. Elle abusait de l'imparfait du subjonctif... Parfois c'était cocasse et je ne manquerai pas de vous en faire rire un peu... La plupart du temps ça traînassait dans le faux précieux. Ça ne passerait plus aujourd'hui où la littérature a ouvert toutes grandes les portes aux expressions les plus crues, les plus sauvages... où la moindre péronnelle des Beaux Quartiers éructe de la fiente pour être au goût du jour.

Du XVIIIᵉ siècle on retrouve des textes érotiques, scabreux ô combien, mais question style les auteurs de ce temps savaient vous enlever le morceau avec une grâce de menuet, un bruit léger de soierie qu'on froisse. Toutes les entremetteuses, les courtières d'amour avaient leur *livre des Beautés*, où elles répertoriaient les femmes complaisantes dont elles disposaient. Je recommande aux amateurs le *Guide des filles du Palais Royal et autres lieux circonvoisins avec leurs noms et demeures...* « Adeline y a la tournure agréable, la peau d'un blanc satiné, la gorge superbe... la peau aussi blanche que l'albâtre, la jambe bien faite. Elle est douce, aimable, capricieuse, parfois méchante rien que pour plaire... ».

Ainsi se présente cette donzelle de petite vertu. La prose de Blandine n'avait pas cette allure désinvolte et fraîche. Le triste XIXᵉ siècle était passé par là. Elle s'efforçait d'imiter quelques crocodiles de plume bien oubliés, Paul Bourget, Abel Herman... Bazin André, le tonton d'Hervé... Les biographies de sainte Philomène... un côté sucre d'orge bénit.

Ayant pris connaissance des cahiers j'étais tout de même perplexe... je m'en suis ouvert, n'est-ce pas, par scrupule, à quelques conseillers littéraires. Après avoir jeté l'œil sur l'ours, ils m'ont formellement dissuadé de partir en guerre sur une telle mouture.

– Ou alors il faudrait que tu récrives tout, Alphonse...

Ce que m'a dit un très vieil ami... un ancien de chez Tartempion où je fis mes premiers pas de petit cloporte dans les belles lettres. Ça demanderait de la réflexion. Me mettre à ce tapin équivalait en temps et en peine à la rédaction d'une de mes propres histoires.

Avant de me décider, de mijoter un arrangement avec un éditeur... je me suis un peu mis en jambes, en allant fureter sur les lieux ou siégeait *l'Abbaye*... Dans la rue rien n'a changé... étroite, peu fréquentée... interdiction de stationner pour les véhicules automobiles, ce qui laisserait entendre qu'on peut venir à cheval. Style... des maisons... des hôtels particuliers XVIIe... XVIIIe... Le portail massif... haut et large, prévu lui aussi pour les attelages... Je me suis glissé dans la première cour. On passait, je me souvenais pas, sous une sorte de voûte pour accéder à une deuxième où tout au fond, dans la discrétion de la vigne vierge, se tenait le temple d'amour de Madame Blandine. Le perron, les quelques marches... toujours la porte avec encore le petit judas grillagé. J'étais peut-être victime d'une hallucination, un instant j'ai imaginé qu'une héritière de celle-ci allait apparaître... m'inspecter et puis m'ouvrir, sur ma bonne mine.

– Vous désirez, monsieur ?

À la voix, à ce que je devinais derrière le judas, c'était une vieille dame qui m'interrogeait. Je me suis lancé dans des explications approximatives... que j'étais un écrivain et que je travaillais sur un ouvrage consacré aux demeures anciennes. Elle a dû me subodorer non-chouraveur, non-agresseur de rentières, elle m'a ouvert... une petite viocarde toute menue... une vraie souris... de robe, de vivacité... un petit col blanc. Le vestibule était à peu près conforme à mes souvenirs. Elle me zyeutait d'un œil malicieux, la grand-mère.

31

– Je vous reconnais, je vous ai vu chez Bernard Pivot, monsieur Bodard.

Ça m'arrive encore la confusion Bodard-Boudard. Je signale aux gens leur erreur... Bodard c'est celui de la Chine et moi celui de la prison ou des bordels au choix. Là, ç'aurait plutôt fait ma botte qu'elle me prenne pour le gros Lulu, mais non... si elle disait Bodard, elle se gourrait pas sur mon prénom ni sur mes œuvres.

– Entrez donc...

Si ma mémoire me faisait pas défaut, c'était sur la droite le salon de réception... La petite mémée m'ouvrait la lourde. Jusque-là, je pouvais croire que tout allait se dérouler selon le rite d'autrefois. Seulement le salon, lui, avait chanstiqué, c'était devenu une sorte de capharnaüm où la vioque entassait les meubles, les cartons, les livres, les paperasses. Au mur des photos, des petits tableaux, des gouaches, des huiles. Difficile au premier abord de situer tout ça. D'où venait-elle cette dame-souris ?

– Asseyez-vous, je vous en prie. Je sais très bien ce qui vous amène. Vous écrivez sur les maisons de tolérance. Lorsque je vous ai vu à la télévision présenter votre ouvrage, je me suis dit... quel dommage que ce monsieur ne soit pas venu me voir ! Mais peut-être voulez-vous prendre un peu de thé... C'est l'heure justement et voyez il ne me reste qu'à mettre votre tasse sur le plateau.

J'avais pas remarqué en entrant, ce plateau avec la théière... une assiette de petits gâteaux secs... sur une table basse...

– Je me gâte un peu... c'est pas le moment de laisser s'échapper les dernières douceurs de l'existence.

Elle avait envie de jaspiner... l'évidence... elle vivait seulâtre avec deux aristocrates matous... deux persans. En tout cas je tombais bien... on imagine toujours les vieilles personnes desséchées dans leurs préjugés... entre la hargne et la pleurnicherie. Celle-là, Madame Girardin, grappillait encore tout ce que la vie pouvait lui offrir. Elle me laissait pas le temps de répondre... J'avais la tasse remplie de thé. Au choix, un nuage de lait ou une rondelle de citron.

32

– C'est nous qui avons racheté la maison. Je dis nous, puisque c'était du vivant de mon mari qui était avocat. Nous avons trouvé les lieux en l'état, n'est-ce pas... C'était extraordinaire.

Elle se marre... l'évocation du bobinard ça ne la choque pas le moins du monde. Elle est tout à fait joisse de se confier à un écrivain... un homme qui peut la comprendre.

– Avez-vous conservé quelques chambres... quelques décors ?

Elle aurait bien voulu en un sens, elle en aurait fait un musée de ce petit hôtel si particulier, mais son mari a transformé le premier étage en cabinet de travail. Il avait plusieurs secrétaires, des assistants.

Ce qui me dépitait... qu'il ne reste rien de *l'Abbaye*... pas une chambre de torture, plus de glaces sans tain... tous les décors religieux effacés. Elle m'apprit que dans les deux étages, maintenant elle louait les carrées à des étudiants. Son mari était mort en 1973. Ses affaires, les derniers temps, avaient mal tourné, alors elle vivait d'une retraite médiocre et la location des chambres lui apportait le supplément indispensable pour vivre sans trop se priver.

Elle arrêtait plus de raconter sa vie d'une voix en harmonie avec son physique... gentillette... allegretto. Sur le sujet qui m'avait conduit jusqu'ici, elle n'avait pas lerche à me dire.

Elle a tout de même tenu à me faire visiter les lieux. Les étudiants étaient sans doute à leurs études, elle avait les clefs. Près d'un demi-siècle après la fermeture... après des modifications, travaux de toutes sortes, plus rien ne pouvait donner l'idée des fastes luxurieux de jadis. Cependant avant que je parte, il lui est venu l'idée de me faire descendre à la cave. Celle-ci autrefois était aménagée en de petites alvéoles... petites loges où les pensionnaires venaient se préparer, se fringuer, se maquiller... exactement comme au music-hall.

Dans chaque loge il y avait un miroir, une petite table... et des lampes électriques autour du miroir.

Une chose dont je n'avais pas idée, mais ça ne présentait qu'un intérêt relatif. Mon intention n'était pas de faire de l'archéologie. Remercié vivement, cette charmante grand-mère. Je pouvais revenir la voir, l'interroger quand je voudrais... toujours le bienvenu. Elle s'ennuyait. On s'ennuie de plus en plus quand on approche du terminus... les gens qu'on a connus sont morts... les autres vous évitent... même vos propres mômes... la moindre visite vous permet encore de respirer.

IV

Comment l'éducation du Couvent des Oiseaux peut être utile pour diriger une Maison d'Illusions

L'histoire de Mme Blandine commence au siècle dernier, au temps des fiacres et des chapeaux gibus. Avec les photos, les récits les mieux agencés, on a du mal à se mouvoir dans ce monde. Il semble toujours en noir et en blanc... en sépia même... les messieurs et dames sapés dans le grisâtre et je respire derrière tout ça comme une odeur de crasse, de pieds douteux, de dessous pisseux. On n'avait pas encore inventé l'hygiène... ou alors elle était réservée aux riches. La clef de tous les mystères est là... faut être riche de naissance, ou le devenir ce qui est moins facile. Aussi bien sous Félix Faure que sous Mimite le socialiste ou Chichi le libéral. On a gagné – est-ce bien une conquête ? – la publicité qui conditionne les bipèdes pour les brosses à dents, les déodorants, les tampax-haleine-fraîche... c'est classe ! caltez minables ! Soyez au festin à distance respectable, par télévise interposée.

Blandine c'était donc son prénom de guerre à notre dame de Saint-Sulpice. Toutes les taulières, toutes les putes se changeaient le petit blase. Elles en choisissaient un à la mode et qui s'est démodé depuis... Armine, Adèle, Carmina, Léonie... Blandine. Elle a choisi ce pseudo en mémoire de la sainte martyre, celle qui s'est fait dévorer par les lions... à Lyon précisément en 177. Une figure d'héroïne qui vous honore la chrétienté.

Dès ce premier cahier... on est frappé par cette obsession des choses de la religion. Ça tient à son éducation bien sûr au Couvent des Oiseaux, à sa famille, où elle avait ce tonton chanoine, une cousine sœur de Saint-Vincent de Paul ! Tout un entourage de chapelets, images pieuses... de prières en latin dont on ne peut plus guère se faire une idée. Même nos cure-tons les plus traditionalistes semblent hérétiques en comparai-son. Probable que les êtres, enfin la plupart, ont besoin de réponses divines à leurs questions sur l'existence. Et le dieu sans visage... tout blanc, tout raide, abstrait dans des chapelles de verre et d'acier ne fait pas l'affaire quoi qu'on dise. D'où les sectes... tous ces gourous en chapeau pointu, en toge... en bro-deries dorées... C'est de l'imitation de curé, de cardinal... la multiplication des papes. On se prosterne et ceux-là, les nou-veaux dieux incarnés, ils hésitent pas à engrosser toutes les croyantes, au besoin à sodomiser les catéchumènes pour leur faire passer le fluide.

À la fin du XIXᵉ, mis à part les parpaillots, tout ce qui était religieux en France fonctionnait sous la houlette, la hiérarchie papale. Ça présentait l'avantage que toutes les superstitions, les besoins de croyance étaient bien pris en main, canalisés dans la même direction. Et ceux qui combattaient l'Église, sous le petit père Combes, francs-macs de choc, n'étaient en définitive que le revers de la pièce. « Ceux qui veulent empêcher de dire la messe sont plus fanatiques que ceux qui disent la messe. » De qui cette jolie déclaration ? Question à 1 000 balles et un paquet de lessive Homo. Eh bien, elle est du brave Maximilien... celui natif d'Arras comme l'ami Bidasse... Robespierre lui-même, l'Incorruptible en acier de guillotine. Assez bien tournée sa for-mule, mais lui-même a fini par tourner gourou... Être suprême... comme quoi on n'est jamais assez prudent.

Toute sa vie, Blandine (qui se prénommait Marie-Gertrude) a toujours gardé intacte la foi de sa première communion. Et cela malgré tout ce qui va suivre... malgré ses péchés si nombreux. « Je ne me suis jamais endormie sans adresser une prière à la Vierge Marie. » Même dans les nuits de carambolages... les par-ties de jambes en l'air furieuses... Priez pour moi pauvre péche-resse maintenant et à l'heure de ma mort. Ainsi soit-il. N'est-ce pas là l'essentiel après tout ? Marie-Madeleine après avoir rencontré le Nazaréen qui lui a accordé son pardon, elle a sans doute continué à racoler les michetons sur le trottoir de Jérusalem. De quoi voulez-vous qu'elle subsiste, la malheureuse ?

Blandine dès ses plus tendres années, l'oncle chanoine l'a fait sauter sur ses genoux. Ah, la bonne odeur de soutane !... l'encens... les fleurs autour de l'autel ! Ça se respirait en ce temps-là le serviteur de Dieu ! Elle avoue qu'elle aimait les effluves de son oncle, la petite future Blandine. Là, ça devient déjà scabreux, ambigu. Le tonton chanoine, bien sûr, il a jamais eu de geste déplacé. À dada ! Elle était à califourchon sur sa cuisse... les deux jambes suffisamment ouvertes pour que la soutane ne gênât point ce paternel divertissement. « Quand il trotte il fait des pets ! » C'était le maxi de la rigolade... les enfants, dès qu'il est question de flatulence, ils s'épanouissent la binette.

D'après ce qu'elle nous dit... les termes qu'elle emploie, l'oncle il était des plus câlins... il lui tripotait légèrement ses petites cuisses... lui caressait la nuque, ses jolis cheveux blonds... il la bécotait. Des manières, écrit-elle, qui étaient plus celles d'une maman que d'un prêtre. Avec ce qu'elle va apprendre par la suite sur l'espèce masculine et particulièrement l'engeance ecclésiastique, elle devait pas avoir de doute rétrospectif sur ce qu'il refoulait le tonton... « C'était un prêtre qui savait se tenir... » Elle pourrait plutôt dire, se retenir et, après tout, c'est là l'essentiel. Le civilisé est celui qui sait se bloquer les pognes quand l'envie lui prend d'aller explorer le premier jupon qui passe à sa portée. Dans le cas du chanoine entraient aussi en ligne de compte la crainte de Dieu... la perspective de l'enfer... le sens du péché. L'enfer éliminé de l'arsenal de la religion, tout est foutu... la baraque s'écroule. Ça vous explique, je pense, la déconfiture de l'Église depuis quelques décennies.

La maman de Blandine, qu'elle appelle souvent Madame la baronne, était sévère. Juste elle faisait la bise sur le front chaque soir aux enfants avant la prière. « Allons à genoux... prions... Notre Père qui êtes aux cieux... » Pas concevable alors qu'on puisse comme Prévert, ajouter « *Restez-y et nous nous resterons sur la terre qui est quelquefois si jolie.* »

Blandine avait six frères et sœurs. Des plus jeunes, des plus âgés... n'importe, elle s'étale à leur sujet sur quelques pages affectueuses, mais ils ne joueront aucun rôle dans sa carrière. De temps en temps elle ira voir l'un ou l'autre... pour des fêtes, des anniversaires. Rien de plus, rien de moins que dans n'importe quelle famille. Et le papa ?... eh bien lui, il était capitaine comme Dreyfus, mais contre Dreyfus question idées à ce que j'ai cru comprendre. Dans la cavalerie il est devenu commandant puis colonel... sans arriver au grade de général puisqu'il fut ratatiné pendant la joyeuse guerre de 14. Un dab militaire de carrière ça implique qu'il déménage toute sa smala au gré de ses affectations... ses postes... villes de garnison... Nancy, Toul... Verdun avant le déluge d'acier de 1916 et qui dit « ville de garnison » dit claques, bordels, boxons... filles qui racolent aux abords de la caserne. C'était la meilleure pâture du putanat, l'armée française en mal de revanche. Toute une littérature en a fait ses pages les plus grasses... les chansonnettes aussi... et les crayonneurs, les artistes de la barbouille.

Natürliche la petite Marie-Gertrude, au passage elle a entrevu des choses... des dames au tapin... des lanternes rouges au-dessus de certaines maisons aux volets clos. Mais à cette époque où les enfants savaient se tenir, on ne posait jamais de question. « Comment aurais-je pu imaginer qu'un jour !... » Eh oui... les voies du Seigneur sont parfois vicelardes autant qu'impénétrables. Le papa qui se prénommait Théophile... sans doute Théo... pour les dames... avait des moustagaches de compétition comme il se devait dans l'armée française. La mine un peu rogue pour la frime. En réalité, malgré les apparences, il était moins froid, moins strict que la dabuche avec ses gosses. Et il aimait mieux les filles que les garçons... le hic, c'est que Marie-Gertrude elle redoutait ses embrassades rapport à ses bacchantes et aussi parce qu'il sentait le tabac... le pire, celui qu'on chique. Enfin qu'on chiquait... en quelque sorte les chewing-gums de cette époque.

Petite fille elle percevait confusément les choses au sujet de son paternel. Une fois bien grande et son pucelage envolé, elle comprendra peu à peu. Théophile, capitaine ou colonel il fréquentait des meilleurs établissements pour se reposer, non pas encore de la guerre, mais des grandes manœuvres et des nécessités du service en garnison. La sexualité bourgeoise était étroitement liée au système de la tolérance. On ne parlait pas d'orgasme pour les femmes mariées. Ça relevait un peu du péché, de s'envoyer en l'air. Monsieur toc toc ! ou zigzig ! assurait sa descendance. « Croissez et multipliez ! » Madame s'occupait d'élever ses enfants, de tenir la maison, des économies... du bon respect des usages. Elle écartait docilement les cuisses, elle subissait... ça s'appelait le devoir conjugal. Papa, lui pour vraiment s'éclater, se faire téter le gland... se payer une part de tarte aux poils, il allait chez Mme Fernande, Mme Noémie... Mme Lulu... *Aux Petites Folies, À la Belle Étoile.*

Le plus curieux c'est qu'aujourd'hui que tout s'est libéré... les jupes, les cramouilles... les manières de se faire enfiler... ça reste encore dans nos coutumes l'amour vénal. On a bouclarès *le Grand 6... le One... le Chabanais*, mais les affaires de ce genre continuent de plus belle... sous une forme appropriée à notre époque, avec des téléphones, des Minitel roses... des déplacements en avion... Safari-biroute au Kenya... en Thaïlande. Et les pèdes, les travelos en plus sur le supermarché.

Que conclure ? Oh rien, c'est pas mon genre, mon style les conclusions. On dirait simplement que c'est comme une nécessité dans nos sociétés humaines.

Le temps passe. Sommes-nous encore au XIXᵉ ? Il semble que non, mais Blandine dans son récit est fâchée avec les dates, la chronologie, elle mélange les événements... Algésiras... la réhabilitation de Dreyfus... la loi de séparation de l'Église et de l'État. Un peu confus... ses mésaventures scolaires... Dès l'âge de sept ans elle fut placée chez les Sœurs de Notre-Dame. Je n'arrive pas bien à définir si c'était cette confrérie qui portait le nom de Couvent des Oiseaux. C'est presque dans toutes nos mémoires cette appellation... ça fait référence... que les donzelles qui sortaient de là étaient particulièrement prudes, farouches... le berlingue renforcé à l'eau bénite. Vers le début du siècle, les persécutions des affreux républicains, tous les barbus frénétiques de l'anticléricalisme, les ont obligées à émigrer en Hollande, en Espagne, en Belgique dans tous les pays limitrophes et la petite Marie-Gertrude a suivi le mouvement à Westgate dans le duché de Kent en Angleterre, où elle a passé deux-trois ans... le temps de s'initier à la langue. Peu importe le bled, toutes les gamines étaient lourdées avec leurs Mères... Supérieures ou autres. Ce qui nous intéresse... l'éducation qu'elle y reçut... qui allait la marquer si profondément et la préparer d'une certaine façon à tenir un lupanar spécialisé pour les serviteurs de Dieu.

On plonge à travers son récit dans un univers disparu. Un peu Comtesse de Ségur... les petites filles à col blanc... souliers vernis à boucle... les dentelles de papier autour des images pieuses... le cliquetis des chapelets des sœurs... le mois de Marie, le mois le plus beau avec ses fleurs, ses pétales de rose lancés au passage de Monsieur l'abbé... les cierges... les fumées de l'encens. « Nous vivions dans la piété et c'était délicieux » écrit notre taulière religieuse. Pour se divertir dans la cour du couvent, elle jouait à la messe avec ses petites copines. L'une faisait le curé, deux autres les enfants de chœur et on imaginait le ciboire... on mimait la communion. Et il était recommandé de jouer sans faire de bruit dans les chuchotis, les yeux baissés.

« Notre cœur doit être propre et frais comme une source pour recevoir la visite du doux Jésus. » Texto ce qui se propageait dans les préaux, les couloirs du Couvent des Oiseaux. Je vous résume... les missels, les draperies dorées, les calices... les cantiques.... le recueillement à la messe. Le récit de sa première communion où son papa commandant, sa maman et ses frères et sœurs se sont déplacés spécial pour assister à ce *plus beau jour de sa vie*. Elle précise que ça le reste encore soixante ans plus tard. Description en grande robe blanche de satin brodé nid d'abeille, allant recevoir l'hostie à l'autel. « Le voici l'Agneau si doux ». Seulement ce qui vous en file un coup à la fin de ce passage, c'est qu'elle ajoute candidement si on peut dire. «J'ai d'ailleurs fait faire la réplique de cette robe pour Caroline, une de mes filles. Un ravissement ! » Elle s'étend pas sur ce qu'elle bricolait une fois déguisée de la sorte, cette Caroline. Faudra attendre les cahiers suivants pour savoir... que c'était pour le plaisir d'un prélat romain... un haut personnage de la Curie qu'elle avait eu l'idée de faire confectionner cette robe... qu'il en avait été au comble du bonheur le saint homme ! « Quelle délicate attention ! »

Même les jeux de messe, Mme Blandine va les récupérer, les adapter dans son commerce. Il y a une logique, une continuité dans la vie de cette femme, si je puis dire harmonieuse, entre son enfance au Couvent des Oiseaux et sa carrière dans le libertinage. On reste dans les mêmes décors, presque le même langage. Elle parle des choses les plus *hard*, dirait-on aujourd'hui, avec les mêmes mots qu'elle emploie pour raconter l'univers de dévotion chrétienne où elle fut élevée. Quand elle évoque une turlutte, on dirait que c'est encore la communion... que Caroline ou Josiane vont recevoir le Christ par l'entremise de la bébête à Monseigneur le Cardinal de... je vous passe le blase... inutile de porter atteinte à sa mémoire mitrée. Pas l'intention de me livrer à travers cet ouvrage à un anticléricalisme primaire de mauvais aloi. Simplement je rapporte des choses qu'il serait bien triste d'enfouir pour toujours aux oubliettes de l'Histoire.

L'évidence, qu'il y a un parallèle troublant entre le bobinard et le couvent. La maquerelle est une sorte de Mère supérieure, d'ailleurs au XVIIIe siècle on les appelait carrément des abesses. Les filles se comportent hors de leur piaule d'amour comme les pensionnaires de couvent... elles gloussent d'un rien... se font des petits mystères, des petites rosseries, des petits cadeaux... elles se soumettent avec empressement aux rites de la débauche, comme naguère aux cérémonies de la Sainte Église. Au couvent, passe l'abbé, l'aumônier pour confesser... administrer les sacrements ; au claque c'est le tenancier qui vient inspecter son cheptel... parfois confesser à sa façon une petite nouvelle dans sa piaule... Monsieur on le respecte, on le redoute comme chez les frangines, le curé de la paroisse voisine où l'évêque du diocèse.

De là à en conclure que les institutions de jeunes filles catholiques les préparaient aux carrières de la galanterie, serait hasardeux, je ne m'y risque pas, mais lorsqu'une de ces oies blanches, pour une raison quelconque dégringolait dans le péché, elle n'avait pas beaucoup d'efforts à faire pour assumer sa nouvelle condition. Ça m'était venu, cette remarque, de mes études, observations sur le petit monde des bobinards. Souvent les chroniqueurs, journalistes ou autres notaient que nombre de putes avaient reçu une éducation religieuse... qu'elles priaient... invoquaient Jésus, Marie et même ce cornard de Joseph. Dans certaines églises le matin, bien des péripatéticiennes venaient tôt faire brûler un cierge pour demander à la Sainte-Vierge de les aider... d'intercéder auprès du Seigneur pour qu'il leur accorde la grâce de faire nombreuses passes.

Autre élément... le voisinage... dans nombre de villes de province, les bordels fleurissaient à l'ombre de l'église, de la cathédrale. Au Mans, par exemple, où l'Évêché était propriétaire des murs de toutes ces jolies maisons. Ça a permis au journaliste La Fouchardière de taxer Monseigneur Grente de proxénétisme. Beau charivari dans la presse. C'était en 1927 et ça s'est terminé en correctionnelle pour la plus grande joie des magistrats assis, debout, couchés ou en levrette. Le dernier mot m'est venu par un enchaînement de plume, mais il me paraît tout à fait adéquat aujourd'hui où la profession se féminise de plus en plus. Chat fourré au féminin ça fait chatte fourrée... De quoi rêver !

Pour ce qui est de la sexualité dans ces institutions de jeunes filles, c'était l'absence... le blocage. On n'en parlait jamais et on y pensait sans doute plus souvent qu'à la ligne bleue des Vosges. Ça se transférait en des sentiments troubles à l'égard du doux Jésus... de l'Abbé Duchmol s'il était encore en âge d'émouvoir les vierges emprisonnées dans les tabous, les interdits. Ça se reportait aussi surtout, comme chez les garçons, dans les amitiés particulières. Rarement ça passait à l'acte. On s'aimait, on s'offrait des petits cadeaux, on priait les unes pour les autres.

Tout cela est tout de même exprimé, bien analysé par celle qui prendra la plume lorsqu'elle sera devenue taulière à la retraite... revenue de toutes les fariboles du fion... expérimentée, aiguisée dans ce domaine comme une lame.

À neuf ans elle se prend de passion pour une plus grande, une nommée Bernadette, la fille d'un ambassadeur. Elle a bien entendu des yeux presque aussi profonds que ceux d'Elsa quand son poète Aragon s'y penchait pour boire. Les grands cheveux bruns bouclés... une peau de satin... Marie-Gertrude *aime à lui donner la main.* Elle est si douce cette menotte qu'elle hésite pas à l'embrasser furtivement. Seulement le hic, comme dans beaucoup d'histoires d'amour, Bernadette ne partage pas avec autant d'ardeur l'inclination de sa cadette. Elle lui trouve comme de l'indifférence... qu'elle est hautaine et Marie-Gertrude en souffre. Ça lui vient de cette attitude fière de sa position sociale... Son papa est célèbre, il sera bientôt ministre. Bon Républicain radical, n'empêche il préfère, comme nos élites d'aujourd'hui, confier l'éducation de ses enfants aux écoles chrétiennes plutôt qu'aux mauvaises fréquentations plébéiennes des établissements publics.

Notre héroïne a beaucoup prié pour Bernadette qui s'est envolée comme un ange vers des pays lointains avec sa famille. « Nous échangeâmes quelques lettres. Je glissais des pétales de roses dans les enveloppes. » Bernadette au bout de quelques mois n'a plus répondu, elle était quelque part en Extrême-Orient. Vite oublié sa petite adoratrice qui écrit cinquante ans plus tard que son visage se superpose dans son souvenir avec celui de la Madone d'une image pieuse qu'elle a conservée dans son livre de messe malgré toutes les vicissitudes d'une existence mouvementée. Eh oui, devenue la grande prêtresse des péchés saint-sulpiciens, elle a conservé son Missel. Celui offert par son papa pour sa communion solennelle. « Je n'ai jamais manqué l'office divin du dimanche. » Alors ? Que dire ? Que penser ? Fur et à mesure des cahiers-mémoires, j'allais de surprise en surprise.

En tout cas elle a appris, mais c'était après la joyeuse rigolade européenne de 14-18, que Bernadette revenue en France avait fait un beau mariage. Un rien blasée et philosophe Mme Blandine, comme La Rochefoucault, écrit... « Mais existe-t-il de beaux mariages ? Résistent-ils à l'érosion des jours et des nuits ? » Infime chance... minuscule pour que l'hyménée se conserve au frais. Elle a appris Blandine que les éléments mâles des unions les plus merveilleuses, vont souvent se divertir dans nos bonnes maisons. Là encore, on note une petite analogie... les catholiques lorsqu'ils disent nos bonnes maisons parlent en principe de leurs écoles de frères, de jésuites... de dominicains. Un rien... un coup de pouce... le mot prend un autre sens... couvre, si je puis dire, un autre contenu.

Marie-Gertrude, après Bernadette, s'est prise d'une passion secrète pour sœur Dominique, une enseignante, on disait à l'époque, une maîtresse... de je ne sais quelle classe. Des yeux clairs, le visage d'un ovale parfait... une voix qu'on eût dit descendue du ciel... si suave que la pauvre Marie-Gertrude en oubliait ce qu'on enseignait... Des leçons abruptes de calcul, des règles strictes de grammaire... des histoires où Jeanne la bonne Lorraine boutait ces perfides Anglais hors de la France.

V

Quand Marie-Gertrude repousse un prétendant et ce qu'il en résulte trente ans plus tard

Vous allez me dire que c'est pas mon terrain habituel le Couvent des Oiseaux. Ça peut vous paraître curieux que je traînasse dans les préaux, les dortoirs où dorment du sommeil des innocentes nos chères oies blanches d'antan. Je précise d'antan au sens le plus large... je pourrais écrire plutôt jadis. Aujourd'hui je crois qu'il est devenu mixte le Couvent des Oiseaux... les rêvasseries amoureuses entre pucelles ne doivent plus être de mise. Sans doute les frangines enseignantes doivent-elles donner des leçons d'éducation sexuelle comme le préconise le ministère de l'Éducation Nationale.

Bien forcé de ramener aux premières années... la prime jeunesse de notre héroïne. Avant la guéguerre de 14, elle était déjà sortie Marie-Gertrude de son pensionnat somme toute douillet. Elle ne nous le dépeint pas comme une prison, un lieu de punitions, de mauvais traitements. Le Couvent des Oiseaux n'était pas, loin de là, un bagne d'enfants. Ses parents avaient du bien au soleil... Ça venait surtout de la dot de la maman, le dab n'avait apporté dans la corbeille de mariage que son titre et ses galons d'officier. Il existait alors des coquins plutôt bien de leur personne, propres et la moustache avantageuse, qui couraient la dot. On en chuchotait dans les chaumières et les châteaux de ces fameux coureurs de dot... Le personnage n'avait même pas besoin d'être un ténor de plumard, un forcené caramboleur érotique. Il devait surtout séduire.

Le séducteur n'est pas forcément un animal de compétitions sexuelles. L'essentiel pour cézig c'est la présentation, le charme, le baise-main à la future éventuelle belle-doche... la jactance cajoleuse. En ces temps d'avant la pilule, pas question d'aller tremper son biscuit dans les babas d'amour avant le sacrement du mariage. Ceux qui se permettaient ce genre de plaisanterie pouvaient s'y briser l'avenir.

L'essentiel pour le coureur de dot c'était l'oseille, le pognon, le carbure et pas des piécettes de putain qui vient de faire trois passes. Il s'agit de pénétrer dans le vif du trésor... le mariage est quoiqu'on en dise encore la voie royale. Le coureur de dot se foutait de la beauté de la future. Tarte et louchon et torgadue c'était secondaire. Lui, il était tout de même préférable qu'il soit de tronche avenante. L'exceptionnel, le champion dans ce genre de sport bien sûr, c'était le bel animal... gominé, smart... gants beurre frais... canne à pommeau... baratineur en vocables choisis qui ensorcelait la donzelle... un peu comme un serpent sa proie ! Mon amour... le clair de lune... Dieu à la rescousse si besoin était... les perspectives de gondoles à Venise... qu'elle savait plus si elle était à la porte du paradis ou de l'enfer. Une fois les contrats signés devant le notaire, le sacrement devant le curé de la belle paroisse d'Auteuil ou de Passy... la cérémonie achevée, si le gaillard se montrait à la fois caressant et décisif dans la chambre nuptiale, ça faisait du bonheur en réserve pour quelque temps.

Je vous ellipse donc un peu le Couvent des Oiseaux. En quelle année l'a-t-elle quitté ?... ça reste imprécis. Après des études sérieuses, hélas non ! Et ce n'était pas tellement le but des éducations religieuses. Dans le domaine de la formation des jeunes filles, on en était encore, et bien fixées, au XVIIᵉ siècle quand les femmes ne devaient savoir que ce qu'il faut pour tenir une maison, élever les enfants et où il n'était pas question des plaisirs du lit conjugal. Au couvent des Piafs on apprenait la crainte de Dieu et à bien se tenir en toutes circonstances... qu'importent la sociologie, Kant et les études comparatives sur la lutte des classes... savoir si elle cesse pendant le coït, comme s'interrogeait récemment une de nos savantes gonzesses émancipées.

Trêve de philosophades... Je vous rattrape Blandine sortie fraîche émoulue du couvent. Ça se situe dans les lointains de l'avant-guerre. Chez ses parents, au Vésinet, pour la première fois elle ose se regarder toute nue dans une glace. Ça, c'était tout à fait prohibé aux Oiseaux, la toilette intime étant une chose un peu vilaine... incitatrice du péché. C'était la sœur Marie-des-Anges qui l'avait éclairée sur le mystère de ses règles... lui avait fourni sa première cravate à Gustave... Ainsi désignait-on dans le populo les serviettes hygiéniques avant l'ère libératrice du Tampax.

Elle se contemple donc devant la grande glace de l'armoire dans la chambre de sa mère et elle est troublée par l'image que ça lui renvoie. Elle hésite à en convenir... elle se trouve belle... bien proportionnée... des seins prometteurs d'allaitement des bambins et bambines qu'elle va engendrer. Ça, elle est au courant, elle a vu les jolis tableaux qui représentent la Vierge Marie donnant la tétée à l'enfant Jésus. Sur la foufoune, dans sa description, elle s'arrête pas... elle en est encore à l'époque où les anges n'ont pas de sexe. À présent sans doute ont-ils des braquemards et des chattes de démonstration, puisqu'il semble qu'on reparle d'eux dans les cinoches et les gazettes in.

Beau les boucler soigneux... les surveiller au moindre geste... les tremper à longueur de temps dans les eaux bénites, les filles découvrent d'instinct la coquetterie... la façon de se déplacer, de tourner la tête, osciller du popotin... couler le regard en lousdoc pour piéger ces gros cons de mâles, toujours, eux, la bite en froc prête au démarrage sur les chapeaux de burnes.

Que fait notre Marie-Gertrude, en 1910 ou 12 au Vésinet dans sa famille d'où papa est souvent absent puisqu'il prépare la revanche, la reconquête de l'Alsace-Lorraine en des manœuvres si savantes que l'ennemi les déjouera du premier

coup ? Elle tricote, elle brode, elle prépare de la pâte à tarte...
elle joue du piano... on lui a appris tout ça chez les frangines.
Elle rêvasse aussi comme toutes les jouvencelles à ce fameux
prince charmant qui viendra les délivrer... les faire sortir de
leur cage dorée d'enfant. Longtemps ce prince fut officier... de
cavalerie si possible... dolman et tout... hussard pas forcément
sur le toit... dragon, spahi... Saint-Cyrien ou alors issu de la
Royale, officier de marine comme Pierre Loti... sans avoir idée,
bien sûr, des penchants particuliers de ce dernier.

Et puis elles lisent ces jeunes filles en fleur. Leur directeur de
conscience est très attentif à leurs lectures. C'est par là que le
diable se glisse. Que lit notre Marie-Gertrude ? Elle dit avoir
dévoré *Le Disciple* de Paul Bourget et que ça lui a ouvert de
nouveaux horizons. Si j'étais sérieux, je devrais me farcir les
œuvres complètes de Paul Bourget pour savoir de quels horizons il s'agit. Elle cite aussi *La Robe de laine* d'Henri Bordeaux
qui ne risquait pas de l'entraîner à se donner la joie clitori-
dienne. Cependant elle ressentait un certain trouble en allant
faire des exercices d'équitation avec son papa... des drôles
d'échauffements au frottement de son minou sur la selle. Elle
le note sans trop s'y attarder. Moi je me demande pourquoi son
papa ne l'avait pas fait monter en amazone. Déduction, mon
cher Watson, elle avait enfilé des culottes de cheval, chose
quasi audacieuse pour une jeune fille de son milieu à cette
époque.

Le jour vient où elle se prépare pour son premier bal. Une
couturière est venue spécial pour lui confectionner sa robe.
Description de la robe. Un modèle pris dans le *Journal des
demoiselles* avec le patron, les moindres détails. Ça faisait pas
dans le sobre au début du siècle. Du satin rose et des tulles, des
dentelles un peu partout... le décolleté avec des motifs en
forme de fleurs... d'étoile.

Sur des photos, des dessins, aujourd'hui ça paraît une mode
grotesque, lourdingue... presque laide. Mais la jeunesse dans
n'importe quelles fringues triomphe toujours. L'amour est là qui
flotte à la ronde ! On reprend au refrain... toujours le même.

Marie-Gertrude éprouve aussi un plaisir indéfinissable en se passant des dessous soyeux... elle apprécie, elle l'avoue, que la petite couturière lui glisse la pogne sur les hanches, la poitrine pour ajuster la fameuse robe de satin rose.

Ça lui fait au moins quinze ou vingt nuits de rêveries ce bal.

Parvenue à la fin de son parcours, elle se pose la question de savoir si ce n'était pas le meilleur ces rêvasseries... ces promesses... ces perspectives de paradis sur terre. Bien sûr il y avait la religion... toujours le Seigneur Jésus et sa clique d'apôtres, de curetons qui s'insinuaient dans les âmes... qui assuraient la bonne tenue des événements. Les félicités éternelles ça participe d'un imaginaire trop imprécis à partir du moment où on s'admire nue dans la glace certain soir, où l'on éprouve comme un délice à se frotter sur la selle de Gaillardos le cheval préféré de papa. On croit que ce premier bal sera un prélude au bonheur.

Comment va-t-on le trouver ce bonheur dont on parle dans les romans ?

Eh bien, elle est déçue Marie-Gertrude. Éblouie certes. On y joue des valses viennoises... des mazurkas et même l'audacieuse matchiche, la dernière danse à la mode, et puis il y a des lumières... déjà l'électricité dans le salon où se déroule cette soirée. Chez un duc, un marquis. Ses parents ne l'ont pas conduite, on se doute à *l'Archange Gabriel* où se déroulèrent les péripéties de l'affaire Casque d'Or. Les mamans sont là, veillent au grain des bonnes mœurs, même si certaines d'entre elles se libèrent de la férule bourgeoise de cinq à sept en des hôtels de libre échange... Là, n'est pas la question, il ne s'agit pas de laisser perdre le berlingue de leurs fillettes avec le premier suborneur venu. On s'observe... on sait Who's Who... qui est qui. Le Bottin Mondain est peut-être encore plus précieux ici que l'Évangile. Alors Marie-Gertrude, elle a fait d'abord banquette auprès de sa génitrice, jusqu'à ce qu'on la présente à un boutonneux binoclard, élève de Polytechnique en son uniforme qui ressemble à celui des agents des Pompes Funèbres. Plutôt maigrichon Hector... taillé Saint-Galmier...

gauche de geste... tout en tronche et en chiffres, en mathématiques, tout ce qu'il y a de supérieures. Plus tard il deviendra un personnage important de l'industrie ou du monde politique.

Avant le bal, Marie-Gertrude s'était entraînée, avec sa sœur aînée Gabrielle... déjà mariée avec un aspirant sorti de Saint-Cyr et qui savait valser, tangoter, matchicher. Un beau garçon. Mais dans quelques années ils seront tous morts les beaux et même les moches garçons, pour la cité charnelle... heureux donc, comme souhaitait Péguy qui lui au moins a payé d'exemple. Alors elle sait un peu gambiller notre future prêtresse des égarements ecclésiastiques... elle a des bottines à talons hauts. Ça suffit pas pour tourbillonner en cadence, encore faut-il que votre cavalier sache vous donner le rythme, l'impulsion.

Hector, il sait tout de la géométrie variable... la chimie... que sais-je... la résistance des matériaux, mais question driver une pouliche sur une piste de danse n'importe quel voyou à rouflaquettes, même s'il se pointait là que c'est pourtant pas son élément, en deux coups les gros il tricoterait des gambettes en artiste. Hector, lui, il s'emmêle les panards, il lui écrase ses belles bottines neuves. Il s'excuse certes, il avoue son ignorance en la matière d'enrouler comme il faut ses quilles avec celles de sa cavalière mignonne. Il se tient à distance respectueuse... ce qui est la dernière des choses à faire en la circonstance. Sans aller jusqu'au frotti-frotta de rythmes sud-américains, on peut tout de même serrer un peu sa cavalière pour lui faire comprendre qu'on la trouve bien désirable.

Et ce qui devait être une sorte de rêve éveillé pour notre oie blanche, qui demandait qu'à se souiller le bout des ailes, devient une corvée, un devoir. Des devoirs les sœurs du couvent lui ont suffisamment appris, elle, elle goûterait bien à autre chose.

Pas question qu'elle aille se fourvoyer avec d'autres cavaliers qu'elle a repérés à droite ou à gauche... des danseurs plus adroits. Des en uniformes aussi, mais de couleur, dolmans...

50

épaulettes... tuniques, plus flamboyants... des moustachus fringants... pointe d'arrogance dans l'œil... l'esprit de conquête qui va de paire avec le duel au sabre, l'attaque frontale des uhlans.

Mais voilà ! ses papa-maman guignent Hector comme gendre. Hector et ses sous, Hector promis à la plus brillante carrière. La famille de cézig n'est nullement hostile à cette union éventuelle. Marie-Gertrude est un beau parti. Le commandant, de bonne noblesse... est dit-on, un futur chef de l'armée française. Hector ne se mésallierait pas. Tout ça agencé déjà entre les parents... le joli mariage...

Seulement quelquefois les promises sans consentements, ruent dans les brancards des attelages les mieux préparés. Ce qui fut en l'occurrence. Marie-Gertrude cet Hector lui filait carrément de l'urticaire. Elle en rajoute peut-être à son endroit. Elle lui prête une odeur désagréable... qu'il repousse même du goulot. On sait, ou on ne sait pas, et dans ce cas je vais me faire un plaisir de vous l'apprendre, qu'en amour ce qui compte avant tout c'est le pif. Pas sa longueur, les expérimentées, celles qui savent, disent que c'est un avantage puisqu'il est en rapport avec le chibre. Gros nez, grosse bite... long nez..., etc. Non, il s'agit tout bonnement de ce qu'on s'aspire par les naseaux, de l'odorat. Une incompatibilité en ce domaine tout est foutu. C'est pas la peau, la gueule, les muscles... encore moins l'intelligence qui prime... non c'est la renifle. Nos chers savants qui s'occupent de tout répertorier, se sont aperçus que les rats auxquels on retire le nerf olfactif ne se reproduisent plus. Tellement vrai que la langue populaire nous apprend que l'ennemi c'est celui qu'on ne peut pas sentir. Tout démarre de là, les guerres, les révolutions. Justement pendant celle de 14 qui couvait alors, on invoquera dans la propagande l'odeur infecte des Boches qui devaient en dire autant de nos culs malpropres. On ira jusqu'à écrire que leurs cadavres sentaient plus mauvais que les nôtres. J'arrête cette digression qui vous explique peut-être mieux que tout le reste, la répugnance de Marie-Gertrude pour Hector... toutes les ruses, les tours de passe-passe qu'elle a inventés pour détourner les siens de ce projet d'union.

Ils en voulaient, eux, de l'Hector et de son sac d'écus. Lui en plus il disait pas non... la fiancée qu'on lui désignait d'après ce que je peux imaginer avait de quoi réveiller les ardeurs même d'un polytechnicien englué dans ses connaissances abstraites.

Pour la première fois de sa vie elle a affronté l'autorité parentale. Le dab aurait finalement cédé à sa fillette, mais la maman était entêtée, impérieuse. Contre toute attente ça a tourné au conflit aigu. Marie-Gertrude a carrément envisagé de se faire la valise. Très exceptionnel dans cet univers, en ces temps de bourgeoisie absolue. Une fugueuse de nos jours se fait prendre en stop, va s'agglutiner au hasard à des bandes de loquedus drogués. Pente fatale vers la déchéance, la mort programmée sauce sida.

Fallait que cet Hector la révulse, dégage vraiment de mauvais effluves de sa personne pour qu'une adolescente issue du Couvent des Oiseaux, esquisse dans sa tronche l'idée de s'enfuir. Elle se remémore les jours noirs... des sanglots longs... sur son piano, la *Marche Funèbre*. Elle cherche à faire partager sa peine, elle écrit à quelques amies, à sœur Dominique dont elle gardait au cœur une reconnaissance éternelle pour lui avoir dit les choses qu'il fallait au moment où il le fallait. Elle expédie des lettres en vain à sa chère Bernadette. Elle est si malheureuse qu'elle voudrait mourir. Mais le plus grand péché n'est-il pas celui-là... désespérer et d'aller se pendre dans le jardin des Oliviers.

De toute façon elle résiste à Hector. Elle le prend en grippe. Elle tombe malade lorsqu'il est invité. Elle ne lui adresse que des regards vides... moins affectueux qu'au chien de la maison. Lui, il prend ça pour une réserve naturelle chez une jeune fille si bien éduquée. Elle lui vouera toute sa vie une haine qui peut paraître excessive si l'on ne prend pas en considération qu'il a d'une certaine façon gâché son image d'un premier amour. En plus, il insiste... il multiplie les occasions de rencontre. Il lui écrit, elle ne répond pas et il insiste. Elle le trouve de plus en plus laid... furonculeux... le sourire niais.

De ce triste soupirant, elle se vengera... combien de temps après... trente bonnes années... si je compte bien. Elle ne résiste pas dès ce premier cahier à nous raconter en détails les circonstances de l'événement. La surprise savoureuse de le voir se pointer en micheton à *l'Abbaye* certain soir, devenu flasque et déplumé... toujours gauche et bigle... moins boutonneux mais un teint jaunâtre d'ictérique... un peu de salive aux commissures des badigoinces. De son œil de lynx, Marie-Gertrude métamorphosée, Madame de Saint-Sulpice l'a retapissé derrière la glace sans tain du vestibule.

Lorsque la soubrette vous avait introduit dans le palais de la bibite en feu... Blandine gaffait le micheton... si c'était un coutumier ou une nouvelle tronche, s'il était évêque en costume bourgeois ou curé qui s'offrait l'humiliation masochiste de se pointer en soutane... si ce monsieur n'était pas par hasard une célébrité de la politique, des beaux-arts ou de nos glorieuses armées ? Selon le chaland elle préparait la réception... le ton qu'elle allait moduler.

Elle l'a reconnu tout de suite. Il restait le même. Le temps parfois vous améliore les hommes, enfin jusqu'à un certain point, ne confondons pas avec les crus du Bordelais. Hector restait impropre à la consommation d'une femme normalement constituée.

Elle a tenté le coup de choc... ce moment où elle se planterait devant cézig et où il perdrait ses moyens, sinon ses légumes. Elle-même lui a ouvert la lourde du salon... seulement il ne l'a pas reconnue. Il est vrai qu'il y avait loin entre la jeune fille du bal des débutantes et Madame Blandine, Mère Supérieure du bobinard le plus mystérieux de la capitale. Le maquillage, la coiffure... les frusques... tout de suite elle a compris qu'il ne la retapissait pas... qu'il était de plus en plus myope. Un flic de base, un bovidé chaussettes à clous, vingt-cinq ans plus tard vous redresse n'importe quel voyou, n'importe quelle pute. Lui, il était trop érudit pour se garder en tête les visages, les paysages... les couleurs et les formes. Pourtant jadis, il lui avait écrit quelques bafouilles où il lui disait qu'il l'aimerait toujours... qu'il se laisserait mourir si elle ne voulait pas devenir sa femme. Elle s'est efforcée de travestir sa voix... le ton sec de rigueur pour une tenancière. Elle l'a drivé sans paroles inutiles dans le cabinet du choix. Là, où elle me conduisit quelques années plus tard pour le défilé des pouliches. Elle se tenait toujours derrière le client qu'elle faisait asseoir sur une chaise... voilà... Caroline... Suzy... Agnès, dont le petit chat n'est pas mort on l'espère..., etc. Y avait de l'esprit saint et de la culture dans cette maison. Il se décidait pas Hector, même la mariée ne lui disait rien. Ça l'aurait bien amusée, ça, qu'il ait envie de se faire une fille en robe blanche de noce... elle y aurait vu un revenez-y. Non... il n'arrivait pas à choisir.

— Confiez-moi vos désirs les moins avouables, cher monsieur, je suis là pour tout entendre et pour vous offrir l'impossible.

Il hésitait, bafouillait... il n'arrivait pas à s'exprimer clairement.

— Peut-être aimez-vous souffrir un peu. Nous avons ici tout ce qu'il faut pour vous punir comme vous le méritez sans doute.

Tilt ! C'était ça... il était devenu maso le cher Hector. Elle aurait dû s'en gourrer, Blandine. En tout cas elle jubilait interne... Elle avait Marlène à sa disposition. D'origine allemande la dite Marlène... presque un clicheton... blonde et balèze... la poitrine pare-chocs... les yeux allumés en férocité... tenue de cuir... la guêpière qui laissait juste sortir ce qu'il fallait de chair pour faire baver l'amateur... porte-jarretelles et bas noirs à résille... des bottines à très hauts talons tout à fait aiguille. Avant toute chose... qu'il passe à la caisse avant d'évacuer ses petits spermatozoïdes. Elle le savait radin de nature... dans toute sa famille ça comptait, recomptait les écus. Elle se rappelait l'hôtel particulier de ses parents où sans doute il habitait à présent... le côté un peu vieillot, usagé, des tapis, des rideaux... du mobilier... et qu'on y bouffait des nourritures tristes et parcimonieuses. Un pingre, on peut encore s'en arranger s'il vous attire physiquement, s'il vous amuse. Ça se remarque à des riens cet aspect sinistre des choses. Certain qu'il mégotait sur la nourriture de ses domestiques. C'était courant dans cet univers.

Coup de massue, pour son ex-futur, elle lui a fait le tarif maxi. Le chiffre aujourd'hui n'a plus de sens... la monnaie a changé... surtout avec le franc de M. Pinay on ne s'y retrouve plus. Une brique en 1939 c'était le pactole des truands. On se déplaçait en force pour une brique... maintenant ça vaut plus le coup de bouger avec son artillerie pour moins de deux cents plaques.

Il a vacillé, cézig, sous le chiffre annoncé. Ça, c'était pas prévu dans ses calculs de polytechnicien !... Du palpable en talbins grand format IIIᵉ République... de ces billets bleus qui, je crois, célébraient notre bel empire colonial sur lequel le soleil ne se couchait guère.

Le pire Harpagon, saisi par un vice de cul... il se déchire quand même le morlingue... il saigne et ça fait peut-être partie de sa jouissance.

– Décidez-vous.

Clac ! Elle lui a cinglé ça comme un premier coup de knout. Déjà il était tout soumis... il a sorti son lazingue... il l'a vidé. Il n'avait même plus de quoi filer une pièce à la soubrette qui le conduisait jusqu'à la chambre des supplices.

Tout à fait agencée pour la torture cette piaule... éclairages indirects qui vous laissaient deviner les objets de ce plaisir particulier... une roue... un gibet... des fouets... des harnais... un crucifix... une cage de fer style Louis XI. Et bien entendu un grand miroir au plafond. Pensez si Blandine s'est mise en posture pour visionner le spectacle. Auparavant, elle avait convoqué Marlène. « Je lui ai recommandé de ne reculer devant rien... que ce client était un véritable connaisseur, un amateur éclairé de ces spécialités les plus féroces. »

La vengeance se mange dit-on froide... elle y avait mis le temps Blandine, mais il n'avait rien perdu pour attendre ce connard qui lui avait gâché un moment unique de sa jeunesse. Après tout si elle en était là, dans cette fonction de grande ordinatrice des déviations sexuelles, c'était sans doute à cause de cézig.

Un fiancé plus attractif, moins bigle et meilleur gambilleur, elle se serait peut-être laissée prendre au piège du mariage bourgeois. Elle serait devenue mère de famille... protectrice de la vertu de ses filles. Était-ce à tout prendre un meilleur destin ? Peut-être Hector sans le savoir lui avait sauvé la mise.

À peine entrée dans la salle de tortures, Marlène trônant sur une haute chaise style imitation gothique, lui a ordonné de se déloquer en le traitant de salaud, d'ordure... de chien.

— Oui, je suis un chien, a-t-il balbutié...

De lui-même sans qu'elle lui demande... humble, plié en deux... Comme il allait pas assez vite pour retirer ses fringues, Marlène s'est levée et lui a fait accélérer le mouvement à coups de pompe.

— Dépêche, sale cabot... Vite !

— Oui, merci madame.

— Un chien ça aboie, ça ne parle pas... Allez aboie...

Il s'est mis à faire des vouaf ! vouaf ! ridicules. Il était déjà à quatre pattes... ses dernières frusques, Marlène, les lui a arrachées... Il était maintenant en long calcif comme on en voit aux hommes qui sortent du placard dans les comédies de Feydeau avec des fixe-chaussettes.

Peut-être long vous détailler la suite du cérémonial. Blandine s'y complaît pendant six pages. Hector se fait glavioter en pleine poire. Marlène lui passe un collier autour du cou, le tient en laisse.

— Viens faire ton petit pipi, Médor. Allez lève la patte.

Il s'est exécuté contre l'armoire. Pas eu le temps de s'épancher longuement, il s'est repéré une sévère raclée... à coups de pied, de fouet... de crachats... d'insultes les plus ordurières. Pareille corrida sur un véritable clébard vous provoquerait l'ire de Brigitte Bardot. « Saloperie de chien ! Demande pardon... lèche mes bottes... allez lèche ! » Il eut bientôt le corps zébré de traînées rouges... Il saignait des miches. Pleurait mais ne demandait pas grâce. Il en a eu pour son fric. Une dégelée de roi. Les masos se finissent à la pogne. Il a évacué sa semoule lorsque Marlène lui en a donné l'autorisation, alors qu'il était presque une loque.

La vraie vengeance de Blandine, c'est qu'il est revenu Hector se faire avoiner... humilier... Il y avait pris goût... et jamais ce nave n'a soupçonné que c'était l'oie blanche de sa jeunesse, Marie-Gertrude, la petite élève du Couvent des Oiseaux qui drivait la taule. À la longue, elle s'est fatiguée, désintéressée de son sort, elle le laissait à ses girls pour le soigner. Une fois terminée la séance, il se prenait un bain, et retrouvait ses allures bourgeoises avec sa Légion d'honneur à la boutonnière... chapeau bords roulés... il rebarrait à ses hautes fonctions dans la République.

Jusqu'en 1940 il y a fait une carrière brillante, on l'apercevait sur certaines photos officielles... secrétaire d'État et même par deux fois ministre. Après... elle n'en parle plus Blandine. Elle l'efface de sa biographie. D'après mes recoupements, mes lectures, je crois qu'il s'est un peu fourvoyé à Vichy auprès du Maréchal Pétain. A-t-il été épuré ? Fusillé ? Exécuté au coin d'un bois ? Ne sais. Ou tout simplement est-il mort de sa belle mort entouré de l'affection des siens muni des sacrements de l'Église. De toute façon on s'en fout.

VI

Où Marie-Gertrude rencontre le prince charmant en soutane et les malheurs qui s'ensuivent

Blandine a anticipé de quelques bonnes années. Le moment où Hector se pointe pour se faire maltraiter à *l'Abbaye*, c'est déjà l'époque où Marie-Gertrude s'est évaporée depuis longtemps. Chronologie oblige, je vous ramène à cette période difficile où elle souffre, où elle se demande comment échapper à la férule familiale. Elle écrit le mot fugue, mais j'ai l'impression qu'elle n'a jamais eu vraiment l'intention de décaniller comme ça avec sa petite robe et ses souliers vernis pour courir sur des routes qui n'étaient pas encore très goudronnées à l'époque. Dans les plus brefs délais, le brigadier Pandore lui-même l'aurait ramenée au bercail.

Alors elle s'est morfondue, elle a pleurniché... perdu l'appétit, le goût de broder à l'anglaise... au point de croix. Et c'est l'intervention du chanoine qui l'a sortie de cette mauvaise passe. On l'avait oublié ce bon tonton chanoine qui la faisait sauter sur sa soutane lorsqu'elle était petite. C'était le frère aîné de la maman. On l'avait nommé en Normandie, à Honfleur. Il venait de temps en temps au Vésinet voir sa sœur... embrasser les siens. Mis à part ce côté ambigu que lui prête Blandine, lorsqu'elle évoque les petites séances de dada sur ses genoux, somme toute bien bénignes, c'était un brave pépère ce chanoine... serviable et plutôt psychologue. Il a trouvé une solution pour Marie-Gertrude, dans une institution religieuse, les Sœurs du Bon-Secours où il pouvait la faire entrer comme surveillante. Elle s'occuperait des autres, des enfants, n'est-ce pas la meilleure thérapeutique contre le spleen porteur, comme l'oisiveté, de tous les péchés du monde.

Le commandant a trouvé l'idée excellente. Un garçon en difficulté morale, il l'aurait dirigé vers le métier des armes... ce n'était pas encore entré dans les mœurs que les femmes puissent devenir grivetonnes. Ça sera dans la corbeille du féminisme beaucoup plus tard... avec l'accession à la gendarmerie, la police... l'aviation... Nous en sommes encore loin en cet avant 14-18 qui va donner le branle. On consommera tellement d'hommes sur tous les fronts qu'on sera bien obligé de faire appel aux dames pour conduire les tramways et pour tourner les obus.

Donc elle prend un jour le train pour Honfleur, Marie-Gertrude. Dire qu'elle est dans l'euphorie serait excessif, mais enfin, mis à part le pincement au cœur qui vous saisit lorsqu'on s'engage dans la nouveauté, elle respire, on ne lui infligera plus les dîners, les sauteries avec Hector. La différence chez les frangines du Bon-Secours, ça lui fait pas un grand choc. Simple-ment c'est moins confortable qu'aux Oiseaux. Ici les élèves sont issues de classes moins aisées... des filles de petits bourgeois ruraux, de paysans soucieux de donner un peu d'éducation à leurs enfants. N'exagérons rien, il s'agissait pas de parvenir au Bac... de se préparer à l'Université. Ça aussi c'est assez récent pour les nanas... Au Bon-Secours on parvenait en fin d'études au Brevet Élémentaire, une sorte de certif supérieur qui vous ouvrait les petites portes de certaines administrations... les postes, les ministères... les secrétariats de quelques entreprises. Les femmes qui restaient célibataires y croupissaient jusqu'à ce que la vieillesse les fane et elles jouissaient alors... grand mot en la conjoncture... d'une minuscule retraite. Ainsi des choses de notre Société en un temps où l'ordre régnait sous la houlette de messieurs Fallière, Loubet et tutti Poincaré.

L'autorité Marie-Gertrude elle tenait ça de sa mère... c'était comme une seconde nature. Ça explique les fonctions qu'elle a occupées avec autant de brio plus tard dans le putanat. Très vite elle s'est imposée dans ses nouvelles fonctions de pionne. Elle s'est présentée devant les classes qu'elle devait surveiller à l'étude et aucune oiselle n'a moufté. Classique... dans toutes les écoles... l'instit monte sur l'estrade près du tableau noir et immédiatement il a gagné ou il a perdu. Il sera le patron incontestable ou il sera bombardé de boulettes, conchié, brocardé... surnommé Dudule... caricaturé sur les murs. Celui qui s'affirme caïd d'emblée, ça ne veut pas dire qu'il sera pas aimé, au contraire. Comme les peuples remarquez, ils adulent les tyrans, ceux qui les entraînent à la mort, à l'amputation sur les champs de bataille...

Tout de suite les gamines se sont mises à adorer Marie-Gertrude et elle s'est prise au sérieux dans le rôle. Le meilleur moyen pour conjurer ses récents malheurs... Les locaux du pensionnat n'avaient rien de réjouissant. Ça donnait dans la grisaille, l'humidité, les odeurs de renfermé. Le chauffage central n'existait pas, on se contentait de poêles à charbon. Le soir notre héroïne charmante retrouvait une petite piaule glacée. Son état d'esprit ? Elle ne donne pas lerche de précision à ce sujet. Elle savait bien que cette situation était provisoire, qu'il y aurait un jour une issue, qu'elle n'allait pas passer son existence à surveiller des pensionnaires, les aider à faire leurs devoirs et les conduire au Salut du Saint-Sacrement. Et pendant ces allées et venues à la chapelle... la messe du matin... les complies... les vêpres le dimanche... Marie-Gertrude y croisait l'abbé Coulon. Dès leur première rencontre... elle se rappelait encore très précisément de l'endroit cinquante ans plus tard... sur le chemin de l'étude des petites au pied de l'escalier, il lui en a foutu plein les châsses, ce bel abbé avec son regard profond, son sourire gracieux.

– Vous êtes la nouvelle surveillante ?

Interrogation l'air de rien. Il avait une jolie voix grave ce jeune cureton. Jusque-là, la gent cléricale ne l'avait pas tellement émue... je veux dire en profondeur, celle qui va de l'âme au sexe ou vice versa. Aux Oiseaux, l'aumônier c'était un rondouillard à trogne rouge, qu'on soupçonnait d'avoir un penchant pour la dive boutanche. Rien pour rêver... et les autres, ceux qui papillonnaient autour de sa famille, c'était du fadasse, du mielleux, du mal soigné de leur personne, véhiculant de tenaces effluves de sacristie... de chaussettes raides... d'hygiène douteuse.

L'abbé Coulon, il tranchait avec sa chevelure brune frisée... son visage ouvert. Il y avait en lui ce quelque chose de féminin qui rassure les très jeunes filles. Marie-Gertrude en est restée saisie... balbutiant que oui, qu'elle était très heureuse de s'être mise au service des sœurs du Bon-Secours... xetera. Elle ne rapporte pas les termes exacts dans son cahier... mais elle exprime très bien son émoi et que ça n'allait pas en rester là. Isolée, esseulée, elle était mûre pour tomber amoureuse du premier homme un peu séduisant fût-il tonsuré et revêtu d'une soutane. Les autorités ecclésiastiques étaient bien inconséquentes, légères, pour placer ainsi ce jeune coquelet dans cette basse-cour. Il venait d'y être nommé aumônier, ou plutôt assistant d'un aumônier cacochyme qui ne pouvait guère se traîner que pour dire la messe du dimanche. Le reste du temps, les frangines le bichonnaient dans sa chambre où, paraît-il, il rédigeait une vie de François d'Assise, le saint patron de la S.P.A.

Dès lors les offices, toutes les cérémonies du culte qui abrutissaient les gamines devinrent pour Marie-Gertrude presque des occasions de bonheur... de rêverie. Ah ! qu'il était beau l'abbé !

« J'ai voulu tout de suite me confesser à lui. » L'aveu. Mon père je m'accuse... derrière la petite grille, à genoux et le prêtre dans l'ombre propice de sa guitoune. Elle ne sait par quoi commencer... des vétilles, des petites colères, des gourmandises... et puis elle en vient à Hector, qu'elle a manqué de charité envers lui... qu'elle a refusé de se fiancer malgré le désir de son papa et surtout de sa maman. L'évidence qu'elle cherche à l'embarrasser ce jeune abbé... Elle le distingue mal derrière la grille du confessionnal, dans la pénombre de la chapelle, mais elle perçoit tout de même son trouble.

— Ce n'est pas un péché mon enfant. Dieu vous dit d'honorer vos père et mère, mais il ne vous demande pas de vous marier contre votre gré.

À peu près ce qu'il lui répond. Le bon sens même. Il n'est pas toujours en harmonie avec le bon ordre familial, social, l'abbé. En ce temps-là, c'est presque subversif de proférer de telles paroles au confessionnal. Un vieux cureton rassis dans les mœurs bourgeoises serait certainement plus prudent, il tournerait la difficulté avec un vocabulaire qui ménagerait la chevrette et ses chevriers.

– Allez en paix...

Quelques *pater*, quelques *ave*... une pénitence si légère qu'elle frôle le plaisir. À ce tarif, elle allait en redemander Marie-Gertrude... multiplier les occases d'aller s'agenouiller au confessionnal. Lui, sans doute, au début il se méfie pas... il voit pas qu'il va glisser dans Émile Zola... que se dessine un remake de *L'Abbé Mouret*... qu'à partir d'un moment donné la chute est inscrite dans le scénario.

Sur cette aventure, elle y reste des pages et des pages, notre taulière de Saint-Sulpice. Elle était vouée, prédestinée... Son premier amour elle se le choisit en soutane. Avec son papa commandant dans la cavalerie, elle aurait pu jeter son dévolu sur un beau militaire une fois éliminé Hector. À croire que le bon Dieu l'avait créée pour les plaisirs secrets de ses serviteurs.

La passion vous donne des ailes, les idées les plus audacieuses. Elle s'est glissée le plus près possible de notre abbé. Elle l'a enveloppé tout de suite de mille attentions. Elle lui préparait ses habits sacerdotaux pour la messe... elle disposait les fleurs sur l'autel. Au passage un jour elle lui a baisé la main, qu'il a retirée vivement. « Mais je ne suis pas évêque, voyons, Marie-Gertrude ! ».

L'incident eut lieu au bout de six mois... les choses n'allaient pas aussi vite que de nos jours, où le mélange des sécrétions intimes se fait dès le premier soir. Forcément il avait commencé à se gourrer de la poloche l'abbé Coulon. Il s'est défilé le plus possible. Difficile d'aller se confier au chanoine ou à la Mère Supérieure de l'Institution. D'ailleurs, il ne pouvait pas rester comme ça indifférent. Beau être curé, comme dit Tartuffe, on n'en est pas moins couillu. Le célibat, la chasteté des prêtres c'est bien là où le bât blesse. L'impossible... et plus tard Marie-Gertrude devenue Madame de Saint-Sulpice sera là pour résoudre les problèmes les plus glandilleux. L'avantage des us et coutumes du catholicisme c'est qu'il permet l'absolution des péchés. Il suffit de se confier, demander pardon au Seigneur, par l'intermédiaire d'un confesseur et c'est classe, on peut repartir du bon pied après quelques *pater* et quelques *ave*. La confession en désuétude ça fait le beurre frais de la psychanalyse. L'essentiel... qu'il faut se confier, avouer les actions les plus secrètes, se fouillasser les tréfonds de l'âme ou du moi... appelez ça comme vous voulez.

L'abbé Coulon de son prénom c'était Matthieu, comme l'évangéliste. Tous les jours nous avoue Blandine, je m'endormais en pensant à lui, à son visage d'archange, à ses mains si fines. Elle en était pas encore à se faire des gâteries solitaires, elle n'avait pas encore bien notion de ces pratiques. « Élevée aux Oiseaux on n'y apprend pas le vice solitaire » écrit-elle. Je me le demande, mais comme elle se déclare dès le début de ses cahiers qu'elle dira tout, qu'elle ne craint rien puisqu'on la lira lorsqu'elle sera six pieds sous terre, on peut la croire. D'ailleurs ce sont ces amours enfantines, les plus aiguës, les plus violentes. Un prêtre débutant, pas trop tordu de sa personne, s'il se faisait pas nommer dans une autre aumônerie, par exemple, dans une caserne d'infanterie, c'en était cuit de sa chasteté... de son beau pucelage...

Ce qui fut. Il laissa entrer la louve dans sa bergerie... sa chambre à l'étage au-dessus des dortoirs. Marie-Gertrude se languissait tellement de lui qu'elle s'était rendue quasiment malade à force de privations. Un soir elle est venue frapper à sa porte.

— Mon père, je ne me sens pas bien... J'ai très mal au cœur.

Il venait juste de retirer sa soutane. En bras de chemise et pantalon, c'était comme une révélation pour Marie-Gertrude.

— Mon enfant ! Mon enfant !

Elle lui était alors tombée dans ou sur les bras selon le point de vue où on se place. En tout cas son malaise, elle ne sait trop dire un demi-siècle plus tard, s'il était réel... Maladroitement l'abbé l'a allongée sur son lit.

– Je vais prévenir sœur Madeleine... On va appeler le docteur.

– Restez-là, mon Père, j'ai peur toute seule... Je vous en prie restez-là...

Et il est resté l'innocent. Elle était en chemise, une chemise longue en pilou, n'empêche au-dessous y avait un tendron... des formes juvéniles à damner tous les saints du paradis. Et Matthieu, l'abbé, c'était tout de même pas un saint ! Marie-Gertrude apprendra par la suite, que ça avait été très dur pour cézig de se plier aux règles de l'Église concernant la chasteté... qu'il avait la foi certes, qu'il voulait servir Notre-Seigneur Jésus-Christ, aider son prochain... devenir un pieux serviteur de la Sainte-Église, mais que sur la question de la continence, là, il y avait beaucoup de mal à retenir sa bébête qui s'emballait sans trop lui demander l'autorisation. Surtout, il lui fera ce suprême aveu, lorsqu'il gambergeait à elle. Rien qu'à elle, depuis près d'un an.

Ils sont puceaux tous les deux et ils chutent dans le péché dès ce soir-là avec quelque maladresse. Elle ne donne pas trop de précisions, mais son bel abbé ça semble qu'il est membré sérieux... qu'une fois embarqué dans la luxure, il est fébrile, il ne se domine plus... il s'arrache le pantalon. Elle se met à sangloter, à crier grâce. « Ah c'est pas bien ce que vous faites là, mon Père ! » L'appellation père, ajoute à tout ça une note qui ne manque pas de sel.

Elle pleurnichait pour la forme, elle l'avoue... c'était inscrit dans les astres... une jeune fille de bonne famille ne pouvait pas céder ainsi surtout à un prêtre, sans faire quelques manières. Il n'empêche à l'aune de nos préjugés actuels, la victime du harcèlement sexuel c'est plutôt l'abbé Coulon. Près d'un an qu'elle le guigne, qu'elle multiplie les situations délicates... qu'elle le tarabuste au confessionnal, à la sacristie... au point que ça n'a pas échappé à quelques religieuses et même à certaines petites élèves déjà en éveil pour les affaires du sentiment et du sexe.

Inutile de préciser que ça ne va pas rester longtemps dans le secret leur liaison contre nature... ou plutôt contre les lois de l'Église. Il est tellement brûlé par le désir, tout soumis à sa quéquette en manque, l'abbé, que dès la nuit suivante c'est lui qui va rejoindre Marie-Gertrude... qui vient la sabrer dans son lit de jeune fille. Il s'est décoincé d'un seul coup... il n'arrête plus de se mettre à l'établi... elle, elle n'est pas encore tout à fait éclose, si on peut dire, elle ne va pas encore au fade. Il lui aurait fallu pour bien l'initier un homme de plus d'expérience... un amateur de cresson, un expert qui sait faire monter le blanc en neige. L'essentiel, elle est folle amoureuse de son cureton... elle se permet de gauches caresses. Tout ça mêlé de remords... que c'est pas bien... qu'on est dans le péché. Et comment s'en sortir de ce foutu péché... il est d'une saveur quasi divine ? Est-ce mieux au ciel avec le doux Jésus... uniquement avec son âme ? Toute la question ! Et la réponse c'est pas moi qui vais vous la donner.

Curieusement Marie-Gertrude sur ses impressions, ses étreintes, elle escamote les scènes. Elle reste dans le flou artistique. On traînasse dans les métaphores de midinettes... même pas d'indications intéressantes sur son amant désoutané. Plus tard, elle va se rattraper sur les autres, nous les croquer long et large... ne nous épargner aucunes descriptions impudiques.

Dans Notre-Dame du Bon-Secours, succursale normande, la rumeur a vite envahi les réfectoires, les préaux, les dortoirs... jusqu'à la Chapelle de la Vierge-Marie. Déjà dans une communauté de gens ordinaires, les histoires de fion ne restent pas si longtemps incognito, pensez alors chez les frangines... dans toute cette curaille qui croupissait dans la pudibonderie. Plof ! Le pavé dans la mare. Qui a vu... qui a dit... confié à la Sœur Supérieure ? Au chanoine ? On ne sait... ne saura jamais. C'est comme les bafouilles à la Gestapo pendant l'Occupe... si par un affreux miracle on savait qui les écrivait, même encore aujourd'hui, un demi-siècle plus tard, on n'en finirait plus dans les surprises. Les purs héros se feraient plus rares aux commémorations.

Les amants, au début, tout à la découverte de leurs corps... de la volupté qui se renouvelle sans cesse, ils deviennent aveugles ou ils se préfèrent aveugles. Politique de l'autruche. Tête dans le sable, elle propose, cette conne, son cul à tous les passants. Et les commérages vont bon train... s'amplifient... rapidos ça va devenir irrespirable. *Air du Barbier de Séville.* Dans leurs chefs-d'œuvre, ils ont tout dit nos prédécesseurs de plume. On ne fait que rabâcher nous autres, on arrive trop tard.

Le soir, il feint de faire une tournée l'abbé... il se glisse dans le couloir, il écoute, épie... il est à loilpuche sous sa soutane pour que les choses ne traînent pas trop dans la chambrette de Marie-Gertrude. Malgré la peur qui le tenaille, le remords qui le poursuit... il bande le misérable, il bande ! Ça c'est dans le cahier. « Matthieu était en érection avant même que je lui aie ouvert la porte. »

Tac ! il soulève... la jolie zigoulette rien que pour ses petites miches ! Ça se nomme comment ce qui en découle... le vice... le péché... le bonheur ? À plus s'y retrouver avec Dieu, les dix commandements, les vœux de chasteté... le sacerdoce... la virginité de la belle enfant ! Il fait sa crise Matthieu... il ne se trouve plus digne de son ministère... il a trahi son serment ! Dieu va le punir ! Elle, en se remémorant ce passé, elle en conclut que c'était des instants tout à fait extraordinaires... illuminés par la jeunesse... la découverte de la vie... même ce sens du péché, introduit dans leur amour, ça lui donnait une intensité fantastique. « On pleure, on souffre, on a peur mais on vit. » Voilà les mots qu'elle trace de sa belle écriture anglaise. Des pleins et des déliés dont on a oublié le charme.

Le tonton chanoine intervient au bout de quelque temps – jours ou semaines ? Elle ne précise pas. Il convoque l'abbé Coulon dans son bureau... Le regard chargé de reproches il soupire : « Mon pauvre enfant ! » L'autre il s'allonge. Rien à voir avec mon pote Frédo la Tringle, lorsqu'il était alpagué impromptu par les argousins... Lui, il avouait rien même si on lui tambourinait la gueule.

Il se répand en sanglots, l'abbé Coulon... il s'affale aux pieds de son directeur de conscience. Il lui dit tout... enfin, je suppose qu'il entre pas dans les détails... ses érections dans l'escalier... la récompense en chatte mouillée qui l'attend là-haut.

Le chanoine, tout ce qu'en rapporte Marie-Gertrude, nous confirme que c'est un homme de sens rassis qui ne s'affole pas et dans le fond ne veut pas la mort du pauvre pécheur. La Mère Supérieure est aux cent coups, elle se fouette l'âme, elle se sent responsable. Le plus grave de l'affaire, mise à part l'offense au Seigneur Dieu, c'est que Marie-Gertrude n'a que dix-sept ans et l'abbé est donc coupable devant les lois de la République d'un détournement de mineure, délit puni ultra-sévère surtout venant d'un responsable éducateur. Le chanoine il mesure l'étendue des dégâts, d'autant qu'il a des liens familiaux avec la petite, qu'il n'ose pas appeler la victime tant il est averti de la perversité féminine. Pour parer au pire, il expédie en pénitence son auxiliaire... le lendemain même, dans une communauté religieuse de la région. Une maison tout à fait stricte et dépourvue d'agréments.

Avec Marie-Gertrude, il hésite... la renvoyer chez ses parents c'est prendre encore un risque. À tout prix il veut éviter le scandale... que le commandant vienne lui demander des comptes... que tout ça s'envenime au point de devenir inextricable.

On est en plein feuilleton, peut-être d'un autre temps, une époque déjà lointaine, mais après tout pour qu'il y ait un roman, il faut qu'il y ait une intrigue. Et l'intrigue elle se nourrit de bonne mœurs qu'on bouscule, de tabous qu'on renverse avec les mignonnes sur le lit des convenances... de fautes contre Dieu, contre les préjugés, les règles de la société. Une fois toutes les barrières renversées, tous les principes foutus aux gogues, il ne reste plus que les partouzes à se cloquer sous le stylo. On s'en lasse encore plus vite que des malheurs de la vertu.

Il ne peut même pas venir lui dire adieu l'abbé... on l'escorte... il fait sa valoche sous surveillance et fissa. Dans quel état d'esprit est-il ? Elle se doute qu'il est en lambeaux tellement il est déchiré, torturé. Elle, elle continue son travail de surveillance dans le pensionnat. Mais on ne lui adresse la parole, les frangines et les collègues, que du bout des lèvres. Elle baisse les châsses. Elle pleure à chaudes larmes dans son lit le soir... elle est dans le désarroi absolu.

L'Europe aussi est en plein désarroi à ce moment-là. En toile de fond pendant cette minuscule histoire d'amour entre un prêtre et une jeune fille de bonne famille, ça se met à se déglinguer de partout. Ça commence avec l'Archiduc, l'héritier de l'empereur d'Autriche qui se fait occire déjà à Sarajevo. L'été s'annonçait dans le bonheur des moissons... la récolte allait être magnifique... et puis voilà... les Russes s'en mêlent et les Boches avec leurs casques à pointe, leur moustache en croc et puis m'sieur Poincaré qu'on imaginait là uniquement pour les inaugurations, les remises de médailles, les comices agricoles. Il attise le feu, ce triste barbichu, il va jusque chez le Tsar pour le pousser à la castagne. Quel est le responsable du désastre qui va suivre, des flots de sang qui vont couler ? On se renvoie encore la balle dans les ouvrages consacrés... les historiens... les spécialistes qui se penchent, qui se veulent tous plus objectifs les uns que les autres. Le résultat c'est qu'en août 1914 ça s'embrase et on part joyeux z'à la guerre.

Je vous ai ouvert cette parenthèse, ce petit aperçu historique, parce que notre jeune et bel abbé, il a pas tellement eu le temps de se morfondre, de faire pénitence dans le monastère où l'avait expédié le chanoine, il s'est retrouvé du jour au lendemain dans la cour d'une caserne... première réserve. Lorsqu'il avait été nommé chez les sœurs du Bon Secours, il venait tout juste de terminer son service, ses trois piges dans l'infanterie, alors il est parmi les premiers à monter à la riflette. Le clairon sonne la charge... les miracles de la Marne se paient très cher en monnaie humaine. Ça grouille de pantalons rouges étendus dans les plaines, dans les grands blés mûrs, les marais de Saint-Gond ! Notre jeune curé est dans le lot... une croix de bois parmi des milliers d'autres. Seule la mémoire d'une taulière de claque le préservera de l'oubli total. Elle restera persuadée qu'il s'est offert à la mitraille allemande, comme pour se racheter... qu'il n'a pas cherché à se planquer derrière le moindre talus. L'héroïsme militaire n'était-il pas la forme la plus élégante du suicide ?

C'est encore et toujours le bon chanoine qui va lui apprendre la nouvelle, en y mettant le maximum de formes... de tact... d'autant qu'à ce moment, elle l'a mis au courant des conséquences de sa *faute* comme on disait dans les mélos... elle est en cloque Marie-Gertrude... dans quelque temps elle ne pourra plus cacher la rondeur de son ventre.

Période noire. Elle quitte forcée son poste de surveillante pour une institution charitable où l'on reçoit les filles perdues : toutes celles qui se sont faites engrosser hors du mariage... On se doute qu'en 1914, c'est un établissement sinistre où l'on flippe une soupe aigre, où l'on vous parle comme aux bagnards. On, c'est encore des religieuses, une espèce dressée pour. Des harpies besogneuses portant en elles toutes les rancœurs possibles... les jalousies les plus recuites... De toute façon, elles vivent contre nature, si en plus on les conditionne pour réprimer, elles y transfèrent leur libido.

Marie-Gertrude sent monter la haine dans son cœur. Ce petit qu'elle porte, qui enfle... ça devait en bonne logique, la rendre heureuse, l'épanouir. Elle vit sa grossesse en martyre... toujours les larmes sur elle-même (on commence toujours par là)... sur son bel amour, maintenant réduit charogne pour les beaux discours des pères patriotes. Autour, ses compagnes d'infortune viennent de la pauvreté, elles vont finir, la plupart sur les trottoirs des grandes villes... heureuses encore, si elles sont suffisamment fraîches et un peu futées, d'aboutir dans un bobinard pas trop sordide. Déjà certaines ont goûté au tapin, elles portent des mômes qui seront les enfants d'une passe. Marie-Gertrude va entendre pour la première fois parler de ce monde... les Jules... le pain de fesse... la police des mœurs... Elle se va lier d'amitié avec une petite pute, une certaine Geneviève, plus douce, plus accessible que les autres qui sont déjà presque toutes enfermées dans un univers féroce. Geneviève, sans le vouloir, lui ouvre des horizons... Plus tard, elle en conviendra, c'est à partir de là qu'elle se prépare vraiment à devenir un jour Madame Blandine. Période de tristesse, de privation, de solitude morale.

Sa famille mise au courant de ce qu'elle juge une infamie, un déshonneur, la rejette. De son côté, elle va se cabrer, l'orgueil aidant, elle ne fera jamais un pas vers les siens. Elle apprendra la mort de son papa sur le champ de bataille et ne sera même pas conviée aux obsèques. De lui, elle garde cependant un souvenir ému... que c'était un homme prisonnier des préjugés de sa caste... fort avec ses soldats et faible avec sa femme. Voilà, elle tire un trait définitif. À l'hôpital de Dieppe, elle accouche d'un garçon qu'elle prénomme Matthieu pour perpétuer le souvenir de son bel amour... Les médecins et infirmières la traitent sans excessive délicatesse. Ils ont d'autres patients à se mettre à leur palmarès. C'est la grande époque où l'on ampute... les bras, les jambes des héros. Les gosses qui naissent de père inconnu, on ne s'en occupera que plus tard, à la prochaine der des ders lorsqu'ils se feront à leur tour couper les guibolles pour la même France et par les mêmes ennemis héréditaires.

Le petit Matthieu, Marie-Gertrude est obligée de le laisser en nourrice chez des paysans. Elle est toujours en relation avec son tonton le chanoine. Il veille au grain, les paysans en question dans le bocage normand, il les connaît et il se déplace pour surveiller le bambin. C'est lui qui paye au début... s'il n'était pas si vieux, les paysans iraient croire encore des choses !

VII

Où Marie-Gertrude
rend un agréable service à un Cardinal

Les jeunes filles de bonne famille
Quittent le Couvent des Oiseaux
Puis s'en vont, toutes gentilles,
Faire un mariage comme il faut,
Plus de credo, plus de lentilles,
Viv' le caviar et le perdreau !
Le champagne les émoustille
Elles apprennent le tango.
Elles fréquentent de joyeux drilles,
Quand leur mari est au bureau
Comme des folles elles gambillent,
De Montmartre à la Bastille.
Mais quand elles auront une fille,
Elles l'appelleront Isabeau,
L'habilleront jusqu'aux chevilles,
Et l'enverront aux Oiseaux.

Le Bonheur des jeunes filles.
Chanson d'Henri Kubnik

C'était l'orchestre de Jacques Hélian qui interprétait ça après la guerre en 46 ou 47. Finalement ça résumait bien le trajet des pensionnaires oiselles. Marie-Gertrude si elle avait suivi la filière... s'était pliée aux bons usages... mariée au vilain Hector riche et mathématicien, elle aurait pu aller aussi gambiller à la *Boule Noire*... pourquoi pas au *Petit Jardin*... se faire donner des gourmandises en peau de bite à chatte que veux-tu.

Les rebelles, je me demande au fond, s'ils n'ont pas souvent tort. Ils perdent un temps précieux en bagarres, agitations, palabres de toutes sortes pour aboutir peu de choses près au même résultat que les autres. Qu'ils réussissent à prendre les rênes... un pouvoir à un niveau quelconque, ils en reviennent aux vieilles recettes. Au mieux ils changent un peu le vocabulaire, ils déguisent leurs désillusions avec des mots.

Marie-Gertrude devenue Madame de Saint-Sulpice dans son lupanar à curés, elle usera des mêmes méthodes, pour driver ses pensionnaires putes, que les différentes mères supérieures des institutions religieuses qu'elle avait fréquentées dans sa jeunesse.

Je vous l'ai laissée au sortir de l'hosto avec son bébé. Une fois celui-ci casé chez les plouques près d'Yvetot, c'est encore ce brave tonton chanoine qui lui a trouvé une situation. D'avenir ça serait beaucoup dire. Il s'agissait d'une petite place chez un confectionneur de vêtements ecclésiastiques. On n'en sort pas. Il avait son atelier rue Saint-Sulpice... on ne l'imagine pas ailleurs... et faisait de la soutane sur mesure... des robes de moines... tous les habits sacerdotaux possibles. Dans le magasin sa femme s'occupait de vendre les chapeaux, les calottes de soie, les barrettes, les cornettes de bonne sœur... tous les affûtiaux de la fringuerie religieuse.

Rien de radieux la perspective. Marie-Gertrude débarque là avec sa petite valoche, la mine triste... l'air emprunté.

— Si vous voulez vous en donner la peine, vous pouvez très bien vous accomplir dans notre commerce.

Ce que lui dit son patron, M. Haudrène, en guise d'accueil. Un petit bonhomme chauve rondouillard... avec un gilet brodé, une belle chaîne de montre sur le bide, une paire de lorgnons sur le nez et une petite moustache ridicule.

La patronne est derrière sa caisse des journées entières à faire et refaire ses comptes. Elle est rêche, pointue du nez... un chignon strict... le sourire rare. Tout ça se déroule dans la pénombre, on éclairait pas tellement les locaux commerciaux en ce temps-là, surtout dans le secteur de Saint-Sulpice. De surcroît on est en guerre, il faut économiser l'énergie.

Monsieur et Madame *savent* bien entendu, mais ils sont charitables, le chanoine ne leur a rien caché de la pénible situation où se trouve Marie-Gertrude. La malheureuse enfant ! Ils compatissent et en échange de leur compassion, ils vont la rémunérer au plus chiche. Il est vrai qu'elle sera logée gratos dans une mansarde de l'immeuble au-dessus du magasin.

Seule drôlerie dans tout ça, il s'appelait à *L'Habit Saint* leur bisness à ces sordides... Sans doute le père du patron qui avait créé ce commerce ne s'était-il pas rendu compte du calembour. Les loustics du voisinage (il y en avait même dans le quartier Saint-Sulpice) les autres boutiquiers, les concierges se gaussaient et avaient baptisé la maison *Chez le Négus*. Je suppose qu'en 1935, au moment où Mussolini déclencha la guerre en Abyssinie... le magasin avait changé d'enseigne.

À *L'Habit Saint*, Marie-Gertrude s'est coulée dans le moule. Instinctif elle fourbit les armes d'une revanche future. Douce et humble de cœur, elle obéit au doigt et à l'œil... elle range les objets à leur place, elle fait le ménage, passe soigneux le plumeau sur les livres. Pas un mot plus haut que l'autre. À midi, elle déjeunait avec ses patrons, les Haudrène... Joseph et Odette. Leur appartement était dans la cour... ainsi leur tambouille, les relents de friture, de choux-fleurs, de ragougnasse ne pouvaient pas atteindre les soutanes que Joseph taillait, coupait, cousait dans son atelier avec M. Miramar son ouvrier. Un homme qui aurait dû être à la retraite depuis vingt ans selon nos lois sociales actuelles. Un tout à fait viocard qui se déplaçait avec deux cannes... un des malheureux qu'on exploitait jusqu'à son dernier râle.

Ambiance que Mme Blandine définit d'un seul mot *sinistre*. Même la bouffe était à la couleur locale. Des plâtrées de riz, de nouilles, de pommes frites dans une huile un peu rance. M. Miramar, lui préférait se faire réchauffer une gamelle qu'il

75

allait savourer dans un coin de l'atelier... ou alors, l'été carrément dans la cour assis sur un pliant.

Marie-Gertrude, son déjeuner faisait partie de ses appointements. Le soir dans sa mansarde, elle se faisait sa propre dînette. Elle économisait pour se payer chaque mois le voyage à Yvetot où elle allait cajoler son rejeton. « Je savais obscurément que tout ça ne pouvait pas durer... qu'un jour j'allais trouver une issue pour m'en sortir. » En général, les petites vendeuses, les trottins de toutes sortes, elles rêvent au prince charmant qui va se pointer et les embarquer pour le château de son père en Espagne. Rare que ça arrive. Pour Marie-Gertrude, les princes qui se pointaient étaient de l'Église... des évêques, et jusqu'à des cardinaux qui venaient renouveler leur garde-soutanes. M. Haudrène en taillait de superbes... en tissu moiré... des pièces que se disputent aujourd'hui nos musées. On devinait le niveau de l'ecclésiastique à la façon dont il était accueilli. Monseigneur... Éminence... plié, courbé... bise à l'anneau. Le prélat s'efforce à la simplicité évangélique... « Mon cher monsieur Haudrène, relevez-vous... je suis là, uniquement en client... Un client comme les autres ! » Ça lui arrivait au gros Joseph de s'agenouiller carrément. « Quel honneur ! Quel bonheur ! Venir jusque chez moi ! » Tout est kif partout, on s'aplatit devant les puissants... on cire les pompes... on lèche les trains... aussi bien chez les soviets, les socialos, que dans les entreprises capitalistes... tous les royaumes. Seulement les curetons eux ils avaient ritualisé toute cette courtisanerie depuis des lurettes. Tout ça était bien au point avec une souplesse, une onctuosité inégalable... enveloppé de nuages roses, englué dans une sucrerie... le sirop d'eau bénite.

On en apprend tous les jours et partout.

C'est là dans l'antre du tailleur religieux que Marie-Gertrude a appris l'art de recevoir tous ces pontes de la Sainte-Église. Lorsqu'ils iront à *L'Abbaye* se faire éponger, se passer leurs fantasmes... leurs manies les plus extravagantes, elle saura leur envelopper même les étrons dans le papier bible. Ils seront reçus en son magasin de filles avec les mêmes égards, les mêmes mots suaves, les mêmes génuflexions qu'à *l'Habit Saint.*

Elle restait à l'écart... très servante du Seigneur... ne bougeait que sur ordre express de Monsieur ou de Madame. Dans les fonctions de ce genre où l'on doit s'effacer le plus possible, pour peu qu'on soit intelligent, ne serait-ce que l'esprit un peu affûté... l'oreille et l'œil aux aguets, on enregistre... Marie-Gertrude à dix-neuf ans avait déjà suffisamment morflé avec la mort de son grand amour, le môme clandestin à la cambrousse, pour ne plus tomber dans la première trappe ouverte. Elle prenait cette période de chtourbe en patience. Elle attendait l'occase pour prendre son envol. Sapée de gris, de noir... petit col blanc... sans maquillage... les cheveux en tresse, il lui restait quand même à l'état pur, les atouts de sa jeunesse... les formes qu'elle ne pouvait écraser sous ses robes tristes... Les prélats et autres ratichons qui venaient se faire tailler la soutane, elle captait leur attention en chanfrein... leurs sourires onctueux qui n'étaient pas uniquement l'émanation d'une inspiration divine. Dans l'ensemble, ils avaient un peu trop de carats pour qu'elle puisse s'imaginer dans l'étreinte avec eux. « Je n'avais pas encore assez l'expérience des hommes. » Malgré ce qu'elle venait de subir, elle rêvassait encore, elle ne pouvait entrer dans la résignation par la grande porte. Avec son abbé Matthieu elle s'était tout de même un peu ouverte au plaisir, aux caresses... elle en gardait la nostalgie.

Certain jour un prélat s'est pointé pour un essayage. Un homme de haute taille à la chevelure argentée. Tout à fait le grand seigneur... Marie-Gertrude lui a fait la révérence. Il a l'œil un peu allumé cézig. Instinctivement, elle a pensé qu'avec celui-là, les choses pouvaient se passer autrement qu'avec les clients habituels. Elle ne restait jamais dans le salon d'essayage attenant à l'atelier où il n'y avait rien à voir d'affriolant. Sous leur soutane, les abbés étaient le plus souvent en pantalon long, chemise et chandail. Tout ça dans des couleurs plutôt grises. Il arrivait que certains d'entre eux... sans doute les plus audacieux soient en short l'été. L'évidence qu'il se dégageait pas de ces dessous-là, des effluves aphrodisiaques... ça reniflait la sueur, quelquefois le panard douteux.

Marie-Gertrude, déjà depuis longtemps, elle se lavait entièrement tous les matins... à l'eau froide pourtant. Elle s'ablutionnait le minou. Allergique aux mauvaises odeurs même aux siennes, ce qui dénote pour l'époque un certain degré d'évolution. Nos ancêtres reniflaient, crougnotaient du cul, des arpions... de la bouche. On les voit sur les gravures en bel équipage on ne les sent pas, ça vaut mieux.

Question du dessous de la soutane, quand elle drivera son bobinard notre héroïne sera édifiée. On imagine mal les dessous de nana sous une soutane. Et pourtant elle en a vu... porte-jarretelles, bas noirs... culottes à dentelles. Pour faciliter les choses à ce genre d'obsédés, elle avait un placard spécial avec des froufrous, des jupons, des guêpières, qu'elle faisait faire en grande taille par un spécialiste en lingerie féminine. L'amateur pouvait se travestir chez elle sans risquer des complications lorsqu'il retournait à l'archevêché ou dans son presbytère.

Afin que vous vous mépreniez pas, lecteurs mes amis, me preniez pour un anticlérical primaire, je vous signale que de simples quidams... laïcs ou athées s'affublaient de la sorte... s'affublent... ce genre d'inversion vestimentaire se pratique toujours. Simplement au temps des bobinards, c'était plus facile.

Mais, revenons à notre prélat de si belle allure... un cardinal en robe rouge. Au moment où Marie-Gertrude allait s'éclipser, il a fait un geste de la main dans sa direction.

— Mademoiselle peut rester là.

Elle hésitait déjà le pied engagé sur la première marche de l'escalier en colimaçon qui conduisait au magasin... Il a insisté.

— Je vous en prie... Mettez-vous là... Vous nous donnerez votre avis.

Le patron il a acquiescé... Comment donc Éminence... Mademoiselle est très honorée... Il en bafouillait le gros Joseph, et elle, elle ne savait quelle contenance prendre. Le prélat retirait sa soutane, en dessous il était en costard. Sa soutane neuve était prête, il n'avait plus qu'à l'endosser. Une pièce en tissu très souple, du plus beau pourpre cardinalisé.

– Qu'en pensez-vous, chère mademoiselle ?

Avant de répondre, elle lui refait sa petite révérence en se tenant la jupe. Ça a fait sourire Son Éminence.

– Voyons, restez simple. D'abord comment vous appelez-vous mon enfant ?

– Marie-Gertrude, Éminence.

La patron répondait pour elle.

– Approchez-vous Marie-Gertrude.

Quand même elle tremblotait dans sa robe, la môme. Comme elle gardait les yeux baissés, il lui a soulevé le menton d'un geste harmonieux de sa pogne ornée de l'anneau épiscopal. M. Haudrène s'était écarté, un peu gêné dans ses pompes. Habitué à courber l'échine, à ne pas chercher à comprendre, il a trouvé l'inspiration d'aller un instant chercher je ne sais quoi en bas au magasin... Puisque son Éminence s'intéressait à cette enfant, ça ne pouvait être que pour son bien. Sa discrétion ne voulait pas dire qu'il était tacitement complice.

Une fois le patron disparu dans l'escalier, le cardinal toujours doucereux, sans rien dire lui a pris la menotte. Pas question qu'elle esquisse un mouvement de repli. « J'étais subjuguée » dit-elle. La menotte il se l'est appliquée au bon niveau... sous le bas-ventre sous la ceinture en tissu. Elle a senti le renflement à travers la soutane et son pantalon. Voilà. Sans cesser de plonger son regard dans ses yeux, il a dirigé la manœuvre, juste un léger mouvement, de haut en bas sur sa belle soutane rouge pour se faire polir le chinois à travers le tissu. Ça n'a pas duré longtemps, peut-être trois minutes qui lui ont paru à la fois longues et intenses. Un bon début dans le putanat, on peut dire. Sans baisser les yeux maintenant elle s'est mise à lui sourire très gentiment, vicelarde juste ce qu'il faut. Elle se demandait jusqu'où ça irait, s'il allait pas retrousser sa roupane, carrément lui sortir son instrument, exiger d'elle des caresses plus intimes. Dans ce domaine elle était novice, avec son abbé

79

Matthieu, ils n'avaient jamais poussé les rapports jusqu'à la tur-lutte et au broute minou.

Cinquante piges après lorsqu'elle gamberge à cette scène sur le papier, elle en éprouve encore un trouble indéfinissable. Elle s'étonne de sa docilité, sa complaisance. Elle l'a senti éclater à travers le tissu, s'amidonner le calcif... son regard est devenu plus trouble, il a soupiré d'extase, le salingue ! Dans des situasses de ce genre, le plus glandilleux c'est l'après-péché. Ils sont restés sans rien se dire un court instant, puis le cardinal redevenu tout à fait ecclésiastique s'est fouillé sous la soutane.

– Prenez, mon enfant.

Il lui a glissé un biffeton dans sa petite menotte secourable.

– Vous vous offrirez quelques douceurs !

Là-dessus il a rappelé M. Haudrène qui devait être resté aux aguets en bas des marches, l'affreux. Tout de suite il est apparu... toujours rampant... plié en deux... en quatre s'il l'avait pu. « Éminence... je n'arrivais pas à trouver la craie... » N'est-ce pas pour tracer quelques traits... les retouches indis-pensables pour que cette merveilleuse soutane lui tombe bien... s'ajuste aux épaules... ne fasse pas de plis disgracieux.

Maintenant Marie-Gertrude pouvait se faire la levure... dis-paraître, ça lui paraissait plus convenable. Le biffeton elle l'a promptement glissé dans une petite poche de sa blouse. Il aurait dû lui brûler les doigts... c'était le premier geste de la condition dans laquelle elle allait maintenant évoluer... peut-être aboutir à la fortune. « Y a que la première branlette qui compte. » Texto ce qu'elle trace noir sur blanc entre deux phrases d'une tournure plus distinguée.

Inutile de dire qu'à partir de ce moment l'ambiance à *l'Habit Saint* est devenue des plus curieuses... pleine de regards appuyés du patron. Le peu de temps qu'elle était restée avec son Éminence, ne permettait pas d'imaginer qu'il ait pu la caramboler même à la hussarde sur le coin d'un établi, mais il s'était passé une drôle de saynète, il en était sûr M. Haudrène. Marie-Gertrude a cru bon de donner une explication plausible à cet aparté. Son Éminence s'intéressait particulièrement à la jeunesse, il lui avait juste posé quelques questions sur sa famille, ses études.

– Son Éminence m'a dit qu'il ne pouvait pas y avoir de meilleure éducation que celle du Couvent des Oiseaux.

Odette, la patronne, avec ses lunettes rondes toujours sur le bout de son nez en bec d'aigle, fort heureux, durant l'intermède avec le Cardinal, elle était sortie faire une course. Joseph s'est bien gardé de lui relater l'événement. Sûr qu'il ruminait dans sa tronche, une façon de s'offrir quelques privautés, si possible gratuites, avec Marie-Gertrude. Elle s'en gourrait et s'efforça dès lors d'éviter de se trouver en face à face dans un recoin du magasin. Il a essayé à plusieurs reprises de lui saisir la pogne à la dérobée... le sourire engageant sous la moustache. Elle la retirait vivement. Il lui faisait horreur, ce gros bonhomme toujours essoufflé. Fallait donc qu'elle manœuvre serré, habile... il y allait de sa place et il fallait bien qu'elle casque la nourrice du petit Matthieu. La branlette au cardinal n'était qu'une agréable entrée en matière. Pour être une bonne pute, il faut savoir vaincre toutes ses répugnances. M. Haudrène en fait de micheton, elle verrait bien plus dégueulasse par la suite... elle allait s'en éponger de beaucoup plus hideux durant sa longue carrière.

Ce qui la sauvait du pire pour le moment c'était Odette la patronne. De nature soupçonneuse aussi bien pour la protection de son tiroir-caisse que de la braguette de son mari, elle gaffait tout du matin au soir et Marie-Gertrude savait qu'elle la détestait. D'emblée parce que jeune et pécheresse et tout de même bien enchanteresse malgré sa pauvre robe grise et ses bas de coton.

L'essentiel était d'éviter de se trouver seule avec M. Haudrène... que sa femme soit toujours dans les parages, ou bien le père Miramar, quelques clients ou fournisseurs.

Marie-Gertrude savait qu'elle ne pourrait en aucun cas se sortir indemne d'une situation glandilleuse avec son patron. Si elle gueulait au charron, provoquait un esclandre, ça se retournerait contre elle. L'autre ordure ne manquerait pas de clabauder que la petite garce l'avait provoqué et madame, tout en sachant bien de quoi il retourne, se ferait une joie d'écrire au tonton chanoine de venir récupérer sa petite salope. D'un autre côté... se laisser triturer... s'appliquer le patron en rut sur son gentil corps, ça lui réveillait pas les sens. Elle avoue dans ses confidences, qu'avec le cardinal elle aurait fini par aller plus loin s'il en avait manifesté le désir. Il était revenu chercher quelques jours plus tard sa soutane, je ne sais quels autres habits. Il lui avait souri d'un air entendu... il avait même passé légèrement sa langue sur ses lèvres, mais sans lui demander de rester seule en son auguste compagnie. Il est vrai que ce jour-là Odette était à son poste, avec son œil qui ne laissait perdre ni la monnaie, ni les gestes des uns ou des autres.

Marie-Gertrude a comme un regret dans le porte-plume lorsqu'elle évoque ce prince de l'Église, si bel homme et si généreux... (le billet grand format... l'équivalent de son salaire mensuel). Pourtant elle allait être gâtée question ensoutanés de luxe. Mais elle gardait une certaine tendresse pour celui-là... un prélat dont elle suivrait la carrière à travers la presse, jusqu'à sa mort dans un poste très important auprès de Sa Sainteté Pie XI.

Beau se glisser... se dérober, papa Joseph il trouvait tout de même le moyen de la frôler au passage... le prose... les cuisses... il manœuvrait en hypocrite, l'air de rien. « Voulez-vous me passer ce coupon, Marie-Gertrude. » Ce qui la débectait le plus c'était sa bouche... ses dents jaunies à la nicotine, le filet de bave qui lui suintait aux commissures des lèvres. N'était que le baiser sur la bouche est réservé uniquement à leur Jules, ça explique aussi que les putes prêtent leur cul, se laissent tripoter partout, léchouiller jusqu'au trou du fion mais refusent toujours de se laisser rouler un patin par le client.

L'évidence qu'en considérant son physique, sa situation de bourgeois catholique, il ne pouvait pas se permettre une entreprise de séduction autre que des mains au cul et la promesse implicite de rémunérer celles qui lui permettraient de les caramboler. Il est vrai que la vanité, et particulièrement la vanité masculine dans le domaine du sexe, est sans limite, mais enfin Joseph n'a jamais eu l'idée de lui adresser des petits mots doux, des déclarations d'amour enflammées. Sans doute en était-il incapable et il savait aussi que les écrits restent. S'il s'avisait de gringuer sa vendeuse de la sorte, elle pouvait ensuite fournir la preuve de cette tentative de détournement de mineure. Ça a duré quelques mois l'harcèlement sexuel à *l'Habit Saint.* Elle ne voyait plus comment s'en sortir. Personne à qui se confier. Elle était seule, bien seule dans ce circuit infernal. Le dimanche elle allait le matin à la messe et l'après-midi elle se baguenaudait par beau temps au Luxembourg ou jusque sur les boulevards. Ça manquait pas les étudiants, les calicots, les troufions en perm pour la draguer... lui balancer des compliments, siffloter sur son passage. Toujours ça de pris... celles qui s'en plaignent, feraient bien de se projeter dans l'avenir. Le moment où le regard des hommes ne s'arrêtera plus sur leurs jolis minois... ou pire encore, quand elles se feront traiter de mémères, de mémés, de vieilles peaux par les jeunots malotrus. C'est tout bonnement le comble de la malédiction.

VIII

Quand Marie-Gertrude apprend à se faire rémunérer ses complaisances

Nous arrivons donc dans les cahiers en 1916... année de la boucherie verdunoise dont il ne reste plus aujourd'hui que d'immenses cimetières... ces croix de bois à l'infini à se contempler sous la lune ou sous le soleil.

Marie-Gertrude attrape ses dix-neuf ans, ils ne vont pas rester ainsi à se morfondre entre la boutique de fringues ecclésiastiques et le souvenir de quelques étreintes dans la chambrette du pensionnat des sœurs du Bon Secours. Deux ou trois fois elle a accepté de boire une limonade avec un jeune homme qui l'a abordée sur le boulevard. Compliments d'usage... qu'elle était belle et que des yeux comme les siens ça ne peut pas exister n'est-ce pas ? Des trucs qui se disaient à l'époque. Plus agréables à entendre que les tourne-toi que je t'encule de nos séducteurs fin de siècle... Elle avait fait semblant de céder à quelques sollicitations de rendez-vous pour se débarrasser de soupirants accrocheurs, en sachant fort bien, la peau de vache, qu'elle n'irait pas... Elle n'arrivait pas à se fixer, à souhaiter, ne serait-ce qu'une amourette. Elle craignait aussi de se faire piéger.

Et à *l'Habit Saint*, toujours le vieux dab libidineux en chaleur. Plus ça allait plus il se permettait des gestes appuyés... il lui prenait parfois les seins à pleines pognes. Elle lui tapait dessus, se débattait... se détournait la tête lorsqu'il voulait l'embrasser... sa moustagache lui aboutissait dans le cou, derrière les oreilles, elle en éprouvait un dégoût profond qu'elle réprimait de sa main. « Je faisais mon éducation, après tout. »

Je vous restitue sa phrase de conclusion. Obscurément, elle comprenait qu'il lui faudrait faire passer son joli corps par les compromissions les plus sordides. La concrétisation était plus délicate... il lui fallait faire un effort terrible pour surmonter ses répugnances.

Il est arrivé que la maman de la patronne tombe malade, ça l'a obligée à se rendre à son chevet à Orléans. Ça ne fait pas une grande distance de Saint-Sulpice à Orléans, de nos jours, même pas une plombe en T.G.V. Je connais la ligne, je l'ai pratiquée en temps de guerre, d'Occupation... les trains se prélassaient sur les rails... pour laisser tout le loisir aux vaches de les contempler. À présent, ils passent comme l'éclair et les dernières vaches au pré en son devenues folles. C'est partout des terrains de golf... on n'arrête pas les progrès.

L'occase rêvée pour M'sieur Haudrène de pousser un peu plus loin ses entreprises de séduction, si l'on peut dire. Marie-Gertrude l'attendait de chatte ferme. Dès le premier soir de son célibat provisoire, il s'est enhardi jusqu'à transporter sa brioche au sixième étage... toc-toquer à sa lourde, assez doucement... Autour gîtaient quelques bonniches malveillantes et bavacheuses.

— Je vous ai porté des chocolats, Marie-Gertrude... je sais que vous aimez les chocolats.

Sitôt la lourde ouverte, sa déclaration... le paquet enrubanné à la main.

— Gentil à vous M'sieur Haudrène... mais vous auriez pu attendre demain matin pour me les offrir.

Patiblabla... échange de propos préliminaires. Dans ces cas-là les protagonistes savent très bien où l'on veut en venir. Enfin... lui, le gros Joseph, s'il s'était fendu le porte-monnaie à la confiserie de la rue Dufour, il voulait rentrer dans son investissement, récupérer un peu sa mise. Je vous rapporte approximatif les réflexions de Mme Blandine... quarante ans plus tard. Toutes ces histoires de sexe pendant la jeunesse, l'époque où l'on découvre la mécanique secrète de l'existence vous restent gravées dans la cafetière. Si c'était pas avec des fleurs qu'il s'était pointé le gros lard, c'est que les crottes en chocolat il pouvait en profiter, s'en goinfrer quelques-unes pendant les prémices de l'amour. « Amour, ça couvre tellement de choses, note justement la vieille taulière, qu'on pourrait parler du simple instinct de bestialité... même pas du vice. »

En effet, Joseph il cherchait juste à évacuer sa semence. Avec sa rombière, ça devait plus lui arriver si souvent... elle se prêtait pas à la bagatelle ou alors pour un massacre !

Sans qu'elle l'invite il a posé ses grosses miches sur le bord de son lit en fer. C'était pas le luxe dans la mansarde, aucun chauffage en hiver... pour ne pas se geler les arpions, Marie-Gertrude se montait une brique qu'elle avait mise au four, en bas, dans la cuisine des patrons. Comment le faire déguerpir maintenant ?

— Je vais pas vous manger, petite sotte.

Elle pouvait certes menacer de tout raconter à sa mémère, foutre la barabille dans le ménage... Mais elle a réfléchi et elle décide qu'elle va le laisser faire un moment. « C'est ce jour-là que je suis vraiment devenue une putain ! ». L'aveu. Elle était devant M. Joseph, très grave, elle ne bougeait plus. Ça lui a coupé la chique un instant... il était surpris qu'elle ne dise plus rien... Finalement il s'enhardit, il lui glisse... il lui passe doucement la paluche sous la jupe.

— Dites-moi, Marie-Gertrude, le cardinal vous a-t-il touchée comme ça ?

— Son Éminence ne se serait pas permis une chose pareille.

Elle a trouvé la force de lui répondre. Il a ricané, l'a traitée de petite menteuse... sa paluche est devenue tout à fait exploratrice... elle arrivait au cœur du sujet. Marie-Gertrude en éprouvait, avoue-t-elle, une grande répugnance, mais sans pouvoir se débattre, s'écarter... « Cette ordure m'excitait. J'étais bien une petite salope et il ne s'est pas privé de me le faire savoir. »

— Cochonne, hein ! t'aimes ça ! C'est ce qu'il te faisait ton petit curé au pensionnat ?

De plus en plus odieux, mais elle le laissait fouiller, farfouiller de ses gros doigts dans son intimité, comme on disait dans les livres sexy naguère, lorsque la censure veillait au grain des mots.

D'un geste brusque il l'a rapprochée entre ses cuisses. Il tenait plus. Fébrile il a déboutonné sa braguette et il en est sorti non pas le diable mais une quéquette bien ordinaire. Elle ne se souvient plus tellement de ses dimensions preuve qu'elle n'avait rien d'exceptionnel. En tout cas, elle découvrait un plaisir bizarre à se laisser faire par ce gros porc. Analysant ça par la suite, elle convient qu'il s'agit là des prémices de la perversion. Ça va d'ailleurs lui être de la plus grande utilité pour la suite de sa carrière. Une gonzesse qui se contente de se faire enjamber pour le fric, n'aura jamais autant d'attraits pour ses clients que celle qui prend une espèce de plaisir à être souillée. Même s'il ne s'agit que d'une satisfaction mentale, le plus borné de ses partenaires ça ne peut pas lui échapper.

En même temps dans sa tête ça se bousculait, il s'agissait pas de laisser aller M. Joseph jusqu'au bout... qu'il la pénètre et risque de l'engrosser. Le petit Matthieu au moins était un enfant de l'amour, elle tenait pas à avoir un deuxième gosse engendré par ce type qu'elle qualifiera encore quelques années plus tard de gros dégueulasse.

Véritable oie blanche, bonniche minable, elle se serait laissée posséder à la va-vite. Un scénario plutôt courant... la servante tringlée par le taulier ou le fils de la famille et qu'on chasse avec un chapelet d'insultes lorsqu'elle est enceinte. On rencontre ça dans moult romans de la belle époque. C'est aussi le thème de bien des chansons réalistes. Elles prêtent à rire aujourd'hui, elles émanaient d'une noire réalité. Pour que le mâle qui assouvissait son instinct sexuel ne se défile pas ensuite comme un clébard, il fallait qu'il soit bien coincé dans une société qui l'oblige à prendre quelques responsabilités. Ça justifiait le mariage, le sacrement... la loi. Tout ça avant la pilule... les contraceptifs... Nous sommes sur une autre planète.

Marie-Gertrude, il a beau tirer sur sa culotte tout en la basculant sur le lit, elle résiste à sa façon. Il en est, le gros Joseph, au point où il ne peut plus se contenir et il se met à lui postillonner des propos de plus en plus odieux... qu'une petite morue comme elle qui a déjà corrompu un prêtre et un cardinal... n'a pas à faire tant de chichis ! Elle trouve la parade en lui saisissant la chopotte... elle va le faire s'assouvir à la paluche, il ne sait plus où il en est... il répète : « Salope ! Salope ! Arrête donc ! » Elle y va de plus belle, il met pas une minute à jaillir... envoyer la semoule en poussant une espèce de beuglement... il a les yeux tout révulsés. « Petite putain ! Ah ! petite putain ! »

Elle lâche le morceau. Elle a les pognes gluantes... À gerber ! Mais brusquement elle se met à rire... à rire en se redressant pour contempler sa curieuse victoire. M. Joseph est anéanti sur son lit... braguette béante... son zoiseau d'amour qui à vue d'œil se ramollit. Finalement elle s'en tire au moindre mal, il ne l'a pas pénétrée. Elle a péché certes, elle le dira en confession au vicaire bigleux qui lui donne l'absolution de temps en temps. « Mon père, je m'accuse d'avoir commis une faute contre le sixième commandement. » Le bigleux, derrière sa petite grille, en général il ne veut pas en savoir davantage, il n'est pas encore assez vioque, assez roublard, torturé pour cuisiner les pénitentes... si c'était par pensée, par acte... avec les doigts ou la langue, leurs vilaines actions... il se contente de lui demander si ce péché elle l'a commis seule. Marie-Gertrude qui s'est déjà bien engagée sur le chemin de la perdition va lui répondre tout simplement que c'était avec un monsieur. « Mais... mais... vous n'avez pas accompli l'acte de chair au moins ? » Il en bredouillera le jeune vicaire... elle va le rassurer... enfin si l'on peut dire. Il va sortir de son confessionnal, en se demandant ce que cette jeune fille a bien pu faire comme péché avec ce monsieur. Ça va lui faire de quoi souiller, lui aussi, ses draps à se triturer les méninges pour imaginer le duo.

— Puisque je suis une putain, monsieur Haudrène, il faut me payer.

Ça lui est venu, tandis qu'elle rajuste sa tenue, qu'il est encore avachi, tout pantelant sur le lit... qu'il se reboutonne pénible. La phrase le fouette comme une insulte... du coup il se redresse. La payer ! Ah ! merde ! c'est le comble ! Il voulait se l'envoyer à l'œil... c'est toujours plus ou moins le but des copulations ancillaires. Les patrons, ça leur économise les frais du bobinard de sabrer leurs bonniches, chez eux le fric et le sexe sont étroitement mêlés. Mauriac expert en bourgeois torturés entre leurs intérêts et leurs passions interdites... le remarque dans je sais plus quel roman... un de ses héros est tenté par une créature, mais il n'arrive pas à se dégager de l'esprit la somme que ça va lui coûter. Réaction qui participe de la volonté de défense du patrimoine de sa caste contre vent et péché.

— De l'argent... mais je n'ai pas d'argent à vous donner...

Il est devenu rouge de fureur, et non de honte d'avoir été suborné une mineure, il s'étrangle.

— Vous êtes devenue folle ! Je suis venu gentiment vous dire bonsoir... m'inquiéter si vous n'aviez besoin de rien...

Comme ordure il atteignait des sommets. Marie-Gertrude s'était plantée devant la porte.

— Enfin, c'est vous... qui m'avez... c'est vous qui m'avez...

— Masturbé... j'ai appris ce mot. Eh bien allez vous plaindre à mon oncle... ou à votre femme quand elle rentrera.

Marie-Gertrude avait trouvé le ton, l'attitude ferme pour lui parler. Ça allait lui rester pour toujours ce comportement un peu sec... la voix uniforme pour affronter les mâles. Il se croyait le plus fort, ce pauvre nave, avec ses cinquante ans, sa position de tailleur favori du clergé... il s'apercevait qu'il fallait bien qu'il compose avec une petite morue, une traînée, une pouffiasse... tous les vocables qu'il avait employés tout à l'heure avec tant de courtoisie.

Une fois sa tenue rajustée, il s'est avancé vers la porte et il a bafouillé un dernier argument qui sentait déjà la justification.

— Et d'abord je ne vous ai pas... je ne vous ai pas !

— Parce que je ne vous en ai pas laissé le temps.

Il se radoucit... il s'est laissé prendre aux pièges de sa jeunesse, il va la *dédommager*... le mot qu'il emploie... mais il n'a pas d'argent sur lui... il reviendra lui porter un louis d'or. Ça, c'est une belle récompense.

– En échange, il faudra être encore plus gentille...

Un louis avant le franc Poincaré c'était la base, le talon de la monnaie française. Tous les plouques en enterraient dans leur jardin. Pour Marie-Gertrude un louis c'était appréciable. L'autre fringueur de curés, il sentait qu'il avait un peu retourné la vape. Après tout un écu, il pouvait le soustraire de la caisse sans qu'Odette s'en aperçoive. Ça devait lui être arrivé de détourner un peu de pognon pour aller se faire éponger par les putes rue Saint-Denis ou à Montparnasse. Sans lui répondre Marie-Gertrude lui a ouvert sa lourde... maintenant elle ne pouvait plus le voir, le supporter encore devant ses yeux. « Il est sorti en me souhaitant bonne nuit, je l'ai entendu descendre l'escalier. J'ai eu envie de vomir en me lavant les mains. Je me sentais souillée. Tout me paraissait hostile. Ce soir-là j'ai pleuré, pleuré... je crois que j'ai versé des larmes pour le restant de ma vie. Le lendemain j'étais à sec et j'allais y rester. »

Mme Haudrène est revenue. La mort de sa mère était remise aux calendes chrétiennes. Tout est rentré dans l'ordre. Marie-Gertrude a repris son travail sur une chasuble commandée par l'archevêque de Reims. Une pièce de toute beauté. M. Joseph est venu lui donner des conseils pour manier les fils d'or. Et à propos d'or, il y avait cet écu entre eux.

– Je monterai vous voir, dès que possible il a chuchoté... Je vous ai promis quelque chose.

L'écu d'or certes, mais qu'il ne s'imagine pas qu'elle allait s'allonger sous sa couenne pour si peu. Elle lui a répliqué presque sans remuer les lèvres qu'il ne fallait pas qu'il se donne la peine de monter six étages, il pouvait très bien lui donner le salaire du péché ici même, Madame n'avait pas le regard constamment sur eux.

Il tire un peu la tronche le cher Monsieur Haudrène, il sent bien que cette petite salope va se servir de son épouse comme bouclier. Pas commode de soutirer une pièce d'or à un bourgeois lorsqu'il a assouvi ses bas instincts. La règle de fer dans le tapin... que le clille doit toujours éclairer avant même de se déloquer. La leçon va lui servir... Elle se glisse toujours adroitement dès qu'il veut la saisir par la taille, risquer un geste vers son arrière-train. Elle est svelte et souple et il n'arrive pas à la coincer. Ça leur fait comme un jeu de cache-cache, elle en arrive à lui signifier en se frottant l'index contre le pouce qu'il faut absolument qu'il raque. Furieux, il fait ensuite celui qui ne comprend pas ou qui ne veut pas comprendre. On en reste là quelques jours... ça met du plomb dans les relations... aux repas elle mange quasi silencieuse, le nez sur la pitance de perpétuel carême de Madame. Ce qu'elle met dans les assiettes, celle-là, lui ressemble, c'est toujours fade et sans attrait. On becte parce qu'il le faut bien... les plaisirs de la table font presque partie des choses défendues.

Lorsqu'un tapeur vous doit du fric, on est à peu près certain qu'il revient plus à l'attaque... c'est souvent le moyen de s'en décoller, on se coupe un bras... on est peinard. Finalement Marie-Gertrude a renoncé à se faire rétribuer sa branlette. Première et dernière fois. Elle en fait le serment. Au fond s'il lui avait refilé son écu promis, elle aurait eu beaucoup plus de mal à se décrocher. Ça leur faisait aussi comme un secret, quelque chose d'inavouable entre eux et elle pouvait avec ça se permettre quelques libertés dans le travail.

Les jours s'écoulaient plutôt lugubres, mais à ce moment-là... en France, le ton n'était pas tant à la rigolade... Tous les jours les hommes tombaient sur le front... dans les tranchées... À l'église on y allait de quelques neuvaines à leur intention... prières expiatoires... On rencontrait dans les rues de plus en plus de femmes en deuil... le deuil d'alors... avec des voiles noirs jusque sur le visage. Bien sûr, les soldats savaient qu'à l'arrière un tas de profiteurs se sucraient dans les fournitures pour l'armée. Chez *Maxim*, à *la Tour d'Argent*... dans les meilleurs hôtels, dans les boîtes de nuit, ça bambochait sans retenue. Mais ça se passe comme ça dans toutes les guerres... on souffre, on meurt d'un côté et de l'autre on se la fait belle et crapuleuse.

Marie-Gertrude était pour l'instant plutôt du mauvais côté

de la situasse... parmi les sans-le-rond... pour la moindre dépense, elle devait compter. Bien gentil de faire fi des convenances concernant les bonnes mœurs, mais comment en tirer parti sans tomber dans certains traquenards que lui avaient racontés quelques camarades dans le pensionnat des filles-mères. Pour faire le larron, il faut l'occasion... la larronne aussi.

IX

Où Marie-Gertrude succombe à un étrange séducteur barbu

Un jour à cette époque se présente à *L'Habit Saint* un monsieur d'un certain âge qui veut acheter un chapelet. On ne vend pas de chapelet chez M. Haudrène... c'est plus loin à *la Procure du Clergé*... ou même le long du chemin, ça ne manque pas de boutiques qui regorgent de chapelets, de scapulaires, médailles qu'il ne vous reste plus qu'à faire bénir à Lourdes et sans aller jusque-là... n'importe quel vicaire de paroisse peut faire l'affaire.

Au moment où l'homme se pointe, un hasard, Marie-Gertrude est seule dans le magasin. M. Joseph est sorti avec un fournisseur, un marchand de drap qui l'a invité à prendre un verre à la brasserie la plus proche. Pas dans les habitudes du patron d'aller se traîner la bedaine dans les troquets, s'arsouiller avec le commun des manants... Une fois n'est pas coutume, Odette à cette heure-là est dans sa cuisine à préparer la tambouille du déjeuner, elle peut laisser la garde du magasin à Marie-Gertrude... en cas de nécessité, celle-ci n'a qu'à traverser la cour pour l'avertir. Là, il ne s'agit même pas d'un client... juste un monsieur qui s'est trompé de boutique. Il est vêtu strict, d'un manteau cintré gris souris... col dur et cravate noire avec une épingle ornée d'un petit brillant. En soulevant son chapeau melon il découvre une calvitie. Avec sa barbouse sombre, on dirait un notaire, un magistrat... enfin quelqu'un de sérieux, mais déjà Marie-Gertrude sait à quoi s'en tenir sur les hommes qu'on dit sérieux. Elle apprendra de plus en plus qu'ils ne le sont pas plus que les hurluberlus, les genres artiste, les étudiants attardés, les bavacheurs de comptoir. Derrière les barbes, les cols cellulo, les binocles... le cochon sommeille léger... un rien l'éveille. C'est sans doute une question de pif... d'instinct... il rallège au moindre signe... il frémit du groin, pour ne pas préciser davantage.

Ce barbu la dévisage sans vergogne... il a un regard qui la transperce. Regard de serpent qui hypnotise sa proie. Ça n'empêche qu'il découvre ses dents en souriant au milieu de tous ses poils noirs.

— Mademoiselle, permettez-moi de vous dire que vous êtes très belle. Ne voyez-là aucune intention déplacée. Je suis esthète... un amateur de tout ce que le Bon Dieu a créé d'agréable pour le plaisir de nos yeux.

Blandine restitue approximatif les compliments du quidam. Il la subjugue... elle balbutie un bout de réponse... le remercie. Et il enchaîne... il débite un flot de paroles, de louanges... il se dit professeur enseignant dans les écoles chrétiennes bien entendu.

— J'attends prochainement un poste au Canada. À Montréal chez les pères du Saint-Esprit.

Certes dans le secteur où il se trouve, chez ce tailleur de soutanes, il serait malvenu de se dire député radical-socialiste, négociant en vins et spiritueux, pourquoi pas bookmaker sur les courtines à Vincennes ou Auteuil ! Il décarre plus... Il a reniflé une proie, une poulette de grain.

Beau se présenter sous un aspect peu séduisant... ses fringues, cette barbouze, son âge... à l'évidence il est dans les eaux de la cinquantaine... ça fait tout de même un drôle d'écart, un handicap considérable à surmonter pour atteindre ce tendron en fleur.

Elle a envie d'une certaine façon qu'il décarre, qu'il aille chercher son chapelet un peu plus loin... et en même temps elle est comme figée, incapable de trouver la formule polie pour le pousser vers la lourde.

Le zèbre était d'une sacrée envergure question technique de l'emballage des dames. Aucun doute, il s'agissait bel et bien de notre Barbe-Bleue national, Henri-Désiré Landru le sire de Gambais. Il était à ce moment-là en pleine période de chasse à l'héritage, à la recherche de mémères esseulées qui abandonneraient tout pour le suivre. Qu'avait-il à glaner avec cette quasi-gamine, cette oie qui lui paraissait presque blanche ? Le pli, Henri-Désiré, faisait bite de toutes fesses. Durant sa période assassine... les quatre années de la Grande Guerre, en dehors des dix douairières qu'il aurait vraisemblablement rôties dans sa cuisinière de Gambais, il s'est offert un parcours exceptionnel de Don Juan. L'enquête parlera de quatre cent quatre-vingt-trois femmes consommées. Dans ce lot exceptionnel de conquêtes, on en trouve de tous les âges, toutes les formes, toutes les fortunes... des dames de la haute, des snobs, des commerçantes en goguette, des jeunes filles encore en robe de pensionnaire... un échantillonnage qui prouve que notre bonhomme avait un tempérament peu commun. En considérant son âge, le laps de temps dont il dispose à chaque fois, on reste confondu. Et aussi en voyant les photographies de certaines de ses conquêtes... en particulier celles qu'il se réserve pour la cuisson. Des dabuches hors consommation sexuelle normale... matrones à chignon... gueules d'empeigne... moumoutes et dentiers ! Avec sa bonne présentation, sa barbe de sénateur, ses manières calculées adéquates pour chaque victime, ses promesses de mariage, il finissait par les attirer dans sa couche. Et là, le feu d'artifice... d'artifesses.

Tout cela est attesté... les poulagas chargés de l'enquête, pensez s'ils s'en sont donné à rapport-joie... tous les détails les plus *hards* dirait-on dans les revues pornos qui fleurissent aujourd'hui jusque dans les kiosques près des églises. Un infatigable enjambeur... érotomane d'élite... passant des nuits à ramoner les cheminées d'amour. Après ce genre de séance en général unique, il larguait ses proies... celles qui se croyaient alors victimes d'un vil suborneur, d'un salaud qui les abandonnait après avoir profité de leur minou joli voire carrément de leur trou du cul, pouvaient s'estimer bénies du ciel... quittes à un très agréable compte. S'il revenait, qu'il remettait le couvert, ça pouvait se terminer par le fatal week-end à Gambais. Clic ! Un aller simple pour elle et un aller et retour pour lui.

Avec Marie-Gertrude par bonheur, il voulait juste se payer un petit divertissement de chair fraîche. À chaque femme qui se pointait sur son parcours, il offrait, gentleman, ses services. Séduire était sa raison de vivre, son art. Tuer ne fut que secondaire... une nécessité.

Il a un pouvoir quasi diabolique pour hypnotiser les femmes. En tout cas notre Marie-Gertrude est sous le charme... elle ne sait plus ce qu'elle entend. D'habitude elle esquive les rendez-vous... trop peur des histoires... des ragots... elle sait que sa situation est des plus fragiles et qu'elle n'est pas encore moralement assez armée pour se lancer dans la lutte pour la vie... à Paris surtout... jungle épaisse où le moindre faux pas vous englue dans la misère *vitam æternam*. Eh bien cette fois, elle accepte le rendez-vous avec ce M. Désiré Crozatier, il a supprimé le Henri, Désiré donne plus à rêver. Pour qu'elle soit tout à fait rassurée, il lui tend sa carte, il habite dans le Ve, rue Gay-Lussac, c'est à deux pas.

Le dimanche suivant, rencard au Café de la Paix, qui est pourtant rempli de guerriers en cette année 1916... enfin des guerriers à galons... pour la plupart de ceux qu'on appelait « les planqués »... des bureaucrates, des petits veinards, pistonnés... amis des sommités de la République. Elle n'a pas hésité à venir Marie-Gertrude... pourtant ce personnage, à la réflexion, lui paraît curieux et plus curieux encore qu'elle se déplace pour aller le voir. Elle s'est mise en frais pour se montrer sous son meilleur jour. Nous sommes au printemps et il fait beau, alors elle s'est un peu dégagée de ses plus lourds fardeaux de tissus grisâtres. Elle a mis un petit chemisier blanc... une jupe légère... un ravissant chapeau qu'elle a acheté au Bon Marché. Surtout elle est jeune, elle a ses yeux bleus candides malgré les expériences qu'elle a déjà vécues. Une bouche tendre... une peau de lys... Que demande le vieux... le barbu satyre qui l'attend à la terrasse ? Il se courbe, lui baise la main pour l'accueillir. Il est heureux... elle lui fait beaucoup d'honneur.

Elle ne le trouve pas tellement plus attrayant que dans la pénombre boutiquière de *L'Habit Saint*, mais elle subit à nouveau ce drôle de sentiment d'être comme une petite oiselle à sa merci. Peut-être écrivant cela plus tard, à la lumière de tout ce qu'on va apprendre pendant le procès Landru, sera-t-elle influencée ? Pourtant, devenue Mme Blandine, elle ne s'en contera pas, elle restera le plus parfaitement lucide. Elle s'étonne de son comportement après l'aventure sordide avec son patron, elle s'était pourtant promis de se méfier des hommes.

Voilà, elle boit une grenadine... lui aussi, il se contente de sirop, d'eau minérale, il a horreur de l'alcool, des excès de table... de la débauche sous toutes ses formes a-t-il le culot de prétendre. Peut-être faut-il se méfier des buveurs d'eau, souvent ils se rattrapent ailleurs.

Cette fois, il se contente de quelques généralités à son sujet... Il a l'habileté de la faire parler... de la confesser autant que la bienséance le lui permet. Petit à petit, elle lui avoue presque tous ses malheurs... l'amour interdit avec l'abbé Coulon... l'enfant... la mort au champ d'honneur de son amant. Il écoute... il compatit... il lui a pris la main et elle ne l'a pas retirée. Il est peut-être plus vieux que M. Haudrène mais ça n'a rien à voir, elle ne se méfie plus et qu'importe s'il a tout de même, tout au fond de lui, les mêmes idées que tous les hommes avec les femmes, lui au moins, il ne brusque rien. Il ne cesse de la dévisager.

— Comme vous avez dû souffrir ! dit-il.

Ensuite... ensuite... ils ont quitté la terrasse... et ils ont marché sur l'avenue de l'Opéra. Pour le commun des passants c'est une jeune fille qui se promène avec son papa. Il lui a pris le bras. Elle lui parle de son odieux patron... de l'ambiance dans le magasin où le soleil n'entre jamais, où elle n'ose pas rire, crainte d'irriter Madame Odette.

— Je suis heureux d'être avec vous... très heureux Marie-Gertrude. Vous êtes un rayon de printemps dans mon automne.

V'la comme il cause, l'assassin des dames esseulées. Pas certain qu'avec Marie-Gertrude il n'ait que des intentions lubriques, le plaisir d'ajouter un joli gibier à son tableau de chasse. Il lui est arrivé de faire disparaître une jeunette de dix-neuf ans précisément, la servante d'une cartomancienne, sans en tirer aucun profit matériel, la malheureuse était comme Marie-Gertrude sans un flèche... Elle a tout de même fait le voyage sans retour à la villa *l'Hermitage* à Gambais. Il est vrai aussi qu'au moment de son arrestation il filait le parfait roman d'amour avec une jolie Fernande de vingt-deux ans qu'il a détournée de ses fiançailles avec un soldat sur le front. C'est celle qui dira devant la cour d'assises que son vieil amant était fougueux comme un jeune homme. À l'évidence, ayant vécu avec elle pendant plus d'un an, plein d'égards, de mille prévenances, il n'avait aucune intention de la faire disparaître. On sait aussi que parallèlement à cette existence de séducteur meurtrier, il avait une femme et quatre enfants qu'il élevait chrétiennement.

Allez comprendre quelque chose à l'homme après ça... Les psy bien sûr ont des réponses... valent-elles mieux que celles des sorciers en soutane qui font intervenir le diable... la tentation... le mal ? En tout cas il a des atouts sataniques dans son jeu, Henri-Désiré. En une promenade, qui les conduit jusqu'au jardin des Tuileries, Marie-Gertrude est emballée... pesée... elle n'a plus tellement la force de lui résister. Il s'est mis à palabrer sur l'Opéra... *Manon*... *Louise*... *la Flûte enchantée*... *la Traviata*. Elle lui avoue son ignorance de l'art lyrique, mais il lui promet de l'initier... qu'une jeune fille intelligente comme elle se doit d'avoir une éducation musicale... que ça lui affine la sensibilité. Des arguments dont on ne peut que convenir quand on sort du Couvent des Oiseaux. Et la musique, ne vous rapproche-t-elle pas de Dieu ? La grande astuce des plus subtils mystificateurs... mettre Dieu dans leurs cartes maîtresses. Ça n'empêche pas de tenir la menotte de la belle... de l'élever jusqu'à sa barbe pour lui donner un baiser léger, léger. Il sait, Henri-Désiré qu'il ne faut surtout rien brusquer... en tout cas avec celle-là... Il ignore qu'elle a déjà fourbi ses défenses de pute lorsqu'elle a eu affaire à un gougnafier comme son patron. Mais, là, elle se laisse aller... après tout, elle a bien le droit d'être aussi à plusieurs facettes.

Le plus délicat dans ces prémices c'est le moment où l'on se quitte... Elle aurait sans doute cédé dès cette première rencontre, s'il l'avait invitée à dîner dans quelque restaurant. Ensuite, elle l'aurait suivi.

Toujours courtois... le melon à la main, il lui propose un soir de la semaine suivante de l'accompagner à l'Opéra-Comique où l'on joue *Manon* justement. Celle de Massenet, il la préfère à celle de Puccini... il l'a vue au moins dix fois, il en connaît les plus grands morceaux par cœur. Il les lui fredonne d'une voix un peu fluette.

Eh bien voilà, Marie-Gertrude ira voir *Manon* avec ce monsieur qu'elle trouve si correct, si distingué... qui lui offre une fleur, une rose en sortant du théâtre pendant leur souper en tête à tête, dans un restaurant des boulevards. Elle rêve de la même scène avec un homme moins âgé, moins barbu peut-être, l'œil moins scrutateur par moment, mais elle se pose plus de question. En sortant, il hèle un fiacre, elle monte avec lui... il va trottinant, le fiacre, jusqu'à la rue Gay-Lussac. Elle n'esquisse pas la moindre résistance... qu'il faut qu'elle regagne sa mansarde au-dessus de *L'Habit Saint*, elle s'en moque et, sur le trajet, Désiré la prend dans ses bras. Elle sent sa barbe lui chatouiller le cou, il remonte, il trouve sa bouche, qu'elle ne refuse pas.

– Je suis si heureux, murmure-t-il...

Elle, elle ne sait pas au juste. Le serpent conduit Ève à la pomme. Il s'enroule, elle ne dit plus rien... elle ne résiste pas.

C'est seulement après le coït, après l'étreinte amoureuse, qu'elle considère peu à peu, la cagna où il l'a conduite pratiquement les yeux fermés. Certes l'époque n'est pas au moelleux dans les intérieurs ou alors il faut atteindre les sommets de la société... la grande bourgeoisie un peu comme chez ses parents. Tout ce qui est intermédiaire est laid, triste, d'un mauvais goût ostentatoire... Marie-Gertrude n'est pas habituée au luxe, chez les Haudrène, ça respire la médiocrité, la parcimonie... Dans la garçonnière de Désiré, elle éprouve une drôle d'impression... c'est un appartement où sont entreposés des tas de meubles hétéroclites... des valoches, des paniers, toutes sortes de paquets comme en attente d'un déménagement. En dehors du lit de campagne où elle vient de se laisser prendre... il n'y a rien qui indique une vie normale. Son conquérant lui a expliqué en vitesse, en arrivant, qu'il se préparait pour le départ au Canada... qu'il y avait là aussi des meubles que sa famille lui avait confiés. Marie-Gertrude n'en avait cure à ce moment... Don Juan la conduisit dans sa couche et là... ce fut la révélation des révélations ! Avec l'abbé elle n'avait éprouvé que des esquisses de plaisir... des frissons épidermiques. Il était maladroit, l'abbé, bien excusable, c'est pas dans les séminaires qu'on apprend l'art d'aimer... les trente-deux poses... le käma-sütra.

Avec son séducteur barbu et quinquagénaire, elle s'est vraiment abandonnée... plus aucune retenue... le Seigneur Dieu et ses interdits aux oubliettes ! Le mot qu'elle écrit... irrésistible... il était irrésistible, Henri-Désiré ! Il avait pu tout se permettre sans qu'elle en fût le moins du monde choquée. Tout allait de soi. Il l'a conduite au sommet de la jouissance en prenant son temps, en jouant de la bouche, de la barbe à papa... de ses mains expertes... il ne l'a pénétrée que lorsqu'elle en est venue à le lui demander d'une voix suppliante « Prends-moi ! » Et ça a duré, duré... c'était un délice sans fin qui l'a laissée rompue, rendue, mais épanouie. Elle ne le nie pas, mais ça lui fait peur, honte à présent d'avoir connu pour la première fois la félicité physique avec cet assassin abominable.

Pantelante, elle en redemande rien que par son attitude, écartée, offerte, troussée, obscène. Et il a remis le couvert Henri-Désiré... presque immédiatement. C'était un de ces privilégiés du gourdin... érotomane, priapique... un phénomène. Ç'aurait pu le rendre sauvage, violeur de coin de bois, branleur effréné, mais il savait domestiquer ses pulsions... se retenir... il pratiquait le *coït interruptus*, la seule méthode contraceptive en ces temps d'avant la pilule. C'est inscrit dans son dossier... en dehors de sa légitime, il n'a pas éparpillé de marmailles sur son parcours. On lui reproche juste d'avoir supprimé quelques unités de son bataillon de conquêtes. Une vétille.

On n'en finira jamais de l'étudier, c'est un animal à sang froid, un spécimen rare. En tout cas avec Marie-Gertrude ça n'a jamais dépassé cette nuit initiatrice. Lorsqu'elle s'est pointée au rendez-vous le dimanche suivant, dans un état de fébrilité extraordinaire, elle s'est mangé un lapin entier avec les os et les poils. Elle imagine pour se rassurer qu'il était malade, blessé, retenu quelque part, qu'il ne pouvait l'avertir autrement que par lettre à *L'Habit Saint* et encore avec précaution. Son courrier arrivait sur le bureau tiroir-caisse de Mme Haudrène qui s'arrogeait le droit de lecture puisqu'elle était encore mineure, sous sa tutelle. Son incartade nocturne rue Gay-Lussac n'était pas passée inaperçue... quand elle était rentrée au petit matin, malgré toutes ses précautions... les bottines à la pogne pour ne pas faire de bruit dans l'escalier, elle avait entendu des craquements, du remue-ménage derrière la lourde de ses patrons. Le lendemain elle avait eu droit à des réflexions sur ses traits tirés, son air fatigué... et dès qu'il avait pu M. Joseph lui avait glissé en lousdoc : « Alors petite salope où étais-tu cette nuit ? » Question sans réponse et il en avait profité pour lui saisir les fesses à pleines mains au passage. Impossible de réagir sans provoquer du schproum.

Après deux heures d'attente au café Capoulade sur le Boul' Mich, elle avait été rôder devant son immeuble... se planquer dans une porte cochère pour surveiller sa fenêtre au quatrième, observer les allées et venues... Il pleuvait... en cette saison à Paris, le froid revient souvent sans crier gare. Elle était transic... en larmes. Ce soir-là, elle est rentrée à la nuit tombante, un peu anéantie. Elle commente son comportement, lorsqu'elle écrit... que tout cela s'enfonce dans le passé, en une exclamation ! « J'étais comme une chienne en chaleur ! »

Elle a profité d'une course... comme Madame l'envoyait faire parfois dans le quartier chez des clients, des fournisseurs, pour retourner rue Gay-Lussac. Elle avait écrit une lettre dont elle n'a plus trop idée du contenu. Lettre implorante... Qu'est-ce que je vous ai fait ? Qu'y a-t-il ? Des mots brûlants d'amour, ceux qui passent par le sexe. Enhardie jusqu'à frapper chez la concierge... une de ces classiques harpies à chien-chien roquet... chignon sur la tronche... le ragoût qui mijote dans le faitout au milieu de la cuisinière. Reçue en aigreur. « M. Crozatier est parti sans laisser d'adresse... et sans régler son loyer... ». Marie-Gertrude ne savait que dire avec son enveloppe à la main. La harpie-cloporte la foudroyait de son regard... ses yeux de rat d'égout. Pour l'achever, elle a ajouté :

— Vous êtes pas la première qui le demande. Ni sans doute la dernière.

Xetera... que tout ça n'était pas très propre... toutes ces femmes qui défilaient chez lui.

— C'est ce que j'ai dit au commissaire de police.

Et tout à coup radoucissant le ton, elle lui a conseillé, si elle avait quelque chose à lui reprocher, d'y aller chez M. le Commissaire... Il ne demandait que ça, toutes les plaintes, tous les renseignements possibles au sujet de cet oiseau rare. Marie-Gertrude ne sait trop ce qu'elle a bafouillé comme explication, elle a éludé, pris la tangente à reculons et dès qu'elle a tourné les talons, elle s'est éloignée le plus vite possible. Elle sentait dans son dos l'aigu regard de la mégère sortie sur le pas de la porte.

X

Où Marie-Gertrude rencontre un chevalier du ciel et devient majeure dans les bras d'un voyou

> L'illusion du plaisir et la peur de la mort sont les seules industries où l'on peut faire lâcher jusqu'à leur dernier sou aux hommes.
>
> Jean Anouilh

Son vieil étalon initiateur de volupté, elle ne l'a revu que cinq ans plus tard, en photographie dans les journaux. Elle ne l'avait pas oublié, certes il lui avait laissé plus qu'un souvenir, une marque indélébile. Elle convient, lorsqu'elle est déjà devenue Blandine, pas encore Madame, en 1921, qu'elle a bu, dégluti moult hontes et s'accommode déjà de toutes les turpitudes du sexe. On va revenir sur son parcours... cinq ans, ça lui avait donné le temps de devenir majeure, de s'arracher des préjugés qui vous entravent l'existence surtout quand on n'a pas de quoi se la dorer sur tranche. Ça lui fait un drôle de choc de retrouver son Don Juan barbu accusé d'une dizaine de meurtres. Pas d'erreur... elle s'est payé tous les journaux possibles... ça ne pouvait pas être un sosie et en plus on en tartinait dans la presse sur ses manières... sa façon de conduire ses malheureuses victimes dans le piège à feu de Gambais.

Rétrospectif, elle a eu quelques frissons de trouille. Peut-être avait-elle échappé au pire, grâce à un concours de circonstances... l'obligation pour lui de déguerpir dès le lendemain de

105

leur nuit de noces, traqué par des créanciers... Il passait sa vie à fuir, à se travestir, à changer d'identité comme tous les escrocs.

Déjà au moment où l'affaire a éclaté, Marie-Gertrude était entrée à *l'Abbaye*, juste à sa majorité, largué les amarres d'avec les époux Haudrène, leurs oripeaux ecclésiastiques... leurs comptes à la mords-moi... les cochonneries de M. Joseph qui se masturbait quand elle allait aux toilettes. Uniquement cette privauté, elle lui octroyait. Les chiottes étaient dans un recoin au fond de la cour. Il l'avait suivie un jour pour essayer de la lutiner. Pas de ça, goujat ! Et comment en étaient-ils arrivés à cet arrangement, ces petites séances où elle laissait la porte ouverte pour lui permettre de la mater tandis qu'elle faisait son pipi au-dessus de la lunette des gogues à la turque. Il se recroquevillait dans le coin... rapidos il se la sortait... et vas-y, pépère le tango de la veuve Poignet ! Bonne fille, elle restait la culotte bas jusqu'à ce qu'il s'épanouisse, si l'on peut dire. Elle en éprouvait une espèce de satisfaction perverse. Elle, dans ce coup-là, elle ne risquait rien... à peine une souillure de son âme qui en avait déjà vu d'autres. Lui, une fois son fade pris, il rengainait au plus vite son instrument et il retournait au travail... découper les tissus des futures soutanes. Marie-Gertrude revenait à son tour, reprendre son aiguille, son fil. À chaque séance, il lui fourrait dans la poche de son tablier en passant une pièce de dix francs. Les soldats au casse-pipe touchaient eux, qu'un sou par jour. Il lui en avait fait la délicate remarque pour souligner combien il était généreux.

L'Abbaye à ce moment-là existait déjà depuis plus d'une dizaine d'années. On en jactait en lousdoc chez les gens bien informés, clients, maquereaux et flics, ça va de soi. On savait qu'on y recevait assez souvent le clergé en mal d'amour... que c'était la discrétion garantie... que déjà à l'intérieur tout était agencé afin que les amateurs ne puissent pas se rencontrer comme dans les bordels ordinaires.

Mais revenons après l'épisode d'Henri-Désiré... Notre héroïne déboussolée s'est alors mise à traîner dès qu'elle le pouvait sur les boulevards, le dimanche. Elle a eu quelques aventures sans lendemain. Pour son propre plaisir et en y ajoutant si possible de quoi aller gâter en fin de mois son petit Matthieu qui grandissait, devenait magnifique avec les yeux doux de son père et le sourire de sa maman.

Dans le lot de ses amants d'une nuit, elle eut quelques militaires, des officiers... des jeunes hommes pressés de faire l'amour avant de retourner dans la fournaise guerrière où tout pouvait finir pour eux, d'une balle ou d'un éclat d'obus. Pendant les guerres, les grandes catastrophes, on copule à la va-vite... plus le temps des roses et des poèmes... plus de lac du Bourget cher Lamartine... on fornique au plus pressé dans le premier hôtel venu, dans un square... contre une porte cochère. Encore un petit plaisir, monsieur le Dieu de la Guerre... une minute de bonheur avant de monter sur l'autel de la patrie ! Elle pressentait ceux qui allaient mourir et elle devenait avec eux d'une infinie tendresse, elle se prêtait à leurs moindres désirs. Ça lui faisait un apprentissage à la turlutte savante... toutes les privautés sans lesquelles il n'y aurait que l'instinct de reproduction qui fonctionnerait comme chez nos petits frères clébards.

Un soir comme ça, un aviateur l'a abordée près de la place Vendôme. Il était mince, frêle avec des yeux très enfantins, une petite moustache mal plantée au-dessus de ses lèvres. Jeune... plus jeune qu'elle peut-être avec des décorations sur sa vareuse. Les aviateurs étaient les nouveaux aristocrates de cette guerre. Dans leur coucou on tombait souvent en chandelle... avec une traînée de fumée à l'arrière du fuselage et on allait s'écraser au sol dans un rapide incendie. Des pertes encore plus grandes que dans la biffe, mais on se payait le luxe de mourir sans se crotter les chausses. Alors que le fantassin était lourd et gris et triste... l'aviateur était léger, souriant... avec l'arrogance de ceux qui jouent avec la mort. Enfin ce qu'on dit... une espèce de littérature qui fleurissait dans les gazettes... dans les livres à succès. L'aviateur avait remplacé le lieutenant de hussards, le dragon à moustache... le poète romantique dans le cœur des dames.

Ce soir-là, deuxième rencontre historique de sa vie. Marie-Gertrude a suivi Georges Guynemer dans une chambre au Ritz. Tout simple... je t'ai rencontré simplement ! Il l'a invitée à boire le champagne au bar de l'hôtel. On le regardait, on le connaissait, il avait déjà abattu quelques dizaines d'appareils ennemis. Il avait le geste large, généreux... il riait et pourtant, de temps en temps, il avait une petite toux sèche. Était-il tuberculeux comme on l'a raconté ? Était-ce parce qu'il se savait déjà foutu qu'il ne craignait plus le baron von Richthofen en combat singulier dans le ciel aux commandes de son *Vieux Charles* ? Le héros est toujours plus ou moins un homme qui esquisse une sorte de révolte pour ne pas subir un destin trop plat... trop écrit d'avance parmi le commun des mortels.

Blandine un demi-siècle plus tard reste sous le charme de l'archange qui va bientôt disparaître en flammes au-dessus de Poelkapelle. Elle ne donne aucune précision sur leur nuit d'amour. Elle ne la place pas sur ce plan. Il lui a parlé de sa mort prochaine. « J'ai trop de chance, je vais y rester. » Ça ne paraissait pas le désespérer. Ça allait de soi. Ils ont aussi invoqué Dieu... Guynemer avait reçu comme elle une éducation chrétienne. Il priait, il allait à la messe, et il ne se sentait pas en train de pécher tandis qu'il était dans un lit avec une femme. Ça le différenciait des autres... tous ces messieurs catholiques qui jouissent avec des arrière-pensées pudibondes, des regrets de confessionnal.

L'intuition que le beau Georges allait mourir aux commandes de son avion ne l'a plus quittée jusqu'à ce que la presse annonce sa disparition en plein ciel. « Il n'a pas eu le temps de se dégrader lui au moins. » Je vous retranscris sa phrase... elle termine le paragraphe consacré à cet épisode, cette rencontre extraordinaire.

Jamais jusqu'à cette confession au porte-plume elle n'avait révélé ce qu'elle considérait comme un des moments les plus intenses de sa vie.

On a un peu oublié Guynemer... l'aura de gloire dont il a été entouré. Marie-Gertrude a dévoré tous les articles, tous les livres qui lui ont été consacrés. Ça joue sûrement dans sa mémoire. S'il n'avait pas été en uniforme, qu'il ne lui ait pas dit son nom, s'en serait-elle encore souvenu ? La légende éclaire d'une lumière particulière celui ou celle qu'on a rencontré. Tout est songe, mensonge, illusion.

En fait d'illusions, nous arrivons maintenant au moment où Marie-Gertrude va sortir de son cocon pour devenir Blandine. Vaille que pousse, les années de la guerre elle les a subies chez M. et Mme Haudrène à l'ombre des soutanes... dans les cachotteries et chuchotements du dab qui tournait de plus en plus satyre. Il semble qu'Odette n'était pas si dupe de sa bonne frime d'hypocrite. Elle devait avoir fait la part du cochon à son endroit... qu'il aille traîner avec les putains, se branler dans les chiottes... elle fermait ses yeux chassieux sur ces peccadilles qui ne mettaient pas en danger, l'essence, c'est-à-dire les finances de *l'Habit Saint*.

Les dimanches et les soirs d'été sans connaître encore ce mot, Marie-Gertrude devenait michetonneuse, c'est la première marche du grand escalier qui mène à l'exercice du plus vieux métier du monde. Beau être futée, méfiante, un soir elle est tombée sur un hareng d'eau profonde. Difficile de le détecter, il avait passé l'âge d'être en première ligne aussi bien à la guerre que dans le proxénétisme. À ce moment-là, d'ailleurs, les jeunots qui traînassaient dans la drague des minettes, on en rencontrait pas des cohortes. Tout faisait viande pour la boucherie militaire. Les hommes de la Prévôté traquaient les insoumis, les déserteurs... on rappelait « sous les drapeaux » les pères de famille nombreuse, les pieds-plats, les bigles... les goutteux... toutes sortes d'éclopés.

M'sieur Eugène, il se blasait celui-là. La quarantaine d'assez belle prestance, du bagout plus que de la distinction, mais enfin il savait manœuvrer. Il se disait négociant... ça passe partout négociant. Intermédiaire... « Je m'occupe de fournitures pour l'armée. » Ça paraissait faire vivre son homme, sans lésiner du pourboire dans les cafés et restaurants. Sapé plutôt bonne coupe dans les tons clairs... chapeau melon gris perle... cravetouse orange et l'œillet à la boutonnière de son costard pied-de-poule.

Un atout essentiel, il a cézig, il sait faire rire... il opère toujours une blague dans le coin, le quolibet qui fuse, une espèce de désinvolture à laquelle Marie-Gertrude n'est pas habituée. Dans l'univers de curaille où elle croupit, on utilise le langage plutôt fourré... mi-mots... les euphémismes rougissants. M'sieur Eugène, il ne renie pas ses origines faubouriennes, il a poussé entre les pavetons de la grande ville... Ça vous donne une allure qui ne s'imite pas. En tout cas notre héroïne se laisse prendre... il lui fait des compliments dont elle n'a pas l'habitude. C'est l'été et il l'emmène aux bords de la Marne où l'on guinche. Il va lui apprendre à tourbillonner la valse à l'envers. Elle s'enivre de fraîcheur sous les frondaisons où ils vont flirter. Elle sait qu'elle va lui céder, elle s'en est farci de plus tocards depuis qu'elle s'est mise à se faire un peu de monnaie avec son gentil derrière. Le hic... toujours ce moment délicat où il faut justement parler fric avec le monsieur ! Elle s'en tire la plupart du temps en invoquant ce petit garçon qu'elle doit élever... qu'elle est seule, elle a été séduite et abandonnée... elle ne va pas jusqu'à révéler que le papa était prêtre et qu'il est mort zà la guerre. À peine croyable... la réalité dépasse parfois les plus abracadabrantes des fictions. Elle jouait en nuances jusqu'à ce que l'homme de lui-même lui propose un petit dédommagement... qu'il ouvre enfin son portefeuille pour en extirper ces fafiots au froissement si doux à entendre.

Après quelques coups de béguins comme avec le capitaine Guynemer (qui lui avait tout de même fait cadeau d'un flacon de parfum et d'un foulard en soie) elle avait réussi à s'améliorer l'ordinaire de la cantine des Haudrène... elle achetait des jouets, des fringues à son fils qui grandissait chez ses paysans. De ce côté elle ne se faisait pas trop de soucis, le tonton chanoine était le vicaire de la paroisse et il venait souvent lui rendre visite malgré son grand âge et les rhumatismes qui le torturaient. Elle, elle se payait le voyage tous les premiers dimanches du mois... Aller et retour dans la journée, ça ne lui laissait pas beaucoup le loisir pour apprivoiser le petit Matthieu en le couvrant de baisers.

M'sieur Eugène, il l'a écoutée tout à fait compatissant. Des salades de ce genre plus souvent il en entendait. C'était pas son genre de michetonner et pourtant il avait glissé un beau billet bleu sous sa serviette après leur dîner en plein air à Nogent. Il avait justement un pied-à-terre dans le coin, chez des amis... il dit des potes... qui tiennent un hôtel. Il y a une chambre réservée en permanence, avec vue sur la Marne.

Tout ça se dessine aux couleurs tendres, l'herbe fraîche... le clapotis de l'eau. M'sieur Eugène en verve qui raconte des blagues désopilantes... un peu salées toutefois, elle n'en avait jamais entendu de pareilles. Elle a bu aussi plus que de coutume, elle se laisse conduire dans la chambre d'amour en cascade de rires. Au passage juste elle entrevoit dans la salle du bistrot en bas de l'hôtel des drôles de lascars en gapette, canotier... cigare au bec... un relent d'un monde crapuleux dont elle n'a pas encore cerné les contours. Au déduit, M'sieur Eugène est performant, caressant, enjoué... un rien brutal... un vrai Jules. J'ai lâché le mot... Eugène est un Jules. Il est même très connu sur la place de Paris, dans les quartiers où les moulins tournent pour ces messieurs. C'est ce qu'on appelle un homme de poids, un arbitre des conflits entre les truands. Elle va bientôt s'en apercevoir Marie-Gertrude lorsqu'elle voudra repartir... c'était prévu, il lui avait promis de la ramener en fiacre jusqu'à la place Saint-Sulpice.

– Tu restes, a-t-il dit.

Le ton n'admettait pas la réplique. Elle lui avait pourtant expliqué qu'il fallait qu'elle rentre... que son patron... que demain, il fallait qu'elle soit à son poste au boulot.

– Ton patron, tu largues... tu vas pas passer ton existence à coudre des boutons de soutane.

Elle s'était levée pour se rhabiller, elle regardait l'heure à la pendule sur la cheminée.

— Je ne peux pas Eugène... Mais qu'est-ce que tu veux que je fasse ?

— Tous les jours ce que tu fais le dimanche.

Il avait le sens de la formule... le raccourci pour tout dire en quelques mots. Lui il était resté dans le plumard... la lampe à pétrole éclairait son torse velu, c'est à ce moment là que Marie-Gertrude a remarqué ses nombreux tatouages sur les bras, les pectoraux.

— Reviens là... dors... demain on ira chercher tes bagages.

Il avait un sourire cette fois vraiment canaille il a ajouté :

— Ils doivent pas être lourds. Et de toute façon, une gonzesse son bagage le plus précieux c'est son cul.

Après ça les choses ont été rapidos. Elle a tout accepté de M'sieur Eugène. Ça fait partie du comportement des putes... elles traînassent autour du pot, si je puis dire, puis un jour, un soir... Jules apparaît... elle l'attend sans le savoir, elle se rend à ses volontés. Dans le cas de Marie-Gertrude le terrain était favorable. Chaque jour elle se rongeait d'être dans le fond de cette lugubre boutique et tant qu'à subir les fantaisies d'un odieux patron, autant se mettre à son compte. Seulement elle ne pouvait pas s'illusionner sur la philanthropie de M'sieur Eugène.

Sans être tout à fait au parfum des us et coutumes de ce monde du trottoir, elle avait ouï-dire que les femmes y étaient exploitées d'une façon féroce. Avec des nuances qu'elle n'était pas encore à même d'apprécier... dont on ne fait jamais mention lorsqu'on aborde le sujet, surtout dans les études, les enquêtes, les reportages et aussi dans la plupart des œuvres romanesques qui se veulent réalistes et bien informées. Il en est des maques comme de toutes les catégories de bipèdes... la même proportion d'imbéciles, de sadiques, de je-m'en-foutistes, et aussi quelques spécimens de personnages non pas plus humains, mais en tout cas plus prudents, plus avisés... ceux qui savent que tant va la cruche... et que pour voyager loin il faut savoir ménager sa monture.

Marie-Gertrude ne portraiture pas M'sieur Eugène à l'acide sulfurique. Un certain temps il l'a gardée avec lui... à Nogent. Il a des prévenances inattendues et toujours le geste large. Comme elle était majeure à présent, elle a décroché sans explication de *l'Habit Saint*... sans un baiser d'adieu, sans un mot de reconnaissance. Elle tourne une page sinistre de sa jeunesse... mais en fille intelligente, elle saura en tirer quelques leçons... des choses qui vont lui être assez utiles par la suite.

Gégène avait le charme voyou en accent aigu. Il passait de la gentillesse à la cruauté sans état d'âme. Et il était encore beau mec, le salaud, bien baraqué... une gueule aux traits marqués mais avec de ces yeux qu'on appelait, dans la truanderie, des miroirs à putain. Elle découvrait avec lui chaque jour, chaque soir un nouveau monde. Ses relations c'était la crème de la truanderie... elle conviendra plus tard qu'elle aurait pu tomber plus mal... dans le maquereautage, il faut surtout redouter les minables comme partout, les gagne-petits... les julots casse-croûte. Ceux qui attendent au bistrot d'en face que leur dame ait fait une passe pour régler leur consommation.

Elle n'était pas sans remarquer qu'avec Gégène... ainsi l'appelaient ses amis, on la prenait en considération, on lui jactait avec une sorte de respect. Elle recevait des compliments indirects « Dis-donc Gégène, félicitations... t'as décroché le prix de Diane ! » La fin du fin, une fille qualifiée prix de Diane. Ça venait du jargon des courses hippiques, où Gégène se rendait assez souvent... toujours son bada gris perle... ses costards bonne coupe, ses pompes cirées reluisantes au point de vous refléter les dessous des dames. Les courses, au pesage, ça lui plaisait à Marie-Gertrude, surtout qu'en deux semaines il l'avait nippée presque à la dernière mode. Les femmes s'étaient libéré un peu le corps avec des jupes courtes, des couleurs plus vives... les corsets allaient disparaître peu a peu et surtout elles se sont fait couper les cheveux... on en fera d'ailleurs une chanson. Marie-Gertrude au bras de M'sieur Eugène éprouvait une impression de liberté. Le bordel allait bientôt lui montrer ostensiblement son erreur. Mais les infamies du sexe lui pèsent moins que l'hypocrisie et la tristesse du magasin des Haudrène.

Ce qui la sauve de tomber dans la prostitution la plus basse, la plus exploitée, c'est que M'sieur Eugène paradoxalement est tombé amoureux. Plutôt rare qu'un hareng d'élite comme cézig, se métamorphose en Perdican... enfin à sa façon et ça tient déjà du miracle. Marie-Gertrude avec ses manières douces, son éducation Couvent des Oiseaux l'avait attendri ce vieux cheval de retour, il se laissait aller aux joies du michetonnage. Après tout c'était pas si désagréable de jouer un peu les quadragénaires épris d'une quasi-collégienne. Il se plaisait à l'initier aux raffinements du pageot avec un certain tact... un art consommé de la question. Ça commençait à faire jaser dans les rades, les bouges où l'on est à cheval sur les principes de la vie malfrate. Il en avait rien à foutre... on n'osait pas l'affronter, lui lancer des vannes.., c'était juste derrière son dos que *ces messieurs les hommes le dégrainaient.* « Gégène vieillit... qu'est-ce qu'il branle avec cette gonzesse qui ne va même pas aux asperges ? » Oh, elle irait... dans sa mentalité, sa façon de gérer ses amours... ça se terminait toujours ainsi. Naguère, il expédiait ses plus beaux colis en Argentine quand la traite des Blanches battait son plein. Là, il s'était mis en roue libre... il se payait du bon temps... Il avait des ressources assez régulières, assez solides pour ne pas trop presser le mouvement. Marie-Gertrude, peu à peu, il l'éduquait avec ses leçons particulières de derrière les rideaux tirés. Il avait tout de suite compris qu'elle pouvait se défendre dans une taule de luxe. À l'époque le fin du fin c'était *le Chabanais* où venaient se dégourdir le poireau les personnages les plus huppés de la République... les membres du Jockey Club... les ambassadeurs... les princes en visite à Paris... les grossiums de la finance... les marchands de canons qui s'enrichissaient de plus en plus avec cette guerre interminable.

Le système des bordels était bien huilé... les filles allaient d'une maison l'autre envoyées par des placeurs... des sortes d'intermédiaires qui drivaient le marché. M'sieur Eugène pouvait se passer d'eux, il connaissait tous les grands tauliers de France et des colonies, il avait des *parts* d'excellent rapport dans quelques maisons. On lui prêtait les plus belles pouliches dans son cheptel féminin mis au turf. En quelque sorte il les cédait lorsqu'il en avait joui à satiété. Bon prix. Ou alors il se réservait un pourcentage sur le rendement de la gagneuse. Le fric lui arrivait de partout et il en reversait une partie à ceux qui lui permettaient d'exercer sa coupable industrie sans accrochage. Les flics d'abord... les limiers des Mœurs qui savaient tout dans ce domaine. Vigilance et réseau d'indics... sans compter que les tenancières étaient quasiment obligées de les rencarder, puisque l'autorisation d'ouvrir une tolérance dépendait d'eux. Ensuite, selon les circonstances, il fallait à M'sieur Eugène et à ses congénères se montrer secourable avec les hommes politiques, les édiles... souscrire aux emprunts de la Défense Nationale depuis 1914... donner aux quêteurs... aux œuvres de bienfaisance. Eugène ajoutait à cela le denier du culte de sa paroisse, Notre-Dame de Clignancourt. Il avait réussi à entrer dans les bonnes grâces de quelques ecclésiastiques d'assez haut niveau qui le tenaient pour un chrétien presque exemplaire. On sait qu'ils ont pour principe de fermer les yeux sur ce qui ne doit pas être vu dans l'intérêt de leur chapelle.

Ça n'a duré qu'un seul été le canotage sur la Marne... les petits caboulots cachés sous les branches... la gambille à l'accordéon. Un enchantement pour Marie-Gertrude après ces années de pain dur et de vêtements rapiécés. Elle allait voir son petit Matthieu beaucoup plus souvent. En semaine... les dimanches étaient réservés à son homme qu'elle accompagnait avec délice et fierté sur les champs de courses... qu'elle appelait maintenant les courtines comme les vrais initiés. Gégène faisait son éducation argotique, après le latin d'Église ça allait lui devenir indispensable. Elle se laissait envelopper, envahir par cette morale renversée que constitue la loi du milieu. Les filles prises dans cet engrenage y trouvaient un cadre, une sorte de structure sociale puisque la plupart étaient rejetées du monde ordinaire, répudiées même par les plus pauvres. Leur langage, leur comportement, découlaient de cette situation.

À vrai dire on ne peut pas survivre sans être d'un parti, d'un clan, d'une classe, d'une secte, d'une religion... Celui ou celle qui se veut en dehors finit toujours mal. Les putes esclaves du milieu en acceptaient les règles même les plus dures, les plus imbéciles... Elles en tiraient comme une fierté... un défi. Plus question de retourner dans le circuit de leur famille, du petit boulot, du mariage avec un ouvrier... ou de la domesticité chez les bourgeois.

Marie-Gertrude était bien surprise, choquée parfois dans ses convictions qu'elle croyait profondes, mais indéniablement, M'sieur Eugène lui en foutait plein la vue, et surtout elle s'amusait avec lui comme ça ne lui était jamais arrivé. Toute sa science de vieux barbeau mise en route, peu à peu, des choses qu'elle n'aurait pas admises, ni même imaginées, lui étaient devenues familières. Un seul aspect du personnage, la gênait... cette espèce de polygamie qu'il pratiquait sans vergogne. Certes, il avait assez d'adresse pour éviter les confrontations entre ces dames... il sériait les choses. Pour certaines lorsqu'il allait les voir, les récompenser de sa présence, il se disait « de jugulaire »... un mot de l'armée qui signifie qu'on est de service, qu'on va mettre la jugulaire à son casque pour aller prendre la garde.

Trois mois elle a vécu comme ça avec ce Jules de compétition sans rien faire d'autre que de l'escorter dans les déplacements où il souhaitait l'exhiber. Elle habitait dans son appartement à Montmartre, derrière la place du Tertre, quartier qui avait alors gardé tout son charme provincial... Dès qu'elle sortait elle pouvait admirer la grande ville devant le Sacré-Cœur. Elle reconnaît au soir de sa vie avoir été heureuse avec ce superbe hareng qui ne cachait pas ses nageoires.

Si peu qu'il lui parlait déjà de son avenir. Il lui cherchait une place dans un endroit où elle pourrait donner toute sa mesure auprès d'une clientèle huppée.

— Tant qu'à éponger le micheton autant qu'il soit propre et parfumé.

C'était pas si évident en ces temps où le parangon d'hygiène était le bain de pieds hebdomadaire dans une bassine remplie d'eau chaude et de cristaux.

Et puis, comme elle parlait souvent de son éducation chez les sœurs, ses amours avec l'abbé Matthieu... suivies des quatre ans passés dans les soutanes et les broderies religieuses, M'sieur Eugène, il a pensé à une petite taule bien à part dans le circuit. Sise dans le quartier Saint-Sulpice, ça ne dépayserait pas cette gentille gisquette. Un bobinard discret au fond de la cour d'un immeuble XVIIIᵉ, où discrètement les membres du clergé venaient faire quelques entorses à leurs règles trop draconniennes de chasteté. C'était connu, on citait des blases... tout ça restait dans la plus grande discrétion. Les condés des mœurs dans leur placard rose, avaient toutes les fiches concernant les curetons pécheurs... tous les détails sur leurs manies, leurs vices cachés. Ça fait partie de leur travail aux flics... dans tous les domaines, ils fichent, ils accumulent des renseignements. On sait jamais ça peut servir lorsqu'on en a besoin... les détails les plus croustillants sur la vie sexuelle des hommes en vue sont des moyens de pression, de chantage discret. La police se nourrit de tous les déchets de la ville, elle fait les poubelles et peut-être que sans ce labeur effrayant la société deviendrait vite irrespirable.

Voilà... ça lui est venu comme un éblouissement au Gégène. Marie-Gertrude était la pensionnaire idéale pour cette maison qu'on appelait *l'Abbaye* entre initiés, curés, maquereaux ou putes. Je vous ai dit sur le *Guide rose* que publiait chaque année *l'Amicale des Maîtres d'Hôtels Meublés de France et des Colonies* (en réalité le syndicat des tenanciers de maisons closes) il n'est indiqué que l'adresse : 12, rue de... et le prénom de la patronne : Mme Aglaé.

En 1918 l'établissement n'avait pas tous les perfectionnements qui firent sa renommée par la suite. C'était un hôtel douillet avec un petit salon pour le choix et quelques chambres dont les audaces dans les décors érotiques n'allaient pas au-delà d'une glace au plafond.

Mme Aglaé était la veuve d'un taulier mort au bagne de Guyane avant-guerre. Elle tenait sa maison toute seule, les anciens potes de son homme lui avaient accordé ce passe-droit. Habituellement, si Monsieur ne figurait sur aucun document officiel, il n'en était que d'autant plus présent. Il gérait tout ce qui était, disons pour éclairer nos lecteurs d'aujourd'hui, relations publiques... c'est-à-dire les représentants du 36, quai des Orfèvres, les tauliers concurrents, les fournisseurs, les placiers qui lui envoyaient les filles. En principe il n'avait pas le droit de pointer sa silhouette dans le bobinard, mais allez donc faire respecter une pareille interdiction ! Le plus souvent, surtout en province, il logeait avec Madame, dans un appartement au-dessus du claque ou dans un immeuble attenant. À pied d'œuvre. Rien ne devait lui échapper. Les nouvelles, il les essayait, les notait, se régalait ainsi à bon compte. C'était le roi, le coq de cette basse-cour, personne ne pouvait se permettre la moindre remarque désobligeante.

Mme Aglaé menait sa petite affaire avec beaucoup de discrétion, de discernement. Elle évitait le plus possible les rapports directs avec les gens du milieu. Venue des mêmes origines qu'eux, petit à petit, elle s'était piquée de bonnes manières au contact de ses clients. Ils venaient pourtant chez elle assouvir ce dont ils avaient honte, mais ils gardaient tout de même leur langage feutré, leur voix de confessionnal... leurs mots recherchés.

Au moment où elle va accueillir Marie-Gertrude dans son pensionnat, elle s'approchait des soixante piges, elle se desséchait à l'inverse de ses collègues qui tournaient grosses pouffiasses avec l'âge, la boisson, la bonne chère. Aglaé finissait par ressembler à une dame d'œuvres, une de ces bigotes qui hantent les sacristies. Ça devait rassurer les michetons ensoutanés... enfin ceux qui se pointaient par la porte arrière, celle des fournisseurs... en tenue de combat pour la gloire du Seigneur. Les plus malins se débrouillaient pour venir en civil, en costards de confection. Elle savait d'un premier coup d'œil à qui elle avait affaire. Il se ramenait tout de même d'autres amateurs dans sa taule, des bourgeois, des provinciaux en déplacement à Paris pour affaires. La réputation de cet endroit à l'ombre de l'église Saint-Sulpice, les rassurait. Courait la rumeur que chez Aglaé, les maladies vénériennes n'avaient pas droit de cité. Illusion de plus, les microbes n'ont pas plus le respect de la religion que de l'armée ou de l'usine. Seulement Aglaé veillait à ce que ses catiches soient suivies très régulièrement par le docteur Méricourt un vieux praticien accrédité par les services de santé de la Police. Méricourt, elle lui glissait des petites enveloppes pour éviter qu'il envoie une de ses pensionnaires à l'hosto, à Saint-Lazare où on gardait les filles soumises en quarantaine après la guérison de leurs blennos ou le blanchiment de leurs véroles. Ainsi elles se soignaient librement. Le docteur, de temps en temps, Aglaé lui offrait une petite dernière qui venait le sucer derrière le paravent des visites. Ainsi des choses de la vie... Le bon docteur n'en était pas moins homme.

M'sieur Eugène avait bien connu le mac de madame Aglaé... S'il avait fini son existence à Cayenne, c'est qu'il était trop impulsif Marius... trop susceptible... un soir il avait envoyé dans un monde pas forcément meilleur un jeune barbiquet qui l'avait insulté publiquement. À sa place Gégène eût temporisé pour attendre le moment propice où les coups de flingues se tirent sans témoins, les lames s'enfoncent, dans le silence et l'obscurité d'une ruelle. Ni vu ni connu. Amen. Marius n'avait pu nier devant les jurés de la cour d'assises, la scène s'étant passée dans un café où les caves présents font d'excellents témoins à charge. Résultat des délibérations : quinze piges de travaux forcés. C'était en 1912... deux ans plus tard, valait peut-être mieux être au bagne du Maroni que sur le plateau de Craonne.

Depuis Aglaé naviguait seule dans les eaux boueuses de la prostitution. Son navire tenait bon malgré les tempêtes et les tentatives d'abordage de pirates toujours en quête de mauvais coups. Ça, grâce à M'sieur Eugène fidèle à l'amitié de Marius et aussi la protection discrète mais efficace du commissaire Renard, patron de la police des mœurs. Ça l'arrangeait bien

Renard, ce claque où venaient s'ébattre les ratichons. Franc-maçon, il y trouvait de quoi s'alimenter son fichier coquin et des satisfactions toutes personnelles pour son anticléricalisme viscéral.

– Là, tu seras bien...

... Ce qu'il a dit M'sieur Eugène et y avait pas à y revenir. Marie-Gertrude le savait, la période des lilas et des roses était terminée. Fallait maintenant qu'elle s'accomplisse... en somme qu'elle entre en maison un peu comme elle aurait dû entrer au couvent si elle avait suivi sagement les premiers conseils que lui donnait Mère Angélique au Couvent des Oiseaux « Rien n'est plus beau que d'entrer au service du Seigneur... »

Nouveau déchirement, elle doit quitter le domicile d'Eugène où elle avait toutes ses aises, où elle était devenue vraiment femme avec les froufrous, le maquillage, les parfums qui en découlent. Et surtout l'amour physique dont ce lascar la régalait sans partage. Comme Henri-Désiré, qui allait bientôt ressurgir à la rubrique des assassinats en série, Gégène avait une solidité de gourdin jamais en défaut et un art d'accommoder les dames en maître-queux, métaphore appropriée s'il en est.

XI

Lorsque Marie-Gertrude devient Mademoiselle Blandine

Les nouvelles pensionnaires qui se pointaient dans un claque arrivaient seules pour rencontrer Madame. Timides si c'était des novices... en tout cas avec leurs plus beaux atours. Marie-Gertrude était en robe courte juste au-dessous du genou... le comble de l'audace en 1918... un petit manteau léger... un ravissant bibi à petites fleurs sur ses cheveux coupés à la Jeanne d'Arc. Elle a foulé le gravier du jardin qui conduisait au perron que je devais gravir quelque vingt-cinq ans plus tard. Un petit bagage à main... qu'on appelle depuis qu'on parle librement « baise-en-ville ». Elle tremblait un peu interne. Chez son bel Eugène elle avait laissé son trousseau, elle comptait bien aller le revoir souvent. Il était devenu son père en même temps que son amant... son professeur aussi... son conseiller, son confesseur depuis qu'elle n'allait plus voir ce triste curé derrière sa petite grille qui lui administrait l'absolution comme un guichetier dans une poste vous fourgue des timbres.

– Soyez la bienvenue...

Mme Aglaé, elle-même l'accueille. Dès le vestibule on est dans une atmosphère de rideaux tirés... tapis épais comme du gazon... Au salon, Madame s'installe sur son trône... un large fauteuil modern' style. Autour c'est plutôt rouge la tonalité... les décors tarabiscos... volutes... dorures des angelots... des colombes. Une table à thé. Si les clients veulent du champagne ils le consomment dans les chambres. Ça donne un aspect plus réservé à la maison. Tout se passe porte close au contraire de certaines maisons où les filles nues viennent consommer avec les clients... danser... faire des numéros d'exhibition.

— M. Eugène, m'a dit le plus grand bien de vous. Je m'aperçois qu'il ne m'a pas menti, vous êtes ravissante. Et il m'a dit aussi que vous avez été élevée au Couvent des Oiseaux...

— Oui Madame...

Marie-Gertrude devant la taulière se retrouve petite fille lorsqu'elle était reçue par la Mère supérieure. Parfois c'était pour une réprimande, une petite admonestation. Jamais elle n'avait donné prétexte à des sanctions plus graves.

Mme Aglaé l'a fait asseoir en face d'elle et elle la détaille sous toutes les coutures.

— Les messieurs que vous recevrez ici ne vous dépayseront pas trop. M. Eugène m'a dit que vous avez un enfant d'un prêtre...

— Il voulait quitter les ordres et nous nous serions mariés.

— Et il est mort pour la France avant que le scandale n'éclate. Dieu l'a voulu ainsi, nous ne pouvons que nous plier à sa volonté. Ici voyez-vous, Mademoiselle, nous nous dévouons à la Sainte-Église pour lui éviter précisément ce genre de scandale. Nous sommes là pour calmer les turpitudes de la chair. Les pires, il faudra vous y habituer.

Avec une pointe d'ironie, Marie-Gertrude a commenté.

— Nous gagnerons peut-être de la sorte beaucoup d'indulgence pour mériter notre place au paradis.

Réponse appréciée de Madame qui, cependant, lui fit remarquer qu'il est préférable quand on a de l'esprit, de ne pas trop en abuser, ceci aussi bien vis-à-vis de *nos amis* (c'est ainsi qu'elle désignait les clients) que de vos compagnes.

Après quoi elle s'est étendue sur les détails techniques du métier... ce qu'elle devait accepter... la façon d'opérer avec les timides, avec les furieux ; avec toutes sortes de maboules... Sur ces derniers il fallait s'entendre, beaucoup d'hommes ont un comportement des plus aberrants dès qu'ils sont au bordel, il n'empêche qu'une fois leur fantasme apaisé, ils redeviennent normaux pour jouer leur rôle dans la société.

Inutile de s'étendre sur la question, la suite du récit de Marie-Gertrude va nous illustrer tout cela des plus vives couleurs.

– Avez-vous choisi un nom ? Ici il ne vaut mieux pas s'appeler Loulou, Zézette ou Titine. Sauf pour certains messieurs qui aiment s'encanailler. Mettez-vous sous la protection d'une sainte qui flatte les oreilles ecclésiastiques. Nous avons déjà Marie-Madeleine il va sans dire, Véronique, Bernadette, Thérèse... et Félicité.

Dans la liste, Marie-Gertrude n'avait pas l'impression qu'il y ait une martyre... ça lui est venu l'idée de Blandine, en se souvenant d'une gravure dans son livre d'Histoire Sainte où l'on voyait un lion toutes griffes dehors, la gueule ouverte, découvrant une mâchoire ornée de quenottes aiguisées comme des baïonnettes, se précipiter sur la pauvre Blandine attachée à un poteau, sa robe déjà toute lacérée... sa longue chevelure tombant sur ses épaules... les yeux au ciel, les mains jointes pour remercier le Seigneur de la grâce qu'Il lui accordait de se faire dévorer pour Sa plus grande gloire. L'imagerie est grandiloquente, mais dès qu'il s'agit de divinité tout est possible... pour Allah, pour Mao, le petit Père Staline... les vrais fervents sont prêts eux aussi à s'offrir en pâture aux fauves... en bifteack saignant de champ de bataille.

– Blandine, qu'en pensez-vous Madame ?

Madame acquiesce. Très bonne idée, Blandine... elle suppose que ça va éveiller des choses assez curieuses chez les hommes d'Église.

Tournez la page... Marie-Gertrude ne va plus appartenir maintenant qu'à la nostalgie de l'enfance. Une silhouette de petite fille qui va à la messe, en tenue bleu foncé, avec un petit col brodé... des souliers vernis et un chapeau cloche.

La chambre de Blandine n'est pas spacieuse, elle est mansardée comme celle des autres filles. L'eau courante ne circule pas partout. On se lave dans une cuvette en faïence et on va chercher l'eau sur le palier dans un broc. Commodités à l'étage.

N'oubliez pas que nous ne sommes encore qu'en 1918, le clairon de l'Armistice va bientôt retentir sur les lignes de front, mais l'eau courante, le gaz, l'électricité ne font pas encore partie du confort moderne.

C'est la bonne, Clarisse, une grosse femme du midi qui est venue l'aider à s'installer. Clarisse, elle n'arrive pas bien à s'habituer à tout ce qu'elle voit ici, elle préfère ne pas en savoir trop. Elle fait sa pelote pour retourner dans son village près d'Avignon où elle s'installera avec son mari, présentement adjudant dans la maréchaussée.

– Il aura sa retraite dans deux ans... et après... adieu les cochonneries !

Elle dit ça en se marrant. Blandine lui fait remarquer qu'avec son mari, elle en fera bien un peu des cochonneries. Réplique... l'union bénie par Dieu dans le sacrement du mariage autorise toutes les cochonneries...

Tout est ambigu dans cet établissement, même la bonniche y va de son couplet sur la morale... le bien ou le mal. Blandine n'en revient pas. Et elle va en entendre de plus surprenantes. Elle ne se doute pas à ce moment-là qu'elle va y rester vingt-huit ans dans cet étrange bobinard... qu'elle va y faire une carrière, dans son genre très honorable. Elle nous raconte par le menu sa première journée. Au déjeuner qui se prenait dans la cuisine, elle fait connaissance de ses camarades d'écurie... toutes des pouliches assez accortes... Ce qui les distingue des filles habituelles des maisons, c'est leurs tenues plutôt décentes... pas de nibards à l'air, de robe transparente, de fanfreluche coquine... de maquillage outrancier ! Sauf Bernadette une rondouillarde qui pourrait en écosser carrément rue des Lombards. Elle est là pour les amateurs de vraies putes, ceux qui veulent consommer de la pécheresse en uniforme. Elle a le droit, même le devoir d'être vulgaire, de dire les pires obscénités aux michetons... ils en redemandent. Mais attention pas à table, pas dans le salon d'attente. Sur la question Madame ne badine pas... un merde ou une évocation de la grosse bite à Dudule valent une amende... un larantequé[1] dans une tirelire pour les pauvres... les sœurs de Saint-Vincent-de-Paul qui passent tous les mois encaisser les deniers de la charité. On attend toujours Madame pour se mettre à table. La tortore c'est Clarisse qui la prépare, qui fait les courses et surveille les faitouts, les grosses poêles en cuivre sur la cuisinière. Elle est douée Clarisse... c'est autre chose dans l'assiette que les brouets de la mère Haudrène. Ça sent l'oignon, le safran, l'huile d'olive. Le matin, deux filles par roulement sont aux peluches, aux corvées de préparation des repas.

Tout est réglé, minuté papier musique. L'organisation de Madame Aglaé reste un modèle du genre. Certes on peut la taxer de proxénétisme, elle prélève la moitié sur toutes les passes, elle ajoute à ça le bénef sur les boissons, son champagne est aux prix qui se pratiquent dans les plus grands cabarets. Reste qu'elle fait tourner sa volière et que tout ce qu'elle lâche à droite, à gauche, pour avoir le droit d'exercer son bisness, c'est pas des boutons de culotte.

Tout serait pain bénit pour les filles sans leur Julot. Elles en ont toutes un et elles l'adorent, le vénèrent comme saint Jean en chemise... qu'il est le plus beau, plus fort, le plus marle et qu'il ne peut pas sans déchoir aux yeux attentifs de ses confrères maquereaux, déambuler avec des fringues de Carreau du Temple sur les endosses. Alors tout y passe, elles ne gardent qu'un minimum pour leur coquetterie et la mensualité du môme en nourrice quand elles en ont un. Et j'allais vous oublier la pension que Madame se fait payer pour la chambre et les repas.

À *l'Abbaye* fort heureusement les amateurs de spécialités paient largement leurs fantaisies... des princes, des gens d'église qui ont de la fortune personnelle... quelques grands noms du bottin mondain. Elles finissent par s'y retrouver les frangines... se cagnotter un peu une sortie de secours.

1. Larantequé : une pièce de vingt sous en louchébem, l'argot des bouchers aussi en vogue à l'époque que le verlen aujourd'hui.

Les clients en général raffolent des nouvelles recrues... Blandine en robe blanche à petits volants, les yeux baissés... faisant une petite révérence, emballa le premier amateur qui se pointa lors de sa première journée. Un homme à moustaches blanches, leggins... canne à pommeau... pas un curé, ils ne portent jamais de moustaches. Non... un hebdomadaire qui venait chaque lundi à l'ouverture vers 14 h 30. La chance pour son premier essai que ce monsieur n'était pas un compliqué, un vicelard infernal. Avec Blandine il n'y a pas eu besoin d'une longue préparation pour se mettre en forme... la nouveauté le stimulait. Tout s'est passé dans un minimum de temps et dans la plus exquise courtoisie. « Mlle Blandine, je reviendrai vous voir vous êtes la femme dont j'ai toujours rêvé. » Avec un petit pourliche en supplément. Les nanas se planquaient ce pognon qu'elles appelaient le gant, dans leurs chaussures, une couture ouverte de leur jupe... le règlement ne permettait pas ces cachotteries. Mme Aglaé un peu moins sordide que la plupart de ses congénères ne prêtait pas trop d'attention à ces bricoles.

– T'as eu de la chance, a dit Thérèse, une grande blonde... jument superbe que dépréciaient un peu des yeux inexpressifs... M. Edmond d'habitude il a la copulation laborieuse.

Après sa passe, Blandine avait rejoint les autres au salon d'attente. Là elles pouvaient bavarder, lire, tricoter... Véronique faisait de la broderie... du point de croix. On jouait aux cartes, aux dominos... on buvait du thé. Tout ça dans la bonne humeur si possible, sans éclats de voix. Madame qui restait, elle, dans le salon principal, celui des réceptions, n'aimait pas entendre des cris, des éclats de voix, des rires agressifs. Tout ça faisait vulgaire. « Vous n'êtes pas au *Fourcy*, mesdemoiselles ! » Le *Fourcy* c'était la pire taule d'abattage dans le quartier Saint-Paul où les malheureuses montaient jusqu'à des quatre-vingts ou cent fois par jour avec des Arabes, des Polaks, les Sénégalais rescapés de l'Armée Mangin.

Blandine s'est vite intégrée au petit cercle des mignonnes gagneuses. Rapidos elle a su tous les potins, les ragots de la taule... que Madame avait une sœur infirmière placée à ses frais dans une institution catholique... qu'il fallait tout de même faire gaffe, qu'elle avait des tendances à serrer d'un peu trop près les filles qui lui tapaient dans l'œil. « Ça serait étonnant qu'elle n'essaie pas de te quimper » ont-elles prédit à Blandine. Jusqu'ici celle-ci n'avait pas eu tellement de penchant pour les personnes de son sexe. Ses passions d'enfance au couvent étaient restées platoniques... sans même imaginer qu'il puisse en être autrement.

Avec Mme Aglaé, il lui paraissait tout à fait impossible qu'elle puisse se livrer à des galipettes saphiques. Mais celle-ci savait manœuvrer lorsqu'elle voulait s'offrir une de ses pouliches... elle attendait que ça mûrisse... qu'une occase se présente... un chagrin à consoler, une soirée de cafard... un état d'âme. Toute l'astuce était de mêler Dieu aux subtils jeux de mains.

Au second client c'est encore Blandine qui fut choisie et cette fois c'était bel et bien un prêtre avec son chapeau et sa cape noire. Les autres l'avaient toutes pratiqué et lorsque Blandine montait l'escalier, elle les entendait glousser.

Le plus choquant avec ces curés, c'est que certains d'entre eux éprouvaient le besoin d'envelopper leur péché de luxure de prêchi-prêcha moralisateurs.

— Ma pauvre enfant... comment en êtes vous arrivée là... si bas... dans l'impureté ?

Sérieuse question, à laquelle Madame demandait à ses hétaïres de ne pas rétorquer, ce qui tombait sous le sens... comment cézig, serviteur du Christ pouvait-il, lui aussi, succomber à cette infâme tentation ?

— Vous touchez-vous souvent, mon enfant ?

Valait mieux répondre par l'affirmative. À *l'Abbaye*, les filles plus que partout ailleurs, devaient être un peu comédiennes, se conformer au scénario implicite du client. Avec cet abbé rose et gras et chauve, il fallait se laisser confesser. « Approchez-vous. » Elle s'est laissée serrer entre ses cuisses, la soutane bien écartée. Ça lui rappelait un peu ses premiers émois, premiers troubles avec son tonton chanoine.

— Où vous touchez-vous... montrez-moi ?... Ah voilà... voilà, petite vilaine !

Le plus pénible, c'est qu'il repoussait du goulot... elle détournait le plus possible la tête. Il fallait surtout garder son sérieux... qu'il entre bien dans son illusion... Il est à confesse avec une gamine qu'il peut tripoter... ce dont il rêve depuis toujours, il vient là s'en payer le simulacre.

Blandine avoue que malgré la gêne qu'elle éprouve entre les cuisses de l'abbé, elle ressent une certaine excitation. « Ce qui vaut mieux à tout prendre, commente-t-elle, tant qu'à pratiquer ce métier autant en tirer sinon du plaisir du moins quelques sensations. »

Il avait toujours du mal cet abbé, à passer vraiment à l'acte. Il trifouillait, triturait, toujours en la questionnant.

— N'ayez pas peur mon enfant, c'est le doigt de Dieu !

Disant cela il lui enfonçait un doigt dans le minou.

— Ça vous fait du bien petite cochonne ?

Cochonne n'appartenait pas au vocabulaire du sacrement de pénitence. Blandine, chez les Haudrène, avait cousu des centaines de boutons de soutane... des jours entiers. Experte elle s'est mise à déboutonner celle-là... En dessous, il était venu quasiment à poil... sans falzar et sans caleçon... son instrument était libre, si l'on peut dire. La phase suivante était celle que les filles appelaient la pénitence du sucre d'orge. Il mimait l'absolution le salingue, pendant que la pipeuse s'agenouillait.

— Dites avec ferveur votre acte de contrition.

Ça aussi c'était un impératif pour travailler à *l'Abbaye*, fallait savoir quelques prières... le *Notre Père* et le *Je vous salue Marie* en latin... le *Confiteor*..., etc. Pour la circonstance, Marie-Gertrude arrivait à la rescousse de Blandine.

— Mon Dieu, j'ai un très grand regret de vous avoir offensé parce que vous êtes infiniment bon, et que le péché vous déplaît...

L'abbé libidineux de sa main droite lui approchait alors la tête... la bouche de son goupillon bien raide.

— Heureux encore celui-là est propre. Certains vaut mieux

128

leur laver le doigt de Dieu avant de s'en servir, disaient les copines.

L'abbé en question se satisfaisait d'une turlutte, il ne baisait jamais, ce qui aurait décuplé sa faute contre le sixième commandement, expliquait-il, tandis qu'il rajustait sa robe. Il devenait même franchement désagréable ce con après s'être fait éponger.

— À cause de vous créature du Diable, j'ai commis un péché mortel !

Bernadette lui avait rétorqué naguère... « Vous ne voulez pas en plus que je vous rembourse ? » Mal pris le quolibet, il avait été se plaindre à Madame en sortant que sa pécheresse lui avait parlé grossièrement. Madame, si elle était capable d'apprécier la repartie de Bernadette, n'admettait pas ce manque de retenue. Plus qu'ailleurs à *l'Abbaye* le client était roi... que dis-je pape... représentant de Dieu sur terre.

À se coltiner les étreintes de zèbres pareils, on aurait compris que les gonzesses deviennent tout à fait athées, païennes plutôt... je fais la nuance. Le païen croit aux divinités bienfaisantes de la beauté, la force, l'amour, le vin... les nourritures terrestres, au contraire du chrétien qui cultive les interdits de tout ce qui peut faire le plaisir de vivre, de traverser au mieux l'étendue cacateuse de bien des existences. Il s'agit toujours dans la mythologie chrétienne de souffrances sublimées, de croix, de couronnes d'épines, de fauves qui vous dévorent... de bûchers.., d'huile bouillante... j'en passe et d'aussi roboratives.

Oui, bizarrement, toutes ces servantes des dépravations ecclésiastiques restaient croyantes, superstitieuses... elles se faisaient bénir des médailles de la Vierge pour protéger leurs gosses, leurs vieilles mamans.., jusqu'à leur maque qu'elles n'oubliaient pas dans leurs prières lorsqu'il tombait, qu'il allait purger quelques mois ou quelques années de taule ! Ce qui n'excluait pas le principal, l'aide matérielle... les mandats, les colibards et les honoraires de l'avocat qui ne se contentait pas de se faire payer en fesses nature... Ça, ça pouvait être qu'un supplément pour mettre du liant dans les relations, donner de l'ardeur oratoire devant le tribunal.

Blandine, elle-même, toujours fidèle à ses devoirs religieux, faisait dire de nombreuses messes pour le repos de l'âme de l'abbé Coulon, son premier amour, le père de son enfant.

En tout cas ce premier abbé, un type que les filles détestaient du cul et de l'âme, avait été ravi de la prestation de Mlle Blandine. Il a tenu à le signaler à Madame... qu'elle avait là, un très bon élément. Il a même employé l'expression de « perle rare » et ajouté qu'elle avait été bien inspirée de se placer sous la protection d'une sainte qui faisait honneur à la France par le sacrifice de sa vie. Il était de bon ton à cette période de mêler un peu l'amour de la patrie à celui de la religion.

Pas bégueule la religion, elle avait béni aussi bien les malheureux pioupious à pantalons rouges, que les affreux Teutons à casque à pointe. Dieu reconnaissait partout les siens... et pourquoi pas les chiens pendant qu'il y était ?

XII

Quand Mademoiselle Blandine célèbre la victoire de nos armées sur la barbarie allemande

L'initiation de Blandine aux activités lubriques de *l'Abbaye* se situait, d'après son récit à l'automne 1918. Tout ça se mêle avec l'Armistice du 11 Novembre... la fin des horreurs guerrières. Quelques jours de liesse à Paris d'une telle intensité que Mme Aglaé a fermé exceptionnellement boutique pendant trois ou quatre jours... que ses dianes pécheresses aillent, elles aussi, profiter de la fête dans les rues de Paris.

M. Eugène pour la circonstance est venu chercher Marie-Gertrude devenue Blandine. Ça lui a fait, comme une grande respiration. Les premiers temps chez Mme Aglaé avaient été profitables mais éprouvants. On n'avait pas arrêté de la choisir... elle respirait à peine... pas le temps de reprendre son ouvrage... un tricot pour son petit Matthieu... elle retournait au choix et, bien sûr, elle devait remonter avec un nouveau client. La réputation de la taule n'était pas usurpée, c'était une fois sur trois un ecclésiastique. À se demander comment ça ne se remarquait pas ces allées et venues d'ensoutanés. Il est vrai que dans ce quartier ça virevoltait... passait, repassait curetons, frangines... le vol noir des corbeaux. Les voisins innocents croyaient peut-être qu'il y avait là je ne sais quelle officine de l'archevêché, des bureaux pour l'administration du clergé.

Dans l'ensemble ces premiers contacts avec les michetons s'étaient déroulés sans anicroches, ils se comportaient à peu près comme le commun des mâles, mise à part cette tendance à toujours ressortir la notion de péché sur le bord du lit. Il y avait ceux qui finissaient par lui faire la morale pour la rendre quasi responsable de leurs errements, comme ce premier curé si déplaisant mais qui était revenu la voir déjà trois fois... pour toujours assouvir le même fantasme du confessionnal... Et puis l'autre catégorie, en gros les torturés qui venaient là, l'âme pleine de remords avant même d'avoir gravi les premières marches de l'escalier. « Puisse le Seigneur, me pardonner un jour ! » Avec ceux-là, Madame recommandait de prendre l'initiative... de calmer le plus possible les angoisses du prêtre... de prendre sur elle le poids du péché.

« Tout cela me sera compté aussi au jour du Jugement dernier » ... Blandine avait inventé cette formule quasi magique... ça les rassurait un peu ces serviteurs de l'église en perdition.

Tout ça relevait de ce drame, cette anomalie d'obliger des hommes à vivre sans rapports sexuels. L'impossible. Ceux qui venaient s'assouvir à *l'Abbaye* choisissaient la moins mauvaise solution après tout, l'hypocrisie est une respiration sans laquelle la vie en société serait impossible. Les purs, les durs, ceux qui ne transigeaient pas avec le terrible commandement du Décalogue, faisaient payer cher leur sacrifice, leurs tortures intimes à leur entourage. Obsédés ils voyaient le mal partout et dans bien des collèges les enfants étaient leurs victimes de choix. Certains finissaient tout de même par recourir aux services de Mme Aglaé et ceux-là... de la tarte point n'était-ce pour les satisfaire.

Déjà Blandine avait participé à quelques séances de sado-masochisme... Madame l'initiait graduellement. Il lui était facile de comprendre pourquoi ces hommes venaient se faire flageller... humilier, et avec eux le travail était facile. Les sadiques... ceux qui veulent faire souffrir... s'amuser au bourreau, ça présentait plus de risques. Mais la plupart se contentaient de simulacres, Madame écartait les plus exigeants... les plus pervers.

Elle avait tort, écrit Blandine dans un cahier. Elle, une fois devenue patronne, elle ne refusera plus personne et elle innovera... ouvrira encore plus grandes les vannes de la dépravation. Tant qu'à tenir le temple du péché, autant que tous les démons soient présents et honorés.

Donc ce 11 Novembre, Eugène est venu attendre sa gagneuse en fiacre au bout de la rue. À se demander comment il avait pu arriver jusque-là ce fiacre... toutes les artères parisiennes étaient envahies par une foule en délire. Ça gueulait, hurlait des *Marseillaise*... des *Madelon*... des cris de victoire. On s'embrassait, les vieux, les jeunes... on congratulait le premier venu. C'était bien sûr pour célébrer la victoire sur le Boche maudit, mais plus profondément parce que la tuerie allait enfin cesser. Depuis quatre ans la liste des morts s'allongeait... toutes les familles, tous les corps de métier, toutes les classes sociales étaient touchés. Et tous ces morts étaient des jeunes hommes, les forces vives de la nation comme on dit. Une saignée comme on n'en avait jamais vue même sous Napoléon qui pourtant ne lésinait pas sur le matériel humain, ce grand génie militaire.

La fête était à la fois douloureuse et joyeuse. Le fiacre réussit tant bien que mal à les conduire à Montparnasse. Le quartier était aux artistes et aux voyous dans ce temps-là. M'sieur Eugène y avait ses points de chute... des tripots où se retrouvait la fine fleur de la gent maquereautière, ses putes et toute une faune interlope qui gravitait autour. Eux aussi étaient à la célébration de l'Armistice. Dans l'ensemble ils étaient plutôt patriotes, les harengs... certains n'avaient pas pu échapper à la mobilisation malgré les combines qu'ils savaient utiliser pour se faire réformer ou se planquer dans des unités qui n'allaient jamais au casse-pipe... affectés spéciaux, service de santé ou autres. Ça n'empêchait pas les sentiments tricolores.

Quelques-uns, par je ne sais quelles manigances, s'étaient fait affecter à Londres où les Français régnaient alors sur Soho... caïds des trottoirs et des boxons anglais. De sérieux arcans qui avaient gagné leur place sur ce marché, à la lame et déjà à coups de flingue... au *Browning* le revolver de l'élite du crime. D'autres, carrément déserteurs, étaient aux Amériques c'est-à-dire en Argentine, au Brésil... au Venezuela où le pain de fesse à la française était particulièrement fructueux.

Jusque tard dans la nuit, on avait arrosé la victoire au champagne dans divers troquets... puis Gégène et Blandine avaient abouti dans un tripot derrière la gare, tenu par un ami, où s'entassaient toutes sortes de malfrats à gapette avec leurs gisquettes déjà bien éméchées... Quelques grivetons sortis de l'enfer s'étaient joints à la fiesta, ce qui était somme toute légitime. Blandine, après moult coupes, était dans une douce euphorie. Elle voyait même son homme très entouré de filles, les lutiner sans en éprouver un sentiment excessif de jalousie. Son caractère la poussait à faire la part des choses. Comment imaginer, avec ce qu'elle voyait chaque jour chez Aglaé, qu'un homme puisse être fidèle... en tout cas physiquement. Plutôt que de renauder sur le lutinage, elle aussi s'est laissée peloter... trousser le jupon, pour se faire caresser les cuisses sous une table.

Puisque c'était l'Armistice, un événement comme on n'en reverra plus jamais, tacitement, tout le monde a adopté des manières, des mœurs libres et pacifiques en matière d'amour. Au-dessus de ce tripot où, d'habitude les malfrats venaient flamber leur bien mal acquis, la direction avait bien sûr prévu des piaules où, après les émotions du poker et de la roulette, les hommes s'offraient le café du pauvre avec leurs nanas. Ce soir-là, ça s'est mis à monter, à se mélanger d'une chambre l'autre, portes grandes ouvertes... c'est devenu une partouse effrénée ! On a balancé toutes les règles, les fringues... les convenances. L'alcool aidant, Blandine a vraiment cette nuit-là opéré sa métamorphose... dépouillé la pauvre Marie-Gertrude si bien éduquée chez les sœurs du Couvent des Oiseaux. Elle a du mal à rapporter, reconstituer, donner tous les détails de l'orgie, toutes les péripéties. Elle s'est prêtée à tous et même à toutes... pour la première fois, elle s'est laissée brouter par une dame et elle a même goûté avec délice une petite part de tarte aux poils tandis qu'un malfrat l'embrochait par le pont arrière.

Elle ne pouvait préciser plus exact dans ses souvenirs le nombre des participants... une trentaine peut-être... on ne compte pas dans ces cas-là. Par moments ça se chevauchait à devenir un méli-mélo de guibolles, de bras, de têtes comme dans un dessin de Dubout. C'était une excellente façon de célébrer la fin de la guerre... bacchanale pour un retour à la paix, c'est-à-dire à la vie.

Blandine s'est angoissée la semaine suivante à attendre ses règles. Au cas où elle se serait fait encloquer, elle aurait été bien en peine de dire par qui. Avant la pilule nos compagnes n'avaient guère que des calculs aléatoires pour prendre leur panard sans retenue.

Blandine encore Marie-Gertrude avait déjà participé à l'effort démographique... le premier curé venu, il en restait un petit personnage qui grandissait, grossissait, lui coûtait bien des sacrifices... de ce superflu qui enjolive la vie des femmes. Mais à tout prendre, elle ne regrettait rien... Matthieu lui donnait un but dans l'existence... un petit Jésus à lui tout seul pour lequel elle se sacrifiait sur l'autel des mâles en rut. S'agissait tout de même pas de récidiver avec le premier venu... ça se serait terminé alors dans l'officine louche d'une faiseuse d'anges... une loge de concierge pour salle d'opération... l'aiguille à tricoter en guise de sonde. Un bricolage qui a laissé nombre de victimes sur le carreau avant les antibiotiques.

Nous n'en sommes qu'à la nuit de débauche du 11 au 12 novembre. Une date dont on est forcé de se souvenir... près de quatre-vingts ans plus tard, on continue de la commémorer... ranimer la flamme... le Président de service pour décorer quelques centenaires. Elle sentait Blandine que son bel Eugène se détachait d'elle depuis qu'elle était placardée dans ce bordel à curés. Certes il ne l'abandonnerait pas de sitôt, elle était sa propriété... un des meilleurs moulins qui tournaient pour lui. Sous sa houlette, elle risquait pas trop que d'autres malfaisants se risquent d'aller la rapter... Et cette taule... *l'Abbaye*... ça les intimidait aussi curieux que ça puisse paraître. Ils n'y plaçaient pas leurs polkas sans réticence... un reste de superstition... le diable

135

tournait dans les parages. Avec son intuition féminine, Blandine se gourrait pas. Eugène avait posé sa griffe sur un nouveau petit lot, une métisse des îles de toute splendeur... haute sur cannes et d'une poitrine à vous couper le souffle. De quoi se chagriner quelque temps... au fond elle était bien amoureuse, bien accrochée à son vieux matou de barrière. Elle allait passer *doublard*, ce qui signifiait que pour les gondoles sur la Marne, elle resterait sur l'embarcadère, à la prochaine belle saison.

Tout ça elle le délaye avec encore des mots tristes, douloureux... longtemps longtemps après, alors qu'on n'imaginerait pas qu'elle puisse encore utiliser ce genre de vocabulaire de petite fille sentimentale. Ça leur devient comme une seconde nature aux gonzesses, elles n'en décrochent pas, même après une existence de pute et de taulière... devenues vioques et à l'article de l'agonie. « J'aimais ce mec et pourtant il me traitait, comme une marchandise. Il était dur, inflexible, mais c'était un homme. » Vous pourrez ensuite vous ramener avec des corbeilles de roses, des bracelets de vermeil, des bijoux et tous les parfums d'Arabie... vous n'êtes qu'un micheton parmi tant d'autres... Gégène lui, il a la trique au sens propre et figuré... appelez-le macho, caïd, phallo, il n'en a rien à se pogner, il règne et il sait qu'il n'est vulnérable qu'à un coup de surin sournois, ou alors, s'il fait un faux pas, aux griffes de la Justice. Le piège. Pour l'éviter, il faut se compromettre un peu avec les moustachus du quai des Orfèvres. Ils étaient ainsi à l'époque... melon... pébroque, chaussettes à clous. Les arroser au jus d'oseille. Et puis et puis... après on s'enfonce dans les marécages des petits renseignements... ceux qu'il faut bien lâcher pour continuer à nager dans ces eaux putrides... ceux qui n'entraînent pas les catastrophes majeures pour cézig.

Souventes fois les cagades arrivent par les femmes abandonnées... l'adage voyou : « Gonzesse qui bande est capable de se faire tuer pour son Jules... gonzesse trahie offre le couteau à son assassin ». Peu de chose près, je vous résume. Gégène il était au parfum des us et coutumes et de la mentalité des filles... ce pourquoi, il se gardait des grandes promesses, des amours toujours. D'entrée il mettait les brèmes sur la table... qu'il était leur guide, leur professeur de putanat... protecteur aussi... en quelque sorte leur impresario. Blandine le savait et, malgré tout, ça l'avait pas empêchée de rêver qu'elle, elle finirait par gagner ce roi de trèfle pour son petit cœur.

– J'ai de grandes ambitions pour toi, cocotte. Si tu déconnes pas, tu deviendras une femme intouchable.

Prophétie qui allait se réaliser. Blandine n'était pas de l'espèce de putasse qui, en prenant du poids... de l'âge, glisse de bordels de luxe, en taules de province, puis en maisons d'abattage et à la cloche carrément pour terminer leur parcours dans les ruisseaux, les égouts de la ville. Elle observait tout ce qui se tramait à *l'Abbaye*... Aglaé avait de solides accointances avec les flics... ce qui la rendait quasi invulnérable. Sans doute y avait-il une espèce de pacte entre l'Archevêché et la Grande Maison. On savait que la maison était de qualité, qu'on n'y avait jamais déploré d'incident... que le commissaire Renard, patron de la brigade des mœurs, dînait de temps en temps avec une pouliche dépêchée par Madame dans un salon particulier d'un luxueux restaurant quai des Grands-Augustins. Entre autres – la petite Félicité, une poupée spécialisée pour les amateurs de premières communiantes. Les flics aussi ont des fantasmes.

XIII

La mort programmée de M'sieur Eugène et ses conséquences

Blandine un peu délaissée par M'sieur Eugène, en profitait pour aller à Yvetot voir son rejeton. Celui-ci devenait magnifique, racontait-elle à ses amies. Chacune avait sa petite histoire... un gosse à élever, une vieille maman... un frère en prison... ça leur faisait un but, une raison de subir les aléas du métier. Au début la curiosité aidant ça les divertissait de pouvoir découvrir la vraie nature des hommes, leurs obsessions, leurs sales manies. Elles se revanchaient d'une certaine façon de ce qu'ils leurs avaient fait subir lorsqu'elles s'étaient laissées prendre dans les filets de l'amour toujours. Le micheton humilié, payant pour se faire frapper, injurier, quémander les pires sévices, c'est plutôt savoureux. On s'en fait des gorges chaudes en confidences.

À *l'Abbaye* elles étaient servies sur la question. Blandine très vite fut professionnellement capable de tout voir, tout respirer, tout supporter. Elle n'avait aucune appréhension vis-à-vis de toutes les mabouleries de la clientèle. Tout s'était déclenché chez elle sans doute le jour où elle avait accepté dans le magasin des Haudrène de faire reluire le cardinal à travers sa belle soutane rouge.

Petit à petit elle nous présente tous les cas qu'elle découvre avec une certaine complaisance. Même pas dégoûtée. L'évidence que dans la nuit du sexe on n'arrive jamais au bout, surtout lorsque les interdits de la religion s'en mêlent pour porter les désirs à l'incandescence du feu le plus vif des enfers. Voilà la trouvaille... sans cette notion du péché, tout serait presque simple... l'interdit apporte un surcroît de plaisir. Et même la partenaire, si dépravée, si vénale fût-elle, s'y délecte.

Au temps de Mme Aglaé, *l'Abbaye* n'en était qu'aux prémices de l'Art dans cette spécialité pour gens d'Église. Elle s'efforçait de répondre à toutes les demandes, à les précéder, à suggérer ce qu'elle subodorait comme vice honteux. Très vite, Blandine devint la plus affûtée, la plus imaginative de toutes les catiches de la turne. D'elle-même elle se mettait à genoux devant certaines soutanes, elle priait en latin... elle baisait les pieds... se perdait dans les plis noirs des robes impatientes... Elle surprenait les timides par une audace sans retenue.

– Je ne mérite pas autre chose que le fouet, Blandine... Fouettez-moi !

Qu'à cela ne tienne on avait tout le matériel prévu à cet usage dans les placards de Madame. Des verges, des martinets... un fouet de charretier.

– Déshabille-toi, ordure !

Celui-là... un ponte dans la hiérarchie catholique... ça se voyait à ses vêtements, ses dessous... son anneau pastoral... jamais on lui avait jacté de la sorte. Il avait pourtant dépassé la cinquantaine... il en tremblait de tout son corps tandis que Blandine commençait à le frapper avec une lanière, une laisse de chien.

– Dépêche-toi, gros porc ! Fils de Satan...

Sflac ! Un glaviot pleine poire. Une initiative... et elle savait maintenant qu'elle ne risquait rien... qu'il allait tout accepter avec ferveur. La suite ne serait pas forcément délectable... mais, Blandine éprouve une espèce de satisfaction qui la conduit presque à l'orgasme, en humiliant, frappant ce personnage. Lui n'arrive à jouir que sous les coups, les insultes... et ensuite comme tous les autres, très rapidos, il revient à sa forme ordinaire, il se ressape... il retrouve sa superbe, sa croix pectorale... son onction... comme si de rien n'avait été.

Dans ses fonctions putassières, Blandine va découvrir peut-être l'essentiel de ce qui différencie profondément l'homme de la femme question sexe. L'homme semble agir par crise, il se met alors dans un état second, plus rien ne peut le retenir jusqu'à ce qu'il aille au bout de son éclatement et ensuite, il se calme, il tire un trait. Il s'est *dédoublé*... ça explique peut-être les mystères autour des crimes sexuels. Ces hommes qui peuvent vivre en bon père de famille, bureaucrate ou commerçant sans histoire, et qu'on découvre un jour vampire de Düsseldorf, boucher du Hanovre ou Jack l'Éventreur.

La sexualité féminine plus passive bien sûr est beaucoup plus diffuse... rarement sujette à des crises. N'empêche que Blandine dans ses travaux pratiques finissait par y trouver presque son compte...

Les différentes expériences qu'elle affronte dans cette période où elle n'est qu'une pensionnaire de *l'Abbaye*, elle les raconte comme ça lui revient, elle n'a pas tenu de carnet de route, il lui faut composer avec sa mémoire. Parfois elle confond quelques clients... ceux qui ont les mêmes obsessions. Les masochistes sont les plus nombreux dans le clergé, ce qui peut se comprendre aisément. Pour les putes, c'est du nanan... on se fatigue moins à administrer le tutu-pan-pan qu'à se faire posséder en s'efforçant de mimer l'orgasme.

Bernadette, une des consœurs de Blandine, avait déjà un harnachement spécial en cuir pour les amateurs de souffrances... guêpière, bas noirs... des bottes... une cravache... parfois un masque, un loup à voilette pour mieux inspirer la crainte, le mystère. En férocité, elle lésinait pas... « J'ai marbré plus d'une paire de fesses » disait-elle comme les poilus qui se vantaient des ennemis enfourchés à la baïonnette.

Thérèse, elle, était réservée surtout aux sadiques, à ceux qui aiment faire du mal, pincer, mordre, fouetter au sang. Madame la conseillait aux chalands dont elle connaissait ce genre de perversion. Certaines autres filles se refusaient à souffrir... et pourtant c'était ce qui rapportait le plus... l'équivalent de plusieurs passes ordinaires.

Blandine qui voulait tout connaître y goûtera de temps en temps. Un peu pour dépanner Madame et lorsqu'elle avait un urgent besoin de fric pour son gosse.

Je vous glisse... deux trois ans ont passé durant lesquels le tonton chanoine est mort, devenu un peu gâteux les derniers temps. Blandine l'aimait bien, il avait toujours été là pour la sauver du pire. Comme ça par gentillesse, par un sentiment paternel refoulé. Elle s'est déplacée pour les obsèques en Normandie et en même temps elle est allée embrasser son petit.

Nous sommes en quoi... 1921... 22. D'après les cahiers on ne sait au juste. À *l'Abbaye* ses habitudes sont prises. M'sieur Eugène est toujours son protecteur et en fin de compte il ne la déçoit pas tant. Il ne s'agit entre eux depuis longtemps que de rapports amoureux assez espacés, mais qui restent agréables. C'est simplement un polygame conscient et organisé. Là où d'autres Jules ivres de machisme tournent tortionnaires, ce qui finit par provoquer des drames, lui, d'une certaine façon, il drive ses affaires de pain de fesses en despote éclairé.

Seulement il a des rencards, des ondes... des antennes un peu partout et Blandine ne peut pas se permettre un faux pas... une coucherie hors du travail. Elle le sait et elle sait aussi qu'elle y risquerait peut-être sa peau. Derrière le côté Milord l'Arsouille de Gégène, il y a un redoutable truand... jusqu'ici ceux qui lui ont manqué d'une façon l'autre, reposent boulevard des Allongés après une étape obligatoire à la morgue.

Il appartient à une espèce en voie de disparition... un modèle qu'on trouve dans les romans de Francis Carco... les récits d'Auguste Le Breton lorsqu'il évoque sa jeunesse.

Ce qui vous bouleverse tout, vous fait des virages brusques dans l'existence, souventes fois ça vous arrive avec les couronnes mortuaires. La date importe peu... La nouvelle est parvenue un matin à *l'Abbaye*... Gégène, le grand, le caïd s'était fait dessouder la veille au soir. À coup de flingue, alors qu'il tapait paisiblement le carton dans un petit rade à la Bastille. Deux tueurs. Impossible de leur tirer le portrait... au-delà de leur taille moyenne, visage moyen... chapeau mou... costard gris comme tous les chats la nuit. Les condés connaissent le refrain, ils interrogent les témoins pour la forme... parce qu'il leur faut bien rédiger un rapport. En ce temps-là à la plume

Sergent Major dans leurs bureaux enfumés et crasseux de la P.J.

En tout cas l'exécution de Gégène qu'on appelait dans sa jeunesse Gégène des Gobes, dans tout le mitan ça s'est répandu en traînée de poudre. Quelques-uns avaient des idées sur le pourquoi, le comment de ce règlement de comptes. Les flingueurs aussi, on avait quelques notions sur leur véritable frime. On parlait de rivalité entre Marseillais et Parisiens. Comme Gégène résidait à Montmartre et qu'il était natif du XIIIe dans le quartier des Gobelins, il pouvait pas appartenir au clan de la Marsiale.

Blandine éprouva un profond chagrin en apprenant la mort de son Jules. Le seul qu'elle ait vraiment eu... l'abbé Matthieu ne pouvait pas s'appeler un Jules. Ça peut paraître curieux mais elle ose écrire qu'il est l'homme à qui elle doit tout. Il lui a appris à se conduire, se défendre dans un univers où les rapports humains sont à l'état brut.

Ses obsèques furent célébrées à Notre-Dame de Clignancourt. Une messe solennelle chantée en latin comme il se devait au temps où Dieu avait son propre langage. Une masse de fidèles se pressait dans la nef... L'usage voulait alors qu'on répartisse les hommes à droite, les femmes à gauche. Il y avait là toute la fine fleur de la pègre parisienne... taulières et tauliers, putes et harengs, sans compter les indécis... casseurs, tenanciers de tripots... arnaqueurs de tout poil. Sapés avec ce qu'ils considéraient comme le plus adéquat pour un enterrement. Ces dames donnaient plutôt dans le noir, le gris sombre... avec des jupes longues bien prises à la taille comme c'était à la mode d'avant-guerre. Ces messieurs avaient laissé dans la penderie leurs fringues tapageuses de voyou. Blandine était au premier rang parmi les veuves... une dizaine, toutes en deuil et en larmes. Une véritable ferveur... « On aurait entendu une mouche voler » dira en sortant un petit malfrat de Belleville à un flic qu'il avait reconnu au fond de l'église avec deux de ses collègues dont le commissaire Renard qui rattrapa le vanne au vol en rétorquant :

143

— Nous si on raflait tous les fidèles à la sortie de cette messe pour les envoyer en correctionnelle, on pourrait leur distribuer six mois et cinq ans de trique à chacun sans qu'ils aient idée de faire appel.

En tout cas, M'sieur Eugène disparaissait sous les fleurs, gerbes et couronnes... l'homme du Milieu faisait le bonheur des fleuristes.

Il avait tout de même un frère et une vieille frangine, le Gégène... de braves représentants du prolétariat qui s'étaient toujours tenus à l'écart des activités marloupines de leur cadet. Eux qui reçurent les condoléances à la fin de la cérémonie... on ne pouvait décemment aligner toutes les veuves.

Blandine ne pleurait pas, elle restait près d'Aglaé, grave, sans maquillage, habillée d'un manteau noir avec un col de fourrure qu'elle avait acheté spécial pour la circonstance. Ce qu'elle ressentait exact, elle n'en a plus le souvenir si longtemps après. Avait-elle vraiment aimé ce truand ? Elle s'en était donné l'illusion et ça revenait sans doute au même. Toute la voyoucratie n'avait pas été jusqu'au cimetière, mais pour un connaisseur de ce joli monde, on pouvait remarquer quelques personnages de poids... les plus représentatifs du syndicat des bordeliers.

Les flics se sont pointés et dès le lendemain à *l'Abbaye*, deux sbires du commissaire Renard, friands de détails les plus infimes, les plus intimes. Mme Aglaé leur a prêté le salon du choix pour interroger Blandine. Ils savaient déjà l'essentiel... que c'était M. Eugène Latelier dit Gégène des Gobes qui l'a mise aux asperges. Ils donnent des dates, ils citent des lieux... l'œil de la police est partout. Blandine a déjà appris l'essentiel... qu'il faut toujours nier. Certes elle a été un temps la maîtresse de M'sieur Eugène, mais elle s'est présentée toute seule à *l'Abbaye*... une copine lui a donné l'adresse.

— On va pas le faire tomber posthume, ton homme, a fait remarquer un des lardus.

Le bon sens... ça n'a plus d'objet de prétendre que leurs rapports n'avaient rien à voir avec la prostitution.

— Je l'aimais c'est tout. Je m'occupais pas de ce qu'il faisait.

144

Elle n'en savait pas davantage sur ses activités que ce que les rumeurs, les vents mauvais de la calomnie lui rapportaient. Rideau.

Les morts arrivent en série. Après le beau Gégène. Blandine a tout de même été avertie... conviée à l'enterrement de sa mère. Bien qu'elle fût excommuniée de la famille après sa *faute* avec l'abbé Matthieu et le têtard qui a résulté... ses frères et sœurs ne pouvaient pas aller jusqu'à la tenir à l'écart de ce deuil.

Elle a assisté discrète, parmi les fidèles anonymes à la messe de requiem. Mozart au pupitre, s'il vous plaît. Église Saint-Honoré d'Eylau. Blandine a même reconnu l'officiant de la cérémonie... un micheton qu'elle maltraitait de temps en temps.

Elle a tout de même été donner le coup de goupillon rituel... le signe de croix devant le cercueil de sa maman. Autour elle sentait de drôles de regards sur sa personne mais qui l'ont laissée dans la plus parfaite indifférence.

Le problème de la succession de Gégène allait se poser, depuis plus de quinze ans il régnait à peu près sans partage sur le proxénétisme de la capitale et tout laissait supposer qu'il s'était fait éliminer par une tierce de méridionaux qui voulaient prendre le contrôle du marché parisien. On allait donc assister dans les prochains jours, les semaines suivantes à une guerre sournoise et sanglante.

Aglaé s'en était ouverte à Blandine, preuve qu'elle la tenait en haute estime et qu'elle voulait en faire en quelque sorte sa seconde... Dans toutes les tolérances d'un certain niveau, existait une sous-maque, sorte d'adjudant de quartier du bordel... souvent une pute blanchie sous la férule d'un julot et qui se faisait une fin dans cette fonction auxiliaire. Redoutables mégères pour la plupart. Nos artistes de la Belle Époque nous en ont laissé des croquis qui ne laissent pas de doute quant à leur férocité, leur veulerie, leur rapacité. Aglaé, pour la bonne tenue, la classe de sa maison, n'avait jamais voulu faire appel à ce genre de viragos. Présente constamment, l'œil à tout, elle faisait régner elle-même l'ordre, le luxe et la volupté dans ses murs sans avoir à élever la voix. Une soubrette... la petite Jeanine... trop nunuche, trop tocarde pour faire une bonne pute et Clarisse à la cuisine suffisaient pour le service. Les courses, elle allait les faire elle-même accompagnée de celle qui le voulait, le plus souvent Bernadette qui savait choisir les meilleurs fruits et légumes au marché rue de Buci. Les commerçants connaissaient bien Aglaé... vraiment une bonne cliente, on l'accueillait gentiment mais sans se permettre la moindre allusion graveleuse sur ses activités. Parmi ses fournisseurs, M. Marcel le boucher la soignait particulièrement, n'était sa mémère qui de derrière sa caisse surveillait son homme, il lui aurait pesé le rumsteack, le gigot d'agneau au poids de l'amour. C'est que M. Marcel, environ une fois par mois, se glissait jusqu'à *l'Abbaye*... Avec sa trogne rubiconde, ses grosses paluches... son gabarit de fort des halles, on l'imaginait plutôt allant s'offrir une gravosse de la rue Saint-Denis. Eh non, ça devait le rehausser dans sa propre estime de se présenter chez Mme Aglaé... au milieu de ses tentures, ses plantes vertes... ses meubles rococo... dans ce climat presque religieux. Depuis son arrivée à *l'Abbaye*, il choisissait toujours Blandine. Il lui faisait ça au timide... au collégien un peu gauche. Il est vrai que ce monstre de cent dix kilos... un mètre quatre-vingt-dix, velu et musclé avait un zizi enfantin. Une vraie tare. Souvent les filles n'avaient pu retenir un peu d'ironie, de mépris dans leur regard en découvrant l'objet en érection. Pas le cas de Blandine qui savait se tenir en toutes circonstances. Au contraire, elle l'avait câliné, mis en confiance avec les mots qu'il fallait.

— Tu vas pas sentir grand-chose, lui avait-il dit la première fois comme pour s'excuser.

Blandine lui avait répondu que ce n'était pas une question de longueur ou de grosseur mais que tout était dans la façon de s'en servir... le refrain qu'on serinait aux mecs dans ces cas-là pour leur atténuer cette terrible blessure à la vanité masculine. Elle avait cinoché, fait tant et si bien... avec les soupirs... les châsses qui se révulsent au bon moment, que Marcel en était reparti amoureux. Quelques soupirs suffisent parfois. En tout cas, M. Marcel était fidélisé au point qu'il lui a proposé, quelque temps plus tard, de la sortir du métier, de l'emmener au loin, de refaire une vie toute neuve, toute pure avec lui. Prêt à quitter son étal, sa femme et ses quartiers de barbaque. Gondole à Venise avec cézig louchébem, elle s'y voyait pas... D'être trop gentille avec un micheton ça provoque parfois ce genre de béchamel et il faut encore biaiser, tourniquer... raconter qu'on a déjà un homme dans sa vie, un féroce qui n'hésiterait pas à découper au couteau de cuisine même un boucher.

Pour en revenir à ces messieurs de la Grande Maison, Blandine à partir de cette époque a eu pour principe de les tenir dans les meilleures dispositions possibles à son égard. La bonne tactique, les harponner en amont plutôt que se les coltiner en aval lorsque les affaires sont plus durailles à régler. On les rencontre tout d'abord, on les gâte, on les enjôle. Ne jamais aller jusqu'à les laisser entrer dans votre chambre, là, c'est le risque qu'ils se croient tout permis. Déjà, ils ont assez de pouvoir, il s'agit de rester sur son quant-à-soi.

Dans quelle mesure les accointances de Blandine, devenue plus tard, la tenancière la plus mystérieuse de Paris, pouvaient-elles se borner aux espèces sonnantes et aux renseignements concernant ses habitués ? Difficile de savoir. Les filles jactent, elles ont des Jules qui se mouillent dans des combines guillotinables. Dans un bordel les murs transpirent, ont des oreilles, des yeux partout... arrivent ensuite des cagades qui ne s'expliquent que par les indiscrétions.

Aglaé, déjà, lui avait tout appris, je suppose, dans ce domaine. Le plus délicat c'était qu'elle puisse continuer à éponger du cureton sans avoir un maque attitré. Anomalie. Dès qu'une pute était veuve... les poissons d'eau saumâtre tournaient autour d'elle. En principe, elle avait intérêt à se choisir le plus beau, le plus balèze, celui qui avait les plus brillantes écailles... un dur de dur qu'on ne contestait pas dans les tavernes où l'on s'explique parfois au sang. Un certain Paulo de la Chapelle, joli sobriquet pour le souteneur d'une fille spécialiste de la clientèle cléricale, s'est pointé carrément, sans s'annoncer. Il a sonné un soir à la lourde, au perron comme le premier client venu.

— Blandine n'a plus d'homme, a-t-il dit d'entrée, une fois assis sur un fauteuil du salon.

— Et alors ?

La réplique de Madame comme un couperet. Ça n'a pas démonté pour autant notre lascar qui pavoisait un peu trop de sa voyouterie. Il a sans plus tourniquer annoncé qu'il prenait possession de Blandine... qu'il suffisait juste de s'entendre sur la somme qu'il viendrait prélever chaque semaine. Pas besoin de demander son avis à l'intéressée, elle pouvait d'ailleurs rester libre de venir ou non savourer sa belle bite les jours de congé. On ne peut plus arrangeant. Il innovait, cézig, il se comportait en racketteur comme en Amérique où les gangs de Chicago prélevaient la dîme sur toutes les nanas qui travaillaient en maison et sur certains secteurs de trottoir. Avec ces mœurs, le proxénète devenait une espèce de percepteur armé, c'est tout.

L'envoyer rebondir direct présentait pour Aglaé le risque de se retrouver avec des actions de représailles sur sa maison. Pas question, sa clientèle en soutane à la moindre alerte, s'éparpillerait comme une volée de corneilles. Dans sa tronche, ça fonctionnait quart de tour à la taulière. Urgent de temporiser. Elle voulait, dit-elle, tout de même l'adhésion de sa pensionnaire, ça lui paraissait plus correct.

Paulo ne doutait pas de ses capacités casanovesques. Vrai que dans le genre il était assez beau môme... un visage long, des yeux verts... chevelure brune frisée... bien balancé question endosses et biscotos. Blandine le connaissait pour l'avoir aperçu autour d'une table de poker avec Gégène. Décision... que Madame allait parler avec Blandine, s'efforcer de la convaincre et qu'elle irait le rencontrer ensuite dans un bar qu'il fréquentait à Pigalle. En tout cas, elle ne voulait plus le voir, surtout le recevoir dans ses murs... elle tenait à sa réputation d'indépendance, d'être sans relation avec le Milieu... C'était la condition impérative, pour que son condé résiste aux tracasseries de la Mondaine.

Ce qu'elle a manigancé au juste, Blandine ne nous l'explique pas. À moins qu'elle préfère sur ce chapitre ne pas tenir sa promesse de tout nous dire. Qu'importe... ce Paulo de Belleville n'a pas eu le temps de saisir Blandine entre ses griffes... avant même le rendez-vous avec Aglaé pour la semaine suivante... exit Paulo ! À peu près de la même façon que Gégène. Simplement, lui, son exécution s'est passée en pleine rue alors qu'il rentrait à son domicile rue des Martyrs à deux heures du mat... Le flingueur a surgi de l'ombre... d'un coin de porte avec un Browning... 7.65... trois bastos dans la poitrine et le tueur s'est évaporé comme un vrai petit Jésus-Christ à l'Ascension. Paulo galérait dans des histoires de casses, de braquages... certains de ses complices s'étaient retrouvés en cabane de façon inexpliquée. On pouvait donc chercher dans plusieurs directions son assassin... tout supposer quant à ses mobiles. La police dans ces cas ne s'intéresse à la question que si elle a l'assurance d'envoyer à la ratière le coupable... Pour sa comptabilité ça en fait deux de moins.

La lecture de ce passage des mémoires de notre héroïne ne laisse aucun doute sur le rôle déterminant d'Aglaé pour régler les problèmes qui touchaient de près ou de loin à son territoire. On a là l'exemple d'une femme qui savait bien avant le féminisme se tailler sa place dans un univers traditionnellement réservé aux hommes. Jusqu'à la mort d'Eugène, on pouvait penser qu'il était le protecteur de *l'Abbaye*. Paulo de la Chapelle, s'il s'était ramené pour annexer Blandine, c'est qu'il estimait sans doute qu'elle lui était due parmi les dépouilles de son adversaire. Son élimination dans les plus brefs délais donnait le coup de semonce aux amateurs imprudents. Au finish, Blandine s'apercevait que *l'Abbaye* était une maison close quasi intouchable, couverte par les flics, certes, mais ceux-ci devaient avoir des consignes qui venaient de plus haut. Du ciel peut-être... qui protégeait les errements de ses serviteurs...

XIV

Comment on devient favorite d'une maîtresse de maison close

Blandine avait maintenant vingt-trois ans et elle va seulement nous affranchir sur ses relations, (pourquoi dire coupable ?) avec sa patronne. Ça donne, une explique supplémentaire à la réaction de celle-ci devant les prétentions du malfrat de la Chapelle.

Au bout de trois ans, elle avait des clients fidèles auxquels elle administrait ce qu'elle appelle drôlement les sacrements du vice. Elle est intouchable, les autres nanas sont aux petits soins avec elle... tout simplement parce que Madame est devenue en quelque sorte son Jules. Elle a remplacé M'sieur Eugène. Sur la date où tout a commencé, elle reste vague. Ça devrait pour la bonne logique des choses se situer après l'assassinat de son protecteur patenté. Mais la logique n'a rien à voir avec les débordements du sexe et la passion.

En tout cas voici ce qu'elle nous rapporte. Un soir elle est la dernière au travail, les autres sont montées se mettre au lit enfin seules. Elle, elle a eu à s'occuper d'un représentant du clergé italien, vieil assidu de *l'Abbaye* que les filles surnommaient le Homard, rapport à sa robe rouge de cardinal. Il s'exprimait en un français recherché, académique. Aglaé, avant de le confier à Blandine lui a recommandé beaucoup de délicatesse... de le soigner comme un enfant. Son obsession à ce homard c'était de retrouver sa plus petite enfance... redevenir un gros bébé dans les bras de sa nounou. Blandine n'avait pas encore exercé ce genre de fonction, mais ça ne lui paraissait pas bien compliqué... un peu accablant tout au plus. Ses collègues l'avaient affranchie de toutes les phases de l'opération. Madame avait un matériel adéquat, dans ses armoires... Fallait langer le bébé... lui talquer le derrière... risette et tout... lui préparer un gros biberon... la petite fessée lorsqu'il avait fait pipi dans ses couches. Des activités qui font partie des agréments de la maternité, et qui deviennent odieuses, grotesques lorsque le poupon est un vieux chnoque adipeux. Ainsi des choses de la vie. Tout est question d'heures, de lieu, de personnage... Roméo et Juliette entre un couple d'ivrognes guenilleux ça vous devient de la pièce d'avant-garde... une horreur bien ennuyeuse.

Après un tel labeur... une corvée pour ainsi dire, Blandine, ça lui foutait le spleen. Elle pensait à son petit Matthieu qu'elle aurait bien voulu chouchouter, pouponner, langer elle-même lorsqu'il était bébé. Un regret qui lui vrillait le cœur tandis qu'elle s'efforçait de faire manger une bouillie au cardinal. Ce n'était pas d'ailleurs, ce type de fantaisie, l'apanage de la clientèle ecclésiastique... certain président du Sénat se faisait faire les mêmes gâteries au *Chabanais* ça mettait du croustillant dans les ragots de couloir de la Haute Assemblée.

– Et pourtant, lui, il est radical-socialiste... disait Aglaé pour défendre ses idées de droite teintées de monarchisme.

Ça serait une erreur de croire que le spectacle permanent des turpitudes sexuelles des membres (eh oui !) de son propre parti et des prêtres de sa religion entamait en quoi que ce soit ses convictions. Elle savait que les vices se répartissent équitablement entre les rouges et les bleus, les blancs et les noirs. La seule chose qui créé un clivage, la différence dans ce domaine... comme toujours le flouse, le pognon... Pour assouvir certains fantasmes, se casquer un peu d'illusion en chambre close, il faut les moyens. Le minable est forcément un peu plus vertueux, il se console à la veuve Poignet. Parfois, si l'animal, le monstre devient trop impérieux, ça peut provoquer des catastrophes... des dérapages incontrôlés qui conduisent à la colonne des faits divers.

Blandine situe donc le début de sa liaison avec Aglaé ce soir-là, ça lui a marqué la souvenance. Lorsqu'elle eut achevé sa tâche avec son bébé... qu'il eut plus ou moins gagné le septième ciel... un petit acompte sans doute avant les joies de la félicité éternelle, tout était calme dans la maison. Les filles dormaient dans leurs mansardes. Blandine rangeait un peu la chambre où venait de se dérouler le sketch de la nurserie. Madame est venue la rejoindre, bavarder comme ça lui arrivait parfois, commenter les événements de la journée. Restait entre elles des questions de fric à mettre au point. Depuis la disparition d'Eugène, Blandine disposait de tout ce qui lui restait lorsqu'elle avait réglé son dû à Madame... ses frais de nourriture et de logement. Sa situation devenait enviable dans la mesure où elle ne retombait pas dans les griffes d'un *protecteur* à nageoires. On a vu comment le premier prétendant s'était fait éliminer de la compétition. D'autres allaient surgir... des plus marioles qui n'attaqueraient pas aussi brutalement.

– Je veux vous mettre en garde, Blandine, je tiens beaucoup à vous...

Tout en parlant, elles avaient gagné la chambre personnelle de Madame. Somptueuse... du 1900, style nouille, fleurs de lotus... dianes au bain potelées, dans de petits cadres dorés. Un grand sofa... Aglaé s'était assise près, très près de Blandine qui était encore en tenue de fausse nounou... ce qu'exigeaient les clients bébés... une blouse blanche... des épingles à nourrice sur la poitrine...un voile bleu ciel pour lui enserrer les cheveux. Brusque, Aglaé lui a arraché ce voile.

– Je préfère vos cheveux en liberté... Ils sont si beaux.

Elle avait des cheveux blonds de la nuance dite vénitienne, du meilleur effet pour mettre en valeur son visage fin et pâle.

Le geste d'Aglaé entamait l'attaque. Blandine l'a d'autant mieux compris que la taulière, dès qu'elle le pouvait lui manifestait une prévenance, des gentillesses dont elle était plutôt avare avec les autres pensionnaires. Elle la conseillait pour sa toilette, sa coiffure... sa façon de se saper. « Ça vous va très bien ce bleu ciel... ce petit col vous met en valeur... n'exagérez pas sur le maquillage, Blandine, vous n'êtes pas une putain, dites-vous bien ça. »

Qu'était-elle alors ? Elle s'est permis de le lui demander. Hésitation d'Aglaé... « Courtisane, ça vous va ? » allons-y pour courtisane... qu'importe l'appellation... hétaïre, catin, cocotte, femme galante pourvu qu'elle prodigue l'ivresse de la luxure. Ça, elle pratiquait et elle était plutôt douée. Un demi-siècle plus tard, elle en convient sans forfanterie. Disposition naturelle sans doute, on naît pour l'amour comme d'autres naissent pour la science, les mathématiques... le sport de haut niveau. Tenez, c'était ça, elle avait atteint très vite le haut niveau dans les finesses, les habiletés du déduit. Elle maîtrisait au mieux ses impulsions, elle savait feindre et elle trouvait un certain plaisir à feindre. Ça lui laisse penser que les femmes ont des possibilités de jouissance infiniment plus riches et plus variées que les hommes. Ce que recherchent sans doute vainement les amateurs de brioche infernale... les chevaliers de la manchette.

Jusque-là Blandine avait réussi à s'esquiver lorsque Aglaé se faisait un peu plus pressante. Et puis il y avait le bel Eugène dans le paysage. Blandine paraissait attachée à lui. Comme toute bonne fille de joie, elle lui réservait l'exclusivité de sa reluisance... en tout cas, le laissait-elle croire autour d'elle. N'empêche qu'elle filait de temps en temps un coup de canif dans le contrat... elle y allait carrément de son fade avec un client... et pas toujours ce qu'on pourrait croire, le mec à belle gueule, belle carrure et grosse biroute. Une fois confesse-t-elle... elle s'est envoyée en l'air avec un grand blessé de guerre, un officier à gueule cassée... un homme jeune qui ne trouvait plus de femme que dans les bordels. Peut-être était-ce une forme sublime de charité que de partager un instant de volupté avec ce martyr de la Sainte Grande Guerre ?

Aglaé, fallait vraiment qu'elle reste dans le clair-obscur pour se mouvoir dans le royaume de Lesbos. Elle en était consciente et... ce fameux soir, elle avait mis l'éclairage en veilleuse. Depuis un an, l'électricité était installée à *l'Abbaye* et on la domestiquait peu à peu pour les meilleurs usages d'un bobinard de première classe.

Après les cheveux, le cou... la main qui caresse. Déjà parse-

154

mée de fleurs de cimetière, la paluche d'Aglaé. On appelle ainsi les taches brunes de vieillesse sur le dessus de la main, en argot fleuri. Aglaé n'avait jamais dû être belle... elle avait les traits durs, les lèvres minces... les angles saillants... un peu de rondeur chez les femmes atténue des ans l'irréparable carnage... Blandine avait déjà pratiqué les jeux du saphisme. Les michetons exigeaient parfois qu'on leur offre des saynètes de broute-minou, de lesbianisme, plus ou moins feintes. Plus rien à apprendre dans ce domaine, mais là, elle savait d'instinct qu'il ne s'agissait pas d'une fantaisie passagère... que ça irait loin... qu'Aglaé voulait prendre possession d'elle comme le ferait un homme.

Ses lèvres qui cherchent les siennes. Elle a déjà gambergé Blandine... aux suites. Que si elle se détourne, si elle virevolte même avec beaucoup de grâce, elle met son avenir en danger. « Ma petite, me suis-je dit, faut que tu y passes. » Après tout elle en avait connu de pires et elle avait surmonté moult fois son dégoût. Prêtres ou laïcs, dans le cheptel de la michetonnerie, elle s'en était appliqué sur la viande de plus terrifiants que la vieille Aglaé.

Dans sa tête tout s'ordonnait vitesse grand V, d'autant qu'elle avait déjà retourné le problème. Aglaé allait lui permettre d'échapper au joug d'un maquereau et, qui sait, peut-être allait-elle devenir un jour l'héritière de Madame... la patronne, après sa mort, de la taule la plus sainte de France et de Navarre.

Tous ces récits d'érotisme... les scènes qu'on dit scabreuses, ça a besoin de personnages d'une certaine fraîcheur physique pour exciter l'imagination du lecteur. Ou alors il s'agit de témoignages plus ou moins naturalistes et, sans une pointe d'humour, de recul, ça tourne en dégueulasserie irrémédiable. La réflexion que je me fais en tant que plumitif à propos de l'Amour... de toute la littérature qu'on lui consacre. Presque dans tous les romans, nouvelles, les scénarios, vous remarquerez bien qu'on met en piste des protagonistes fine fleur de l'âge. Le physique prime... la beauté. Une partouse de tordus, crasseux, de gravosses, de biglousards, de cagneux... c'est irrespirable... ça pousse à la gerbe... à vomir, si on n'est pas participant.

Mme Aglaé, à loilpuche n'inspirait pas les vives ardeurs, les élans sentimentaux. Toute lucide, vicelarde qu'elle était... rien à faire elle voulait encore croquer de la reinette verte. Après tout pourquoi serait-il plus difficile à une jeunette de mimer la passion avec un pépère que de bouffer du cresson avec une viocarde. Affaire sans doute de préjugé. Passé un certain carat, le sexe devient toujours duraille à assumer.

Éduquée, formée chez les frangines, les curetons dans l'art de l'hypocrisie, elle avait déjà une bonne formation. Surtout avec cours de perfectionnement à *l'Abbaye*. Elle s'est donc laissée filer un patin royal... une langue qui pouvait être lascive ou vipérine selon. Dans un premier temps, il lui fallait se laisser faire... juste se garder de toute brusquerie. Aglaé avait un savoir-faire à toute épreuve. Jusqu'à la cinquantaine, elle avait pratiqué le métier de la galanterie dans tous les domaines. À ses débuts, elle travaillait au *Chabanais*, la maison la plus huppée de la Capitale avant 1900. Là, elle donnait des représentations sur une petite scène de théâtre avec une amie. Des galipettes extravagantes... des prouesses pour réveiller les ardeurs d'amateurs cacochymes qui payaient des fortunes pour s'offrir quelques dernières bandaisons... quelques flasques éjaculations avant que la Camarde ne les embarque pour la grande nuit où l'amour n'existe plus.

Elle convient, Blandine mémorialiste, que sa taulière a du doigté, de la languetouse savantissime. Nul besoin de frimer pour s'envoyer en l'air. Dans la pénombre, on arrive à ne plus trop savoir où on est et avec qui... Reste qu'il faut donner un peu la répartie... renvoyer l'ascenseur du septième ciel. Blandine s'y donne comme une vaillante petite pensionnaire du Couvent des Oiseaux. Après tout il s'agit de savoir où on place la charité. Avec l'officier gueule cassée, elle en avait fait l'expérience. La religion vous demande toujours de donner, de consoler, de soigner les plaies des pustuleux... laver les panards crasseux des pauvres le vendredi saint... on se demande pourquoi ça serait pas aussi généreux, charitable, ô combien, de turluter les gâteux, branler les cradingues de la cloche, brouter les minettes à poils blancs.

Cette nuit-là... elle n'a lésiné sur rien. Aglaé avait répandu du parfum dans les draps... elle s'était maquillée comme une divinité orientale. Dans un tiroir de sa commode, elle avait des accessoires érotiques pour hautes performances. Aglaé aimait se faire enfiler par des godes de dimensions négroïdes... Blandine a fait l'homme et vice (n'est-ce pas) versailles... à son tour perforée, labourée, quasi meurtrie par la taulière déchaînée.

Et tout ça entrecoupé, entremêlé de mots tendres, de serments d'amour... Romerette et Julie. Dans les pages consacrées à cette nuit d'amour, Blandine fait l'impasse sur certaines précisions... Elle reconnaît franchement avoir pris son fade. Avec Aglaé, elle pouvait pas jouer la comédie, une vieille chouette de son acabit voyait tout dans l'obscurité... nyctalope elle était. Et bien d'autres choses... une gonzesse impératrice dans son domaine.

Se terminent de la sorte, les apprentissages de Blandine. Devenue la favorite de Madame, elle ne pouvait plus craindre les malfaisants de tous poils qui épiaient son joli cul... les paresseux qui ne vivent que de pain de fesse, forme triviale de l'amour et d'eau fraîche.

XV

Lorsque Blandine devient héritière

Grâce a un archiprêtre qui venait à *l'Abbaye* se faire faire quelques gâteries deux fois par mois... un homme qui aimait après sa petite récréation sexuelle, s'offrir un peu de bavardage avec celles qu'il appelait gentiment « mes petites filles perdues que j'espère bien retrouver au ciel »... Blandine avait obtenu une recommandation auprès du Révérend Directeur d'une célèbre institution catholique... à Neuilly... pour y faire entrer son fils qui avait atteint l'âge de huit ans.

Blandine est un peu fâchée avec les dates dans son récit. À vrai dire, au moment où elle situe cet événement, si on fait des déductions, il devait être un peu plus âgé le môme. Né en 14, elle nous date son entrée dans le collège de Jésuites en 1924. N'importe, le principal était qu'il puisse être admis dans une institution de haut niveau, fréquentée par le gratin de la bourgeoisie et de l'aristocratie qui gardait de beaux restes malgré l'œuvre de la Révolution, de la république anticléricale. Dans le palmarès de cette école, on rencontre des noms prestigieux dans toutes les grandes carrières de l'État... armée, fonction publique, diplomatie, etc. des académiciens aussi, des gloires futures de la Résistance et tristement quelques égarés, quelques distraits qui se fourvoyèrent dans la Collaboration.

Avec l'aide de l'archiprêtre amateur de belles fesses, les bons pères avaient fait l'impasse sur les origines douteuses de Matthieu. Un enfant naturel, en ces temps si lointains, ne pouvait pas briguer une place honorable dans la société. La révélation de la paternité de l'enfant avait-elle joué en sa faveur ?

Une progéniture de curé ne peut être totalement mauvaise. Savoir !

Cela s'avérait d'ailleurs exact, Matthieu était un garçon doux, timide, déjà très porté sur les choses du scapulaire et du chapelet. Il devait bientôt faire sa communion privée avec une ferveur qui fit l'admiration des bons Pères. Blandine venait le voir le dimanche. Pour la circonstance, elle surveillait sa tenue au plus rigoureux... jupe longue... poitrine enserrée dans des chemisiers comme on en faisait à *La Belle Jardinière*, magasin aujourd'hui disparu près du Pont-Neuf où tous les bien-pensants, les collégiens, les enfants de Marie venaient s'harnacher pour éviter les tentations du péché de la chair.

Par une ironie des choses à *l'Abbaye*, Blandine se servait parfois de ce genre de fringues. Certains clients aimaient culbuter les dames patronesses... les bigotes... sans doute pour se revancher de toutes les lugubreries qu'elles leur faisaient subir.

Maintenant qu'elle disposait de son fric, Blandine pouvait se payer des frusques à la mode. C'était déjà le charleston, le couturier Poiret, les années folles... robes courtes... coiffures à la garçonne... les bibis cloche... les chaussures à talons hauts dégagées, retenues par une petite lanière sur le dessus du pied. Tout ça de couleurs claires, pastel... des roses, des gris perle... La vie était revenue en force après ces années tricolores de sang et de boue. Mais enfin, ça c'était les fringues de liberté, lorsque Blandine se permettait des incartades... on verra plus loin comment. Là, elle se consacre un peu à son fils. Elle l'aime, l'adore c'est certain... en tout cas elle l'écrit bien haut. Elle lui trouve mille qualités, qu'il est doué en tout... qu'il sait déjà tous ses départements par cœur et les dates de l'Histoire de France depuis Alésia jusqu'à la Marne où son papa a fait le sacrifice de sa vie pour sauver sa patrie.

Elle va le chercher à Neuilly en taxi et l'emmène au restaurant, au Jardin des Plantes, au Musée Grévin... au cinéma voir Charlot et le Kid... elle lui achète des chemises, des chaussures, des chandails... des savonnettes parfumées. « En somme je le gâtais comme un petit maquereau », remarque-t-elle. Il en est gêné, le môme... il ne sait trop quoi dire. Il se trouve si bien avec sa maman qu'il pleure lorsqu'il faut la quitter pour retrouver son collège aux odeurs d'encens, de fleurs séchées et de soupe aux choux. Un soir, elle a cru retapisser à la porte un habitué de *l'Abbaye* parmi les Jésuites... un chafouin au regard inquiétant sous sa barrette. Heureux ce jour-là, elle avait un chapeau noir à voilette, il ne pouvait pas la reconnaître, mais à l'avenir, elle n'irait plus jusqu'à l'entrée de l'institution, elle ferait ses adieux à son fils un peu plus loin, au coin de la rue... à l'intérieur du taxi comme une maîtresse qui laisse son amant aller rejoindre sa femme.

Matthieu reportait toute son affection sur elle. Les pécores chez qui il avait passé ses premières années, s'ils n'avaient pas été des tortionnaires, des parents de substitution féroces, brutaux comme c'est souvent le cas, ne lui avaient apporté aucune tendresse. Il avait été seul, ce petit... juste avec l'amitié des animaux et du vieux tonton chanoine qui lui rendit visite jusqu'à ce qu'il ne puisse plus se déplacer à cause de son arthrose.

Que pouvait-elle pour lui, la jolie Blandine entourbillonnée dans son existence de pute ? C'était sa présence qui lui manquait à ce môme... la chaleur d'une maison à lui. Le père on en parlait pas. Mort à la guerre, y en avait des centaines de mille en France à ce moment-là. Les gosses, on leur disait, messieurs Poincaré et Clemenceau, qu'ils devaient en être fiers. Ça passe, la fierté... ça n'apportait pas un jouet supplémentaire au pied de l'arbre de Noël des enfants pauvres.

Elle a conscience de tout ça, Blandine lorsqu'elle a pris son porte-plume. Les années et les années se sont passées comme dans une sorte de rêve. A-t-elle vraiment vécu tout ça... vu tout ce qu'elle a vu dans son boxon ? Ça lui paraît à se remémorer des scènes d'hallucination. Avec l'âge ça se brouille *l'Abbaye*... A-t-elle existé vraiment ? Elle vit dans le midi lorsqu'elle s'est mise à rédiger son histoire... Près de Cannes, après la loi de 1946, elle a pu sauver une grande partie de sa fortune planquée déjà en Suisse où les coffres ont des mystères chiffrés encore plus impénétrables que la Sainte Trinité.

Avec Aglaé, elle avait bien sûr assuré ses arrières... devant notaire... elle allait hériter de tout le fourbi. Et il ne s'agissait pas de *l'Abbaye* dont les murs appartenaient à l'Archevêché comme beaucoup de maisons closes. Ça faisait aussi partie du système... l'Église propriétaire de lupanars. Tous les mois les maquerelles ne manquaient pas d'aller payer leur loyer, avec en plus une petite enveloppe pour les pauvres, pour le denier du culte, pour aider à refaire la toiture de la chapelle des sœurs de la Miséricorde.

Les claques étaient devenus depuis déjà quelques lustres, des sociétés en commandite. On se payait des parts sur les meilleures taules... *le Chabanais*... *le Colbert*... la rue des Moulins où Toulouse-Lautrec avait sa chambre réservée... et même les bordels d'abattage comme *le Fourcy*, ou le 106 du boulevard de la Chapelle. À cette bourse, *l'Abbaye* cotait très haut... Aglaé ne cédait rien, au contraire, elle achetait des parts ailleurs. À Reims, au *Palais Oriental*, la boîte la plus huppée de la ville, elle était de moitié avec Paulo l'Éventré, célèbre caïd de la prostitution. Comme, de temps en temps, des Abolitionnistes passaient à l'offensive à la Chambre ou dans la presse pour demander la fermeture des maisons, elle prévoyait aussi le pire... le couperet d'une loi qui les spolierait sans que personne n'aille se plaindre à la Ligue des Droits de l'Homme... alors elle investissait dans la pierre... quelques maisonnettes, immeubles... un portefeuille en bourse. Un patrimoine encore plus juteux que Blandine ne pouvait l'imaginer.

Reste qu'elle était tyrannique la mère Aglaé, autant qu'un jules... en tout cas plus que Gégène qui lui paraissait, à se remémorer ça trente ans plus tard, la crème des harengs... un julot comme on en fait plus. *Cool* on dirait aujourd'hui. Quelques moulins qui tournent... des comptes raisonnables, il s'estimait heureux de vivre. Tout est dans la mesure toujours. Ceux qui ont un milliard en veulent deux... pour quoi faire on se le demande ? Une fois logé luxueux, silencieux... au confort dans ses pompes... mignoté comme il faut par d'accortes créatures... on est dans le rêve, il ne peut plus vous arriver que des virus, des microbes... les effets de l'âge et on y peut rien même avec des montagnes de fric.

Aglaé thésaurisait, elle ne savait trop pourquoi jusqu'à ce qu'elle s'entiche de Blandine qui devenait son héritière. En attendant, en échange, elle exigeait sa présence constamment... elle ne l'avait pas retirée du travail trouduculier, ça non... c'était sa meilleure gagneuse. Jusque dans les couloirs, les officines de l'archevêché, du Vatican même, on se chuchotait son nom... perle rare. On la retenait à l'avance par lettre... à l'époque *l'Abbaye* n'avait pas encore le téléphone. Et elle s'était prise au jeu... ça lui aurait manqué à elle aussi, de ne plus se livrer à la luxure quotidienne.

Ce qui lui pesait le plus à la longue c'était sa liaison avec Aglaé. Malgré son âge, elle ne renonçait pas aux plaisirs de la pastiquette. Parfois Blandine en avait la nausée, une envie de jeter les dés... mais quoi alors ?... Elle se retrouverait à la rue, sur le marché du tapin, à la merci des pires malfrats.

Aglaé était la seule femme qui assistait à part entière aux réunions de l'Amicale des bordeliers. On chuchotait dans les veillées des chambres de passe qu'elle ne s'en laissait pas conter, qu'elle défendait ses intérêts mieux qu'un homme. Simple, les autres la surnommaient la papesse, entre eux, pour la brocarder.

Du temps s'écoule, Matthieu fait sa communion solennelle à laquelle, le Président M. Marcel et Aglaé assistent. Blandine les a présentés comme un couple de cousins. Ce Monsieur Marcel, surnommé Fraisette, est l'homme du jour, il vient d'ouvrir une taule qui va faire le tour du monde quant à la réputation... au 122, rue de Provence... le *One Two Two*. Ça va de soi. Il va révolutionner le métier M'sieur Marcel... ouvrir les portes du modernisme dans les bobinards. Une formule genre club qui va permettre aux gens du monde, au Tout-Paris, aux cabotins en renom de venir s'y faire admirer. Avec restaurant et puis des chambres d'amour défiant toute concurrence... l'accès aux désirs les plus secrets... depuis la grange au foin jusqu'à l'igloo antarctique en passant par le compartiment de chemin de fer comme si vous y étiez. Ça donne à gamberger à Blandine. Elle y va faire une visite... elle admire. Quand on admire on a envie d'imiter c'est bien connu. Alors elle trouve *l'Abbaye* un peu tristounette, sans grande surprise. Sa clientèle est quasi assurée mais ne pourrait-on pas améliorer les décors, faire preuve d'un peu d'imagination ? Ce qu'ils demandent les amateurs c'est l'occase de se transporter, de se croire dans une sorte de rêve. Blandine tire des plans, elle prévoit d'agrandir... de faire des chambres ciblées dans toutes sortes de fantasmes comme chez Fraisette.

Sur la question, elle se heurte à Madame qui trouve tout ça parfaitement inutile... que les chalands en soutane n'aiment pas trop les innovations. Déjà Blandine lui a fait accepter des achats de fripes de toutes sortes... robes de communiantes, soutanes d'enfant de chœur... tenues de religieuses... de femmes en grand deuil... Elle-même s'est payé un costume d'homme, certains aiment ça... ceux qui ont des tendances pédérastiques... qui se font sodomiser au gode.

Un matin Aglaé fut frappée d'une lésion cérébrale. On la transporta à Laennec où les meilleurs spécialistes se penchèrent sur sa carcasse. Rien à faire... tout le côté droit paralysé. Elle avait gardé toute sa lucidité, mais elle n'arrivait plus à s'exprimer que très difficilement et à l'avenir elle ne pourrait plus se déplacer qu'en fauteuil roulant.

Blandine n'avait plus qu'à prendre les choses en main. Elle engagea une garde-malade pour s'occuper de Madame constamment. La succession était ouverte avec une espèce de morte vivante en toile de fond. Le notaire fut convoqué... un arrangement fut pris au mieux des intérêts de Blandine. L'État bien sûr allait fourrer son sale nez dans l'héritage... il est toujours là, ce chacal... il se repaît de tous les cadavres... les caisses du ministère des Finances n'ont pas d'odeur. Cependant Blandine disposait maintenant d'une jolie fortune. Elle pouvait très bien larguer *l'Abbaye*, aller vivre de ses revenus où bon lui semblait... sur la Côte d'Azur qui commençait à attirer tous les grossiums du monde. La vioque, elle pouvait la placer dans une institution religieuse quelconque et la laisser s'éteindre en grimaçant.

Matthieu commençait ses études, toujours chez les Jésuites, où il se distinguait par son sérieux, sa piété... son goût pour le grec, le latin, l'histoire. Blandine en éprouvait une grande fierté bien sûr, elle aurait pu se rapprocher de lui... qu'il devienne demi-pensionnaire. Tout était possible, ouvert. Elle dit y avoir pensé mais elle avoue, elle confesse vraiment qu'elle a pris goût à son métier... qu'elle ne peut plus s'en passer... qu'elle crèverait d'ennui dans l'inactivité. Tous les projets qu'elle avait mûris dans sa tête depuis deux ans, elle allait pouvoir les réaliser... faire de *l'Abbaye* un boxon comme on n'en avait jamais vu. Il s'agissait pas de concurrencer *le Chabanais* ou le *One Two Two* qui pavoisaient dans la vie parisienne du vice. Au contraire renforcer le côté secret, mystérieux, quasi religieux de l'établissement. On y descendrait, écrit-elle, faire une excursion en enfer... voir scintiller les feux de la luxure.

La vioque dans son fauteuil désapprouvait, mais elle n'avait guère les moyens d'intervenir. Ça ne la regardait plus du tout, elle avait déjà un côté de sa carcasse dans un autre monde. Un abbé, client fidèle s'est proposé pour l'emmener à Lourdes. Excellente initiative. Elle est partie avec sa garde-malade et Blandine nous avoue carrément qu'elle a eu un peu les jetons qu'elle ne revienne guérie ce qui aurait singulièrement compliqué la situasse.

Une partie importante du problème de la succession d'Aglaé devait se résoudre avec les voyous de l'Amicale des tenanciers. Ceux-ci comptaient bien mettre la griffe sur *l'Abbaye*... La vieille une fois hors course, ils se sont réunis exceptionnel et ils se sont mis, non pas à rêver, c'était pas leur genre, mais à tirer des plans sur le bobinard, préparer des pièges... prêts à tout bien sûr. C'était une espèce de maffia l'Amicale, solide, riche, avec des appuis de toutes sortes. Chez eux, on ne lésinait pas sur les moyens. L'élimination physique d'un personnage encombrant pouvait s'exécuter sans faire de vague dans l'eau de la Seine où l'on retrouve parfois des cadavres bien difficiles à identifier. Et si toutefois ils le sont, les limiers de la Grande Maison n'iront pas s'épuiser en enquêtes pour résoudre l'énigme.

Aglaé avait fait rencontrer à Blandine ses plus sûrs protecteurs... entre autres le commissaire Lebreuil qui avait succédé à Renard à la Brigade des Mœurs. Un homme qui traitait les affaires avec flegme et sans appel... Lui, il tenait la barre chez les malfaisants de l'Amicale. S'il lui prenait l'envie de faire descendre au trou quelques-uns de ces gros poissons, il pouvait fournir au magistrat instructeur de quoi les garder dans la fraîcheur d'une prison centrale pour quelques années.

À l'Archevêché aussi Aglaé avait des appuis... tout à fait sérieux... dans les hautes sphères de la hiérarchie curetonne. Avec les mots qu'il faut... les euphémismes les mieux choisis, on y estimait que *l'Abbaye* était un mal inévitable... un lieu de fixation des débordements que ne manquait pas de provoquer la règle inhumaine du célibat des prêtres. On fermait les yeux sur les affaires de mœurs dites contre nature... c'est-à-dire l'homosexualité et pour les autres, les orthodoxes du chibre, eh bien, autant qu'ils aillent chez Aglaé. Celle-ci ne manquait pas de rencarder qui de droit... En l'occurrence un petit homme en noir, M. Félix S... un drôle de lascar, presque un gnome, chauve et voûté avec des yeux bleus si pâles qu'on aurait pu croire qu'il était aveugle. N'était son absence de soutane, elle était persuadée que c'était un ecclésiastique. Elle allait le voir chaque semaine pour lui remettre un petit rapport écrit de sa plus belle encre, en termes tout à fait choisis, mais avec des noms précis, des descriptions physiques et les spécialités érotiques s'y rapportant.

L'accident cérébral de Mme Aglaé, cet indispensable élément de la bonne marche de l'Église, posait donc un sacré problème, mais en bonne gestionnaire, elle avait formé sa remplaçante. Blandine était toute prête, tout armée, harnachée pour prendre la relève. Le hic, on la trouvait bien jeune pour remplir cet office quasi divin... trente-cinq ans, dans le métier de taulière c'est aussi insolite, inhabituel que dans l'armée un général de vingt-sept ans. S'il s'appelle Buonaparte, qu'il est Corse et d'un physique de chat écorché, il ne lui reste qu'à gagner en un temps record quelques batailles qui ne s'oublieront plus dans les rues de Paris. Pour Blandine, autre paire de gants, il fallait qu'elle aille plaider sa cause devant ce M. Félix S... ce petit faux curé aux yeux morts qui se contentait d'écouter, qui ne disait rien... à peine une formule de politesse pour recevoir et congédier. « Avait-il un sexe ? » se demande Blandine au moment où elle nous fait part de sa première entrevue. Dans un bureau tout à fait impersonnel... Import-Export... dans le quartier de l'Opéra.

– Je vous écoute.

Elle a plaidé sa cause en s'appuyant sur ce qu'elle avait appris dans son enfance, sa jeunesse... qu'elle est très consciente que l'Arche de l'Église doit flotter sur des eaux calmes... ordonner... mettre sous boisseau ce qui pourrait ternir son image pieuse en sucrerie sulpicienne... qu'elle connaît autant que le cœur des hommes, les secrets de leurs pulsions sexuelles... que la bête a besoin de s'accomplir en tant que bête pour parfois atteindre ensuite l'angélisme. Elle a exposé ses projets... la création d'un espace, comme diraient aujourd'hui nos technocrates, où l'homme vient en toute quiétude, éructer, vomir son mal... s'en débarrasser comme d'un fardeau...

Et que tout ça nécessite du fric, bien sûr, les décors coûtent les yeux de la tête chercheuse... les tentures, les costumes de ce carnaval licencieux... Qu'il faut aussi qu'elle soit protégée des méchants, des envieux, des ennemis de la religion... et que la police soit avec nous et avec notre esprit. Ainsi soit-il. L'autre, il est resté de marbre de Carrare. Toujours ses châsses sans expression, sa peau blanchâtre... les lèvres imperceptibles tant elles sont minces.

– Je vous remercie madame Blandine.

La voix était fluette, la main molle, maladive. Le *madame*

précédant Blandine, ça lui a donné un vif espoir, à son arrivée il ne l'avait même pas désignée... juste un bonjour murmuré.

Elle voyageait en taxi depuis qu'elle était riche... elle n'avait pas encore eu le loisir d'aller chiner dans tous ces magasins de plaisir qui sèment la rue Royale, les Champs-Élysées... Elle se prévoyait des joies matérielles qui valent bien, commente-t-elle cyniquement, celles de l'âme. À soixante-dix piges et des poussières on y revient à l'âme, on ne peut plus lerche compter sur les plaisirs du corps. Elle en admire rétrospectif Aglaé qui sur son fauteuil d'hémiplégique lui demandait de se trousser, d'approcher sa chatte de sa bouche pour encore l'humer, tenter une petite incursion avec une langue qui lui sortait difficilement des babouines. Une horreur qu'elle subissait sans moufter... non pas par reconnaissance, elle en avait rien à branlocher de la reconnaissance envers cette vieille salope à qui elle avait sacrifié une partie de sa jeunesse... mais par curiosité malsaine... voir si elle arriverait par hasard à jouir de cette façon monstrueuse. Un jour pour s'amuser, elle l'a gratifiée d'un jet d'urine en pleine poire. La vieille Aglaé n'a pas bronché... elle a eu comme un sourire... un battement de paupières comme pour la remercier de cette délicate attention.

Finalement elle restait dans sa chambre avec la garde-malade couchée à côté d'elle sur un divan qui lui lisait des livres pieux... la vie de sainte Thérèse, du curé d'Ars ou de sainte Geneviève défendant Paris contre Attila. Blandine allait la voir chaque soir et si ça lui prenait, elle lui offrait, comme ça, une petite friandise... une pissette gentille pour lui donner quelques dernières lueurs dans le regard.

Un jour elle fut convoquée par le commissaire Lebreuil dans son bureau à la P.J. Il lui balança d'entrée de la « chère amie... comment donc... donnez-vous la peine de vous asseoir ». Il avait à l'entretenir de choses importantes, ce cher lardu. En somme il était dans une situation comparable à la sienne... Il prenait une succession, celle du brave commissaire Renard atteint par l'âge de la retraite... sans hémiplégie ! N'empêche il fallait reprendre les rênes du service qu'on appelait depuis peu la Mondaine, secteur de police où il faut un peu plus de doigté qu'à la Criminelle ou à la Voie Publique. Mais Lebreuil, Armand pour les dames... Blandine allait bientôt l'appeler ainsi... avait lui aussi des idées neuves. Il allait dépoussiérer ses services... envoyer en province quelques vieux volatiles trop routiniers.

– Vous êtes bien jeune pour tenir une telle fonction.

La remarque en lui offrant une cigarette anglaise dans un étui en argent. Briquet idem... du feu Elle avait prévu la poloche Blandine, pour se rendre chez Lebreuil, elle s'était sapée dernier cri... la jupe au genou, plissée... son petit galure... un maquillage juste ce qu'il fallait pour mettre en valeur son regard, sa bouche... des boucles d'oreilles d'un modèle tout à fait nouveau s'inspirant déjà du cubisme... influencé de l'Art Nègre.

Lebreuil, oh, il n'était pas du tout insensible au charme de Blandine. D'ordinaire on le disait froid, distant... sec... et là, il souriait, il jouait aussi de tous ses atouts. Ça changeait d'avec Renard, poulardin à chapeau melon et chaussettes à clous. Il se donnait le beau rôle d'être celui qui autorise... qui peut tout d'un mot, d'un trait... Seulement Blandine était assez fine mouche pour savoir que le feu vert concernant *l'Abbaye* venait de beaucoup plus haut, via l'homme en noir... l'habileté bien sûr, dans ces cas-là, c'est de laisser croire à son vis-à-vis qu'il est Dieu le Père. La société est remplie de petits princes... chacun doit faire croire qu'il peut tout. On fait semblant d'adhérer... on est humble et ébloui... tout est pour le mieux. Voilà... Lebreuil voulait bien essayer de lui laisser la responsabilité de *l'Abbaye*.

« Vous n'allez pas me décevoir, j'en suis intimement persuadé. » Il savait qu'elle avait l'intention de se lancer dans une rénovation de son lupanar... de lui améliorer le confort et d'aménager des espaces de spécialités. Bonne initiative, pourvu qu'il puisse en toute discrétion surveiller un peu les opérations.

Blandine avait déjà tout étudié, *l'Abbaye* n'allait rien perdre de son charme, de son cachet quasi gothique, tout en accédant aux derniers perfectionnements du modernisme. On allait éclairer les perversions les plus secrètes comme la police le désirait... ce qui coïncidait d'ailleurs avec la demande des amateurs de voyeurisme.

Pour deviser plus à loisir de toutes ces choses, le commissaire accepta une invitation de Blandine à dîner un soir prochain chez Lapérouse... le nec plus ultra des restaurants pour les tête-à-tête galants de l'époque. Déontologie... un flic, qui plus est patron de la Mondaine, ne devait pas accepter des invitations de ce genre. Avec une tenancière de taule d'abattage, Lebreuil aurait dû refuser de partager un cabinet particulier chez Lapérouse... mais comment résister aux beaux yeux de Blandine... à sa façon de croiser les gambilles devant lui. *Tout bien tout honneur*, elle écrit ça... ce qu'elle s'est permis de dire à ce flic, dans le sein même du poulailler... le bureau au 36. Elle pense que, tant qu'à s'appliquer sur la soie un allié indispensable, celui-ci lui paraissait des plus convenables. Une assez belle gueule... une tenue qui tranchait d'avec ses collègues.

La suite... comme une aventure normale, n'était la profession de nos tourtereaux. Après avoir bien mis au point leur collaboration, la façon dont les choses allaient fonctionner entre eux pour la bonne marche de *l'Abbaye*, on est passé aux agréments du rendez-vous.

« Appelez-moi Armand... vous garderez le commissaire pour les choses ennuyeuses. » Il y allait ce poulaga d'élite, sans trop se soucier des conséquences. Non seulement il se compromettait avec une femme galante... une tenancière de maison spéciale, mais en plus c'était elle qui réglait la note. Carrément, il jouait au maque. Il est vrai qu'à la Mondaine, les meilleurs fonctionnaires sont souvent ceux qui ressemblent le plus à leurs gibiers.

Au lit Armand se comportait sans grandes surprises... en mâle assez puissant qui sait moduler ses ardeurs au rythme du plaisir de sa partenaire. Depuis que Blandine s'était embringuée dans les déviations saphiques, en dehors des clients avec lesquels elle ne s'abonnait presque jamais, elle n'avait plus eu de rapports suivis avec un mec comme au temps d'Eugène. Ce flic ne manquait pas d'atouts amoureux dans son jeu. Comme il était marié, ça risquait pas trop qu'il dépasse certaines mesures. Elle allait le revoir... dans le même hôtel de luxe du côté de l'Étoile où se retrouvaient des couples illégitimes de la bonne société. Il ne s'agissait pas d'un bordel, mais la patronne, dame d'âge mûr, avait tout de même besoin de l'indulgence de la police.

XVI

Quand l'Abbaye se modernise sous la régence de Madame Blandine

On ouvre alors un autre cahier... cent pages bien tassées de la fine écriture anglaise de Blandine... les lettres bien moulées, pleins et déliés... ça vous date un manuscrit et ça reflète dans un sens une époque. On respecte les bons usages si possible de la grammaire, de l'orthographe et on utilise des initiales pour citer les choses du sexe... sa B... son C... et même M... pour le mot de Cambronne qu'elle n'utilise qu'avec parcimonie.

Six mois les travaux ont duré pour obtenir le résultat de ses rêves. Elle s'était fait conseiller par un décorateur de cinéma qui avait participé à la réussite hors pair du *One Two Two*. Il lui fallait toujours garder l'idée en tête que *l'Abbaye* devait rassurer le chaland au premier abord. Tout devait être en demi-teintes, clair-obscur... feutré... des rideaux somptueux partout... des tapis épais... des voiles... quelques plantes vertes... un mobilier d'archevêché. Savoir ce que c'est exactement des meubles d'archevêque ? Ça donnait dans le bourgeois fin de siècle... un peu austère mais toutefois avec les sofas, les fauteuils confortables pour les fesses de prélats. Les chambres s'aménagèrent sur la base de ce qui allait s'y dérouler. La salle de tortures, avec une croix de Saint-André... le crucifix aurait été par trop sacrilège... diverses tenailles, crochets et chaînes, un gibet pour les amateurs de corde au cou puisqu'il paraît qu'à un certain moment la pendaison provoque une érection. Le tout dans cette opération est de savoir jusqu'où on peut ne pas aller trop loin. Les murs tapissés en noir... des cravaches accrochées sur un panneau avec diverses autres gâteries pour masochistes : crochets, chaînes, menottes. Dans ce domaine *l'Abbaye* n'innovait pas, toutes les bonnes maisons de France et des Colonies avaient leurs chambres de tortures. Simplement, Blandine eut l'idée d'employer des filles déguisées en nonnes. Ce qui nécessitait une garde-robe spéciale.

Passons à la chambre de Satan... avant-goût de l'enfer. Le patient y était reçu par des diablesses qui ne lui laissaient aucun répit. On malmenait là aussi, mais en plus avec le sentiment de la damnation. Cette chambre, note Blandine, eut peu de succès, elle faisait doublon avec la salle de tortures et les ecclésiastiques qui s'y risquaient se demandaient s'ils n'allaient pas un peu trop loin, si cette mascarade n'allait pas les vouer pour de bon, plus tard, aux flammes éternelles.

Une des pièces s'appelait la sacristie... ça allait de soi. Cette sacristie-là avait un mobilier à peu près identique à celui qu'on pouvait voir un peu partout. Une table sur laquelle on installait les vêtements liturgiques... étoles, aubes, chasubles... un placard pour les objets du culte, burettes, ciboires, missels, etc. Et tout de même un petit divan dans un coin pour que les rencontres s'achèvent comme il se doit. Cette sacristie servait surtout lorsqu'un vicelard exigeait qu'une ou deux filles se déguisent en enfant de chœur.

Le confessionnal était à part dans le recoin d'une chambre tapissée de rouge. Un endroit souvent demandé ou les rôles s'inversaient parfois, le cureton débitant ses péchés à une nana qui prenait sa place de confesseur. Ça donnait lieu à des surprises... la nana était à poil ou en soutane selon le désir du client. Une chapelle était admirablement reconstituée... l'autel... le tabernacle... l'ostensoir... les prie-Dieu... les vitraux... les cierges... l'harmonium. On verra plus loin qu'elle jouera un rôle d'une extrême importance cette chapelle.

Innovation... la salle à manger du presbytère. Rien de très attrayant en apparence... du style 1900... une table toujours mise sur une nappe blanche... des assiettes... des couverts... tout ça tout prêt comme pour un souper familial... seulement ce qu'on pouvait y servir n'était pas tout à fait classique question gastronomie ! Carrément Blandine avait des réserves de fiente dans des pots à confiture. Quelques dégueulasses coprophages venaient se régaler de divers étrons... savourer quelques flacons de pisse. Déjà Aglaé avait mis au point cette spécialité. Blandine allait perfectionner les choses en étiquetant les cacas, les datant... que ça venait pas de n'importe qui... femmes.. enfants...bébés... ministres. Pour mettre au point ces immondices, Bernadette s'était dévouée. Il fallait bien approvisionner ce placard de ces gourmandises aussi spéciales. Blandine ne s'étend pas trop à ce sujet. Il existe des amateurs... donc elle doit répondre à la demande. *On trouve tout à l'Abbaye.* Je souligne, c'est écrit en toutes lettres... le futur slogan de la Samaritaine.

Une chambre servait de nurserie pour les nostalgiques aigus de leur petite enfance. Relativement facile à équiper, sauf que tout devait être conçu pour des adultes... la table de bébé à roulettes... un modèle qui se faisait jadis. Le môme était coincé là-dedans, retenu par des courroies... il avait un petit boulier pour faire joujou... un hochet. On lui mettait un bavoir.

Les filles trouvaient ça presque touchant, ces gros pépères. en barboteuse... une tétine à la bouche... qui balbutiaient... pipi... popot... à qui on finissait par donner le tutu-panpan, ce qui les faisait pleurer à chaudes larmes.

Pour les nécrophiles Blandine s'était fourni chez Roblot, aux Pompes Funèbres Générales. Tentures noires bordées de liseré d'argent, catafalque, chandeliers... et puis une caisse en chêne massif avec poignées d'argent... tout ça installé dans une pièce assez spacieuse. L'amateur... enfin le rare amateur, mais il fallait tout prévoir, s'allongeait dans le cercueil... position mortibus, les mains croisées sur la poitrine avec un chapelet entre les doigts. Les partenaires de cet exercice devaient être en grand deuil avec des voiles de crêpe comme c'était d'usage autrefois. Pleurer sur commande, prier... manier l'encensoir, le goupillon... toute une variété de positions exigées par le faux macchabée. Quelquefois les dames n'avaient que le voile noir sur la tronche... le reste à poil ou en guêpière... porte-jarretelles... bas à résille. La tenue pute classique. Elles allaient sucer le monsieur à même sa bière... on lui dégageait la bébête. « Oh mais il bande encore, monsieur l'abbé ! C'est un miracle ! » On lui asticotait le gui-zot... léchouillait les burnes. S'il s'en ressentait il jouait à Lazare, il se dressait... sortait de sa caisse et achevait son bonheur en levrette... la môme les pognes sur le cercueil, cézig limant... souvent une deuxième partenaire qui restait sur le prie-Dieu à débiter un *De Profundis*.

Je vous oubliais dans tout ça... un peu partout selon la scène, le fond musical. Blandine avait acheté plusieurs phonographes à pavillon... disques à saphir. Une fille remontait la manivelle et en avant la musique céleste... les cantiques, le grégorien... les petits chanteurs de saint je sais quoi. On s'envoyait pas en l'air à *l'Abbaye* dans un silence de sépulcre... surtout s'il s'agissait des joyeusetés nécrophiliques. Même les amateurs de fiente, ils dégustaient leurs petits pots en écoutant les matines... sonnez... une musique qui vous élève l'esprit.

Quelques amateurs de funérailles exigeaient que ce soit la nana qui se foute dans le cercueil... à poil ou non. Ça, elles appréciaient pas lerche... elles avaient pas envie du tout de se payer un petit acompte de caisse éternelle. Mais fallait ce qu'il fallait. Très vite Blandine eut des super-spécialistes... des mômes à l'esprit inventif... dociles ou féroces selon. Plutôt de beaux châssis mais à la longue, devenue Madame, Blandine s'était aperçue que la beauté ne faisait pas toujours l'essentiel de l'affaire. « Laissons les jolies femmes, a écrit Marcel Proust, aux hommes sans imagination. » Elle s'est mise alors à recruter quelques sujets un peu bizarres... une énorme matrone à la limite du monstrueux... une naine qu'on déguisait le plus souvent en première communiante ou en petite pensionnaire... l'uniforme calqué sur celui du Couvent des Oiseaux... Un échalas à tronche morbide qu'on maquillait pour faire le cadavre... Une bossue, très vieille femme retraitée des trottoirs pour les gérontophiles. Les modèles de ce genre ne restaient pas à demeure. À la demande du chaland, par lettre à l'époque... (ce qui a laissé dans le placard de la Mondaine, une littérature épistolaire des plus cocasses), Blandine les convoquait. Elles arrivaient pour la petite cérémonie, se prêtaient sans rechigner aux exigences du micheton qui n'était pas toujours des plus ragoûtantes. Mais bisness is bisness... le fric qu'on gagne avec son cul quand on est laide, difforme ou vieille, il vous pousse pas entre les orteils sans se remuer la carcasse.

Les autres carrées très confortables étaient destinées aux usages courants des copulations plus ou moins laborieuses. Blandine avait fait installer partout l'eau courante... chaude et froide... et surtout de confortables bidets. N'oublions pas que nous ne sommes pas encore en 1930... à Paris beaucoup de gens dans les immeubles vont se chercher l'eau sur le palier, à l'étage ou dans la cour avec des seaux, des brocs. Dans certains quartiers passe encore régulièrement la fameuse pompe à merde, sujet de plaisanteries, de chansons gaillardes aujourd'hui oubliées, comme le président Doumergue, le sel Krüchen et les petites pilules Dupuis pour le foie. L'électricité aussi... la fée du monde moderne joue sa partie à *l'Abbaye*... Un technicien est venu s'occuper d'une installation en harmonie et en fonction des besoins d'un établissement aussi particulier.

Le fin du fin, le clou de toutes ces innovations... le fameux salon de choix derrière sa grande glace sans tain, que je vous ai décrite au début lors de ma visite chez Mme Blandine avant la fermeture. Jadis, dans les lupanars huppés, si l'amateur voulait garder l'incognito, on avait recours à *la chambre de la question*, où l'on voyait les femmes galantes derrière des rideaux de gaze transparents. Merveille des merveilles... les filles défilaient en des tenues diverses selon le client. Madame au pif savait à peu près ce que celui-ci cherchait... Fallait y aller parfois mollo, ne pas trop le choquer s'il venait là uniquement par une nécessité pressante. Question de jugeote, d'intuition. Le client à peine dans le vestibule, elle savait neuf fois sur dix ce qu'il allait demander, s'il s'agissait d'une nouvelle tête. Les autres ils étaient catalogués dans sa prodigieuse mémoire. Elle avait aussi son petit carnet, ses notes pour Armand, s'agissait pas, lui, de le trahir, de lui raconter des salades, ça il ne l'aurait pas admis, ce cher maquereau flic. Ainsi le désigne-t-elle... de temps en temps... ou bien mon cher hypocrite... mon beau salaud..., etc... termes tendres pour une femme de son acabit. Vrai qu'il avait le beau rôle cézig... il venait récolter ses petits renseignements, il se farcissait la patronne et c'était encore elle qui réglait les frais de leurs sorties d'amoureux. Sa conclusion à Blandine que, tant qu'à faire d'être maquée, autant que ce soit par un flic... c'est le raccourci le plus rapide puisque de toute façon il faut arroser la police... ça évite les parasites intermédiaires.

Des glaces sans tain, elle en avait fait installer partout, avec le système d'éclairage pour que les voyeurs se paient leur jeton de mate en écran panoramique... Ça lui a fait une nouvelle clientèle considérable... le voyeurisme. Dans ce domaine, elle a nettement grignoté sur ses consœurs des taules les plus huppées. Elle triait un peu les amateurs, mais déjà les tarifs du quart d'heure éliminaient les loquedus.

Son entreprise une fois remise à neuf n'avait plus qu'à rouler à l'huile sainte dans les rouages. Une réussite incontestable. On n'en parlait pas autant que du *One Two Two*, elle ne tenait pas à une telle publicité mais dans la géographie bordelière de la place, c'était un point névralgique. Ces messieurs de l'Amicale ça leur en bouchait une surface cette réussite. Quelques-uns, des olibrius avec un fromage dans la tête en guise de cervelle, proposaient de se débarrasser d'une gonzesse aussi encombrante. Les plus marles, les vieux de la vieille, ceux qui travaillaient encore à la traite des blanches avec l'Argentine, savaient exact à quoi s'en tenir. L'un d'eux que j'ai connu a la fin de son existence de forban a résumé le problème à une de leurs réunions :

– Dieu est avec elle...

La devise de l'armée allemande « *Got mit uns* ». Tout était dit. Il avait pigé ce hareng sagace que derrière Blandine, il y avait non seulement la Mondaine mais je ne sais quel appui venant de la haute curaille. Elle était donc à l'abri de toutes les tempêtes. Nul besoin de se payer un garde du corps. Les placiers savaient, eux aussi, le genre de louloutes à lui proposer...

les arrivantes de leur province... encore un peu enfant de Marie. Et celles-là, Blandine les gardait le plus longtemps possible. Elle les formait d'une main de fer dans un gant de velours et ensuite devenues performantes, habiles... sans inhibitions d'aucune sorte, fallait qu'elles fassent de l'usage. Le même problème que dans l'industrie, les entreprises... Elle ne les larguait que si les clients s'en lassaient. Dans son claque, ils étaient plutôt portés à une sorte de fidélité les clients. Une bonne fouetteuse qui vous asticote la couenne comme il faut, n'est pas la première venue. Bernadette resta longtemps au service de Blandine, jusqu'à ce qu'elle devienne trop blette... adipeuse... elle fut alors reléguée chez les pouffiasses temporaires... les intermittentes.

Dans tout ça, Aglaé, que devenait-elle ? Elle restait dans son fauteuil. Pour la divertir un peu Blandine la faisait conduire à droite, à gauche derrière les miroirs des mateurs. Étonnant que ce genre de spectacle puisse encore amuser, divertir cette vieille à moitié crounie. En mâchonnant ses mots, elle parvenait à exprimer sa satisfaction. Faut croire que le métier quel qu'il soit est une seconde nature à la longue, qu'on n'arrive plus à s'en passer... que le boulanger gâteux vient admirer les mitrons au fournil... les vieux voleurs on les retrouve dans le public des tribunaux correctionnels... les invalides militaires vous les voyez défiler... trémousser du moignon en entendant la sonnerie aux morts.

Ceci... des réflexions de mon cru... Blandine dans ses mémoires n'ose pas afficher des comparaisons aussi douteuses. Pour en revenir à Mme ex... à la vieille Aglaé, il advient qu'on la rencontre de moins en moins dans les détours du sérail... elle s'efface et elle finira par clamser un matin sans qu'on s'en aperçoive.

Déjà, elle était morte depuis longtemps... si je puis me permettre encore une comparaison... comme ces comédiens, ces célébrités des planches, chanteurs ou autres qui furent des gloires à se faire arracher les fringues par les fans dans les coulisses du théâtre... dans la rue... l'émeute... leur blase en lettres

179

gigantesques partout... la folie adoratrice, et puis s'ils se mettent à vioquir, à se retirer dans leur luxueuse demeure campagnarde... qu'on ne parle plus d'eux qu'à l'occase d'un événement qui les concerne encore un peu... Pfuit !... le jour où ils tournent les coins... aux obsèques où on attendait la foule.... plus que fifre... quelques vieux fidèles branlocheux du chef... des chauves édentés, des carabosses... déjà parés pour le rejoindre, eux aussi en odeur de sapin. Ainsi d'Aglaé... dans sa piaule peu à peu, elle devenait une sorte de momie. On la nourrissait à la petite cuillère... elle bavait, bloblottait... elle entravait plus le jour de la nuit... sourdingue et une bonniche préposée spéciale à ses cacas et pipis... Qu'elle se tire entre quatre planches c'était la meilleure des choses qui puisse arriver pour tout le monde.

L'enterrement je vous passe... Blandine mentionne sa tombe à Montparnasse... une dalle en marbre... quelques vieilles putasses, maquerelles... le commissaire Renard qui se traînait avec une canne, qui gardait d'elle quelques bons souvenirs des coups qu'il avait tirés à l'œil avec les pensionnaires de *l'Abbaye*... quelques petites turluttes mignonnes et puis les cadeaux... les enveloppes.

Exit Aglaé... nul besoin de couronner Blandine pour qu'elle aille s'asseoir sur le trône... depuis quatre ans, elle était déjà bien en place... devenue à même pas quarante piges, une taulière dont nul ne discutait les compétences. Elle s'était vraiment impliquée dans sa fonction, elle s'y plaisait... complaisait... elle voulait tout savoir... jamais ça s'arrêtait... toujours des surprises. Mise en confiance, la clientèle se laisse aller, elle croit qu'avec Blandine tout restera bien à l'abri des curiosités malsaines. Enfin l'illuse... puisque les sbires du commissaire Lebreuil voulaient tout savoir pour entretenir leurs fiches du placard rose. Ça leur servait juste quelquefois à faire pression pour obtenir un service, un renseignement. Un flic peut avoir besoin de placer quelqu'un, un fils, une fille dans un commerce, une industrie. Pour peu que le commerçant ou l'industriel ait quelques curieuses habitudes... qu'il fasse le chien-chien dans un claque... crucifié, flagellé... qu'il se déguise un peu en marquise pour se faire mieux enfoncer un monstrueux gode dans l'oignadé... n'est-ce pas, à mots couverts... allusions... métaphores, on peut le lui rappeler le moment venu. Une seule parole et il entrave cézig... il devient le meilleur des patrons pour accueillir Mlle Rose ou le petit Raymond. C'est-y pas mieux comme ça ? Avec les curetons qui venaient perdre leurs âmes à *l'Abbaye*, y avait aussi des petits services à leur quémander... dans les collèges, les patronages... et puis des mots de recommandation pour attendrir les employeurs.

Blandine exprime une vive satisfaction rétrospective d'avoir été l'âme damnée de toutes ces combines... exercé un pouvoir occulte. Lorsqu'on se retrouve pour une raison l'une autre borduré des fonctions officielles... des honneurs... des bonnes placardes de la société, la seule vraie revanche c'est de se cloquer dans l'ombre pour manœuvrer tous ces enfoirés d'humains... exploiter leurs tares, leurs cupidités... branlocher leur vanité. Le sexe permet beaucoup... quand on le tient bien, si on n'est pas trop imprudente (je parle à la place de Blandine)... si on sait y mettre les formes... alors on peut se marrer un peu... se payer un luxe dans la tronche qui n'a pas de prix.

Existence, comme on dit dans les romans bien-pensants, dissolue, certes. Reste que Blandine a toujours le regard fixé sur la ligne bleue où son fils fait ses études. Maintenant il est dans le secondaire... toujours aussi studieux, aussi brillant en langues mortes que vivantes. Il devrait se poser des questions ce garçon, sur les activités professionnelles de sa dabuche... moindre des choses. Elle a menti au plus facile, elle se dit dans la couture... la fabrication des fringues pour les ecclésiastiques. Avec ce qu'elle a appris à *l'Habit Saint*, elle peut tenir dans ce domaine des propos tout à fait plausibles. Ça lui suffit à Matthieu, il est plutôt timide ce môme. Dans les cahiers, à l'endroit où j'en suis, il a quatorze ans et il est en seconde... presque déjà aussi grand que sa maman... blond et les yeux de son papa... Elle nous fait part de sa réflexion, Madame Blandine, que si elle le confiait à une de ses pouliches... la petite Françoise, la dernière arrivée à *l'Abbaye*, elle en ferait un homme en un tour de main, de reins, de croupe. Ça lui traverse l'esprit... elle ne peut s'en empêcher, mais elle chasse vite cette image qui lui paraît presque sacrilège. Elle est toujours prête à tout question sexe... elle participe encore à des parties de jambes en l'air tarifées à sa mesure. Elle a cédé dernièrement à un cardinal italien de passage à Paris... Il la voulait, elle, et il y a mis le prix. Pour qu'il parvienne au septième ciel elle s'est gainée de cuir et a cravaché ce saint homme jusqu'à ce qu'il crie grâce... se traîne à ses pieds, lamentable, le corps tout zébré de traces de fouet. Un cardinal nu, ça ressemble à un épicier, a un employé du ministère des Finances... rien ne le distingue du commun des michetons et pourtant Blandine gardait à l'esprit qu'elle maltraitait pour son bonheur intime un haut dignitaire de l'Église. On lui aurait prédit ça quand elle était au Couvent des Oiseaux, ça lui aurait paru des propos diaboliques, inconcevables dans sa tête de petite fille.

Avec Matthieu, elle se dédouble (ou bien l'inverse, c'est lorsqu'elle est à *l'Abbaye* qu'elle se dédouble). Elle se veut mère... rien que maman. Elle a loué spécial un petit appartement dans le XVIIe, là où elle reçoit le commissaire Lebreuil pour leurs égarements amoureux. À l'occasion Matthieu pourra y venir, elle lui aménage une chambrette. Aux vacances, jusque-là il allait en Normandie chez ses parents nourriciers, prendre un bol d'air... de verdure. En 1929, elle loue une villa à Deauville au mois d'août... là elle va vivre rien qu'en mère, goûter des joies pures qu'elle ne connaît pas. On n'est pas encore au temps des congés payés, la côte normande n'est fréquentée que par des gens riches... Blandine – qui reprend son prénom de Marie-Gertrude avec son fils – s'y est habituée aux gens riches.

Ça se respire le fric, c'est pas vrai qu'il n'a pas d'odeur. Ou plutôt c'est la misère qui exhale toutes les puanteurs... d'haleine, de panards sales, de chiottes bouchées, de moisi... les relents de vinasse. Même s'il se trame dans son claque des choses parfois répugnantes... on désinfecte en vitesse... les dames se parfument... Les fions sont propres sauf sur demande express d'un amateur qui écrit de province à Blandine... « Chère madame... Je passerai visiter votre établissement le jeudi 28 courant. Je vous serais très reconnaissant de demander à Mlle Adèle de se garder à partir de la réception de la présente, à l'état pur. Veuillez agréer, chère madame, l'assurance de mes sentiments empressés. » Signé d'un prénom, code que Blandine connaissait bien... l'état pur d'Adèle ça voulait dire qu'elle ne devait plus faire de toilette intime pendant deux trois jours... jusqu'à ce que Monsieur le baron rapplique les babines frémissantes... l'œil allumé, lubrique.

Revenons à notre collégien... les premières vacances avec sa maman. Elle avait confié pendant cette période la direction de *l'Abbaye* à Marguerite, une forte gonzesse qui est devenue peu à peu sa femme de confiance, sa sous-maîtresse en quelque sorte, quoique Blandine ne veuille pas convenir qu'elle a besoin de cette sorte d'assistante comme dans toutes les boutiques de filles. Marguerite est presque retirée de la compétition fessière. Elle ne participe plus au défilé... trop épaisse, trop vulgaire, elle ne monte qu'en renfort sur le front du masochisme. Elle a une pogne à assommer un bœuf. C'est encore utile. Elle a usiné du cul un peu partout entre autres au *Palais Oriental* à Reims... c'est donc un sujet d'élite.

Au bout de quelques jours de Deauville, sans se l'avouer, le fils et la mère s'ennuyaient. La saison était pluvieuse... aujourd'hui les bipèdes se cramponnent à la télé les jours de pluie... les soirs de tempête. C'est devenu le remède royal contre la pauvreté intellectuelle du peuple. Divertissement garanti... calibré... avec des chaînes, des programmes pour tous les goûts... même les films cochons qui valaient autrefois la prison aussi bien aux producteurs qu'aux diffuseurs et aux acteurs s'ils se faisaient coxer. Ça a raflé toute la mise la téloche... on a tout à domicile, même de quoi s'activer les branlettes. Matthieu, lui avait un remède contre l'ennui, il avait apporté ses cahiers, ses livres de classe et de prières. Maman s'était remise au tricot, à la broderie comme à ses débuts dans le salon de Mme Aglaé. Ça la reposait tout de même du sexe intensif... de cette frénésie qu'elle gérait depuis plus de dix ans maintenant... en servante, puis en patronne. Bouffée d'air frais dit-on, mais gaffe, il enrhume l'air frais.

Blandine n'arrivait pas à redevenir la demoiselle Marie-Gertrude. Non seulement *l'Abbaye*, mais Paris lui manquaient. Pas se figurer qu'elle ne vivait que dans son lupanar, elle sortait aussi... magasins, restos, spectacles. Elle fréquentait les endroits à la mode, *la Coupole* à Montparnasse, *le Bœuf sur le toit*. Elle avait vu les Ballets Russes, Joséphine Baker... Mistinguett aux *Folies-Bergère*, en compagnie du commissaire ou bien d'un client provincial, d'un évêque en civil. Elle rencontrait autour de bonnes tables des gens qui oubliaient sa profession le temps d'un dîner et se présentaient quand ils en avaient envie sur le perron de son claque.

Matthieu, quand il faisait beau sur la plage, qu'il prenait un peu le soleil, sa maman peu à peu remarquait qu'il ne regardait pas les baigneuses comme ç'aurait dû être déjà pour un garçon qui s'éveille à la vie. Il lisait, il rêvassait et, un jour, Blandine a eu une révélation, en chanfrein tandis qu'elle se prélassait sur un transat... elle a détecté un échange de regard entre Matthieu et un joli jeune homme qui sortait de l'eau, le déclic ! le choc ! Beau être blindé question mœurs, tout connaître, admettre toutes les déviations, les penchants, quand ça vous touche personnel de plein fouet, on adopte un autre point de vue. Elle est certaine Blandine que son rejeton se dirige vers ce qu'on appelait alors des mœurs spéciales ou contre nature... la pédale en argot... « Je me suis dit alors : il sera prêtre. » Texto ce qu'elle écrit... curé comme papa, mais le papa préférait les dames il l'avait prouvé. Curieux d'ailleurs qu'elle accroche tout de suite... qu'elle déduise que si son fils a des tendances à croquer de la brioche maudite, il vaut mieux qu'il devienne cureton. Elle est placée pour savoir que nombre de ceux-ci ne se satisfont sexuellement qu'avec les femmes... Avec cette réserve, que les autres, s'ils sont majoritaires, ne viennent pas lui raconter leurs escapades de la jaquette flottante. Ce qui la détermine au fond c'est qu'elle éprouvera comme une fierté, un accomplissement à voir Matthieu entrer dans les ordres. Il y rejoindra son père. Elle va jusqu'à évoquer de son salut... n'est-ce pas... s'il pêche chez Sodome est-ce plus grave qu'à *l'Abbaye* où certains vont très loin dans la deconnante trouduculière. Les amateurs de godemiche sont ni plus ni moins des pédales. Tous ceux qui se travestissent... bas résille et combinaison en soie... ça indique tout de même qu'il en sont... même s'ils n'ont jamais osé aller jusqu'au bout.

Au sujet de Matthieu, fallait-il encore qu'elle soit bien sûre de ce qu'elle avait cru déceler sur la plage de Deauville. Pour en être certaine, elle a ourdi un petit scénario... lui a placé sur son parcours une de ses pensionnaires dûment chapitrée, jouant le rôle d'une petite bonne qu'elle venait d'embaucher pour tenir son appartement de la rue de Prony. Un dimanche, elle les a laissés seuls... la môme était superbement carrossée... des roberts à vous couper la respiration... une croupe de paradis terrestre... Et avec ça des qualités professionnelles diaboliques. Matthieu a pris peur, il s'est bouclé dans sa chambre... elle a cherché tous les prétextes possibles pour qu'il ouvre sa porte. Fifre ! Sa maman en rentrant l'a trouvé tout pâle comme si son âme venait d'échapper à un grand danger. Et c'était ça pour lui... Satan sous les traits d'une femelle en chaleur... Pour le rassurer elle a renvoyé la bonne qui s'est empressée de raconter l'histoire à ses amies de *l'Abbaye*.

Essai concluant. « Je ne pouvais tout de même pas la faire remplacer par un valet de chambre. » Blandine, écrit ça avec une pointe d'humour. Elle se fait une raison... Matthieu dans son collège se console, se consume en amitiés particulières. Il aime en secret un camarade plus âgé que lui... s'il doit se laisser vraiment aller à ses penchants autant que ça soit avec des évêques, des cardinaux... des gens qui peuvent, passez-moi l'expression, le pousser comme il faut.

XVII

Où un certain R.P. Ernest intervient avec le diable

Nous voici dans les années 30. Belle époque pour ceux qui ont de quoi s'offrir les dîners chez Maxim, les Bugatti... les rencontres au Bois de Boulogne. L'Histoire est là bien entendu, avec sa crise économique, son président assassiné par un Russkoff, son Allemagne qui va se donner, se damner avec un prophète à moustache de Charlot... On ne peut pas l'ignorer l'Histoire, elle vous traque même si, comme Blandine, on n'y fait guère allusion. L'événement marquant pour elle c'est l'ouverture du *Sphinx*, boulevard Edgard-Quinet... la nouvelle taule qui veut supplanter le *One Two Two* question luxe et clientèle. Madame Martoune, la patronne clame ça cor et à cri... mais dans une ville comme Paris y a de la place pour plusieurs bordels de haute compétition. La clientèle ecclésiastique n'allait pas se fourvoyer au *Sphinx*, ni au *Chabanais*... l'avantage de *l'Abbaye*, on l'a vu, c'est que tout était agencé afin que les amateurs ne puissent pas se rencontrer, se croiser. Blandine avait mis au point un petit labyrinthe où l'évêque ne pouvait pas se retrouver nez à nez avec son coadjuteur... le cardinal avec un sénateur radical-socialiste anticlérical. Discrétion la plus absolue... mis à part le collimateur de la flicaille. Inévitable mais ignoré des clients.

Au *Sphinx* ou au *One*, tout au contraire, on s'y faisait voir aux heures de pointe si bien nommées, on y dînait, sablait le champagne avec des célébrités... chanteurs, comédiens, peintres en renom, jusqu'à des hommes politiques qui ne craignaient pas de s'y pavaner. Chez Blandine, c'était les hypocrites qui fréquentaient, les baiseurs honteux, ceux qui prêchent la vertu et s'empressent de la sodomiser à la sauvette lorsque personne ne peut les voir.

Blandine faisant le bilan de ses années d'activités reconnaissait tout de même qu'il ne fallait pas généraliser. Nombreux étaient les prêtres qui restaient fidèles à leur règle de chasteté si pénible fût-il. Qu'elle dirige, organise, exploite les péchés de luxure de la gent curetonne, n'écornait en rien sa foi chrétienne. Elle ne manquait jamais la grand-messe le dimanche à Saint-Sulpice... elle priait très sincèrement la Vierge Marie... brûlait des cierges gros comme des braquemards. Sans compter la confession pour faire ses Pâques. « J'ai surpris plus d'un abbé en lui racontant mes péchés. Je le sentais tout émoustillé derrière son grillage. À chaque fois il me collait des chapelets entiers a réciter pour faire pénitence. Et je les récitais, je ne trichais pas. » Ce qui prouve qu'en une personne peuvent cohabiter les comportements les plus opposés. Elle ne se prive pas, de temps en temps, de louanger tel ou tel de ses amis (ainsi comme Aglaé désigne-t-elle ses clients) qui, en dehors de quelques petites manies... quelques passions qu'il vient assouvir chez elle, est un serviteur de Dieu scrupuleux... De se faire introduire un gode dans le fondement... n'empêche pas ensuite d'être charitable envers les pauvres. Enfin... ce qu'elle affirme, notre héroïne devenue septuagénaire dans son fauteuil au milieu d'un jardin fleuri de la Côte d'Azur.

Mais nous n'en sommes qu'aux années de la deuxième avant-guerre, l'apogée pour ainsi dire de la carrière de Blandine. Un mot, un geste, on lui obéissait. Elle s'était payé le luxe de s'inscrire à la Conférence de Saint-Vincent de Paul, une organisation plutôt à droite. Dans les associations, les partis quels qu'ils soient, si vous arrivez avec la cotisation... l'adhésion en tant que membre bienfaiteur, on cherche rarement d'où vient votre joli carbure.

Elle se pointait où il fallait, Mme Blandine, sans ostentation elle savait parler de son fils qui allait entrer au petit séminaire d'Issy-les-Moulineaux. Elle fut invitée parmi le gratin à l'inauguration de l'Exposition coloniale, présentée au Maréchal Lyautey en personne... moustaches et regard d'acier... Ça lui faisait un beau souvenir historique. Il risquait pas lui, Lyautey, de venir se perdre à *l'Abbaye*, on lui prêtait plutôt des tendances à s'occuper de l'éducation des petits boy-scouts. Enfin, peut-être des racontars de malveillants !

Sur ces années qui précédent les folies 39, Blandine remplit ses pages d'anecdotes. On y rencontre des hommes d'Église ou non... cachés sous des initiales... avec leur fonction, leur rang. Certains on peut les retapisser... enfin ceux qui ont joué un rôle suffisant dans les pages de notre Histoire. Un académicien célèbre exigeait qu'on reconstitue pour lui la Passion. Il se faisait flageller, couronner d'épines... on mimait sa crucifixion... tableau d'un grand réalisme, mis à part que le rôle des centurions de Ponce Pilate était tenu par trois jeunes personnes qui laissaient voir l'essentiel de leur féminité sous leur cuirasse.

Ce romancier, je ne sais comment Blandine l'avait appris, avait hésité, au début de sa carrière lorsqu'il était encore tout jeune homme et qu'il voulait devenir célèbre, il s'était tâté entre la littérature légère... presque franchement pornographique et les livres d'édification chrétienne, les biographies de saints, de saintes... les études sur le Christ. Bien lui en prit de choisir la seconde voie... elle est royale à tous points de vue. On y gagne les plus gros tirages pour peu que les spécialistes vous prennent au sérieux... La fortune vous sourit, doux Jésus... on est reçu comme un nabab dans la meilleure société... l'Académie vous ouvre ses portes... épée, habit vert... cher maître ! La pornographie refoulée, on peut ensuite se l'offrir en des chambres closes dans les meilleures maisons.

Comme on savait Blandine grande prêtresse de tous les spectacles les plus osés, de toutes les perversions possibles, on lui en demandait de plus en plus. Elle dut installer une petite salle de projection pour les scènes de films pornos. On sait... ou on ne sait peut-être pas que dès 1896, année qui suivit la première du cinématographe des frères Lumière, on tournait déjà des pornos... filles à chignon haut perché, corsets et longs jupons, bons-hommes athlétiques moustachus, fixe-chaussettes et caleçons longs... des saynètes devenues comiques avec le temps. Vers 1930, ces films, bien sûr interdits, poursuivis par les tribunaux, se projetaient souvent dans les bobinards hauts de gamme.

À *l'Abbaye*, comme partout, les séances de cinoche cochon servaient surtout de point de départ pour des parties fines... Blandine ne tenait pas trop à développer ce genre qui pouvait d'une certaine façon nuire à la bonne réputation de sa maison. Sa clientèle avait besoin de choses moins brutales... les films en question ne brillaient pas par leurs qualités artistiques, on se doute. À *l'Abbaye* tout se développait dans le mystère... les demi-teintes... les décors avaient une importance primordiale. Même ses habitués qui n'appartenaient pas au monde de l'Église, venaient chez elle pour respirer les odeurs d'encens... se replonger dans les souvenirs d'images de première communion. C'était le cas de quelques personnages devenus des politiques anticléricaux qui se pointaient parfois pour éprouver des sensations oubliées. Ça intéressait d'ailleurs particulièrement le commissaire Lebreuil qui tenait beaucoup à répertorier les faiblesses humaines de tous les gens au pouvoir.

Lui, il poursuivait sa carrière avec ténacité. Sa liaison avec Blandine se relâchait peu à peu. Il allait sans doute voir ailleurs si la fesse était plus ferme. C'est Blandine elle-même qui l'écrit sans acrimonie, elle trouve ça tout naturel. Ce qui lui paraît primordial... que ses rapports avec la police restent au beau fixe.

Comme dans tous les domaines la routine s'installe... *l'Abbaye* était devenue peu à peu comme une institution... secrète... institution quand même... Tout était fait pour que le scandale n'arrive jamais... Malheur à celui... n'est-ce pas ?

Elle restait cependant vigilante... elle voyait venir de loin les possibilités de cagades... Il arrive tout de même que la vigilance la plus aiguisée se trouve prise en défaut. D'une drôle de façon c'est advenu. Un curé qui s'est ramené un soir... Un homme portant beau... regard perçant... jactance ferme... des citations latines tout bout de champ. Blandine ne savait trop au juste d'où il sortait, d'où il arrivait. Il a dit simplement qu'il faisait partie de la Compagnie... ce qui voulait dire pour les initiés qu'il était jésuite. En général on venait chez elle sur recommandation... plus ou moins... les nouveaux venus, elle devait les jauger, les identifier le plus possible. Pas toujours évident, il fallait que le monsieur revienne, révèle ses passions... que les filles sur le traversin le fassent un peu jacter. Ils parlent toujours plus ou moins les mecs sur le traversin... ça explique les histoires d'espionnage, de renseignements de tous ordres. Des hommes haut placés avec des responsabilités importantes pendant les guerres civiles ou patriotiques qui se laissent tirer leurs plans de bataille... les secrets du canon de 75 par quelques fines putes. Elles arrivaient toujours, les petites filles de Madame Blandine, à savoir quel était le monsieur qui venait leur demander des câlins plus ou moins raffinés. Homme qui bande perd ses esprits.

Le Révérend Père jésuite il fait impression à Blandine et pourtant elle ne se laisse pas facilement bluffer. Bien sûr elle a eu déjà quelques escrocs, quelques mythomanes de choc qui se sont ramenés à *l'Abbaye* avec leur faconde... leur art de donner le change. Celui qui vous glisse en lousdoc qu'il est un envoyé spécial du Vatican... le diplomate, le nonce bidon, n'importe s'il a de quoi s'offrir du fouet, de la fiente en pot... un catafalque pour s'y pogner... qu'il se pare des plumes au fion, ça n'a aucune espèce d'importance. Même si Madame les détecte vite, le plus sage est de les laisser mentir, de faire semblant de les croire... ça participe de leur fantasme.

Le père jésuite en question commence à parler d'abondance. Il s'intéresse aux pécheresses... il veut les étudier dans toutes leurs dépravations. Pour rassurer la taulière, il commande le champagne au salon, il casque tout de suite en extirpant des profondeurs de sa soutane une liasse de billets... des grosses coupures où l'on peut voir des spécimens de l'Empire Français... un Nègre, un Arabe en burnous, un Tonkinois avec son chapeau pointu. Il passe au choix, il en veut le plus possible... les filles en nonnes, en communiantes... la fouetteuse. Il écoute la musique de Jean-Sébastien Bach... *Jésus que ma joie demeure* qu'on lui diffuse à l'orgue. Il sait baisser les paupières quand il faut et puis regarder ensuite Blandine droit dans les yeux comme pour la fasciner. Elle va écrire, plus tard, qu'il lui a fait penser furtivement à un serpent.

Où veut-il en venir ? Il n'a pas l'air de se décider. Il y en a comme ça qui viennent juste pour parler, parler... débagouler à perte et qui ne concluent pas. Il arrive parfois qu'ils s'enferment avec une nana et il faut qu'elle les écoute très attentivement. À la fin, ils payent juste pour avoir pu délirer verbal devant une femme. Ça ne se passe pas qu'à *l'Abbaye* ... ailleurs aussi, ils ont ce genre de michetons qui ne risquent pas de vous refiler la vérole, mais inquiétants tout de même. S'y faire... recevoir toutes sortes de maboules... ceux qui paraissent les plus inoffensifs ne le sont peut-être pas forcément.

Celui-là finit par lâcher son nom, enfin son prénom. Ernest, il demande qu'on l'appelle Révérend Père. Il vient ici dans ce lieu de perdition, dit-il, pour y rencontrer Marie-Madeleine... la pécheresse de l'Évangile... il a eu la révélation qu'elle était réincarnée dans une fille qui ne pouvait être dans une autre maison que *l'Abbaye*. Lorsqu'il s'engage sur cette voie, Blandine elle se met en garde... ça respire un peu la dinguerie ses divagations. Il demande à revoir le défilé des pensionnaires. Comme il ne veut pas faire perdre son temps précieux à Madame, il sort encore sa liasse de biffetons... il en chiffonne quelques-uns... vile monnaie ! N'empêche que Blandine s'en empare... elle les lissera soigneux tout à l'heure, les talbins.

On ne peut pas dire pour la dépeindre qu'elle est spécialement désintéressée. Entre les lignes de ses confidences, on entrave qu'elle y pense sans cesse au flouse... qu'elle calcule... ses générosités ne tombent pas au hasard. Ça devient un pli, une manie... au début on veut se prémunir contre la disette... les jours de la table qui recule, et puis quand on commence à faire sa pelote on continue à guigner le fric... chaque jour, chaque nuit... enfouillarès... on ne reluit plus qu'au pognon. Bien des putes, c'est leur panard... toute bite qui ne s'accompagne pas d'un joli petit cadeau, même si elle est bien grosse, bien raide, elle se mouille la chatte à la salive pour que ça glisse.

L'autre en tout cas, il ne la sort pas le R.P. Ernest, il lâche la monnaie et il jacte, il reluque encore les préposées au radada... les déguisées de la Sainte-Chapelle. Ah ! il s'arrête, il fait revenir la petite dernière, une fausse communiante... Juliette... toute nouvelle dans la maison. C'est son choix, il faut qu'il lui parle absolument. Blandine va leur offrir la chambre bleue celle des rapports délicats... des approches entre les abbés et les fausses enfants du catéchisme.

– C'est peut-être elle...

Il chuchote... mystérieux. Blandine, tout de même, va avertir la petite dans le couloir... qu'elle se tienne sur ses gardes, elle ne sait pas si on n'a pas à faire à un fou qui peut devenir furieux subitos. Des incidents qui arrivent au bordel comme au bistrot. En tout cas elle va se cloquer en visionnage derrière la glace sans tain, prête à toute éventualité. L'emmerde c'est que son cinéma reste muet, on n'en est pas encore aux micros planqués dans les pots de fleurs, les fauteuils. Elle peut juste coller l'esgourde derrière la porte, c'est de l'espionnage de bonniche genre Mata Hari, Marthe Richard.

De son poste d'observation, Blandine mate le Révérend-Père qui s'est assis dans un fauteuil et qui fait s'agenouiller Juliette devant lui... qui lui jacte, mais rien à faire pour l'esgourder... la môme l'écoute... elle répond de temps en temps. Blandine a fait venir avec elle pour observer les choses, Marguerite. Avec ses biscotos de catcheuse, elle peut toujours intervenir pour rétablir l'ordre s'il le faut. Et elle prétend qu'elle a l'oreille fine Marguerite...

Avec le R.P. Ernest ça n'a pas l'air de se diriger vers un conflit, il continue à parler doucement, à envelopper la petite communiante de son verbe. À la lourde Marguerite n'en entend pas davantage que Blandine. Il a pris le ton de la confesse. « Ma chère enfant... » Ce qui les inquiète nos deux espionnes, c'est qu'il n'esquisse aucun geste envers la môme. D'habitude au bout d'un certain temps, ils se débraguettent doucement, insidieusement, les confesseurs de *l'Abbaye*... ils avancent la paluche pour tâter la pénitente... ses seins, ses petites fesses. Elles, elles savent que c'est le moment de prendre un peu l'initiative, d'y aller elles aussi de la mimine, d'aider l'abbé ou le monseigneur à se déboutonner la soutane pour sortir un goupillon qu'elles se doivent d'accueillir en exclamations élogieuses.

— Qu'elle est belle mon Père ! Comme le bon Dieu vous a gâté..., etc.

Pas du même avec ce R.P. Ernest. Quand la Juliette se penche un peu trop comme pour lui tomber dans les bras, il la repousse. Il se lève, il a l'air indigné. « Pas de ça mademoiselle, je ne suis pas le prêtre indigne que vous croyez ! ». D'un geste impératif il l'oblige à se redresser et la gronde sans trop élever le ton. On n'entend toujours pas ce qu'il dit mais la petite Juliette semble apeurée. Il s'approche de la lourde. En vitesse Marguerite et Blandine s'esbignent... retournent au salon. Tout ça leur paraît très curieux... Le R.P. Ernest est sorti de la chambre et il a pris l'escalier, gagné le vestibule... il ne demande pas à revoir Madame, il est déjà sur les marches du perron... il traverse le jardin, d'un pas vif, atteint le couloir qui conduit à la rue avant que Madame ait eu le temps de réagir... qu'elle le rappelle, lui demande de quoi il retourne. Juliette revient au salon, c'est une rousse potelée... mignonnette dans sa robe blanche de communiante. Elle est un peu désemparée.

— Qu'est-ce qu'il a dit ? Qu'est-ce qu'il voulait ?

Elle s'asseoit la môme... elle ne dit rien. On la secoue... qu'est-ce que tu lui as fait ? Question absurde, elles ont bien vu qu'elle ne lui a rien fait... même pas effleuré le bas de sa soutane.

— Je peux pas dire... J'ai pas le droit.

Elle apprécie pas Blandine cette attitude, ici pour elle, il n'y a pas de secret. Elle doit tout savoir sur les clients, les filles... leurs Jules... leur famille. Si on lui fait des cachotteries, elle finit toujours pas les découvrir et elle saque sévère celles qui s'avisent de lui manquer. Elle a son système d'amendes, de retenues sur leur pognon... elle hésite pas non plus à faire fouetter les plus rétives, elle possède le matériel adéquat. Dans les cas plus

194

graves, avec l'accord du hareng de la donzelle, on l'envoie faire un petit séjour dans une taule d'abattage à la Chapelle au 106 ou chez Mme Éliane au *Fourcy*, se faire grimper par quatre-vingts ou cent bicots dans la journée. Ça s'appelait tout bonnement la punition dans le langage du proxénétisne. Après quinze jours à ce régime, les plus rebelles rentraient dans le rang... tout à fait heureuses de retrouver leurs petits bordels bourgeois.

Ça l'énerve Blandine, l'attitude fermée de Juliette qui répète « Je ne peux pas vous dire... j'ai juré.. Juré ! Juré ! » Si toutes les fois qu'elle a juré dans sa vie Blandine et qu'elle a trahi son serment, il avait fallu qu'il lui arrive malheur, elle serait au cimetière depuis une paye ! Beau la menacer, la secouer, Juliette reste sur sa position... qu'elle ne peut rien dire... que c'est trop grave !

Marguerite la menace d'une rouste, mais Blandine la retient. Elle laisse tomber pour le moment.

– Va retrouver les autres au salon. On parlera de tout ça plus tard.

Juliette faisait partie des demi-pensionnaires de *l'Abbaye*. Elle avait une chambre dans le Quartier Latin qu'elle regagnait chaque soir et où sans doute elle retrouvait un petit mec qui sans être un souteneur se laissait un peu gâter de quelques petits cadeaux. Ce qui plaît en elle... son côté très petite fille, on ne lui donne pas plus de dix-sept ans... les yeux candides, la moue boudeuse. Tout de suite Blandine l'avait préposée au rôle de première communiante qui lui allait à ravir. Elle prévoyait même de monter avec elle le coup du faux pucelage... un truc qui se bricolait dans toutes les bonnes maisons pour soutirer un beau paquet de fric au naïf qui s'y laissait prendre. Blandine dans ses mémoires ouvre une parenthèse pour nous donner la recette... Assez simple, la préposée se met au fond du vagin une bulle de caoutchouc très fin, remplie de sang de poisson, l'hymen est fabriqué avec du blanc d'œuf un peu battu dans l'eau de javel... tout ça se resserre avec une injection de citron. Au premier coup de boutoir le faux pucelage est percé, ainsi que la bulle de caoutchouc. La fillette pousse un petit cri et le monsieur avec sa bistouflette rouge est au comble de la félicité. Alléluia !

C'était pas ça qu'il voulait le R.P. Ernest. Il avait dit à Juliette qu'il reviendrait... elle ne savait pas quand et ce qu'il désirait, ça paraissait tellement énorme, monstrueux qu'elle ne pouvait pas le dire... ça lui paraissait comme un péché mortel.

Se perdre en conjectures... On avait ici tout ce qu'il fallait pour les plus chnoques détraqués de la zigoulette... le fouet... les épines, tous les travestissements possibles. S'il voulait bouffer de la merde le Révérend-Père on pouvait lui en servir dans de la vaisselle de luxe... petite cuillère en vermeil pour la déguster. Certains préféraient carrément se faire régaler de la productrice au consommateur. Les filles, Madame, elle les préparait au purgatif.

Puisque Juliette voulait rien dire, on allait la surveiller. Blandine s'était dit que le fameux R.P. avait dû lui donner rendez-vous ailleurs. Ça c'était strictement interdit sous peine non pas de renvoi mais de prendre le chemin des pires taules à matelots... rue des Casernes de la Marine à Dunkerque... voire carrément un bouge au Bousbir de Marrakech ou d'Agadir. On ne les revoyait plus celles-là, elles finissaient par crever de vérole, d'épuisement ou de toutes sortes de maladies au fond d'un Bordel Militaire de Campagne... qu'on appelait chastement B.M.C à l'état-major de l'armée. On expédiait des filles en convoi pour se faire baiser sous des tentes dans le sud algérien par les tirailleurs, les Bats d'Af... l'antichambre de l'enfer.

Le lendemain Blandine s'est pointée exceptionnellement chez M. Félix S. à son bureau. Difficile de définir exact sa fonction dans la hiérarchie de l'Église... intermédiaire, porte-parole... conseiller... l'homme de tous les secrets honteux. Toujours aussi peu affable, aussi peu loquace... « Je vous écoute »... elle raconte de son mieux la visite du R.P. Ernest dans son bobinard. La description du personnage a réussi à tirer un petit sourire de la face blême de M. Félix.

— Vous connaissez ?

Il a hoché la tête en signe d'assentiment et à voix douce, toute plate, il a récité à Blandine la biographie du R.P. Ernest.

Pour ceux qui s'intéressent à la littérature, il était un peu connu... un défroqué devenu poète... un curieux gus qui avait publié des textes sacrilèges... qui ensuite s'était repenti... retourné à l'Église Romaine pour ensuite de nouveau se perdre.

Au début, en 1927, il avait mis dans sa fouille André Breton le pape de la secte surréaliste. On l'avait fêté, publié... devenu personnage scandaleux à souhait avec un livre de prières à Satan. Depuis il avait navigué le Révérend Père Ernest... on ne savait plus trop où il en était...

Il se trouve que je l'ai un peu approché dans l'après-guerre à Saint-Germain-des-Prés. Ça m'avait paru un délirant mêlé d'escroc comme c'est souvent le cas. Vers 1947, une douzaine d'années s'étant écoulées, le Révérend avait pris du flacon... un peu de bide... perdu sans doute de cette superbe dont parle Madame Blandine... il traînassait les bars et bistrots du quartier en quête d'éventuels gogos qui pourraient lui servir de prêteurs, d'associés, pour ses projets les plus farfelingues. Entre autres, il avait trouvé un enfant dans les Vosges à qui la Vierge Marie était apparue tandis qu'il gardait les vaches. Le R.P. Ernest avait bondi sur l'occase. Il se voyait déjà derrière une opération genre Lourdes. L'idée peut toujours faire son chemin pourvu que les pontes du Vatican prennent les choses en main. Les miracles ça s'authentifie en cour de Rome. Dans les hautes sphères mitrées, il était plutôt tenu en suspicion.

Le conseil qu'on donnait par la voix de M. Félix à Blandine... de s'en méfier, qu'il provoquait toujours des scandales, qu'il mettait les gens dans des situations inextricables. En tant que prêtre qui avait reçu les ordres, il pouvait toujours rejoindre le sein de l'Église, il y serait reçu comme tout un chacun pécheur, mais on l'expédierait faire pénitence dans un cloître éloigné de toutes les tentations de la capitale.

Au retour à *l'Abbaye*, Blandine apprit que la petite Juliette partie la veille au soir n'était plus reparue. Toutes ses fringues, ses objets de toilette étaient à la cave spécialement aménagée avec des loges où les filles se maquillaient, se préparaient pour le turf.

Ça lui déplaisait à Blandine, de se faire rapter une pensionnaire par ce cureton défroqué. Surtout qu'elle y tenait à Juliette... une ancienne pensionnaire l'avait chaleureusement recommandée comme tout à fait bien éduquée... toute son enfance dans les meilleures institutions chrétiennes.

Par ses relations tous azimuts, elle fait d'urgence rechercher sa gazelle. Le petit mec du Quartier latin qui lui servait d'amant de cœur, lui, on le retrouve et il se morfond. Depuis ce fameux soir du R.P., elle n'est pas revenue dans la piaule qu'elle loue rue Saint-Séverin. On prévient les taulières, les placiers, les Jules... Du côté Église, M. Félix a averti quelques curés qui connaissaient le Révérend. Et Blandine va finalement consulter son bon flic... le commissaire de son cœur. Elle aurait dû commencer par lui... Dans son fichier le R.P. Ernest est en bonne place... répertorié comme *sataniste*. On le soupçonne de célébrer des messes noires et là, alors, on est en terrain tout à fait dangereux. Blandine a entendu parler de messes noires à propos de l'Affaire des poisons sous Louis XIV... Il s'agit, bien sûr... de sacrilège, un prêtre dévoyé consacre l'hostie sur le corps d'une femme nue. Tout ça se termine par une orgie. Le R.P. Ernest s'est vanté d'avoir célébré de tels offices. Ça lui a servi à sa renommée chez les Surréalistes qui cultivaient toutes les provocations possibles.

— Il a dû embarquer votre fille pour s'en servir d'autel.

Il se marre Armand, le bel indifférent flic, ça l'empêche pas de s'allumer une cigarette blonde, une anglaise au bout de son fume-cigarette. On est loin de Maigret avec sa bouffarde... ses odeurs de bière et de soupe aux poireaux. D'ailleurs, Blandine aime à le souligner, jamais ils ne se sont tutoyés, même pendant le coït. On peut très bien jouir sans tutoyer son partenaire. Ça ajoute comme du piquant dans l'extase. Il pense le commissaire Lebreuil qu'il n'y a pas lieu de trop s'inquiéter, que ce défroqué est un maboule, mais que ça ne risque pas d'aller trop loin. Lorsqu'on évoque les messes noires, on raconte des histoires de crimes rituels, de nouveau-nés sacrifiés sur l'autel. Ces rumeurs nous parviennent carrément du Moyen Âge... Les sabbats... le culte du diable. Le R. P Ernest, à ce qu'en disent les rapports de police, trouve maintenant dans ce genre de déconnante aiguë ses moyens d'existence. Toujours autour des curés en rupture, des schismatiques, hérétiques de tout poil, gravitent des mémères en chaleur... le plus souvent friquées... des dames qui s'ennuient, qui ont besoin de sexe enveloppé, développé dans le mysticisme.

Pas le feu à la baraque, mais le commissaire va faire faire une petite enquête, ne serait-ce que pour récupérer la jolie Juliette... la ramener sinon dans le droit chemin du moins dans les dérapages controlés de la luxure.

Blandine rassurée par les bonnes paroles de son beau flic reprend son train-train... fouette le maso... essore le micheton !... Se passe quoi ?... elle ne sait au juste... quelques jours et, dreling, dreling !... À la lourde réapparaît le R.P. Ernest. Il pleut fort ce soir-là, il a une cape et un grand pébroque. Il se présente dégoulinant comme si de rien n'était à la soubrette. Il veut simplement parler à Madame. Si elle est joisse Madame de le voir se pointer ! Elle ne s'y attendait pas ! Pendant qu'il pénètre dans le salon, elle se demande si elle va lui parler de Juliette, de cette coïncidence entre sa première visite et la disparition de sa pensionnaire. Oh, mais il précède ! Juliette a cherché à le revoir. Il veut, lui, uniquement œuvrer pour son salut... la ramener au doux Jésus... à la table sainte.

— Mais pourquoi venez-vous me dire ça ?

Elle pose la question, après tout si ce qu'il dit est vrai, Juliette n'a nul besoin de son autorisation pour quitter son claque. Ça arrive que des mômes s'évaporent sans laisser d'adresse... leurs protecteurs ensuite se chargent de les retrouver. Si elles remettent leurs talons hauts sur le bitume, elles sont harponnées dans les jours qui suivent. C'est Clochemerle le monde du tapin... le téléphone arabe fonctionne à travers la France... ça va plus vite qu'aux P.T.T. et y a jamais de grève.

Il arrive enfin au vif du sujet le R.P. Ernest. Il s'est débarrassé de sa cape, son chapeau, son pébroque. Le voilà assis confortable... Il enrobe son boniment de telle façon qu'il voudrait faire croire à Blandine que sa messe noire est tout à fait blanche. Il ne prononce pas le mot... il ne se doute pas que Blandine est au parfum de ses frasques. Il parle d'une cérémonie expiatoire... il aurait besoin qu'on lui prépare un autel avec du linge... des burettes, un ciboire, quelques cierges.

– Comme pour une messe, le coupe Blandine.

Exact... il acquiesce... il avoue, il veut venir ici même, célébrer une messe et qu'elle y assiste en compagnie de toutes les jeunes filles de son personnel. Juliette reviendra spécialement... il ne cesse de baisser les paupières... il s'efforce d'être bien doucereux. Naturellement une célébration de ce genre doit rester secrète et il est prêt à payer ce qu'il faut pour ça.

Tilt ! Dès qu'il s'engage sur ce terrain, qu'elle sent les talbins se froisser dans les poches de sa soutane, Blandine ça lui paraît moins fou, moins odieux ce projet de messe noire dans son établissement. Il s'en gourre, l'autre dingue... un bon sourire s'amorce sur ses lèvres il murmure un chiffre... Blandine ne nous le précise pas, elle n'est pas exhibitionniste sur ce chapitre, mais elle dit que c'est énorme pour l'époque... et que ça va suffire pour la convaincre. Après tout elle ne faillit pas à sa mission, il s'agit ni plus ni moins de faire tomber la monnaie dans son escarcelle. La suite du dialogue prend une autre tournure. Bien sûr elle peut lui préparer tout ce qu'il veut pour le jour... enfin la nuit où il voudra. Elle met le doigt dans l'engrenage et déjà elle regrette d'avoir été sonner l'alarme aussi bien du côté des curetons que du côté des lardus de la Mondaine. Elle va bétonner le problème... vaut mieux qu'il attende un peu le R.P. Ernest... quelques dix... quinze jours... Et que Juliette réintègre *l'Abbaye*.

– Nous nous inquiétions toutes de sa disparition.

Que Blandine se rassure... Juliette habite chez lui... enfin chez une amie à lui, une baronne qui les héberge à Auteuil dans un hôtel particulier. Et en tout bien tout honneur, il précise et justement cette baronne voudrait participer elle aussi à cette messe expiatoire. Blandine va comprendre par la suite qu'Élodie, la baronne, finance l'opération. D'ailleurs si Blandine n'y voit pas d'inconvénient ladite baronne voudrait venir visiter *l'Abbaye*.

– ... pour se rendre compte.

Il ajoute « par elle-même » et Blandine entrave alors qu'elle désire en définitive... faire une sorte de stage. Ça ne lui paraît pas inconcevable, au contraire... La légende et ce n'en est pas une, court, que certaines femmes du monde viennent se faire enjamber dans les bordels par perversion... par masochisme comme *la Belle de Jour* de Kessel. Une seule question sérieuse pour Blandine, l'âge de cette baronne... si elle est vraiment trop viocarde, ça sera plutôt humiliant pour elle. Elle enveloppe le problème pour le poser, mais le Révérend rétorque de suite... que cette dame est tout à fait en état de sacrifier au culte de Vénus... qu'elle a un charme extraordinaire.

On sait dans les bordels qu'à l'annonce qu'une femme n'est pas une professionnelle... que c'est une vicelarde en mal d'émotions, les hommes ça les met dans un état frénétique. Le truc est tellement connu que les taulières en usent et abusent lorsqu'elles ont des filles de passage... des mômes qui présentent bien, on les annonce comme la femme d'un industriel, d'un riche propriétaire terrien ou d'un ambassadeur venue à Paris tout spécial pour jouer à pute que veux-tu.

Blandine donc entre dans le mécanisme et le Révérend, il glisse un à-valoir conséquent. Elle avoue, notre mémorialiste qu'elle se laisse prendre au piège du pognon. Obscurément, elle a conscience d'avoir tort... qu'elle prend des risques, elle ne sait trop lesquels mais elle croit à sa baraka. Depuis qu'elle drive *l'Abbaye*, elle n'a jamais eu de cagade sérieuse... même avec ces messieurs les tenanciers toujours prêts à toutes les embrouilles. Le parapluie de la Mondaine, il est vrai est une protection sérieuse contre les averses les plus drues. De toute façon pour éviter les vagues, Blandine était généreuse avec l'Amicale, on n'avait jamais besoin de venir lui réclamer ses cotisations.

Sur cette aventure de la messe noire, notre dame de Saint-Sulpice est gênée aux entournures du porte-plume. Elle en parle comme d'un simulacre, après tout chez elle on y allait déjà sévère en fausses confessions... fausses prières des morts... vous avez lu, tout y passait... on mimodramait la Bible, l'Évangile. Un évêque... un monseigneur en poste dans une grande ville venait jouer à Loth... le moyen élaboré sauce religion pour se taper deux mignonnes... qu'elles venaient le titiller, le suçoter en l'appelant papa.

Le R.P. Ernest, lui, était en poste nulle part... on n'en voulait plus, il s'était déjà repenti deux ou trois fois après des incursions chez le Diable. Mieux aurait valu le faire interner chez les dingues, il y avait été d'ailleurs, mais les psychiatres ne le jugeaient pas assez dangereux pour le garder. Ce qu'il dégoisait cadrait quand même avec les grandes lignes de la religion... s'il commettait des sacrilèges, ça ne troublait pas l'ordre public. La République, troisième du nom était farouchement anticléricale depuis la Loi de séparation de 1904... Les radsocs au pouvoir, tous plus ou moins francs-maçons, ça les réjouissait plutôt ce curé qui délirait dans les bénitiers. Tout au plus on avait pu lui reprocher de peloter des dames à la terrasse des cafés à Montparnasse... en tenue de cureton bien entendu avec le grand chapeau noir, le col romain, le rabat... la croix pectorale. Provoquant des attroupements de gens indignés ou rigolards, il s'était retrouvé plusieurs fois au quart. Les flics du coin le connaissaient, il leur payait quelques bouteilles d'aramon pour les amadouer.

Et la baronne a fait son entrée dans le scénario. Ça paraissait pas une frimante, comédienne en mal de rôle. Tout à fait la classe façonnée par une éducation pointilleuse... sans doute héritée d'ancêtres, pour peu qu'on croie aux théories des caractères acquis. Pas du tout blèche la dame... une quarantaine bien entretenue... soins de beauté, un peu de sport... ça commençait à ce moment-là la participation féminine au tennis, volley-ball, patinage sur glace... La baronne Élodie avait dû en outre faire du cheval. Svelte, bien balancée... le visage un peu typé de sa classe sociale. Le nez aquilin... le menton impératif... l'œil où la vicelardise se disputait avec un sentiment de supériorité. De jactance, alors flûtée... La pointe d'accent des dames de Passy, des habituées des raouts chez le duc de Mon postérieur sur la commode Louis XV. Blandine connaissait... au Couvent des Oiseaux, pas mal de ses condisciples étaient de cette engeance... fabriquées sur le même moule. Dès qu'elles commencent à s'exprimer... elles ont déjà le ton de commandement et ça ne va jamais au cours des années, en s'atténuant. Avec Élodie, ce qui étonnait, c'était qu'avec sa voix du dernier salon où l'on cause, elle proférait des obscénités que les putes en exercice dans la maison n'auraient pas osé.

– J'adore les grosses bites, chère madame.

De quoi surprendre. Blandine avait fait servir le thé au salon, elle s'était cru obligée de faire des magnes, des salamalecs. La baronne était sapée dernière mode... des frusques qui sortaient de chez Patou, Chanel... aux pieds, de ces chaussures qu'on admire dans les vitrines de magasin de luxe où les loquedus n'oseraient même entrer pour s'acheter une boîte de cirage.

Ça démarrait sur les chapeaux de roues... sur cette question des gros chibres. Blandine ne pouvait rien garantir à la baronne. Puisqu'elle voulait se mettre au choix, elle ferait avec l'outillage particulier de chacun.

– Vous ne redoutez pas de rencontrer des hommes que vous connaissez... enfin... de votre milieu ?

Ça ne lui semble pas invraisemblable à Blandine cette situation... avec sa clientèle de riches, de bourgeois... et bien sûr d'ecclésiastiques.

– Je suppose que vous en fréquentez ?

Sans être une bigote, elle se montre à la Grand-Messe le dimanche dans sa paroisse... ses enfants étudient dans les bonnes écoles. Ça lui crée des obligations. Mais elle s'en fout bien du hasard qui la fœrait se retrouver à poil devant le curé de Saint-Philippe-du-Roule ou de Saint-Thomas-d'Aquin. Au contraire, c'est lui qui crèverait de honte.

Elle a voulu passer au choix, bien sûr comme c'était une nouvelle et que, même en dessous transparents, elle détonnait un peu dans le lot, elle fut sélectionnée dès le premier client et durant toute cette première journée, elle n'eut guère le loisir de se reposer. Sans qu'on ait rien à lui expliquer, elle fonctionnait sur tous les coups... satisfaisait tous les désirs de ces messieurs et même prenait beaucoup de plaisir à flageller, avoiner les amateurs de méchancetés.

Le R. P, Ernest est venu sur le soir pour la raccompagner... s'enquérir d'un air doucereux, si tout s'était bien passé. Élodie qui avait remis ses fringues respectables de baronne était aux anges... Ce qui peut surprendre comme expression après une journée pareille. La vie de prostituée lui paraissait follement drôle ! Autrement que celle de femme mariée dans l'univers bien-pensant.

Le R.P. Ernest transportait une grosse valise qui contenait déjà une partie des objets nécessaires à la messe noire... des vêtements sacerdotaux, une chasuble, des aubes... des étoles... un calice en or, un crucifix... un encensoir. En voyant tout ça déballé dans le salon, Blandine ça lui a refilé un coup de trac... elle se demandait si elle ne pouvait pas arrêter cette mascarade pendant qu'il était encore temps. Comme s'il lisait dans ses pensées, pour lui effacer ses dernières hésitations, le Révérend Ernest a encore sorti quelques grosses coupures de sa fouille. Avec tout ce que lui avait fait empocher la baronne dans la journée, ça a fini de lever ses derniers scrupules.

– Et Juliette... quand reviendra-t-elle Juliette ?

Rien à craindre, elle sera là pour la messe qui sera célébrée sur son corps. Après ça, elle pourra reprendre sa place dans le cercle de famille de *l'Abbaye*. Comme opération de salut de son âme c'était réussi de la part du R.P. Mais Blandine savait déjà qu'il ne fallait pas trop chercher la cohérence dans ses discours.

La baronne est revenue ponctuelle les jours suivants. Jamais vu une pareille salope dans un bobinard ! Non seulement elle ne refusait rien mais elle prenait des initiatives. Fine mouche elle avait vite entravé que les autres pensionnaires devenaient jalminces... elles ne pouvaient plus travailler que lorsque Élodie était déjà *en conférence* comme on disait dans les maisons de bonne tenue. Pour les amadouer, elle se mit à exiger des clients qu'ils prennent une deuxième femme, une assistante pour mieux s'esjouir. Fallait y penser. Sans compter qu'Élodie question gougnoterie, elle était experte... à croire que dans son hôtel particulier à Auteuil, elle passait son temps à brouter le cresson.

Blandine a eu même l'impression, ça lui a traversé l'esprit qu'au train où allaient les choses, elle pourrait carrément se faire évincer... que la baronne se prenne au jeu et se reconvertisse maquerelle. Plus rien ne lui paraissait impossible depuis l'apparition de cet extravagant R.P. Ernest. À se demander s'il n'était pas vraiment un envoyé du diable, une incarnation de Satan. Elle était prise entre la pétoche la plus indéfinissable et son goût du lucre facile.

Pour en savoir davantage au sujet des messes noires, elle a été consulter à la Bibliothèque Nationale des ouvrages qui traitaient de la question. Ils sont nombreux, fumeux, multiples. Les récits du Moyen Âge où la pucelle se fait déflorer par un bouc... La rondelle de radis noir que l'on consacre comme une hostie. Il y est même parfois question de cannibalisme d'enfant dévoré par les participants à la cérémonie. Autour de l'Affaire des Poisons ce n'est guère plus rassurant. On y évoque des femmes sacrifiées sur l'autel. Enfin, sans preuve flagrante... dans ce domaine l'imagination fait bonne mesure pour justifier les sentences de mort des tribunaux de l'Inquisition. Ses recherches livresques ne l'avançaient pas lerche... juste elles ajoutaient à son inquiétude. Le R.P. Ernest n'avait pas l'air trop pressé de passer à l'exécution de son projet. Depuis près d'un mois, il se contentait juste de venir se payer des jetons de mate tandis que la baronne se livrait à ses impétueux exploits sexuels. À elle seule en quelques jours, elle avait créé un mouvement autour de *l'Abbaye*... un va-et-vient incessant de nouveaux et d'anciens clients. Ça tournait dans les chambres du premier à des partouzes qui rendaient certains habitués à soutane un peu craintifs. La carte maîtresse de la taule était surtout sa discrétion. Dans le petit monde des maquerelles et des placiers on ragotait sévère à propos de *l'Abbaye*... le milieu des putes est bavard... la mythomanie se faufile de salon en chambre, de chambre en ruelle. Le propos gonfle comme chez Beaumarchais. Les poulets, bien sûr, inscrivent ça sur leurs tablettes... à tout hasard. Ça nourrit copieux les fiches des R.G. mais ils sont obligés de faire la part des choses. On attribue toujours aux personnages en renom, ceux de la politique surtout, des mœurs contre nature, des perversions répugnantes, ça amuse toujours le bon peuple des tavernes et des ateliers.

Le temps de le dire le commissaire Lebreuil fut au parfum. Ces affaires de cul, de bobinard... ça lui parvenait toujours rapidos.

— Il paraît que vous avez embauché la baronne de G. dans votre claque ?

Lui, il savait le blason exact de la dame. Elle ne lui était pas inconnue... deux ou trois fois elle s'était retrouvée emballée par ses hommes... un coup de raclette dans une partie fine. Bien entendu, on l'avait relarguée presque avec des excuses. Son mari, le baron de G. était quelqu'un de puissant. Il politicaillait avec la bonne Droite, la modérée. Il savait se montrer généreux, ça vous allonge le bras pour arranger les affaires glandilleuses.

— Qu'est-ce qu'il pense de la conduite de sa femme ?

— Oh, lui... comme il préfère les petits garçons, ça ne soulève pas de problème.

Il souriait à son habitude, Armand. La scène se passait chez Blandine, un soir où ils avaient décidé de sortir, d'aller goûter quelques spécialités culinaires dans un restaurant de classe avant de revenir s'offrir un café du pauvre corsé dans la chambre. Une merveille modèle Trianon... la tapisserie, les rideaux... les tableautins... tout vous pousse à la partie de jambes en l'air raffinée. Depuis le temps qu'ils s'offraient ce genre de divertissement, c'était devenu presque de la routine, l'ennemi numéro un des rapports amoureux. Ils peuvent résister à bien des orages, des drames, des horreurs, mais l'habitude est un poison lent et mortel. Entre Blandine et son flic, ça continuait pour ainsi dire, parce qu'il s'y ajoutait des raisons professionnelles. Blandine question de pastiquette, elle était bien sûr inventive, experte... mais dans ce domaine, mis à part les dingueries qui nécessitent des décors presque de théâtre... des situations extravagantes, on finit touiours au jeu de la bête à deux dos... au corps à corps... comme à la guerre, disait Napoléon, fin connaisseur en boucherie humaine.

Armand, qui se donnait de plus en plus des airs de libertin XVIIIe... jouant au cynique, au désabusé... racontait à Blandine ses frasques... les incursions qu'il se permettait à droite à gauche pour la titiller un peu... voir si elle ne deviendrait pas un peu jalouse. La place qu'il occupait au quai des Orfèvres, lui facilitait les approches de séduction encore fallait-il qu'il y aille sur la pointe de ses jolies tatanes... tous ces lardus se surveillent les uns les autres. On fait des envieux... d'où les plus coriaces ennemis sans le savoir.

— C'est l'abbé surréaliste qui vous l'a envoyée ?

Nous revenons à la baronne de G. Je vous recouds la conversation. Blandine sur le papier ne la rapporte pas avec beaucoup de précisions. Il entravait tout le cher Armand... Toujours le voussoiement entre eux... ça participait de la plus élémentaire prudence, on prend le pli et ensuite on s'oublie en public... et aussi ça faisait plus *classe*. Armand son plus secret désir c'était de pouvoir être reçu dans les milieux snobs de la capitale.

— Ils ont dû vous parler de messes noires.

Net... Blandine ne peut bifurquer, jouer les innocentes... c'est d'ailleurs le rôle qui lui va le moins bien. Elle est obligée de se mettre à table même si à ce moment-là, elle est au lit en tenue vaporeuse. Elle essaie cependant de minimiser... la baronne et l'abbé, oui, ont évoqué cette éventualité... elle n'y a pas prêté attention. Ça le fait rire, ça, le beau poulet... ça le fait même triquer le salaud, et sans poursuivre le dialogue, il passe aux choses qu'on dit à tort pas très sérieuses. Blandine panique un peu devant son attitude... cette érection brusque... elle cherche à comprendre. Mais elle s'ouvre au plaisir renouvelé.

Armand reste bien maître de la situation, il lime ferme... un rien brutal puis brusquement il s'arrête.

— Chère amie, vous me prenez pour un con ?

Il sait qu'elle prépare des diableries dans son claque... il n'apprécie pas du tout qu'elle lui fasse des cachotteries. Elle est prise en flag à un drôle de moment. Il profite de son avantage... qu'elle y allait franco vers l'extase. Il sait se maîtriser comme un jules... il se retire... elle pousse un soupir. Il la retourne sans ménagement. « Espèce de sale pute ! » Au point où elle en est, elle accepte, elle sait ce qu'il veut maintenant... jusqu'ici il n'avait jamais pris l'escalier de service pour monter au septième ciel. Elle, elle apprécie pas excessif. Avec Eugène ça s'était passé de temps en temps pour lui faire plaisir... parce qu'un mec a besoin de s'assurer de sa gonzesse de toutes les façons possibles... pour marquer son territoire comme un loup. Elle s'attendait pas que son flic chéri se permette de telles privautés... Entre eux les rapports ne sont pas du même ordre, elle se croyait avec lui sur une espèce de pied d'égalité. Il s'y prend pas si mal, le dégueulasse... passé les douleurs de l'intrusion, elle finit par y prendre son fade... surtout qu'il sait en même temps lui malaxer les seins... la titiller au meilleur endroit. Même ses insultes... salope ! pouffiasse ! sac à bite ! enculée ! pétasse... suceuse de curés... chiure de sacristie ! ...ça ajoute à l'excitation !

Il sait qu'il faut tourner autour de l'Église avec elle, elle y est vouée. Il fait durer le traitement jusqu'à ce qu'elle s'envoie en l'air sans aucune retenue... qu'elle pousse des gueulements à ameuter son immeuble. Ça lui fait un méli-mélo dans la tronche, elle n'a pu se retenir, elle a horreur de ça. Toute sa carrière elle sait qu'elle doit toujours se maîtriser, être la patronne... et voilà qu'avec un enfoiré de flic elle s'est fait encaldosser comme une jeune connasse. Elle s'en veut et en même temps, elle est heureuse. Le bonheur c'est peut-être une question de savoir se relâcher au bon moment.

Voilà, ce qu'elle écrit... et là elle oublie un peu de se guinder le vocabulaire, d'user de métaphores académiques. On dirait que ça lui fait du bien d'exprimer quelques grossièretés, d'oser dans l'obscène. C'est logique à bien gamberger... les mémoires d'une maquerelle fût-elle préposée aux délices des gens d'Église, on s'attend à ce que le plat soit relevé.

Une fois les sens apaisés... le retour au calme... monsieur le commissaire se passe une robe de chambre, allume une sèche et demande à son esclave de lui servir une fine à l'eau... ce qu'on buvait dans les meilleurs clubs avant que le whisky ne nous inonde pour mieux nous signifier la victoire de nos alliés anglo-saxons en 1945.

– Vous auriez dû me tenir au courant chère Blandine... Je vous accorde le pardon parce que vous avez accepté ma pénitence avec plaisir.

Additif à cette pénitence un peu spéciale, il exige d'être présent avec un ou deux de ses sbires pendant la cérémonie satanique. Il craint les dérapages... qu'avec des fondus pareils, on peut s'attendre à tout. Jusqu'ici le R.P. Ernest n'a commis que des peccadilles – en tout cas pour les lois républicaines et laïques – seulement... une fois pris dans l'action, parfois ces gens-là peuvent aller trop loin.

– Soyez sans crainte, nous serons discrets comme d'habitude.

Elle sait Blandine, lorsque se pointent les poulagas, ils se glissent par l'entrée des fournisseurs qui donne dans la petite rue parallèle... la porte secrète qu'empruntent les *amis*... ils se planquent dans une petite pièce spéciale aménagée pour les voyeurs. Plusieurs postes de derrière les glaces permettent de gaffer presque tout ce qui se passe dans les chambres. Depuis peu d'ailleurs, Blandine a encore amélioré les installations de son établissement. La salle de tortures s'est pourvue de quelques instruments plus perfectionnés... Elle possède maintenant un vélo sans selle qui deviendra célèbre et finira au musée noir de la Préfecture. Le cycliste ne fait pas avancer les roues, qui restent fixées au plancher, mais un gode de belle dimension qui lui fait du va-et-vient dans l'oigne au rythme de son pédalage. Quelques abbés apprécient l'instrument qui leur permet de garder leur soutane... de rester dans une tenue décente.

Après tout, que les flics de la Galanterie soient en planque pendant la messe noire, Blandine ça la rassure. Sa seule erreur à ce moment-là c'est de pas avoir rendu une deuxième visite à M. Félix... l'homme en noir qu'elle doit consulter impérativement dès qu'il s'agit d'affaires délicates !

XVIII

Messe noire et pénitence

Avant de poursuivre plus loin dans ce projet satanique, revenons un peu au fiston. Nous avons encore passé quelques années et Matthieu se prépare à entrer au petit séminaire. À cette époque c'était déjà prendre la soutane. Blandine mène tout ça de front, démêle cet écheveau d'ambiguïtés. Matthieu est en âge de comprendre ce que fait sa maman... comprendre ne veut pas dire accepter. Ça lui ferait un énorme traumatisme, quelque chose de peut-être irrémédiable, s'il apprenait quoi que ce soit. Ces derniers temps il la voit moins... il reste au collège le dimanche pour peaufiner ses études... et prier.. il prie de plus en plus. Ça compensait, dit Blandine... Mais comme elle est tout à fait aiguisée en ce qui concerne le sexe, elle se demande si ces fameux dimanches de retraite il ne les passe pas avec un ami particulier. Ce qu'elle a décelé à Deauville naguère, ses penchants, ses regards en coulisse vers les garçons, – tout ça n'a fait que s'accentuer. C'est devenu un jeune homme précieux, d'un soin extrême de sa personne... Il a des yeux de filles Matthieu... tout à fait biche avec de longs cils... avec son visage un peu poupin il figurerait bien en saint Jean sur une image pieuse... ou même en Vierge Marie avec des longs cheveux et un voile... Qu'il se pointe sapé ainsi dans une grotte, les pèlerins rappliquent par milliers.

Blandine avait, telle une comédienne, une garde-robe des plus variées... pour tous les rôles, toutes les circonstances. Sûr qu'elle n'allait pas aux réunions de l'Amicale dans la même tenue qu'aux réunions de parents du collège de Jésuites.

Quand elle sortait avec Armand, qu'ils allaient un peu se montrer dans quelques boîtes parisiennes, elle se choisissait des fringues à la dernière mode de chez Lanvin, Coco Chanel, qui exigent des femmes longilignes... jupes légèrement au-dessous du genou... le maquillage aux sourcils épilés. On approche de 1936... bien des choses vont encore changer dans la politique, les mœurs... la mode.

Restent ses vêtements carrément de travail, une variété à la carte. Elle reçoit au salon en tailleur strict... peu de bijoux mais un collier en véritables perles fines... des boucles d'oreilles ornées d'un petit diam'... On s'aviserait pas, un malfrat déguisé en moine, de le lui arracher son collier. Il y a Nestor qui est là... qui reste dans son coin derrière un canapé... dans le genre clébard, comme chez les guerriers, les meilleurs sont les Allemands... Un berger de race pure, Nestor... une bête selon le cœur d'Adolf Hitler. Qu'il se dresse sur son séant, le mal intentionné rengracie. Autre utilité de Nestor, en cas de besoin, il participe allegro aux parties fines. Mais oui, il arrive que des *amis* cherchant de nouvelles sensations se fassent sodomiser par Nestor. Il opère vite, c'est sans doute suffisant pour faire monter l'amateur au comble de l'extase. En général c'est à l'initiative d'une fille qui besogne sur les masochistes. On les boucle dans une cage dans le fond de la chambre de tortures... certains attendent des heures, là, dans l'obscurité à quatre pattes... leur maîtresse vient de temps en temps leur donner une écuelle de soussoupe, les frapper un peu à travers les barreaux, les insulter ! L'idée leur est venue... « Espèce de chienne sors de là ! » Et vas-y que je te fouette... distribue des coups de talon aiguille. Quand le micheton est bien à point on fait venir Nestor qui connaît son rôle sur le bout de la bite. Hop ! il fonce ! Hop ! Hop ! Vas-y Nestor ! Sitôt fini on le rembarque. Les mateurs sont au paroxysme de la joie derrière la glace sans tain. Merde ! mais c'est le ministre de la Santé ! C'est l'Archevêque de F... ! Le célèbre banquier Y ! Le patron des roulements à billes ! Bel et bien vu... de leurs yeux vu, se faisant encaldosser par un clébard, Nestor, le chien de garde de *l'Abbaye.* Nestor n'était pas, si je puis dire, uniquement pédé-raste, la baronne Élodie en fit la démonstration en lui tendant dans le plus simple appareil sa jolie chatte à prendre en levrette. Hop ! Hop ! Nestor est monté à l'attaque comme un brave chien boche qu'il était. Vraiment un animal d'élite pres-que doué de raison... et la baronne fut tout à fait enchantée d'avoir élargi ainsi l'éventail de ses expériences sexuelles.

Bien sûr que Matthieu dans son petit séminaire était loin d'imaginer sa douce maman ordonnatrice de toutes ces affreuses turpitudes. Même s'il se laissait déjà tripoter un peu par le père supérieur, un barbu avec les cheveux en brosse. À Blandine qui lui avait demandé un entretien, il fit de tels compliments au sujet de Matthieu... des éloges à plus finir sur son intelligence, sa piété, son humilité, son esprit de charité, qu'elle en tira peut-être hâtivement, la certitude qu'il en pinçait sévère pour son élève, ce quinquagénaire en soutane. Le style pour pièce d'Henry de Montherlant... la pédophilie noble, guindée, plato-nique... quasiment au service de Dieu.

Pragmatique Blandine dans ses confidences avoue qu'elle n'en fut pas tellement choquée. Si son fils devait faire une car-rière ecclésiastique autant qu'il commence sous la protection d'un homme comme celui-là. Elle apprendra par la suite qu'il a une place prépondérante dans la hiérarchie catholique. Il faut que Matthieu, après avoir gravi les échelons de ses études... aboutisse dans une sphère qui le prépare aux plus hautes fonc-tions. Et ça, ça aboutit à Rome dans le sérail du Souverain Pontife où il ne suffit certainement pas pour réussir d'être un saint homme, mais surtout un habile manœuvrier... un hypo-crite situé à un tel niveau que les clampins des échelons infé-rieurs n'y entravent que pouic. Un peu d'encens, de lumière... les orgues... les mitres et les crosses... les ornements d'or... Son Éminence, on va pas chercher, s'imaginer qu'elle a pu arriver si haut, si près du Seigneur par la voie rectale. Exclu. Même si on le prend en flag... photos à l'appui... pine en fion... on n'y croit pas, parce qu'on ne veut pas y croire. Ainsi des choses qui par-ticipent, de l'irrationnel.

C'est à ça qu'elle gambergeait Blandine, projetait l'avenir de son rejeton. À tout prendre autrement brillant que les conneries de son papa qui s'était pris au jeu de Roméo et Juliette ! Clac ! Le polichinelle dans le tiroir d'amour... promis à une vie maudite de curé défroqué sans la jolie guéguerre aux Teutons, venue à point pour le sanctifier à coups de baïonnette. Heureux ceux qui... ils seront bien sûr à la droite du Père Eternel avec des ailes dans le dos. Que Matthieu junior pèche par l'arrière-train avait moins de conséquences, et elle savait que tous les patrons de la Sainte-Mère l'Église s'accommodaient fort bien de ce genre de faiblesse. Suffisait d'y mettre les formes comme toujours. Leur qualité première à tous ces prélats, ces gens d'Église c'est la diplomatie... ils ne brusquent jamais les choses... ils biaisent, ils temporisent. Rien qu'à les écouter sermonner on en a une idée exacte pour peu qu'on ait l'oreille exercée.

Matthieu fait donc son noviciat, il attend l'heure de prononcer ses vœux avec une impatience de néophyte. Blandine a quelques difficultés lorsqu'elle est en sa compagnie à se mettre au diapason. Doux et humble, il est tout de même un peu péremptoire comme tous les boutonneux de son âge. Il respire un peu la vape, que sa daronne n'est pas un modèle de vertu, elle dégage tout de même un parfum de luxure. Elle écrit qu'elle ne pouvait pas aller trop loin dans le renoncement pour faire plaisir à ce fils qui lui devait – et devait même à tous les péchés qu'elle commettait – d'avoir pris un si bon chemin.

Nous sommes à peu près en 1932. Je ne suis pas en possession d'un journal, mais de mémoires. Blandine n'a pas noté les événements de sa vie à mesure, d'où une certaine confusion lorsqu'elle évoque certains événements. Je n'arrive pas à savoir au juste si Matthieu a déjà franchi le premier échelon de prêtrise... ses premiers vœux... la tonsure... sa première soutane. Simplement, elle situe au moment où le R.P. Ernest prémédite sa messe noire, un projet de pèlerinage à Lourdes. Matthieu lui a écrit spécial pour la circonstance... Il a besoin d'argent, les pèlerinages se payent comme tous les voyages touristiques et sur place, les marchands sont là avec leurs colifichets, leurs quincailles, leurs sucreries sulpiciennes... et il y a des quêtes et des quêtes un peu partout. La bafouille arrive à point dans le courrier de Blandine... ça se précise la messe sacrilège. La baronne Élodie met la pression. Il faut convenir d'une date... Blandine se précipite voir son fils... le pèlerinage, elle veut le faire avec lui... ç'a toujours été son désir le plus vif, le plus sacré d'aller visiter la grotte des apparitions. Elle vénère particulièrement la petite Bernadette Soubirous. Elle va voir le Père Supérieur, le barbu à cheveux en brosse, c'est lui qui drive le pèlerinage. Oh ! il ne voit aucun inconvénient à ce qu'une maman veuille accompagner son fils à Lourdes. Quoi de plus normal de la part d'une mère chrétienne.

Le scénario paraît joué. *In the pocket*... pendant son absence vont se dérouler les horreurs de la messe noire, elle laisse la taule sous la responsabilité de Marguerite, la sous-maque et pour tout ce qui concerne l'organisation de la cérémonie la baronne est assez experte. L'aubaine cette échappatoire... que si les choses tournent vinaigre... qu'il y ait des fuites, elle aura un alibi en meilleur latin... à Lourdes, on la remarquera parmi les fidèles.

Tour de passe-passe... Lourdes elle s'y répand dans des pages d'une encre bénite... La ferveur des pèlerins... tous les éclopés, les stropias, les aveugles qui s'avancent vers la grotte... l'eau miraculeuse. Blandine met le paxon dans la bondieuserie, avec cependant quelques parenthèses où elle semble préoccupée par ce qui se passe à *l'Abbaye*. Elle se rassure un peu puisque les sbires de Lebreuil, ou peut-être Lebreuil lui-même, doivent surveiller les opérations.

Fatal, tout ça a tourné chienlit... une déconnante majeure qui ne manque pas d'arriver en écho chez les autorités ecclésiastiques. Les flics, bien sûr, ne sont pas intervenus... une maison close était en somme un lieu privé et les représentants, les protecteurs de l'ordre républicain n'ont pas à se mêler des outrages aux rites religieux.

Tous les protagonistes de la messe étaient adultes, vaccinés, en état de libre choix de leurs actions... les envoyés du commissaire Lebreuil se sont contentés d'observer, de se marrer sans doute et de prendre des notes pour identifier les fidèles. Ceux-ci étaient des amis, des relations de partouzes de la baronne. Pas prévu qu'elle invite des hommes et des femmes, du paraît-il meilleur monde, à participer aux ébats. De ça le R.P. Ernest n'avait pipé mot. Ils se sont pointés... une douzaine... des couples. À l'idée de ce genre de divertissement, deux ou trois pensionnaires s'étaient défilées, heurtées dans leurs sentiments religieux. Ça a eu l'air de chiffonner le R.P. Ernest l'absence de Blandine. Il avait amené Juliette maquillée comme un fantôme, méconnaissable. On saura par la suite que le R.P. l'avait un peu chnoufée... depuis sa disparition, subjuguée par cézig, elle s'était mise à la coco. À l'époque les drogués étaient pas nombreux... recrutés parmi les gens riches, les dépravés, les artistes. C'était la mode de l'opium... les fumeries dans les romans de Claude Farrère. Des mœurs importées d'Extrême-Orient... de nos conquêtes en Indochine. Tout laisse à penser que les invités de la baronne en tâtaient un peu, ça aide pour délirer.

Le Révérend s'est harnaché comme pour la grand-messe du sacrilège... l'aube, la chasuble... l'étole... l'autel installé dans la chambre des tortures, la seule assez grande pour contenir toute l'assistance. La messe noire consiste à souiller, dégueulasser le plus possible le sacrement de l'eucharistie. Pour qu'elle soit valable, il faut que l'officiant soit un véritable prêtre, un homme qui a été tonsuré... ordonné dans les règles. En général il s'agit d'un défroqué, d'un type un peu azimuté qui cherche à aller le plus loin possible dans le reniement, la déchéance.

L'office était célébré sur la petite Juliette à poil, victime expiatoire... étendue sur une table qui représentait l'autel. Elle était ensuquée bien sûr... presque inconsciente. Le R.P. Ernest a suivi le rite de la messe tandis que les fidèles chantaient en latin tout en commençant à se peloter, se désaper les uns les autres au petit bonheur... et petit à petit à proférer les blasphèmes les plus odieux. Le point culminant c'est le moment où

le prêtre consacre l'hostie juste au-dessus de la fille nue. Clac !
Et qu'on lui enfourne ensuite dans le minou. Le signal du tout
est permis... la baronne qui se précipite sur Juliette... les dames
qui viennent trousser le Révérend... lui sortir son instrument
pour le goûter les unes les autres. Lui, il reste quasi en extase...
il récite tout haut des prières... Même Nestor est de la partie,
c'est la baronne qui a pris cette initiative, elle a été le détacher
pour qu'il vienne enfourner la môme sur l'autel. Tout ça je
vous signale accompagné d'un fond sonore de musique religieuse. La dernière innovation à *l'Abbaye*, un harmonium que
la baronne a offert à la maison pour la circonstance. Par la
suite il restera dans le mobilier, jusqu'à la fin, on l'utilisera
lorsqu'on aura sous la main quelqu'un qui sait en jouer. Pour la
nuit de la messe noire, Élodie a même recruté à prix d'or un
vieil organiste aveugle qui jouera des heures durant sans participer aux ébats.

Mini scandale. Juliette tout a coup se rebiffe, se redresse, se
met à hurler lorsqu'elle s'aperçoit qu'on veut l'offrir au clébard. Ça, elle était pas prévenue, elle a repris conscience, elle
se débat... on la maintient... on la force. Ça dépasse la mesure,
mais les flics en planque n'interviennent pas. Après tout il
s'agit d'une pute et elle est venue là volontairement..

Les orgies ça finit toujours quenouille et viande saoule... les
protagonistes harassés. On repart dans le petit jour les uns
après les autres avec un goût de mort dans la bouche.

Juliette n'a pas voulu repartir avec le Révérend Père et la
baronne... elle était effondrée au pied de l'autel. Voilà, Marguerite l'a laissée sur place. Elle pouvait aller dormir dans une
mansarde en haut si elle voulait. Elle a raccompagné les deux
inspecteurs, les envoyés du commissaire. Eux aussi, ils en
avaient marre, ils avaient juste glané quelques noms pour les
fiches du placard rose... un industriel belge et sa compagne, un
comédien du Théâtre Français, un écrivain déjà fiché comme
cocaïnomane.

Et cette nuit-là, Blandine dormait à Lourdes dans la petite
chambre d'un hôtel rempli de pèlerins. Son fils était avec les

élèves de son collège dans le dortoir d'une congrégation religieuse. Le lendemain il était prévu d'aller en procession accompagner les malades, les scrofuleux, les bancals jusqu'à la piscine des miracles.

« Tout était bien calme, écrit Blandine, et pourtant j'ai passé une nuit affreuse, traversée de cauchemars, de transpiration. » Bien sûr elle était inquiète à propos de ce qui se déroulait à *l'Abbaye*. C'était pas tout de même des choses ordinaires. Elle avait l'intuition, Blandine, un don de je ne sais quoi... visionnaire ... dédoublement.

On a retrouvé le lendemain, Juliette morte au pied de l'autel du sacrilège. Avec un couteau de cuisine elle s'était ouvert les veines. Vingt-deux ans, un corps splendide, ça fait cher comme sacrifice pour la messe du Diable.

XIX

Où Blandine sait se faire pardonner

L'enterrement... Blandine ne se prélasse pas à le décrire...
elle glisse sur les détails... qu'il pleuvait fort ce jour-là et que
toute une parenté ouvrière de la banlieue de Sochaux s'est
pointée. Juliette, petite dernière d'une famille nombreuse et
pauvre, s'était fait la malle l'année précédente, suivant un beau
spécimen de poisson de la famille des scombridés... c'est-à-dire
un maquereau... celui-ci de l'espèce des eaux méditerra-
néennes. Après un séjour sur les trottoirs de Marseille, elle
avait réussi à s'en arracher... l'occase unique... son grand
amour, son amant de Saint-Jean aux nageoires vertes s'était fait
saigner comme un porc dans une rixe au sortir d'un guinche à
la Belle de Mai. Fait divers on ne peut plus banal. Juliette
qu'on avait baptisée Gaby pour aller sur le turf, s'était évaporée vers Paris... Rencontre d'une amie qui avait travaillé à
l'Abbaye... elle y était donc entrée, admise sans protecteur et
sans passer par les placiers... les pires engeances, ceux-là, en
cheville avec tous les julots... indicateurs de police pour parfaire leur beauté morale... des vraies ordures patentées !

Je vous ai dit les débuts de Juliette. Blandine qui s'éprend de
sa jeunesse... xetera et puis le R.P. Ernest qui se pointe.
Pourquoi le suit-elle ? On ne saura jamais. Le pouvoir malé-
fique du personnage... quelque chose qui relève de l'irrationnel.

Ça, elle pouvait pas prévoir, Blandine, le suicide de Juliette !
Dès le lendemain, elle fut avertie, convoquée par télégramme.
Ce qui limite un peu les dégâts... son pèlerinage... qu'elle va

219

pouvoir plaider sa bonne foi... que la messe noire s'est faite sans elle, sans son autorisation. Natürlich les limiers de la P.J. se sont pointés à *l'Abbaye* ... on a autopsié la petite... présence de drogue dans ses viscères... on a placé Marguerite sur la sellette. Bien entendu, celle-ci vaillante pouliche formée aux us et coutumes du Milieu, a battu à Niort comme on dit (ou disait plutôt)... Elle ne sait pas ce qui s'est passé... la soirée avait été ordinaire, c'est-à-dire avec quelques clients, quelques habitués sans trop de complications...

À la Mondaine le commissaire Lebreuil avait aussi joué la surprise. Pas question de la présence de deux de ses coquelets pendant la soirée... pas question de messe noire... plus personne n'en pipait mot. L'enquête vite bâclée en somme... profits et pertes, une pute de moins sur le marché... incident sans importance. En somme ça ne tirait pas trop à conséquence pour Blandine. Son poulet chéri lui arrangeait le coup en lousdoc. Convoqué sans doute par son supérieur, le directeur de la P.J., il avait dû s'en tirer en invoquant que ses services ne pouvaient pas être en surveillance jour et nuit dans tous les bordels de Paris. De ça il n'a pas parlé à Blandine, il lui en dit le moins possible son amant chéri. Simplement elle note qu'il l'a encore punie pendant leurs ébats amoureux. Voir plus haut le genre de punition.

Restait l'Église... Là les choses pouvaient aller très mal... Convoquée par M. Félix en son bureau un matin dès neuf heures. D'entrée il lui a cassé le morceau. On était au courant de la messe noire... dès que le R.P. Ernest avait surgi dans les parages on se doutait où il voulait en venir. On admettait toutes sortes de fantaisies plus ou moins sordides derrière les volets clos de son bobinard... c'était entendu, depuis longtemps, mais le pacte ne prévoyait pas un sacrilège aussi odieux qu'une messe noire.

Elle pleurniche sur le papier quadrillé, la chère Blandine... son graphisme devient bloblotant. Elle se frappe dix fois, vingt fois la poitrine. Ce R.P. Ernest elle aurait dû le chasser le premier soir... ne pas accepter un centime sorti de sa soutane.

Après le suicide de la petite, il avait disparu l'affreux. Blandine apprendra plus tard dans un livre qu'il publiera, qu'il s'est repenti encore une fois, qu'il a été faire pénitence dans un couvent pendant trois ans... qu'il y a porté le cilice, qu'il a dormi sur une planche pour se faire pardonner un forfait ayant conduit une jeune fille à la mort. Ce qu'il écrit texto.

M. Félix au cours de cet entretien, il s'est montré encore plus glacial, plus terrifiant que d'habitude. Il lui a laissé entendre qu'en haut lieu, on étudiait le problème de savoir si on allait continuer à *tolérer* (je souligne intentionnel) l'existence d'une maison comme *l'Abbaye*, et, en tout cas, dit sans ambages qu'on envisageait de la border pur et simple.

Elle est rentrée à la taule avec ce paquet-cadeau... l'épée du Seigneur au-dessus de sa tronche. Son pèlerinage à Lourdes, on le jugeait inopportun voire suspect... avec un olibrius comme le R.P. Ernest dans les parages... elle aurait dû rester fidèle à son poste.

Le fusible ça va être la pauvre Marguerite, Blandine va la faire muter ailleurs par l'intermédiaire de M'sieur Codebo le taulier du *Panier Fleury* une célèbre taule d'abattage, qui présidait à ce moment-là le syndicat. L'affaire en travers de la glotte, la grosse Marguerite, elle a été se répandre un peu partout sur cette histoire de messe noire. Sans trop de conséquence, comme en politique ceux qui trinquent pour les autres peuvent dégoiser tout ce qu'ils veulent, au bout du compte ils ont toujours le mauvais rôle.

Le commissaire Lebreuil pouvait-il intervenir d'une façon l'autre ? Question sans réponse, puisqu'il a été muté brusque lui aussi à Alger... un poste supérieur en principe... mais si on voulait bien traduire le texte de mutation, Alger voulait peut-être dire Limoges.

Départ en lousdoc. Il n'a même pas daigné revoir Blandine une dernière fois... passé le bébé, si l'on peut dire, à son successeur qui a pris immédiatement ses distances. Un nommé Casave. Blandine a cherché à le rencontrer mais il n'était jamais là pour elle.

Quelques jours, elle reste dans l'expectative, si les gens d'Église ne lui apportent plus leur protection occulte, les voyous de l'Amicale ne vont pas tarder à se manifester. Déjà un malfrat marseillais est venu se rencarder... s'il pouvait pas prendre des parts dans son claque. Ça fonctionnait comme ça de plus en plus... les bordels s'achetaient par part comme des entreprises honnêtes, je vous ai dit. Blandine a de quoi faire tourner sa maison sans apport de fric extérieur, mais le Marseillais en question, un surblazé « Loulou le Flambeur », n'est pas venu lui rendre visite par hasard... il n'annonce pas le printemps cézig.

Elle pense alors à se retirer... elle a suffisamment d'oseille placée dans différentes banques... un portefeuille d'actions... un coffre à Genève avec quelques rangées de lingots. Si on lui cherche du suif, à quoi bon engager un conflit où elle risque pur et simple d'aller rejoindre Juliette au cimetière.

Et puis au final, elle se voit pas encore à son âge se mettre à la retraite et elle avoue l'essentiel, qu'elle a comme le feu sacré... que ça lui manquerait de plus recevoir en son salon Monseigneur X... Son Éminence le cardinal Y... et puis M... l'ancien ministre de l'Armement, un homme qui s'occupe de protéger nos frontières alors qu'Hitler pointe sa moustagache dans le paysage... qu'il s'époumone à Nuremberg pour nous avertir de bien faire gaffe à nos miches.

Lui, en Allemagne, il a fait boucler les bordels appelés poufs en argot berlinois... ce qui nous amène ici le mot pouffiasse qu'on emploie toujours, qui va s'enfauteuiller à l'Académie Française quand ils en seront à la lettre P de leur dictionnaire... Pas demain la veille. À ce moment-là y aura-t-il encore des pouffiasses sur le marché de l'amour ? Au train où va la science, la biologie, on en arrivera peut-être à l'être unisexe... sorte d'hermaphrodite propre à s'autoféconder. Ni homme ni femme, le bonheur absolu sans amour ni passion, ni vénalité. Plus de Roméo, de Tristan, d'Iseult ni de cette conne de Juliette toujours à son balcon. Plus non plus de Mme Germaine qui vous propose l'éventail de ses fillettes les plus vicelardes. La perfection.

Trêve d'anticipations déprimantes. On est là sous la IIIe. Blandine, elle connaît bien Monseigneur X qui vient de temps en temps souper à *l'Abbaye*. Entendons-nous sur le souper et le soupeur. Dans le vocabulaire des putes ça désignait des gastronomes bien particuliers. Ceux qui attendaient qu'un client ait joui pour aller savourer son sperme à même la chatte de la fille qui venait de se faire baiser. Pratique répugnante mais assez courante dans les bobinards. Blandine s'est toujours efforcée de satisfaire Monseigneur au mieux et avec toute la discrétion voulue. Elle sait l'importance qu'il a dans le clergé français. Il a donc un poids considérable sur les directives souterraines de l'Église de France. Loin d'elle l'idée de faire pression... d'esquisser le moindre chantage, ça serait de la dernière des maladresses. Ce qui lui paraît plus habile, c'est d'aller lui implorer son pardon... de tomber à ses pieds, mouiller de chaudes larmes ses escarpins à boucle. Dans certains romans, on peut lire des scènes semblables. Le seul hic comment obtenir une audience... il reçoit pas n'importe qui Monseigneur X... Qu'il trouve le temps une ou deux fois par mois de se pointer chez Blandine... bien camouflé sous une cape noire... avec des lunettes, un bada à bords roulés... Une voiture sombre aux vitres fumées s'arrête dans la rue... il en sort furtif, il passe sur le trottoir en deux pas... une fois dans le petit jardin derrière *l'Abbaye* il ne craint plus grand-chose... Blandine l'attend elle-même à la porte de service. Elle a été dûment avertie l'avant-veille par un télégramme toujours le même. « Arriverai au train de 17 heures (ou 15 h ou 20 h) jeudi prochain pour le souper. Oncle Justin. » Elle est toujours fidèle au poste notre chère héroïne... vêtue en dame patronnesse pour recevoir Monseigneur. Beau être en plein péché de la chair, elle ne peut se retenir des marques extérieures de respect... lui faire la bise à son anneau pastoral. La bénédiction en sortant, il s'y refuse... vraiment il ne peut pas pousser si loin la duplicité... il écarte gentiment Blandine. Un soir il lui a murmuré : « Venez à la cathédrale dimanche prochain, je vous bénirai en même temps que tous les autres fidèles. » Ce qu'elle rapporte et qu'elle le trouve fort sympathique... un homme rond, un peu rougeaud. Quand il vient chez elle il ne repart pas déçu. Certaines filles lui gardent la soupe de deux-trois clients. « Monseigneur vous allez vous régaler ! » Ça ne l'empêche pas en ville d'aimer la bonne table, les meilleurs crus du Bordelais et de la Bourgogne. En tout cas de réputation c'est un prélat soucieux du peuple, un charitable, un serviteur de Dieu respecté même de ses pires adversaires. La soupe c'est en somme son moindre péché, il y trouve peut-être une forme de pénitence... ce que suggèrent, je crois, les psychanalystes.

Blandine depuis sa plus tendre jeunesse, elle s'est payée de tous les culots... question pratiquement de vie ou de mort. Elle est décidée à forcer les choses, elle veut pas attendre la prochaine visite de l'Archevêque. Aura-t-elle lieu ? Ça a ralenti la fréquentation curetonne de son établissement, depuis la messe noire... le bruit a dû circuler. Ils ne font pas de confidences entre eux les habitués de *l'Abbaye*... ça ce n'est guère concevable, convenable... mais n'empêche que tout finit par se savoir. Peut-être par les filles... beau les seriner celles-là, les faire jurer sur la tête de leur maman, leurs enfants, elles finissent par jacasser. « *Rien ne pèse tant qu'un secret* », c'est le sujet d'une fable de La Fontaine toujours actuelle, toujours brûlante.

Ils ont peut-être reçu le conseil de ne plus mettre leurs souliers noirs chez la dame de Saint-Sulpice. Possible, mais alors se demande Blandine où iront-ils ces malheureux ? Une consigne même du Vatican ne peut pas les empêcher de s'assouvir l'instinct, se calmer les passions les plus tenaces. Il sait ça Monseigneur X... et que *l'Abbaye* est le moindre mal... et que s'ils allaient s'aventurer chez Fabienne au *One Two Two* ou chez cette salope de Martoune au *Sphinx*, adieu la plus élémentaire discrétion ! Reste une petite taule rue Navarin dans le IXᵉ... un hôtel à façade simili-gothique où une Madame Christiane reçoit presque exclusivement des masochistes... parmi eux bien sûr des ecclésiastiques. Jusqu'ici cette maison ne cherchait pas à rivaliser avec *l'Abbaye*... Blandine n'avait pas souffert de cette concurrence... au point que, magnanime, elle lui avait expédié parfois des amateurs peu argentés... de ceux qui ne pouvaient pas aligner suffisamment de talbins pour s'offrir les délices de *l'Abbaye*.

Ni une ni deux, elle s'est sapée en presque bigote pour assister à une grand-messe dite par Monseigneur X en sa basilique. Prête à tout, à passer tous les obstacles pour l'atteindre.

Et ça a été plus fastoche que prévu. Messe solennelle bien sûr... les grandes orgues... Mozart sans doute ou Jean-Sébastien en accompagnement, elle ne sait au juste. Elle a été communier. Ce n'était pas Monseigneur X qui distribuait lui-même l'Eucharistie, il était assis sur une stalle au milieu des diacres... deux prêtres en surplis donnaient, distribuaient les hosties aux fidèles. Y avait foule. Blandine croit se souvenir que c'était la Pentecôte... en tout cas une des fêtes majeures du catholicisme.

Elle s'est placée de telle sorte... sur le côté... qu'elle soit dans le champ visuel de Monseigneur et pour attirer son regard, au moment de s'agenouiller, elle a laissé, comme par inadvertance, tomber son sac à main. Minuscule incident, mais l'Archevêque a tourné les yeux vers elle. Suffisant... il l'a retapissée et elle, elle lui a plongé rapidos le regard dans les yeux. Voilà, après elle a baissé les paupières et le prêtre était déjà devant elle avec son hostie.

Ite missa est... la messe est dite, caltez volaille ! Blandine avait préparé une enveloppe... « À remettre d'urgence à Monseigneur X. » Elle s'est précipitée vers la sacristie. Pas facile de se glisser au milieu de toutes ces soutanes, ces bonnes sœurs, ces bigots et bigotes. Elle a réussi, accompagnée d'un biffeton pourliche, à glisser son enveloppe entre les pognes d'un bedeau « Je demande à votre Eminence de me donner l'occasion de venir me jeter à ses pieds pour implorer son pardon. » Elle a signé tante Justine... S'il entravait pas ou s'il ne le voulait pas, c'est que l'affaire était foutue. Or il comprit si bien Monseigneur X, qu'elle attendit à peine un quart d'heure dans un escalier de la sacristie avant d'être conduite à travers un dédale de couloirs, jusqu'à son bureau diocésain.

Pas d'hésitation, elle s'est précipitée à ses panards, mouiller de larmes le bas de sa soutane. Et les mots adéquats... la bonne formule.

— Bénissez-moi mon père parce que j'ai péché.

Il ne pouvait le saint homme qu'obtempérer. « Relevez-vous mon enfant. » Il l'a aidée paternel à s'asseoir sur un grand fauteuil... elle y allait bonne mesure dans les sanglots. Elle écrit qu'elle était sincère, que vraiment elle regrettait de s'être laissée prendre dans les filets du R.P. Ernest.

— Je ne demande qu'à réparer... Monseigneur, dites-moi ce que je dois faire ?

Il était plutôt embarrassé l'Archevêque. Bien sûr il fallait qu'elle prie beaucoup, avec ferveur. De toute façon, il ne voulait rien savoir de précis. Blandine connaissait suffisamment l'engeance cléricale pour savoir qu'il fallait suggérer, tourner autour du ciboire... L'essentiel pour Monseigneur X... que cette sale histoire n'aille pas se colporter partout. Les ennemis de la religion se feraient une joie d'aller répandre cette savoureuse anecdote. Les francs-macs, les socialos, les bouffe-curés qui avaient en ce temps leur hebdomadaire, *La calotte*... brûlot anarchiste, dirigé par un homme qu'on soupçonnait d'avoir balancé la bande à Bonnot... un certain André Lorulot. Celui-là il organisait des agapes de sauciflards, de jambons, andouillettes, des banquets gras le Vendredi Saint.

— Pour vos œuvres, mais si... prenez Monseigneur pour vos pauvres !

Une enveloppe bleue format 16 x 22, qui laisse présager une somme coquette en billets doux de banque à l'intérieur.

Monseigneur s'est illuminé d'un bon sourire et d'un geste preste il a glissé l'enveloppe dans le sous-main. Estoufarée dans les règles. Ils ont tous le même geste avec les enveloppes... ministres du culte ou de la République. C'est comme une seconde nature. À l'instinct Blandine savait maintenant qu'elle était sauvée... que tout allait reprendre comme avant, sans doute avec la consigne de se faire un peu oublier quelque temps. Elle a jugé aussi de bon ton de dire quelques mots de son pèlerinage à Lourdes avec son fils qui s'apprêtait à entrer dans les ordres. Mais Monseigneur était au parfum, on lui avait signalé la piété de Matthieu.

Derrière lui y avait un grand Christ sur sa croix.... tout le mobilier autour était austère sans aucune fioriture... les fenêtres donnaient sur un jardin où l'on entendait les oiseaux.

— Soyez sans crainte, chère amie...

Il se levait, la raccompagnait. Avant de sortir, elle lui a encore baisé la bagouse sur le pas de la porte... encore des mercis, des paroles de reconnaissance éperdues. Elle s'est tâtée, nous dit-elle, pour lui glisser un : « À bientôt » prometteur d'une bonne sousoupe. « j'ai mieux fait de m'abstenir, c'eût été une faute de goût. » V'là comme elle s'exprime Blandine... c'était du temps où les tenancières de bordel avaient du savoir-vivre.

Au début du cahier suivant, quelques pages ont été arrachées. Pour quelle raison ? Par Blandine elle-même ?... Par le commissaire Beaulieu ? Impossible de savoir. En tout cas pour la chronologie ça fait un blanc. Une période où Blandine dirige son affaire pianissimo. Pas de péripéties croustilleuses... pas d'incident... viennent toujours en catimini les bons michetons... ceux qui n'ont pas intérêt à ce qu'on aille fourrer le nez dans leurs secrets intimes. Toujours les petites séances de martinet... les masos qui se font enfoncer des épingles dans les balloches, les tétons... les urophages... les quelques doux chabraques qui se font des douceurs eux-mêmes dans un cercueil tandis que les pleureuses nues sous des voiles de grand deuil sanglotent à l'unisson.

Dehors, ça commence sérieux à bouger, les événements... les émeutes du 6 février... le glissement progressif vers le Front Populaire. Mais ça se répercute pas lerche à *l'Abbaye*, havre sinon de paix tout du moins de débauche tolérée. Chez les condés, le commissaire Casave garde toujours ses distances, il n'a même pas la curiosité de venir voir lui-même les installations, les décors de ce boxon peu ordinaire. Blandine saura plus tard qu'il est croyant, ce nouveau patron de la Mondaine, et que ça le choque dans ses convictions ce qui se passe chez elle. Il se contente de lui dépêcher ses sbires... des types que Blandine connaît tous et avec lesquels elle entretient les meilleurs rapports possibles.

Matthieu poursuivait son chemin vers la prêtrise. Blandine nous conte par le menu une cérémonie dite de la « vestition » où le futur abbé après avoir endossé la soutane, fait ses vœux d'obéissance et de pauvreté.

Blandine était fière de ce fils, elle n'aurait pu rêver mieux, tout laissait présager qu'il allait dans le sein de l'Église faire une belle carrière. Elle raisonnait de la sorte comme s'il s'agissait d'un métier pareil à celui des armes ou de l'industrie... Matthieu, lui, voyait son avenir sous l'optique de l'apostolat. On est toujours sincère au début d'un engagement idéologique ou religieux... par la suite l'ardeur du néophyte s'émousse... il se heurte à des réalités qui contredisent toujours les plus belles théories, les plus purs projets. Ça casse ou ça passe. Quand surgit la crise... si ça passe, on compose, on se trouve de quoi s'enfoncer dans les mensonges sans trop en souffrir... on s'y habitue et on finit par entrer dans le cercle de ceux qui savent et qui pourtant jouent le jeu. On devient alors apte à diriger et à recevoir tous les honneurs.

Blandine après sa liaison avec le commissaire Lebreuil, s'était détournée des hommes. Nul besoin de protecteur policier ou voyou. Pour le plaisir elle mettait parfois la main à la pâte dans son claque... lorsqu'un client lui paraissait à son goût, elle y allait bon arrière-train ! Enfin à ce que je peux comprendre à mi-mots à travers ses périphrases un peu tordues, les euphémismes dont elle abuse comme si elle avait peur d'écrire les expressions les plus justes... partant les plus triviales puisqu'il s'agit du sexe...

Pour la poésie, la tendresse, elle a repris le flambeau de Mme Aglaé, elle se penche avec beaucoup d'affection sur quelques gentilles pensionnaires. Souvent ces filles plutôt maltraitées par la vie, exploitées par d'affreux Julots, se réfugient dans les amours saphiques pour le sentiment. Avec Madame, elles trouvent en plus une espèce de mère qui prend soin d'elles, les cajole, les protège... Blandine ne s'attarde pas trop sur ses gougnoteries. Ses aventures, elle les veut brèves, elles durent le temps qu'elle le décide, elle casse dès qu'elle sent que ça prend une tournure trop passionnée. En général, la petite chouchoute, elle s'en débarrasse en la faisant muter. Pas besoin de passer par le placeur... elle rencontre Martoune ou Fabienne ou Mme Lucie, Mme Catherine et on fait des échanges... les larmes sèchent vite... on s'oublie...

Doucement, sans trop heurter les choses, elle perfectionne les attractions de son claque. Il s'agit de ne pas trop choquer les amateurs tout en précédant leurs désirs. L'essentiel reste autour des cérémonies religieuses, de la mythologie évangélique. Les nanas se déguisent en Marie-Madeleine, en sœurs de Saint-Vincent de Paul, en mariées, en petites filles du catéchisme, quand ce n'est pas les curetons eux-mêmes qui enfilent les fringues féminines. La baronne Élodie lui a laissé son harmonium. Blandine trouve toujours une pensionnaire pour pianoter les cantiques... les *Te Deum*, les *Magnificat*, *Parce Domine*, et autres *Salve Regina*.

Un soir Michel Simon, l'acteur est venu, sa réputation dans les claques était déjà solidement établie... D'entrée il a demandé qu'on lui joue un *Tantum ergo* tandis qu'il se faisait une fille habillée en communiante. Il est devenu un habitué assidu. Atteint d'une sorte de priapisme, il voulait goûter de toutes les spécialités de la maison. Insatiable. Il a même fait fabriquer je ne sais où, des cierges en forme de phallus. Moulés sur son modèle qui était de belles proportions.

Paris à ce moment-là, recevait des tas de visites de ministres, de diplomates étrangers... se préparaient les alliances, les combines de la prochaine der des ders. Depuis belles sucettes, les maisons chic accueillaient ces messieurs en démangeaison de braguette. Pourquoi cette nouvelle clientèle d'élite fut-elle drivée vers *l'Abbaye* ? Peut-être une facétie d'un fonctionnaire du ministère de l'Intérieur. Blandine n'a jamais pu tirer ça au clair, mais après tout ça ne pouvait pas nuire à sa renommée. Elle avait fait installer le téléphone et qui de droit l'avertissait toujours quelques heures à l'avance, parfois la veille, qu'une personnalité étrangère passerait lui rendre visite. Elle mettait donc en veilleuse, les spécialités religieuses de la maison... S'il se pointait un émir, un caïd arabe quelconque, un chef de tribu d'Afrique centrale, un diplomate soviétique ou japonais... ils ne demandaient que de la chair fraîche... de jolis décors... des bonnes odeurs... des câlineries de bon aloi. En principe... Blandine signale cependant dans cette nouvelle vague de clientèle, quelques délirants... un ambassadeur qui se faisait couvrir de plumes son corps enduit de miel et que les filles chassaient dans toutes les chambres de la maison avec des carabines à flèches.

Plusieurs fois vint le comte Ciano, le gendre de Mussolini qui n'était pas encore ministre, mais qui devait circuler en Europe en missions officieuses. Cézig était jeune, assez beau mec et rital de surcroît ce qui ne gâche rien aux yeux des putes. Elles se le disputaient presque, d'autant qu'il se contentait de faire l'amour avec beaucoup d'ardeur et sans trop de complications. Blandine au bout d'une page de compliments finit par avouer que Galeazzo, le futur fusillé de Vérone, elle se l'est appliqué sur le ventre en guise de cataplasme d'amour et qu'elle y a pris son petit 37... la pointure exacte de ses escarpins. Ça lui fait un personnage exceptionnel de plus pour son album de souvenirs : Landru, Guynemer, Monseigneur X, la baronne Élodie, le R.P. Ernest, maintenant le comte Ciano... d'autres vont suivre et tous aussi surprenants. Elle conclut même ses réflexions à ce sujet par cette déclaration pleine d'humour noir... « Hitler lors de son passage à Paris ne s'est pas arrêté chez moi, dommage ! »

L'Abbaye traversa les événements du Front Populaire sans anicroche. On voyait dans les astres se profiler la Révolution. Les bourgeois en furent quittes pour quelques mois de trouillomètre à zéro... Les curés aussi qu'on exécrait de la même façon.

En Espagne la guerre civile faisait rage et les Rouges consommaient évêques, curés et bonnes sœurs à flingue que veux-tu. Si la contagion gagnait du terrain, que la France se mettait au diapason, ça laissait présager des heures difficiles pour *l'Abbaye*. Blandine se demandait parfois si elle ne serait pas prise d'une façon l'autre dans la tourmente. Ça les amuserait certainement les anticléricaux marxistes de la mettre sur le gril en tant que grande prêtresse des vices secrets de la gent curetonne. Qu'un ministre de Léon Blum fasse partie de ses chalands ne suffisait pas à la rassurer.

Se dessinait d'autre part une offensive générale contre le système de la tolérance. Un député socialiste préparait un projet de loi pour obtenir son abolition. Pas nouveau comme procédé. Un élu quelconque, député, conseiller général ou autre faisait publier un article ou deux dans un journal régional, une revue plutôt confidentielle, dans lequel il annonçait qu'il partait en guerre contre les bordels... que c'était la honte de notre civilisation... le symbole de l'esclavage de la femme... le mauvais exemple pour la jeunesse... tous les arguments possibles. Le Syndicat abonné à l'Argus était immédiatement rencardé. On se réunissait... Messieurs Codebo, Armand, Marcel, Charlot l'Éventré... et on envoyait un émissaire discret auprès de l'auteur de l'article... savoir ce qu'il en retournait exact... le tâter un peu. Toujours il s'agissait d'un représentant du peuple en douleur de tiroir-caisse... que son parti avait un pressant besoin de monnaie... sa mairie... ses projets municipaux les plus urgents. En s'expliquant sans élever surtout la voix, on arrivait à s'entendre... l'Amicale ne demandait en définitive qu'à aider les nécessiteux, à participer aux œuvres de salubrité publique, ça durait ce petit duo, ce chantage sournois, depuis les débuts de la IIIe République. Au pouvoir jusqu'alors c'était le Parti Radical... Radical-Socialiste. La grande majorité de ses membres étaient des partisans, des protecteurs du système de la tolérance en matière de prostitution. On racontait un peu partout et jusque dans la presse d'opposition, les facéties de certains de ses membres... leurs petites manies dans les maisons... celui qui jouait au docteur, l'autre au bébé à la pou-poupe... le barbichu qui faisait le chien chez Mme Andrée... on lui mettait un collier une laisse... il aboyait, léchait les bottines de ces dames qui le fustigeaient lorsqu'il levait la papatte et pissotait contre le mur. « Sale bête ! Oh, le vilain chien-chien. » En toutes lettres on l'appelait Bartoutou dans le *Canard Enchaîné... l'Action Française.* Ça ne tirait pas à conséquence. On chuchotait aussi que M. Albert Sarraut, plusieurs fois ministre, président du Conseil, était actionnaire au *Sphinx.* On n'a jamais pu savoir exact si ça reposait sur des bases véridiques. Martoune dans ses mémoires jure grand Dieu que non... que M. Albert n'était qu'un ami très cher...

En tout cas un protecteur bienveillant... et la République troisième trouvait son compte avec les impôts, les taxes dont elle gratifiait les maisons. Le Front Populaire inaugurait déjà une autre politique. Quelques idéalistes du progrès qui envisageaient une société sans bobinards, ni péripatéticiennes. Ça faisait partie tout ça des bavures du capitalisme... de l'exploitation de la femme par l'homme. Mais le Front Populaire avait d'autres matous, si je puis dire, à fouetter... le patronat, le Comité des Forges, les Deux-cents familles... les ligues fascistes...

Les tauliers très vite furent rassurés... entre autres par un certain Monsieur André, mutilé de 14-18 qui fréquentait quelques bons établissements de fesses à l'encan. Forcément c'est un laïque, mais son anticléricalisme s'arrête à la porte de *l'Abbaye.* Par curiosité il est venu chez Mme Blandine. Il lui trouve un charme infini, elle le conseille en experte pour ses menus plaisirs et il s'offre aussi l'occase de visionner quelques curés dans leurs exercices intimes. Quant aux goûts particuliers de ce M. André, il préfère les communiantes, les fausses fillettes avec leurs socquettes, leurs petites jupes plissées... leur culotte Petit Bateau. Ça nous donne les prémices de ce qu'on appellera plus tard l'Affaire des ballets roses qui précipitera sa déchéance au début de la Ve République.

Le Front Populaire ne dure que deux trois saisons, on s'est illusionné qu'il allait changer le monde... il ne change que quelques bricoles... on lance en pâture les 40 heures et les quinze jours de congés payés aux ouvriers et tout reprend comme avant.

En tout cas pour Blandine, sa taule continue à tourner sous les ailes du désir. Elle aménage une chambre en salle d'opération. Ça plaît à quelques-uns de faire semblant de charcuter une fille entourée de fausses infirmières juste vêtues d'un petit tablier et d'une coiffe. Illusion ! Maison d'illusions ! On les appelle aussi des maisons de Société, mais c'est l'illusion qui domine. Le faux-semblant.

XX

La drôle de guerre de Blandine

Combien de temps a passé ?... quatre ou cinq ans peut-être. Au détour d'une page surgit Matthieu en soutane. Fou ce qu'il ressemble à son père ! Blandine n'ose pas, ne lui dira jamais qu'il était prêtre. Sur sa profession elle est vague... il travaillait chez un avocat, il faisait des études de droit... elle reste dans le flou. Le voir maintenant à sa taille adulte en soutane, elle n'arrive pas à le différencier de son père, elle le trouve aussi beau... aussi grave de visage, d'allure... elle chasse de son esprit, je sais quelle mauvaise pensée. À vivre comme ça, dans le vice, par le vice, pour le vice, elle sait que toutes les déviations sont possibles et elle en frissonne. Elle a peur rien que d'y gamberger.

Reste que les tendances de Matthieu vers la jaquette ont l'air de prendre tournure. Rien ne permet d'affirmer quoi que ce soit, mais il a des attitudes qui ne trompent pas, une certaine façon de ne jamais chercher les femmes au fond des yeux... même quand on est curé et qu'on essaie de biaiser (oui oui le « i » n'est pas de trop). Il était question qu'il aille à Rome pour faire sa théologie dans un séminaire spécial... une école qui formait les futurs prélats. Enfin ce qui se disait. Blandine avait suffisamment de bonnes relations dans le diocèse et même au-delà pour savoir de quoi il retournait.

1938. Dernières vacances avec Matthieu. À la rentrée d'octobre il était appelé pour le service militaire. Mauvaise période... notre regretté Führer voulait s'embrocher la Tchécoslovaquie. Après moult conciliabules à Munich il se contentera des Sudètes. Tout ça ne dit plus lerche aujourd'hui à nos braves jeunes gens. Leurs prédécesseurs, eux, s'en souviennent encore très bien... les survivants. À vos musettes ! vos flingues ! vos capotes kaki flottant sur les bandes molletières... à l'abri de notre infranchissable ligne Maginot.

Dernières vacances sous un ciel pas toujours au bleu fixe sur la côte bretonne... Paimpol et sa falaise... Matthieu qui va dès les aurores à la messe dans l'église de granit... qui n'enlève sa soutane que pour se baigner. Sa mère, pourtant dans les sentiments les plus tendres à son égard, le trouve un peu ennuyeux.

« Dieu l'obsède et l'attriste. » Elle se fait alors des réflexions sur sa responsabilité. A-t-elle bien fait de le confier aux gens d'Église... peu à peu ils ont modelé son âme, formé son esprit. S'il devient pédéraste n'est-ce pas à cause de son éducation ? Est-ce un mal ? À cette époque l'homosexualité était encore considérée comme une sorte ce monstruosité... mœurs contre nature... Certes, celui qui s'y adonne est en rupture avec le commandement du seigneur « Croissez et multipliez-vous. » À la réflexion, on peut très bien faire quelques enfants tout en étant un sodomite. Ça doit être insurmontable que pour quelques-uns... et encore, aujourd'hui, on fabrique de jolis bébés dans les éprouvettes...

Blandine n'arrive pas, et ça la tracasse, à savoir si son bel enfant en reste toujours dans les rêveries, les désirs rentrés, combattus... s'il a *fauté* comme on disait encore dans les bons livres, avec son Père Supérieur. Matthieu lui écrit presque tous les jours et le Supérieur lui répond. Blandine fouille dans sa chambre. Ils ont pris pension dans un petit hôtel qui donne sur la plage. Les lettres du Supérieur sont empreintes de gravité... de conseils à l'eau bénite... sa vocation... le salut de son âme... son examen de conscience. C'est affectueux sans plus... alors ? Blandine est encore plus perplexe. Son garçon doit souffrir, se torturer les entrailles, s'il reste ainsi prisonnier de la chasteté. Pour les prêtres, bien sûr, c'est normal... il faut qu'ils souffrent, qu'ils offrent cette souffrance au Seigneur... mais Blandine est payée pour savoir qu'ils sont nombreux à tricher... que sans la tricherie, la vie leur serait impossible.

Un matin, alors qu'il revient de la messe, Matthieu surprend sa mère en train de lire une lettre qu'il a reçue la veille. Ils s'affrontent du regard. Blandine avoue avoir eu honte. Elle n'esquisse pas une explication. Matthieu finit par sourire, un pauvre sourire, et par dire « Il fallait me demander maman, je t'aurais ouvert toutes mes lettres. »

La scène leur reste en travers... ça gâche la journée. Comment peut-elle justifier son indiscrétion ?... Matthieu n'est pas un garçon dont on puisse redouter je ne sais quelle incartade. Est-il lui-même très conscient de son penchant pour les hommes ? Puisque la religion lui interdit le mariage, les relations avec une femme, il est en conformité avec sa foi. Tout est encore confus en lui.

Les derniers jours à Paimpol sont gris. On voit passer dans la grande rue le déjà vieux Marcel Cachin, le fondateur du Parti Communiste, avec sa canne et ses belles moustaches blanches. En le croisant Blandine pense que ça lui ferait un bon client pour *l'Abbaye*, mais jusqu'ici elle n'a pas vu de hauts responsables communistes se pointer devant sa glace sans tain. C'est pas leur genre la bagatelle... « Ils n'en sont que plus dangereux », écrit-elle, faisant preuve d'une belle lucidité.

S'enchaînent là-dessus le retour à Paris et les événements qui se précipitent... la guerre imminente. Ça tombe au moment où Matthieu va être appelé sous les drapeaux. « Je ferai mon devoir » dit-il à sa mère. Le devoir, son dab l'a déjà fait dans les blés mûrs de la bataille de la Marne. Après les journées d'angoisse... Munich... le *lâche soulagement* comme dit Léon Blum, on se prend à revivre. Mais il faut dire... enfin, nous l'écrit Blandine, que l'activité des bordels n'a pas ralenti pour autant pendant cette période tendue. Les hommes à l'approche du danger veulent encore s'envoyer en l'air par le sexe en attendant de l'être en entier par les bombes et les obus.

Matthieu est affecté dans un régiment d'infanterie à Coulommiers pour faire ses classes. Il subit les sarcasmes, les blagues du plus mauvais goût de ses copains de régiment... Un séminariste pour l'adjudant de quartier c'est un ratichon... un sac de charbon... un corbeau... toutes appellations péjoratives qui ont disparu de notre vocabulaire depuis que les curés ont rejeté leur soutane au magasin des accessoires de théâtre.

Stoïque, il est Matthieu, il finit d'ailleurs par désarmer les plus féroces bizuteurs par son calme, sa façon de tout accepter en bon chrétien avec le sourire. Pendant l'entraînement, les exercices en campagne, le tir, il se surpasse et surclasse ses camarades... On finit par lui pardonner d'être séminariste.

Dans les lettres à sa mère, il évoque sa mission, son apostolat, qu'il se doit d'être un exemple pour tous. Blandine s'est mise en quête d'un officier supérieur qui pourrait l'aider à faire affecter son fils dans une fonction plus en rapport avec son niveau intellectuel. On lui conseille les E.O.R.... l'école d'officiers de réserve puisqu'il est bachelier. Blandine préférerait surtout un poste où il soit un peu moins exposé en cas de guerre... Munich s'éloigne mais on sent bien que ce n'était que l'occasion de reculer pour mieux sauter.

À *l'Abbaye*, des généraux, des colonels viennent s'offrir des divertissements tarifés. Pas très nombreux... le côté chapelle de l'endroit les rebute un peu, ils préfèrent le *One Two Two* ou le *Sphinx*. Un vieux briscard moustachu se pointe assez souvent, et lui, il fustige, il fouette. Les pensionnaires le surnomment Dourakine. Ça lui coûte cher, les filles pour prendre une raclée exigent des sommes folles. Il vient en civil ce méchant moustachu mais Blandine sait qu'il est général, qu'il a un poste important dans l'Armée. Ses petits potes de la Mondaine sont incapables de le répertorier... ils ne se sont jamais trouvés là lors d'une de ses visites. Et puis un jour, elle reconnaît Dourakine au cinéma, aux actualités... en képi, bottes de cheval et stick... il passe en revue les troupes coloniales en compagnie de M. Daladier notre Président au Conseil... C'est une des têtes pensantes de l'Armée française... un stratège dont on vante les mérites dans les meilleures gazettes ce qui ne l'empêchera pas de se faire déculotter piteusement l'année suivante par les panzers du général Guderian.

Pour le moment Blandine en sait suffisamment pour le rendre serviable. Elle l'attend et il va venir, ils reviennent toujours les mordus vicelards... quand on ne les voit plus c'est qu'ils sont morts, ou devenus gâteux. Dourakine arrive donc dans la quinzaine suivante la moustache en bataille, l'œil allumé. Il demande Mlle Mireille, une petite qu'il a déjà fustigée... une jolie paire de fesses à zébrer. Mireille, qui a tout juste l'âge de vendre ses charmes selon la loi, est une brunette qui se fait des nattes, porte des lunettes... une tenue de pensionnaire d'école chrétienne... Dourakine, le surblase lui va à ravir... c'est un personnage de la Comtesse de Ségur. Tous les enfants de bonne famille pendant près d'un siècle lisaient les romans de la Comtesse. Ça passait pour une littérature édifiante, seulement les lecteurs attentifs ont fini par remarquer qu'il s'y passait toujours des scènes de fessées, que les petites filles modèles se font souvent punir au martinet. D'en conclure que la Comtesse née Rostopchine, sous des dehors de Sophie vertueuse était un auteur plutôt sulfureux... *Le général Dourakine*, les filles de Mme Blandine, bien élevées, avaient dû le lire... d'où le rapprochement avec le fouetteur à moustagaches... Après avoir bien rougi les fesses de Mireille avec une badine spéciale, s'être fait pomper son vieux dard, terminé sa petite séance... à la décarrade, Blandine l'a alpagué... oh, gentiment... en catimini, elle lui a révélé qu'elle avait eu l'agréable surprise de l'apercevoir en uniforme aux actualités Gaumont... qu'elle se sentait très honorée de ses fréquentes visites à *l'Abbaye*... xetera. L'autre, tout de même assez retors, il se doute bien que c'est un prélude qu'elle lui joue là, cette salope de taulière. Habitué au commandement, il coupe net :

– Où voulez-vous en venir ?

Comme il y va... elle est la discrétion même... on ne peut imaginer qu'elle ait pu faire filmer ses fredaines... il paraît que ce genre d'infamie se pratique dans d'autres établissements mais elle ne mange pas de ce pain-là ! Nier à l'avance, c'est déjà montrer patte noire. Non, elle a juste un petit conseil à lui demander. Voilà... son fils chéri est aux armées... il finit ses classes à Coulommiers. Elle déballe le sac.

– Et qu'est-ce qu'il fait dans le civil votre garnement ?

Ils sont dans le salon tête-à-tête... elle lui a sorti de sa réserve un calva hors d'âge... tranquillos dans le moelleux ces fauteuils... Sur la réponse de Blandine, presque gênée d'avouer que son garnement va devenir prêtre... Dourakine, il saute sur place... Ah ! Il explose ! C'est tout à fait extraordinaire !

– Séminariste !...

Il se tape sur les cuisses... il en peut plus de rigolade... il s'attendait pas à ça... que cette maquerelle ait un fils curé. On aura tout vu !

– Il est très bien noté dans son régiment !

– Manquerait plus que ça qu'il soit mal noté !

Le dialogue se poursuit sur ce ton. Dourakine reste prudent. Il ne peut rien promettre et ça le défrise toujours un peu de pistonner un soldat en vue de le planquer. Blandine argumente que Matthieu ne cherche pas à se dérober à ses devoirs de soldat en cas de guerre, n'est-ce pas...

– Je vous signale que son papa est mort pour la France en 1914.

Il apprécie d'un grognement, les militaires de carrière on les séduit comme on peut... les cadavres de jeunes gens mitraillés par l'ennemi héréditaire, on n'a pas fait mieux pour les allécher. Il boit cul sec son verre de vieux calva... il va réfléchir, voir ce qu'il peut faire. Elle lui glisse un petit papier sur lequel elle a inscrit tous les renseignements concernant Matthieu.

– S'il était déjà curé, je le ferais nommer à l'aumônerie générale de l'Armée...

Il se lève... se ravise avant de sortir... réclame une nouvelle rasade de ce formidable calva et, tandis que Blandine le sert, il se fait plus doucereux du langage... il a un petit désir à lui confier.

– Si vous me trouviez une jeune négresse pour la prochaine séance... j'en serais le plus heureux des hommes.

Il sera fait selon ses désirs comme toujours. Une négresse, Blandine peut en emprunter une à une consœur... Mme Fabienne au *One*, elle a souvent des filles de couleur... des noires ou des jaunes. Les hommes qui ont servi en Afrique ou en Asie, comme fonctionnaires ou grivetons, ils en gardent une nostalgie dans le calcif. Blandine jusqu'ici n'a eu qu'une Martiniquaise un certain temps. Le climat sacrilège de la maison lui faisait peur, elle n'a tenu qu'un mois ou deux. Elle disait que *ça potait malheu de fai boutique son cul avec un cué.*

Dourakine, il laisse à Madame un numéro de téléphone où elle peut le joindre, laisser une commission de la part de tante Gabrielle qui a trouvé l'ouvrage qu'il veut consulter. Un dernier godet... le coup de l'étrier... hop ! Il s'éclipse en lousdoc, par la porte de service... il aimerait pas trop rencontrer, croiser, le cardinal X, le chanoine S... « Tous ces salopards de ratichons vicieux ! ».

Et tout se déroule dans l'ordre. La négresse d'abord et le fiston ensuite muté à Paris au ministère de la Guerre... devenu l'ordonnance d'un colonel d'état-major. Encore un sujet de gamberge, de soupçon pour Blandine, le colonel en question, elle a appris, comme ça au cours d'un dîner en ville, qu'on lui prêtait à lui aussi des mœurs spéciales. Quand on vous les prête ces mœurs-là, rare qu'on vous les rende. Que faire ? Elle ne pouvait pas encore soudoyer Dourakine. Il téléphonait de temps en temps pour s'offrir Noémie... une négresse tout à fait noire importée d'A.O.F. (Afrique Occidentale Française, ça voulait dire). Des coups de trique, de chicotte, elle en avait reçus pour rien toute son enfance, Noémie, par son papa chef de tribu... ses nombreux frères, alors pour elle c'était pas une tragédie de se taire satonner par Dourakine qui se payait en plus le luxe de l'insulter « Sale bougnoule ! Vas-tu m'obéir esclave ! Approche et suce... » Nous étions encore au bon temps des colonies. Haut les cœurs, la France triomphait de ses trois couleurs dans tous les coins de la planète !

Dourakine faisait bien d'en profiter. 1940, bientôt la saison des défaites, des dérouillées sanglantes, des humiliations se profilait à l'horizon... vers la ligne bleue Maginot. Il a été fait prisonnier Dourakine. Je vous ai dit plus haut, affranchi avant l'ordre chronologique... envoyé en Poméranie dans une forteresse réservée aux officiers supérieurs. À sa libération en 1945, il était bon pour la casse, la retraite, scrogneugneu définitif. Son nom ne figure même plus dans les récits pourtant innombrables de notre campagne de 1940... que nous aurions dû gagner si... où nous devions vaincre parce que nous étions les plus forts et que le bon Dieu était pour nous. Ce qu'on disait dans la presse, même anticléricale.

Voilà. Nous y sommes. Fort heureux grâce à Dourakine, Matthieu n'est pas sur le front. Remarquez, pendant des mois, il s'y passe rien au front, on y joue à la belote et Maurice Chevalier, « Yop la boum !... » vient remonter le moral des troupes. À Paris, il est tout de même mieux loti Matthieu que dans les cantonnements de l'infanterie. Il a un bel uniforme de meilleur tissu kaki et de meilleure coupe que la majorité des soldats français, déjà sapés, saucissonnés dans leurs grosses fringues, pour être faits prisonniers. Il a souvent quartier libre, il en profite pour aller prier, travailler au séminaire. Il se promène bras dessus, bras dessous au Bois avec maman, qu'on dirait jamais à la voir qu'elle pratique le plus vieux métier du monde. Elle est toute en euphorie Blandine, elle se croit encore vingt ans... elle revit un peu l'époque de son premier amour. Elle l'enrobe de joliesses... elle fait comme tout le monde, elle se savoure un passé mensonger. Au vrai, ça n'avait pas été si rose, ses amours interdites dans ce lugubre pensionnat normand. Tout s'éloigne, elle a dépassé la quarantaine en l'an 40, elle tient le choc dans ses robes de Patou... Lanvin... tous les artifices de la mode. Elle a des recettes de bonne femme pour retarder l'irréparable outrage. Quand elle est au bois avec son fils, qu'elle l'emmène au restaurant de la Cascade déjeuner, elle n'est plus Madame Blandine, la taulière la plus pieuse de France, la dame de Saint-Sulpice... elle est une bourgeoise aisée, elle se dédouble.

Fructueuse période, cette drôle de guerre où l'on ne se bat pas. Nos alliés british aiment s'offrir des petites Françaises... ils vont, viennent d'un bordel l'autre, comme naguère le roi Édouard lorsqu'il était Prince de Galles et qu'il se faisait remplir une baignoire de champagne pour y faire tremper les dames avant de les consommer sur un siège spécial qu'il s'était fait fabriquer chez un grand ébéniste. Heureuse époque. Déjà on glissait progressif vers un monde où même les loisirs intimes seraient organisés par les télévises.

Le fric entrait toujours dans la caisse de *l'Abbaye*... des livres sterling... Il y venait parfois des prêtres anglicans qui s'émerveillaient de cette caverne d'Ali-bibite... Blandine avait appris l'anglais au Couvent des Oiseaux... elle s'y était remise pour les besoins de la cause... les officiers de Sa Majesté lui trouvaient une classe folle.

XXI

Dernier amour pour Blandine

Trop beau pour durer tout ça... un beau matin du joli mois de mai, ça leur a pris à nos ennemis de déclencher l'orage, de tout ravager, tout pulvériser en quelques jours... toute notre belle armée qui avait si bien défilé le 14 juillet précédent... Tout ça en quenouille, en débandade merdeuse et nos chers amis les si distingués officiers du roi d'Angleterre qui rembarquent fissa pour leur île.

La panique a pris Paris comme une chiasse irrépressible. Tout le monde a fui, même les putes foutent le camp de leur bordel avec Madame et Monsieur dans leur cabriolet... Peugeot 202... Simca 5 bourrées de bagages... tout ça moult fois raconté, vu et revu au ciné... romancé, filmé... les Stukas qui jouent dans le ciel la symphonie des sirènes de mort.

Blandine pendant les premiers jours de la panique, elle a su *raison garder*. Elle maintient ses demoiselles à leur devoir... qu'elles doivent malgré les horreurs de la guerre poursuivre vaillamment leur tâche. On suce, on fouette, on se fait emmancher par-devant et par-derrière, quoi qu'il advienne. Et il advient encore des officiers qui désirent s'offrir une part de tarte aux poils avant de mourir, ou tout au moins se faire embarbeler par les féroces soldats qui s'approchent, qui encerclent, qui passent l'épuisette pour ramener en Teutonie toute cette racaille française et démocratique. *Ach ! Kolossale rigolade !*

Arrivent encore quelques prélats, quelques délirants que rien n'arrête de délirer... Et puis tout à coup, le micheton se fait rare... Paris se vide et Blandine n'arrive à retenir que trois filles héroïques... Paulette, Jasmine et Olga...

– Les Boches, on les aura par la queue !

Ce qu'elle proclame et pourtant, même son fils a disparu, il est parti sur les routes de l'exode avec son colonel d'état-major qui n'en reviendra jamais de voir que les plans de notre généralissime... le génial Gamelin ont été déjoués par quelques malotrus à croix gammée. Enfin, elle prie tout de même, pour la France, Blandine, elle nous le confie dans son livre de mémoires. Elle se rend à Saint-Sulpice, dont elle est en quelque sorte la madone maudite, le matin pour la messe basse.

Les Allemands vont entrer dans une ville déserte... ouverte disent les textes officiels. Quelques jours l'*Abbaye* reste sans client. Madame joue aux cartes avec les filles. Qu'ont-elles à redouter de la soldatesque boche ? Elles sont là pour ça, pour protéger les honnêtes femmes en quelque sorte, faire de leurs gentils corps un rempart pour leur vertu. Bien sûr les choses ne vont pas se présenter comme dans un chant patriotique. On va le dire et le redire. « Ils sont corrects. » Mis à part leurs bottes qui claquent sur le pavé, ils sont bien propres de leur personne et bien polis. Blandine, par curiosité, prend un vélo et va voir un peu la gueule qu'ils ont nos vainqueurs... elle voit passer leurs charrois... leurs tanks... les cavaliers dans le Bois de Boulogne. Ça dure combien, ce Paris no man's land... presque silencieux ? Le temps est comme suspendu... superbe... le ciel est avec l'ennemi, le salaud ! Les gens qui ont vu ça ne l'oublieront jamais, un visage de Paris qu'ils ne reverront plus.

Blandine n'a pas trop l'air de s'inquiéter pour Matthieu... avec ce colonel qu'elle a entr'aperçu... un peu trop mondain (pas étonnant qu'il en soit se dit-elle), elle subodore et elle ne se trompe pas... qu'il n'est pas du genre à se faire tuer dans les charges de cavalerie à Saumur. Ni de se faire prendre au filet. S'il y a une façon de passer à travers les mailles, il s'en servira.

Elle s'attendait à voir assez rapidos quelques officiers de la Wehrmacht se pointer... lui faire de bonnes manières à la porte... Elle les attendra vainement et celui qui se présente deux semaines plus tard c'est un civil, l'espèce n'en est que plus redoutable. En civil on les suppose de la police... la terrible Gestapo... ce qui est un peu trop simpliste. Il y a aussi l'Abwehr, le service d'espionnage de l'armée et puis, peu à peu, des fonctionnaires, des chargés de toutes sortes de missions. Le personnage qui débarque, ce premier visiteur du soir, passerait presque pour un Français à le voir dans la rue. Même sa coiffure, sa coupe de cheveux ne le différencie pas... il n'est pas rasé de la nuque comme la plupart de ses compatriotes en visite d'occupants. Il s'appelle Hans Muller tout simplement. Herr Doktor, ils sont toujours un peu doktor ces Allemands en civil. Il a la trentaine... ce qui le situe à part... les hommes de son âge sont tous sous l'uniforme. Natürlich il est blond, plutôt avenant... il parle presque sans accent.

— Chère madame, la renommée de votre établissement est parvenue jusqu'à Berlin. Je suis ravi de faire enfin votre connaissance.

Blandine l'est moins. Elle reste sur ses gardes... ça n'empêche pas la courtoisie. Elle le reçoit au salon.

— Vous voudriez, sans doute, que je vous présente une de mes demoiselles, Herr Doktor ?

Après tout, il vient peut-être uniquement pour se faire régaler le poireau, mais elle trouve curieux qu'il se soit présenté en déclinant son blase... Hans Muller, remarquez c'est aussi anonyme pour un Allemand que Jacques Dupont pour un Français.

— Éventuellement, je reviendrai pour voir vos demoiselles... Je suis certain qu'elles me donneront toutes les satisfactions qu'un homme peut attendre d'elles.

V'là comme il s'exprime l'Herr Doktor... on ne peut plus courtois. Non, ce qui l'amène c'est une mission dont l'a chargé le gouverneur militaire de Paris... le général von Riesen. Il envisage de réquisitionner *l'Abbaye* pour ses officiers. Vu la réputation de la maison, elle ne peut être fréquentée que par le gratin... les généraux et colonels... Avant même que Blandine ait pu faire une objection, il explique que le commandement n'a pas l'intention de se passer de ses services... qu'elle continuera

bien entendu à diriger son lupanar et à en encaisser les bénéfices. C'est donc une faveur que le général lui accorde... tant
que durera l'occupation de Paris par la Wehrmacht, elle sera
ainsi assurée d'avoir une clientèle d'élite.

– Le général fera assurer votre protection.

Blandine se rend compte d'autor que le cadeau est empoi-
sonné. Réservée aux Boches, l'*Abbaye* perdrait sa raison d'être...
sa fonction si précieuse auprès du clergé. Il ne doit pas être suffisamment rencardé le Herr Doktor, sur le genre d'habitués
qu'elle reçoit... les spécialités de la maison.

– Et je ne pourrais plus recevoir mes amis français ?

Il ne voit pas exact ce que recouvre le mot *ami*... il assure
Madame de son entière liberté... qu'elle pourra voir qui bon lui
semble.

– Ici ?

Elle dissipe le malentendu... ses amis sont ses clients... n'est-
ce pas ?... des hommes très bien, des militaires, des magistrats,
des industriels, jusqu'à des membres du clergé.

Hans Muller s'étonne, il a reçu une éducation protestante et
jamais les pasteurs luthériens ou calvinistes n'iraient se fourvoyer
dans la luxure tarifée. Elle le sent choqué en son for intérieur...
choqué certes, mais soudain intéressé par la question. Elle pense
quart de tour qu'il vaut mieux tergiverser, gagner du temps.

– Cher monsieur, pouvez-vous m'obtenir une audience de
votre général ?

Elle se paye au culot. Déjà elle s'est sauvée d'une sale passe
en forçant la sacristie de Monseigneur l'Archevêque X. Que
peut-elle redouter de ce général ? Comment s'appelle-t-il ?
Von Riesen ! Il ne laissera pas de nom dans l'Histoire celui-là,
très vite il va être remplacé par von Stulpnagel, l'oncle puis le
neveu. Herr Doktor pense que ça sera difficile, le général est,
comme la France, très occupé... Nous sommes, ne l'oublions
pas, fin juin, début juillet 1940... la responsabilité d'une grande
ville comme Paris est une tâche difficile.

Maintenant elle en est à offrir son calva hors d'âge, Blandine.
Le même, la même bouteille que naguère au général Dou-

rakine. Elle était tout à l'heure très patriote, notre héroïne... très « Vous n'aurez pas l'Alsace et la Lorraine ! »... et voilà qu'il faut composer avec l'ennemi, trouver une parade pour ne pas se faire transformer *l'Abbaye* en bordel de l'armée allemande. Elle est vêtue légère, Blandine, ce jour-là... il fait chaud, elle est presque à poil sous une petite robe imprimée qui fait ressortir ses formes. Encore aguichantes les formes, accompagnées du plus beau sourire de Madame et de ses regards coulissés. Il est plutôt beau garçon l'ennemi... enfin le représentant de l'ennemi qui a eu le bon goût de rester en civil. Herr Doktor, il apprécie le calva et la dame... Pensez si elle s'en rend compte !... Alors elle pousse ses pions... toutes voiles de charme dehors. Ehontée !... Elle sait les compliments qu'il faut adresser à un homme pour le rendre vulnérable. Allemand ou non. Ça tourne sourire, chichi, marivaudage...

Blandine sait aussi qu'il ne faut pas forcer la note, que ça serait, non pas une faute de goût, mais beaucoup plus grave, une erreur tactique. Ce Hans, elle ne veut pas en faire un client ordinaire. À la réflexion, ses perruches, elle ne parle plus de les lui présenter, le conduire devant la glace sans tain pour faire son choix. On les dit lourdauds, ces Boches, incapables de savourer l'esprit parisien... celui-là pourtant, à mesure de la conversation, il montre beaucoup de subtilité, de pénétration. Qui croit prendre au piège peut s'y faire coincer les paluches. Elle s'avoue très vite qu'elle n'est pas insensible au physique, à l'œil clair... à la prestance de l'Herr Doktor. Elle reconnaît que ses sentiments patriotiques s'avèrent fragiles... Que pèsent-ils devant le sexe... l'amour qui commence toujours par l'attirance animale ?

Que dalle, surtout pour une femme comme Blandine exerçant le métier qu'elle exerce. Elle fait le trajet inverse du schéma habituel... tout d'abord elle calcule, puis ayant calculé elle cède... et il lui arrive parfois d'être amoureuse ensuite. Ce fut le cas avec le commissaire Lebreuil. Quand il se lassa de leur liaison... qu'il fut moins tendre, moins attentionné, elle en fut meurtrie mais sans le montrer, sans faire la moindre remarque. Toujours le contrôle de la situation. À la fin c'était devenu une affaire de domination, et elle a accepté joignant l'utile à l'agréable d'être soumise. Et merde ! Elle se confesse. Blandine !... On vous bourre le caisson pendant des années avec ces histoires de France où l'on se doit de haïr le Boche ! En plus il vous a tué votre premier amour, le Boche... et puis il arrive... il est devenu berger ce loup, il a une gueule irrésistible... de très belles mains... quand il fait un geste il est harmonieux avec un naturel parfait.

« Je n'ai pas résisté longtemps » elle ose l'écrire, alors que tant de gens se targuent précisément d'avoir résisté dès juin 40.

Lorsque Hans quitte le claque, ils doivent se revoir dès le lendemain. Ils vont dîner ensemble et elle sait que ça va se finir par une partie de jambes en l'air, mais jusque-là elle se figure que ça ne sera surtout que pour la bonne cause, pour atteindre le général Riesen... Elle veut sauver *l'Abbaye*... qu'elle reste une maison hors des circuits touristiques de la Wehrmacht.

Hans, elle le retrouve au *Café de la Paix*. Les Allemands s'y agglutinèrent dès les premiers jours de l'Occupation au *Café de la Paix*. On en garde des témoignages photographiques où ils y sont souvent accompagnés de *cholies mademoiselles charmantes*, avec leurs petits chapeaux à la mode 39, sur le sommet de leur coiffure aux cheveux relevés en bouclettes. En ces tous débuts, on est au beau fixe... ils sont plus que corrects, agréables... ils payent cash dans les boutiques de luxe. On nous avait menti et les mensonges nous ont fait tant de mal nous dit le vieux Maréchal... tout un peuple a fui à l'idée d'enfants aux mains coupées, de viols collectifs, de pillages et incendies volontaires.

On peut se réfléchir alors que s'ils avaient continué à nous jouer de cette musique nos chers vainqueurs, Madame la France se serait fait baiser en levrette et à la paresseuse en se prenant de jolis panards... De Gaulle là-bas avec son micro, il aurait eu beau cocoriquer, on s'en serait torché le pourtour anal ! Mais les choses ont tourné vinaigre... l'hiver et la pénurie alimentaire, ça ne favorise pas tant les bons rapports.

En tout cas, notre Blandine, là, elle collabore avant même que le mot ne fasse la carrière que l'on sait. Elle ose, elle n'a plus de retenue avec son porte-plume, vingt-cinq ans après. Elle ne risque plus rien... elle est devenue au foyer cette vieille accroupie du poème de Ronsard, elle s'offre juste le plaisir de tout nous dire. Elle le croit en tout cas, elle ne sait pas que la plume est peut-être l'instrument le plus perfectionné du mensonge.

Qu'il soit en civil le doktor Hans, ça la sauvera plus tard du pire. Lorsqu'elle l'amène chez elle, dans son bel appartement, il n'y a plus grand monde dans l'immeuble mais ils vont revenir les locataires... les bourgeois qui se sont enfuis les premiers sur les routes avec leurs automobiles. Ils ont écouté sagement le Maréchal qui leur demande de lui faire confiance. En septembre ils seront tous de retour et la petite aventure que Blandine croyait passagère, utilitaire se poursuivra. Hans reviendra souvent, il est très épris de cette femme plus âgée que lui, certes, mais si experte au déduit, si désirable encore. Simple comme l'amour, n'est-ce pas, et notre Blandine va se faire régaler tous les orifices par cet homme d'une virilité toujours en émoi.

Hans était attaché à la Kommandantur du Gross Paris pour les questions artistiques. L'air de rien, commençait un repérage des plus belles œuvres de notre patrimoine, en vue d'un transfert outre-Rhin. On s'était fait des clichés de pillage venus du temps d'Attila... nous étions déjà à l'ère de la grande technique. Herr Doktor Muller expert en tableaux, visitait des hôtels particuliers, des appartements de juifs riches qui s'étaient enfuis, exilés en Angleterre ou en Amérique. En connaisseur il répertoriait les toiles, les sculptures, le mobilier qui allaient bientôt changer de propriétaires. Sans état d'âme. Blandine souligne, et elle a intérêt de le souligner, qu'Hans n'était pas le moins du monde nazi. C'était avant tout un homme du monde, un gentleman aurait-on dit s'il avait été british. Il poussait le bon goût, la courtoisie de jamais lui parler du chancelier Hitler. Ça les aurait avancés à quoi de le faire participer à leurs ébats ?

Je déborde de mon sujet... la chronologie... reprenons. Une huitaine de jours, de nuits d'ivresse se sont écoulées et elle a fini par être reçue au Ritz... dans un bureau somptueux par le général von Riesen. Autour dans les couloirs, les escaliers ça claquait des talons... bottes luisantes... tenue rigoureuse des plantons... tout réglé comme dans un ballet. Fort heureux Hans était présent.... une surprise... pour la première fois elle le voyait dans son uniforme de capitaine. Il allait servir d'interprète... le Herr Général ne parlait pas français... La présence d'Hans était sans doute de bon augure, il allait l'aider, mais en même temps ça la gênait, elle ne pouvait pas pousser ses atouts et atours féminins trop loin... lui laisser entendre à ce général, qu'il y avait moyen de moyenner... de mettre du liant sexuel dans leurs rapports. D'un physique assez quelconque celui-ci... elle s'attendait à un Prussien comme elle avait vu dans les films interprétés par Eric von Stroheim, elle était en présence d'un bourgeois de Berlin ou de Hambourg, sans grande allure malgré son bel uniforme vert. Toute la conversation s'est déroulée d'un ton neutre. Il évitait visiblement de la regarder dans les yeux... la tête tournée vers Hans debout de côté, un peu raide. Blandine plaida que sa maison n'était pas comparable aux autres... qu'elle avait une mission particulière... difficile d'expliquer la position des autorités religieuses à l'égard de ses activités. Hans s'y appliquait avec les arguments qu'il fallait en traduisant. Le général ne posait pas de questions, il hochait sa nuque rasée de temps en temps. À la fin, il a donné tout de suite sa réponse... l'*Abbaye* comme le *One Two Two* et le *Chabanais* ne serait pas réservée à l'armée du Reich. Pour certaines maisons de luxe, il allait faire des exceptions. Hans a traduit, Blandine s'est illuminée le visage d'un sourire de reconnaissance. Un peu hâtif le sourire, elle allait se le mitiger durant quatre ans. Au lieu d'avoir des Allemands visibles en uniforme dans son claque, ils allaient y venir en civil. Pas si rassurant à vrai dire... elle allait recevoir les visites les plus redoutables, les agents de l'Abwehr et du S. D... (plus communément appelé Gestapo), ils allaient très vite exiger de venir visionner... filmer les meilleures séquences de son bordélique commerce.

Sur le moment... sur le chemin du retour, elle pavoisait, notre Blandine. Elle signale et pour elle ça a beaucoup d'importance, qu'elle porte ce jour-là un tailleur de chez Lanvin qui lui va à ravir... un bitos en paille... que les hommes se retournent sur son passage... enfin ceux qui sont restés ou ceux qui sont revenus à Paris... des déjà vioques et des adolescents en culottes de golf. Elle se dit que les choses s'arrangent... Perrette sur sa tête portait déjà un joli chapeau.

Pendant une période aussi exceptionnelle, mieux valait être le plus obscur possible, se fondre dans la masse. Dès qu'on était plus ou moins responsable de quelque chose, déjà sous les projecteurs de l'actualité, on ne pouvait plus s'esquiver... les uns et les autres... Collabos ou résistants s'intéressaient à vous. Nous n'aurions pas une idée très claire de ces quatre années en nous référant aux cahiers de notre dame de Saint-Sulpice. Elle n'a de nouvelles de son fils qu'au mois d'août, une femme qui rentre de la zone sud, lui apporte une lettre datée du début juillet où il est à Toulouse en attente d'être démobilisé. Il a retraité jusque-là avec son colonel très distingué mais sans doute pas très héroïque. C'était pas monnaie courante, l'héroïsme sur les routes de l'exode. Plus tard on révisera la question... quand les vert-de-gris seront rentrés chez eux. Matthieu dépend du diocèse de Paris pour ses études au séminaire. Dès sa démobilisation il faudrait qu'il puisse regagner la capitale. Blandine va s'y employer, au besoin en faisant appel aux bons offices de son cher capitaine Muller. Nous sommes en août... la question ne se pose pas encore. Le soleil brille toujours insolemment pour nos vainqueurs, mais les clients peu à peu reviennent malgré le deuil qui frappe notre Mère Patrie. Qu'il se passe n'importe quoi... les pires catastrophes, les ruines fumantes partout... les bipèdes sont tenaillés par ce moment sublime de l'orgasme, comme on dit couramment de nos jours. Les affaires reprennent... enfin celles de Blandine... ailleurs ça va aller de mal en pis... d'ici deux mois on ne trouvera même plus sur le marché un mouchoir pour se sécher les larmes.

De toute façon, Blandine à cette période triste de notre histoire vit intensément ce dernier amour d'une femme qui ne peut combler que le premier amour d'un homme... il me semble que c'est Balzac qui a écrit ça quelque part. Dans le cas du bel Hans, il n'en était certes pas à sa première passion. À Düsseldorf, sa ville d'origine, sans avoir vampirisé ses victimes, il avait eu quelques liaisons... romantisme aidant, les filles tombaient dans le lac de ses yeux bleus. Il avait même une fiancée, une jeunette à nattes blondes, héritière d'un riche commerçant. C'était prévu leur mariage dès que la guerre serait finie... ça paraissait imminent en cet été 1940... l'Angleterre allait s'agenouiller, faire obédience au grand maître de l'Europe Nouvelle. Comme quoi il ne faut pas vendre la peau d'Albion avant de l'avoir piétinée. Ce beau mariage allait attendre... attendre... et pour prendre son mal en patience, Hans découvrait avec Blandine les raffinements de l'amour à la française. Au début, lui aussi, n'y voyait qu'une sorte de dérivatif... une passade pensait-il... et puis voilà, ça se déroule autrement que dans les livres où l'on soupire d'abord sous le balcon de la belle... envoi de fleurs... les billets tendres... les serments... et que ça finit par un baiser. En réalité tout commence là... au baiser final. Une fois dans les toiles, y a des surprises de toutes sortes. Je vous détaille pas, ça ferait encore des pages de cochonneries... de poils du cul... de bite en bouche... on en raconte assez à présent pour se permettre quelques ellipses et suggestions... il suffit de comprendre que le plus grand amour commence et se poursuit en parties de jambes en l'air... qu'il s'achève, s'épuise lorsque l'un des partenaires a envie d'aller voir ailleurs si les plaisirs sont plus robustes. On habille tout ça avec des mots, des phrases terribles, des déchirements de vocabulaire... on aime se mentir et c'est bien la moindre des choses, madame la concierge... ou madame la baronne, n'importe !

Toujours est-il qu'en cet août 40, elle n'a pas perdu de temps Blandine, elle se fait prendre, sauter, reprendre... elle s'accroche aux draps, aux rideaux... elle tombe d'une chaise, elle gémit sur le tapis persan de son salon... elle se retourne dans la cuisine sans sa petite culotte pour mieux se faire prendre par ce sale Boche... ce vainqueur qui va la foutre, la tringler, la caramboler, l'embrocher et que ça sera toujours aussi bon que si c'était la première fois.

Alors sur le papier, elle se tortille encore. Elle dit carrément qu'elle s'en fout de la France, de la défaite... qu'Hans la faisait jouir et qu'un derrière n'a pas de patrie.

Il l'a emmenée faire du cheval au Bois. Elle avait appris à monter quelques années auparavant avec un noble, un marquis client qui chez elle se déguisait en marquise. Hans était un cavalier d'élite, champion de je ne sais quels concours hippiques où il fut en compétition avec les officiers prussiens les plus hardis sauteurs de haies sans se faire tressaillir le monocle.

À cheval Blandine respirait des airs de grandeur. Sa liaison avec Hans la changeait vraiment d'avec tout ce qu'elle avait connu... Jusqu'alors elle barbotait toujours entre les eaux troubles et l'eau bénite, là elle se baignait dans l'eau du Rhin.

À *l'Abbaye* elle s'était trouvé une sous-maque, une nommée Adrienne, une réelle ancienne dompteuse qui était passée sans état d'âme de la cage aux fauves de Médrano, à la cage aux masochistes de divers bordels huppés. Presque inutile de dire qu'elle était goudoue l'Adrienne, une forcenée de la gousse d'ail. Les filles y passaient toutes un soir ou l'autre, elle te les dressait comme naguère les tigresses royales sur la piste. Bien qu'elle ait dépassé la cinquantaine, elle avait gardé ses affûtiaux de méchante... les bottes, la guêpière en cuir... le loup sur les yeux, les gants noirs... les bas-résille... et, vas-y donc, de temps en temps, elle se payait un petit curé à la schlague. Elle le laissait au bord de l'évanouissement mais comblé d'autant plus. Partout elle avait flagellé les hommes les plus en vue... quelques ministres, des grands patrons, d'hauts magistrats, des acteurs en renom... les ecclésiastiques manquaient à son palmarès, elle se rattrapait en les piétinant avec ses talons aiguilles.

Blandine pouvait s'absenter en paix dès qu'Hans lui faisait signe. Elle l'accompagnait à Longchamp où elle croisait de beaux spécimens de harengs, des confrères de l'Amicale qui venaient rendre à l'État le fric qu'ils pompaient aux filles et aux michetons.

Paris peu à peu reprenait sa vie normale. En apparence et pour ce qui concernait la vie mondaine... les théâtres, la littérature, le cinoche, les expositions... *Maxim's* où Blandine se pavanait parfois avec Hans. Elle avoue avoir goûté à ce moment-là les meilleurs fruits de son existence. Son amant ne l'embarrassait pas comme un mari ou un julot du Mitan, il apparaissait, repartait... parfois il retournait en Germanie quelques jours... pour affaires. Il rencontrait Hermann Goering en personne. Nous avons appris plus tard que c'était lui qui organisait les plus importants transferts d'objets d'art pour le compte du Reichsmarchall de la Luftwaffe.

La pénurie s'installant, un commerce parallèle l'accompagnait. Source de profits énormes. Blandine bientôt allait en croquer comme tous les tauliers et taulières de France et de Navarre. Toutes sortes de malfrats qui vivaient jusqu'alors de la prostitution et de petites combines se sont mis de la partie. Ça devenait une sinécure, une situation privilégiée que d'être dans un claque... même pour les filles à l'abattage... On y bouffait alors que tout le pays claquait de la dalle et pour peu qu'on soit un peu viceloque, on se faisait son beurre... expression qui tombait si juste lorsque les matières grasses se distribuaient parcimonieusement avec les tickets d'alimentation.

Les Allemands qui venaient à *l'Abbaye* étaient dans des tenues civiles qui les faisaient reconnaître presque aussi vite qu'un uniforme. Une certaine coupe de leurs costards... les couleurs... les petits chapeaux... toujours aussi ces nuques rasées. Éblouis les Aryens blonds par l'organisation du bordel de Blandine... toutes les possibilités qu'il offrait à toutes les turpides enfouies au cœur de l'homme. Le mark était à un change qui leur permettait de tout s'offrir ici à bas prix.... Alors les amateurs n'hésitaient pas, ils payaient leurs gourmandises sexuelles sans compter. Bientôt il y eut autant de clients allemands que de clients français dans la taule. Certains, n'était la tonsure... pas difficile pour l'œil exercé de Blandine, de deviner qu'il s'agissait de curés *chleus*... on commençait à les désigner de la sorte dans le langage de la rue.

Il fallut bientôt que Blandine embauche une interprète. Bien sûr une travailleuse de la chatte comme les autres, mais qui intervenait dès qu'un problème se posait, qu'on ne pouvait résoudre uniquement par les gestes. Olga, elle se faisait appeler... une Polonaise et Blandine la soupçonnait d'être d'origine juive. Ça, ça allait compliquer les choses un peu partout et même dans le monde des claques. Les premiers mois de l'Occupation, il s'agissait juste que de propagande, d'affiches, d'articles dans la presse... certains juifs trop optimistes pensaient que ça allait se tasser... que le temps use tous les slogans. Erreur fatale qui les conduisit à Dachau, Auschwitz, Buchenwald et autres lieux de villégiature mortelle.

Blandine n'avait jamais été effleurée par la question. Des pensionnaires juives, elle n'en avait eu que deux ou trois... comme on sait, elle recherchait surtout des jeunettes ayant eu une éducation chrétienne, des filles qui avaient baigné dans la religion... des petites boniches bretonnes élevées dans le culte de la Vierge Marie.

Vers la fin de l'été quelques personnages plus inquiétants que les simples amateurs de galipettes érotiques s'approchent. Visiblement des flics qui demandent surtout à se planquer derrière les glaces sans tain. Agents de l'Abwehr au début, ils ont leur bureau, leur siège à l'Hôtel Lutetia non loin de *l'Abbaye*. Eux, ils fouinent, ils cherchent... ils savent que tôt ou tard ils trouveront de quoi alimenter leur machinerie, leur fichier dans les maisons aux volets clos. Oh, ils sont courtois, ils demandent juste quelques précisions, s'il est venu beaucoup d'Anglais avant la défaite... le nom des personnages importants qui fréquentaient l'établissement. Blandine sait rester vague comme il faut, elle ne demande jamais l'identité de ses clients. Elle cite cependant des noms qui ne peuvent tirer à conséquence... des hommes politiques qui ont pris leurs distances.

Tout se mêle à ce moment-là... l'automne, Montoire, l'hiver... le ciel devient plus sombre... surgissent des types encore plus effrayants... quelques malfrats qui trafiquent avec les Allemands... des maques, des élargis prématurés de prison centrale. Certains grands tauliers s'abouchent avec eux. Ils vendent de tout ce qui manque et bientôt, ils vont former une sorte de police parallèle sous la houlette de la Gestapo. Blandine voudrait n'avoir rien à faire avec ces gens-là... elle est encore sous la protection d'Hans... à la moindre alerte, il est là.

C'est une première époque de l'Occupation où régnait surtout la Wehrmacht sur Paris... les services de l'autorité militaire. Les policiers politiques n'interviendront que plus tard dans une deuxième phase. Pour l'instant, on ne crève que de faim à Paris, on subit docile les ukases du commandement militaire... le couvre-feu... les réquisitions. Tout ça paraît comme dans une vie à côté pour Blandine, elle en convient, grâce à son lupanar et à son protecteur allemand, elle vit presque comme pendant la drôle de guerre.

Intervention au diocèse pour faire revenir Matthieu. M. Félix, en veine de confidence laisse entendre à sa digne maman que Matthieu est promis à un autre destin. Démobilisé, il va partir pour Rome, rejoindre un séminaire au Vatican même... plus près de toi... sinon mon Dieu, du moins mon Saint-Père ! Ce qu'avait rêvé Blandine va se réaliser, son fils sera un jour quelqu'un d'important dans la hiérarchie catholique. Ça impliquera sans doute qu'elle cesse ses activités tauliéresques... qu'elle entre tout à fait dans l'ombre d'une retraite bien méritée. Si Matthieu devient un jour un ecclésiastique en vue, quelques malveillants fouineurs pourraient extirper sa maman des profondeurs de sa luxure. Mais il est encore temps d'aviser... il n'est même pas encore à Rome, l'aimable rejeton, la Cité du Vatican est entourée par les sbires de Mussolini, cela ne va-t-il pas lui poser des problèmes pour s'y rendre ?

L'hiver 40 est le plus dur, le plus froid des hivers de guerre... que *les loups s'y vivent de vent* comme au temps de François Villon. Ça gèle partout et les clients restent au fond de leurs appartements, de leurs chanoineries, leurs presbytères. Blandine fait tourner son moulin avec six filles, plus Adrienne qui fustige une fois par semaine un général à monocle... rescapé de 14-18... une caricature de Boche comme on en voyait dans les journaux de la première guerre mondiale. Dans son service c'est l'homme le plus strict, le plus sanglé dans son uniforme vert-de-gris... une fois devant Adrienne avec son knout, il s'agenouille, il se déloque, il implore... il pleure... il en redemande et ça va jusqu'à des glaviots en pleine poire. De quoi se sentir patriote à bon compte pour Adrienne. « J'étais parmi les premières résistantes » dira-t-elle plus tard devant un tribunal improvisé d'épurateurs tondeurs de femmes.

Hans s'absente de plus en plus souvent... ses affaires le font voyager jusqu'en Espagne. Blandine se pose un peu des questions à son sujet... il dispose de fonds importants, il est dans une situation fausse vis-à-vis de cette fiancée gretchen qui l'attend à Düsseldorf... dans l'intimité il va maintenant jusqu'à tenir des propos antihitlériens. Elle s'interroge notre chère mémorialiste, mais vingt-cinq ans trop tard. Sur le moment, elle en pince si dur pour son bel Allemand, qu'il pourrait faire n'importe quoi, elle passerait ça profits et pertes. Elle se croyait pourtant vaccinée contre la maladie d'amour. Surtout qu'elle ne se compte plus déjà les rides autour des yeux, qu'elle a suffisamment de lucidité pour se voir telle qu'elle est. Mais on arrive à tricher même avec ces foutus miroirs pourtant bien sévères. Ceux qui feraient bien de réfléchir avant de nous renvoyer notre image, comme l'a écrit Jean Cocteau.

XXII

Où l'on fait connaissance avec un certain Monsieur Henri

Ces messieurs de l'Amicale des bordeliers se font très bien aux malheurs du temps. Ceux dont le boxon est carrément réservé à l'armée allemande, en fin de compte s'en trouvent pour le mieux. Peu d'incident avec ce genre de clientèle. Discipline partout. Obligation de se capuchonner la verge avant de l'introduire dans les couloirs de la volupté. Contrôle à l'entrée des magasins de filles... un sous-off du service de santé relève les numéros matricules. Malheur à celui qui récolte une vérole ou même une simple chtouille, on l'enverra se guérir sur un champ de bataille... Bientôt il va s'en ouvrir un immense à l'Est entre les glaces polaires et la mer Noire. Plus tard toutes ces dames, ces braves tenancières seront unanimes pour louer les occupants verts... qu'ils étaient de parfaits convives du cul, qu'ils casquaient mark sur l'ongle... courtois et tout. J'ai rencontré quelques rescapées, trente, quarante ans plus tard... de ces vioques ratatinées qui se cramponnaient encore à l'existence de leurs doigts gourds... perclus d'arthrose... En confidence elles avaient encore des sanglots dans la voix lorsqu'elles évoquaient cette heureuse époque !

Ça a été en somme leur chant du cygne l'Occupe, elles se gourraient pas de ce qui allait venir... La pureté patriotique et morale qui allait les repousser dans les ténèbres extérieures.

Pour drainer toutes les marchandises, les produits de toutes sortes dont ils ont besoin, les Allemands ont créé des *Bureaux d'achat* qu'ils laissent aux mains de truands recrutés dans les prisons pour leur servir d'auxiliaires de police. Le système va d'autant mieux fonctionner qu'à la tête de cette organisation surgit celui qu'on appelle M. Henri. Raconter son histoire ici nous entraînerait trop loin et trop longtemps. Une des figures les plus inquiétantes et les plus étonnantes de cette période qui n'en manque pas. C'est un malfrat qui vient du plus profond de la misère. Orphelin, il a dormi à dix ans sur la tombe de son père... carrément, il a cherché sa pitance dans les poubelles de la grande ville. Maison de correction... en ces temps pas si anciens, on y traitait les enfants pire que les chiens galeux. Évasions. Repris. Mitard. Les Bataillons d'Afrique... puis quelques séjours en cabane. L'individu qui tombait dans ce cycle, s'il n'en crevait pas de maladies ou de mauvais traitements, en ressortait devenu tigre. Ruse, férocité... courage. Il en est le type parfait M'sieur Henri, qui se fait appeler Lafont et qui s'appelle en réalité Chamberlin comme le ministre anglais qui ne laissera dans l'Histoire que l'image d'un parapluie.

M'sieur Henri a eu l'idée géniale de faire sortir de taule les pires truands... ceux qui avaient de lourdes peines à tirer pour meurtres, attaques à main armée, cambriolages, proxénétisme. Par le truchement des Bureaux d'achat, ils vont s'enrichir, tout régenter dans le Milieu en échange d'arrestations de juifs et de résistants qui ne pèseront souvent pas lourd devant leurs ruses et les tortures qu'ils leur infligeront.

Fatal que cette engeance s'intéresse à *l'Abbaye*. Ça commence juste par quelques petites incursions de mines patibulaires dans le salon. Sans gravité, ils foutent un peu les jetons aux filles, mais ils baisent sans complication et ils casquent avec largesse.

S'amène bien sûr, M'sieur Henri lui-même... chair et os... escorté de deux trompe-la-mort qui en font beaucoup dans le style gangster. Blandine ne se laisse pas trop impressionner. Elle mesure le danger bien sûr... c'est une instinctive... pour réussir dans la boulangerie du pain de fesses, c'est primordial. M'sieur Henri, lui aussi il jauge la taulière de *l'Abbaye* du premier coup d'œil.

Ce qui dépareillait ce personnage de grand forban... qu'il avait une voix de fausset. Fallait pas l'entendre surtout, ça pouvait presque vous rassurer... Erreur fatale, et il était assez retors pour l'avoir compris et en profiter.

Voilà, il est venu simplement en visite d'amitié dit-il. Sapé prince avec un lardeus poil de chameau, un borsalino sur la tronche... des bagouses, la montre en or ostentatoire... Blandine s'est fait miel-merde aimable pour l'accueillir, on l'avait avertie qu'il finirait par se pointer. Il tenait table ouverte au *One Two Two* où il traitait des policiers allemands, toutes sortes de trafiquants du marché noir, jusqu'à des vedettes de la chanson ou du cinéma par goût d'en installer.

Avant d'entrer au salon, il fait signe à ses deux gorilles gardes du corps de rester à la lourde.

– Chez toi j'ai rien à craindre.

Il dit, en s'installant dans un fauteuil. Le tutoiement d'autor, ça la froisse Blandine, ça la rabaisse au rang des maquerelles de basse catégorie. Le langage est essentiel, toutes les putes le savent, dès qu'elles font éterner le sperme dans des draps fins, des lits à baldaquin, elles s'estiment devenues dames de petite vertu, hétaïres, courtisanes, demi-mondaines comme pour échapper à l'opprobre qui les marque d'une façon indélébile.

– J'aime bien les boxons et le tien c'est celui des curés à ce qu'il paraît.

Blandine, elle est sur des œufs avec cézig, l'envie lui manque pas de le rembarrer sec... de le prendre de haut ainsi que ça lui est arrivé maintes fois avec les harengs les plus sournois, les plus faisandés de l'Amicale. Là, y a des risques tout à fait nouveaux. Tout ce qu'on rapporte sur M'sieur Henri, ça vire à l'épouvante.

Certes, Blandine se sent soutenue sur ses arrières par le bel Hans. Il a ses entrées à la Kommandantur du Gross Paris, seulement l'équipe de M'sieur Henri dépend de la Gestapo... l'armée n'a pas autorité sur elle.

Sur le ton de la rigolade, M'sieur Henri reste dans les « généralités »... qu'il était curieux de voir comment fonctionne un bordel pour les curés. Blandine se défend d'avoir uniquement une clientèle d'ecclésiastiques.

— Ils viennent ici parce que c'est leur quartier et qu'ils savent que nous les respectons.

Il se marre l'affreux... il s'allume un maous cigare. Pour le moment il ne demande qu'à jeter un œil sur les chambres, toutes les installations dont il a entendu dire qu'elles étaient extraordinaires.

— C'est une baronne qui m'en a parlé.

Élodie... la revoilà en piste. Blandine l'avait rangée, celle-là dans le placard aux souvenirs. Curieux détour, elle réapparaît derrière ce voyou. Elle fait partie de celles qu'on désignera plus tard comme les comtesses de ce roi de la pègre. Des dames du meilleur monde... bottin mondain et tout... des titrées qui se disputent l'honneur de se faire calcer par ce Vidocq nouveau modèle. Blandine va apprendre tout ça... et bien sûr, ça ne l'étonne pas excessif de retrouver la baronne des messes noires dans cette galère infernale. Bien obligée de s'exécuter, de faire visiter ses magnificences à M'sieur Henri. Il apprécie en connaisseur la chambre de tortures... toutes les bricoles de souffrance. Justement, un gros curé vient d'y pénétrer avec Adrienne. Il tombe à merveille pour mater à travers la glace sans tain... Le cureton, chauve et couperosé... se déboutonne la soutane... et on découvre qu'il est harnaché en dessous comme une gonzesse... guêpière, bas noirs, porte-jarretelles... tout ça à froufrous et dentelles.

— Intéressant, dit M'sieur Henri.. C'est le curé d'où, celui-là ?

Blandine dit qu'elle l'ignore, c'est pas dans ses habitudes d'enquêter sur ses clients. L'autre malfrat ça le fait rire doucement. S'il le veut dans les heures qui suivent il saura d'où il vient ce gros porc qui se dandine devant Adrienne... qui minaude. Spectacle d'un grotesque achevé. Il va prendre sa correction, le martinet sur ses grosses miches. En général tout ça se termine par un énorme gode dans le fion. Un gode qu'Adrienne s'attache avec une ceinture... des courroies autour du bas-ventre pour ressembler à un mec... et crac ! notre prêtre se fait empapaouter comme la vieille pouffiasse qu'il incarne. Pourtant blasé, M'sieur Henri reste à regarder le spectacle, Blandine se tracasse tout de même... savoir où il veut en venir... tout le problème !

La visite terminée, il tient à offrir le champagne. Ça fait partie de ses politesses. Tournée générale. Toutes les mômes et ses aimables chimpanzés escorteurs.

– Plus on est de fous, plus on rigole.

Jaune, elle se marre Blandine ! Elle fait contre mauvaise fortune... ses pouliches arrivent... tenues ultra-légères... la soierie, les dentelles ne sont là que pour mettre en valeur les beautés du corps. D'autor elles flairent les ruffians, elles en ont dans leur existence... ou en ont eus... parfois elles s'en sont débarrassées au prix de mille sacrifices. Blandine déteste les harengs, dès qu'elle peut aider une fille à s'affranchir de leur tutelle, elle s'y emploie.

On débouche les roteuses...

– À la santé de la Grande Allemagne !

Le froid que ça jette... les nanas hésitent, tergiversent avant de lever leur verre à l'imitation de M'sieur Henri. Ses deux malfrats escorteurs, eux, ça les gêne pas le moins, ils se marrent de voir les filles si embarrassées. Bien sûr, la scène se situe au moment où ça souriait partout pour les Fritz. On ne donnait pas cher de la cause des démocraties et ce fut la raison essentielle de quelques erreurs catastrophiques d'aiguillage. M'sieur Henri et ses acolytes n'avaient pas le choix... c'était inespéré pour eux, cette métamorphose des cloportes en super flics. Du jour au lendemain, ils avaient le droit de voler, de piller, violer... de s'en foutre plein les fouilles sans risque. Que demande le truand sinon du fric pour se la faire grasse et la plus crapuleuse possible ? Il n'y a que dans les films d'intellos qu'on les voit en héros de tragédie antique.

Interminable la scène de fraternisation à *l'Abbaye*. Adrienne est venue y participer après en avoir fini avec son curé. Droit aux félicitations de celui que ses hommes appellent le patron.

Ils ont fait déboucher rouille après rouille ce qui les rendait de plus en plus joyeux. Et au bout du compte, ils ne pouvaient pas repartir sans avoir fait honneur aux meilleurs produits de la maison... les filles elles-mêmes. Les deux gorilles s'en sont choisi chacun une...

— Ils vont casquer, sois sans crainte, a dit M'sieur Henri...

— Et vous ?... vous ne montez pas ? ... a demandé Blandine.

Elle s'attendait pas, elle avoue à sa réponse... ça l'a prise de plein fouet.

— Si, mais avec toi. Je suppose que ça te déplaît pas trop.

— Très honorée, mais vous voyez bien que je ne suis pas prête.

Ce qu'elle répond... qu'elle ne monte jamais elle-même les clients puisqu'elle est la patronne. Avec sa robe noire stricte jusqu'au col... ce côté dame patronnesse qu'elle cultive pour donner du sérieux à sa fonction... chignon... maquillage inexistant... talons plats. Il en a rien à foutre M'sieur Henri, il se lève, l'attrape par le bras d'une pogne d'acier à laquelle il ne vaut mieux pas résister.

— C'est comme ça que tu me plais salope !

Plus qu'à s'exécuter, s'enquérir auprès d'Adrienne pour savoir si la chambre mauve est disponible. Bien sûr... c'est la piaule pour les évêques, les ambassadeurs, l'académicien qui prie avant et après la faute. Ça risque pas qu'Henri Lafont, qui ne va laisser qu'une trace de sang dans l'Histoire de France, se livre à ce genre de mômerie avant de sabrer une gonzesse.

Blandine après les années passées ne regrette pas d'avoir subi son étreinte à cet affreux-là. Ça lui fait un numéro exceptionnel dans sa collection. Le surprenant c'est qu'une fois dans le mimodrame qui conduit à la jouissance, il est plutôt normal dans son comportement. Bien sûr, il la déloque en lui arrachant les fringues, il se préoccupe pas de ménager la fripe... il y va fébrile, il a hâte. Blandine ça, ça la met un peu en humidification ces façons de faire. Tandis qu'il l'effeuille sauvage, elle oublie la situation... ce qu'il est, le danger qu'il représente. Il entrave, lui, qu'elle ne frime pas, les vrais mecs ont souvent un double sens à ce sujet, un radar... on les fait difficile marron au petit cinoche intime, que certaines nanas savent si bien vous jouer. Soupirs et cris et je t'en redemande... et les « encore » et les « plus fort », « plus vite », « plus fort encore » !

Henri, une fois qu'il l'a eue décarpillée, il la pousse brutal sur le grand lit à baldaquin... et il te lui écarte sans ménagement les brancards pour s'offrir en guise de hors-d'œuvre une savoureuse descente au barbu. Tout ça classique, du tout-venant, mais ça reste le meilleur. Tous les compliqués de la bébête, les cérébraux, intellectuels de l'érection, ne peuvent satisfaire que leurs semblables... les rares gonzesses qui peuvent fonctionner comme eux.

Elle ne dit pas Blandine s'il travaillait de la languetouse mieux que le commissaire Lebreuil ou Gégène. Elle donne pas de note. Elle constate juste qu'il est plutôt expert au broute-minou... qu'il lui fait monter la pression au point de la faire mouiller jusqu'aux genoux. Rare que ça lui arrive. Faut ajouter qu'il a un instrument de fortes dimensions... un lingam comme dirait Gandhi, qui pourrait figurer sur les fresques des temples hindous. Et que ça lui remonte cet énorme phallus jusqu'aux entrailles... qu'elle a l'impression que le foutre va lui grimper jusque dans la gorge. Elle jouit à s'en faire saigner les lèvres puisqu'elle ne veut pas crier, hurler... pour ne pas troubler la bonne tenue de sa maison.

Après quoi, il tire sa grosse révérence qui se tient toujours au garde-à-vous... en salut nazi puisqu'il s'agit d'un sbire du Führer.

– Demande-moi de t'enculer...

Elle se redresse un peu... elle le regarde, il a vraiment une sale gueule de brute, de tueur ce type... des traits épais, un regard froid. Elle est pourtant subjuguée... incapable de lui dire non.

– Demande-moi poliment, ordure !

Sa voix presque féminine la fouette. De toute façon elle va y passer, ce n'est pas tellement pour lui déplaire. Elle hésite pourtant. Est-ce une chose qui se demande ?... On vous retourne et la maestria fait le reste.

– Encule-moi... je t'en supplie, encule-moi !

Il a un sourire féroce. Ses yeux se plissent. Il est baraqué pas possible... tatoué... noueux et son braquemard brandit comme une menace. Il a alors un geste inouï... le plus inattendu, vu la scène, le personnage... la situasse, il fait le signe de croix et sans laisser le temps à Blandine de revenir de son étonnement, il la retourne sur le gril d'amour... sans précaution, sans la moindre préparation, il la pénètre d'un seul coup comme dans un viol. Elle n'a pas pu retenir cette fois un cri qui a transpercé tous les murs de *l'Abbaye* ... un cri d'assassinat, de quoi glacer le sang de toutes les pouliches en action ou au repos. Fort heureux, Adrienne, précautionneuse s'était mise en poste derrière la glace sans tain de la chambre mauve... Elle peut rassurer les inquiètes.

– Madame vient de se faire sodomiser, annonce-t-elle plutôt stylée.

Quand la souffrance se mêle à la volupté, on est chez ce vieux Marquis de Sade, en son domaine réservé. Blandine avoue qu'une fois l'enfouraillement brutal passé... la douleur, elle a senti remonter les mêmes sensations, les mêmes fulgurances de plaisir qu'avec Armand. Elle a mordu le traversin, elle en pouvait plus et l'autre le monstre, le tortionnaire il limait à l'infini sans plus rien dire, sans le moindre soupir, le moindre grognement.

Le calme revient toujours après la tempête... tout se remet en ordre, la bite s'amollit... les fringues se remettent sur la peau... comme dans un film à l'envers. On redescend du septième cercle de l'enfer et c'est une musique d'Église qui vous accueille.

Une petite, une nouvelle qui a encore gardé un peu de fraîcheur de son catéchisme a eu cette délicieuse idée de se mettre à l'harmonium pour jouer le *Magnificat* lorsque Madame débouche de l'escalier.

Il est satisfait M'sieur Henri... Blandine n'imaginait pas qu'il irait jusqu'à payer la note. Il s'extirpe des fouilles des talbins de grands formats. Il ne compte pas, il jette la liasse sur la console... il y a là de quoi rémunérer toutes ces demoiselles pendant un mois. Ça leur file un coup dans les châsses... leur éclaire brusque le paysage.

Il a gagné M'sieur Henri... il gagne partout et toujours de la sorte, il envoie la monnaie sans hésiter. Lésiner est un mot qui n'appartient pas à son vocabulaire que ce soit pour payer ou pour tuer.

XXIII

Lorsque Madame Blandine nage dans les eaux troubles

Notre héroïne se tracasse un peu les jours qui suivent. Hans est en déplacement, nous approchons d'une période ou les troupes du Reich vont avoir sérieux à se colleter dans les steppes avec les Popofs. On n'en a pas encore trop idée... n'oublions pas que depuis près de deux ans les Soviétiques et les Nazis se roulent des patins qui mieux mieux... Ils se partagent les dépouilles des victimes sans état d'âme. Faudrait être dans les secrets du dieu de Berchtesgaden pour savoir de quoi il va retourner. Même le Hans, capitaine de la Wehrmacht et doktor ès objets d'art, personna qui semble grata, serait bien incapable d'affranchir sa dulcinée française. Il lui rapporte d'un peu partout, de ses voyages... de jolis cadeaux... des soieries, des bijoux. Au moment où se situe l'anecdote de la visite de M'sieur Henri, il revient d'Extrême-Orient... de l'Empire du Soleil Levant, bientôt allié de nos purs Aryens.

Elle hésite à l'affranchir carrément. L'incursion du malfrat, ça, elle peut l'aborder mais ça lui paraît glandilleux d'entrer dans les détails... le comment elle s'est fait tringler de première... le fade qu'elle a pris... ça pourrait le rendre jalmince, sait-on jamais avec les hommes. Elle se prévoit tout de même qu'il va revenir M'sieur Henri, que ça sera peut-être cette fois pour prendre possession des lieux. Elle a appris par des amies de la profession, qu'il avait jeté son dévolu sur deux ou trois affaires... qu'il en était devenu par la force l'actionnaire principal. Se faire spolier de la sorte, elle en acceptait pas l'idée de gaieté de cœur. Certes, elle pouvait consulter ses protecteurs spirituels par l'entremise de M. Félix, mais elle préférait voir d'abord du côté des occupants, disons plus officiels. Le général commandant de la place maintenant c'était Stulpnagel, lui, paraît-il n'aimait pas toutes ces combines autour des maisons closes... C'était un Prussien aux traditions rigides. On a su plus tard qu'il était plutôt en relations tendues avec les joyeux lurons de la Gestapo. Il avait tout à fait désapprouvé l'utilisation de bandits à des fins policières.

Hans est rentré, il avait vu à Tokyo de beaux spécimens de guerriers aux yeux bridés. Des geishas aussi sans doute... Blandine n'avait aucune illusion sur l'exclusivité de son cul... surtout que ça durait déjà depuis près d'un an leur voyage en gondole d'amour. À son âge, en considérant son métier, c'était déjà exceptionnel. Ça tombait sous le bon sens, on connaît les fins inéluctables de ces choses, mais on arrive jamais vraiment à s'y faire.

Revenu fringant Hans... toujours hardi sabreur au plumard. Sur l'oreiller après les soupirs, les petites griffes dans le dos... la cramouille recrue... on se cause quand le souffle vous revient. Sur le Japon, il devait pas tellement avoir le droit de raconter son voyage. L'idée était venue à Blandine depuis une paye qu'il travaillait pour l'Abwehr, Hans... dans les services de Canaris... l'Amiral des services secrets. Il ne pouvait donc que parler d'art, de femmes, de nourritures, de grands crus... de ciel bleu... de merveilleux nuages, toutes choses à vrai dire plus importantes que les mitrailleuses et les caisses de munitions. Elle lui a raconté la visite d'Henri Lafont. Il en avait entendu parler... C'était un monde qu'il préférait ne pas fréquenter, mais il convenait que c'était sérieux qu'il fallait peut-être prévoir comment parer au pire.

— Il est monté avec une fille ?

Là, il lui fallait mentir. En fin de compte elle avait été forcée de se plier au bon vouloir du malfrat. En refusant elle se serait mis en guerre avec lui.

— Non, juste ses gardes du corps et ça s'est passé normalement.

Le voilà en tout cas alerté le bel Hans. Il pourra agir s'il y a lieu.

Après tout, on pouvait se dire que M'sieur Henri avait satisfait une simple curiosité... puisque tout ce qui concerne les choses plus ou moins illicites, le vice, les activités souterraines l'intéressent. On est pas loin du compte... mais pour être mieux rencardé sur *l'Abbaye,* il va placer dans son jeu biseauté une espionne de choix dans la taule. Adrienne, il ne peut pas mieux choisir. Une nuit prochaine en rentrant chez elle après le couvre-feu, elle se fait aborder le long d'un trottoir par une traction avant noire comme dans les bons films de la même couleur. On lui intime l'ordre de monter dans le carrosse. Elle a suffisamment de jugeote, Adrienne, pour ne pas aller au charron, se mettre à appeler des secours qui ne parviendraient de nulle part.

Trois garnements en imper et chapeau mou la conduisent quai des États-Unis dans un hôtel particulier. Pas de jactance inutile. « Où m'emmenez-vous ? » « Voir le bon Dieu. » Et le bon Dieu à cette heure-là c'est M'sieur Henri. Elle le retrouve dans une petite pièce aménagée en bas au sous-sol. Il est là, dans un fauteuil club entouré de quelques personnages à tronches de prison centrale... gominés, sapés, crocodilisés des pompes, ce qui en ces temps de semelles en bois représente l'aristocratie du marché noir. Elle en connaît deux d'ailleurs de ces lascars : Pierrot-la-Valise et Gros-René, elle les croyait hors du circuit par décision de justice pour un bon bail mais la justice aussi est en sommeil.

— Content de te voir.

Il dit, le Patron... toujours sa petite voix de gonzesse que personne à présent n'ose plus chambrer, ce qui serait sans doute au premier vanne un arrêt de mort.

— T'as une curieuse façon de m'inviter rétorque Adrienne.

Il se marre Henri, il est décontracté... il a dégrafé le col de sa chemise. Il s'excuse, il préfère que les choses ne traînent pas, il a une proposition à lui faire... Intéressante il va sans dire.

— Je suis un patron qui paye, mes ouvriers peuvent te le dire.

Lesdits ouvriers, ils sont pas en salopette bleu de chauffe... avec les ongles noircis de cambouis. Ils se fendent la pêche du trait d'esprit de leur taulier. Il s'est cloqué encore un cigare dans la bouche, un des ouvriers précisément vient le lui allumer.

Après une coupe de champ' pour détendre l'atmosphère, M'sieur Henri a fait éloigner ses sbires. D'un geste. Il est arrivé, cézig, à se faire obéir sans aucune contestation dans un milieu où tout est chaotique... où les hommes sont d'une susceptibilité à fleur de flingue. Au bar, ils ont à s'occuper avec deux nanas décolorées de la chevelure, qui pavoisent des tétons et de la croupe. On distingue tout ça dans l'éclairage tamisé...

Un pick-up diffuse une musique plutôt suave... de la sucrerie napolitaine. Ça semble un peu irréel, si on se replace dans le contexte... que dehors dans les rues vides ne passent que les patrouilles de feldgrau... que toutes les lumières sont passées au bleu camouflage... Ce qu'il veut Henri c'est qu'Adrienne lui rapporte très fidèlement ce qui se passe à *l'Abbaye*, qu'elle se démerde pour connaître le nom de tous les visiteurs, si possible avec des détails sur leurs petites manies. Elle en sera récompensée largement. C'est à prendre, pas à laisser. Les gens qui se refusent à M'sieur Henri ils s'évaporent, on les revoit plus... ils deviennent de la nuit et du brouillard.

Dans sa carrière de dompteuse, elle a dû affronter des fauves réputés dangereux... tigres royaux, des lions de l'Atlas à crinière flamboyante... celui-là il bouge pas, il ne grogne pas, il tire juste sur son cigare. Pas besoin de lui en dire davantage, elle acquiesce d'autant plus qu'elle ne se sent pas liée à Blandine par un pacte sacré. Et puis peut-être a-t-elle la trahison dans le sang... ça s'apprend pas, ça, c'est inné, c'est la chose la mieux partagée du monde.

— Des bricoles peuvent m'échapper !

— Tu t'arrangeras pour les rattraper ma jolie...

Sans réplique possible et déjà il veut savoir le nom du chleu qui protège Madame... Hans Muller, ça lui dit rien au patron...

— Muller c'est aussi courant chez les Fritz que Lévy chez les juifs.

De quoi rire quand on sait le sort que les Allemands réservent aux Lévy... Au fond, M'sieur Henri, il n'est pas plus antisémite qu'anti n'importe quoi. Les juifs c'est pour lui l'occase de se sucrer sans risque. Pour l'instant il joue du chantage, de la compromission. Même les Allemands il va les mouiller, les embringuer dans des embrouilles qui vont les lui rendre tout à fait serviables.

Avec Adrienne il agit à son habitude. Il montre sa force et il fait plier les gens tout en leur graissant le plus possible la paluche.

Adrienne va être raccompagnée chez elle, toujours en traction-avant munie d'un *Ausweiss*. Au volant un petit Méridional noiraud et avec elle à l'arrière, une des blondes décolorées qui rentre dans la même direction, dans le XIVᵉ, rue d'Alésia. Elle se fait chatte la môme sur la banquette, elle lui glisse des regards enamourés. Adrienne n'est pas d'humeur à folâtrer cette nuit-là... elle est en gambergeades sérieuses. Avant qu'elle parte, M'sieur Henri lui a glissé dans la poche de son manteau quelques billets. Elle comptera la somme une fois dans sa piaule, où son chat l'attend, le pauvre qui n'a pas bouffé depuis sa pâtée du matin. L'autre connasse gestapette, elle la laisse au chauffeur, elle en a de plus excitantes à se foutre entre les toiles à *l'Abbaye*. L'idée que M'sieur Henri a combiné ce petit cinoche, au fond ça la fait marrer, avec cependant un brin d'inquiétude dans la rigolade.

Il n'est de bonne théologie qu'à Rome. Malgré les complications de l'époque, Matthieu avait réussi à gagner le Vatican, démobilisé définitif de la brillante armée française. Il était donc à l'abri, à l'ombre de la basilique Saint-Pierre. Blandine recevait maintenant un courrier qui lui parvenait par les voies secrètes du Seigneur et elle y répondait de même. Rassurée quant à son avenir, elle se déchirait un peu le cœur de cet éloignement. Son confesseur lui faisait remarquer que le sort de bien des mères sur toute l'étendue de l'Europe était beaucoup plus douloureux. Difficile de ne pas en convenir.

Ça m'en bouche un coin... du stylo... ce confesseur. Blandine vivait double et avec autant de sincérité chaque fois. C'est plus courant qu'on ne le croit, mais dans son cas, ça touchait aux limites du concevable.

On peut même ajouter une troisième dimension de son personnage... la sentimentale. Elle connaît tout des hommes affirme-t-elle, de par son métier et, pourtant avec Hans, elle se laisse aller à des élans de midinette... Je t'aime... tu m'aimes... on s'aimera... comme dans la chanson. Lorsque Hans est au loin, ailleurs... pour le compte de qui exact... va savoir ? Tout est dépeuplé. Sous sa plume on rencontre alors des tournures, des expressions qui pourraient être celles d'une honnête femme détournée de ses devoirs par un don Juan.

Dès qu'Hans est de retour à Paris, elle laisse *l'Abbaye* aux bons soins d'Adrienne pour le rejoindre. Il est rarement en cet uniforme de Hauptmann vert-de-gris qui lui sied à la perfection... bottes, vareuse cintrée, casquette plate... Elle craque selon le terme employé de nos jours par les filles libérées. C'est plutôt lui qui la met en garde, il a des renseignements sur la façon dont réagissent les Français en profondeur, la politique de collaboration est mal perçue... les Boches nous bouffent tout et même le cul de nos femmes ! On va entrer dans la guerre avec le Bolchevisme et là, faudra redoubler de prudence.

Lui aussi se méfie des ragots... qu'on le sache lié avec une maquerelle, fût-elle entremetteuse pour les membres les plus éminents de la Sainte Église, ça pourrait lui valoir quelques blâmes acerbes de ses supérieurs. Ça n'empêche qu'ils fréquentent les meilleures tables du marché noir, les clubs, les boîtes privées où se retrouvent pêle-mêle les élites des arts, des lettres, du spectacle avec les éléments les plus en vue de la collaboration. Blandine, avec des robes de Nina Ricci, Schiaparelli, Jacques Fath sur le dos, rencontre Julien Luchaire, le papa de Corinne vedette de cinéma... Georges Suarez... futurs fusillés de la Libération... quelques autres dont elle ne donne que les initiales. Elle a l'impression à ce moment-là d'avoir gravi un échelon... elle est prête, si Hans le lui demandait, à larguer *l'Abbaye*, à tourner définitivement une grande page de sa vie. Seulement voilà, elle y est liée par on ne sait quel pacte du diable... elle y sera encore par-delà la fermeture. Elle est vouée.

Elle ne note même pas la date du 22 juin 1941, l'attaque allemande contre l'URSS. Ça va pourtant jouer un rôle important dans la suite de son existence. Cette guerre, qui atteint les deux extrémités de la barbarie... la plus technique avec ses anéantissements de masse et la plus sauvage avec des atrocités qu'on croyait enfouies depuis Tamerlan... elle va lui emporter son bel amour dans une bourrasque. Il se berçait peut-être, Hans, de l'illusion que ça allait, ça allait durer toujours la vie parisienne. Avec les communistes dans le conflit, les positions se durcissent, on entre dans le cycle du terrorisme réciproque. M'sieur Henri avec son équipe de *saigneurs* est devenu une pièce importante de la répression.

Blandine n'a plus entendu parler de lui depuis sa visite, elle se rassure... elle ne se doute pas qu'elle est dans le collimateur d'Adrienne. M'sieur Henri lâche jamais ses proies, il veut être en mesure de tout contrôler, tout manœuvrer dans le monde interlope. Curés ou non comme clients, le bobinard de Blandine en fait partie. Il s'est rencardé sur le Hauptmann Hans Muller et il sait qu'il travaille pour Otto Brandt à l'Abwehr. Qu'il s'amourache d'une tenancière de claque est une faiblesse, l'occase de faire pression sur lui. Le jour approche où la rivalité entre l'Abwehr et la Gestapo prendra une vilaine tournure, M'sieur Henri à ce moment-là pourra se régaler. S'il avait quelques vélléités de racketter Blandine, il s'est retenu aussi rapport aux curetons. C'est un univers qu'il n'a jamais pratiqué, d'instinct il sent que ça serait sans issue d'aller fureter dans cette direction, même avec ses flingueurs d'élite. Dire qu'il a le respect des choses de la religion serait excessif, on peut noter cependant qu'avant de se faire flinguer en 1944 au Fort de Montrouge, il exprimera le désir que sa fille soit élevée dans une école chrétienne. Quand on connaît la trajectoire de Marie-Gertrude devenue Blandine, ça laisse à gamberger...

Et Hans se fait convoquer par un supérieur, un colonel plutôt amical à son égard, un homme qui connaît sa famille. Sans ambages, il le met en garde contre certaines fréquentations douteuses. Que ça peut lui attirer des ennuis. Le haut commandement conçoit fort bien que pour les besoins du service, il contacte des gens de moralité incertaine. « Mais point trop n'en faut. » Je vous traduis. En allemand il doit y avoir une formule adéquate.

Si ce colonel s'est donné la peine de l'avertir c'est qu'en haut lieu on est tout à fait au parfum. Son aventure avec Blandine en bon soldat il aurait dû la rapporter... la faire entrer dans le cadre de ses missions d'une façon plus ou moins justifiable. Il s'est comporté en bleubite, pour un agent de l'Abwehr ce n'est guère pardonnable. Il pourrait rompre, mais Blandine a su l'envelopper dans le plaisir, lui devenir un peu sa drogue. Au lieu d'écouter ce brave colonel presque à la retraite, il persiste... mieux, il raconte tout à sa maîtresse. Elle, elle respire un peu la vape... Ça ne peut venir, les renseignements à leur sujet, que de chez M'sieur Henri. Otto Brandt est à cette période de l'occupation l'homme de tous les trafics... il règne sur le marché noir, sur les récupérations de biens juifs... il ne recule devant aucune compromission.

Blandine prend conscience alors que la protection d'Hans est illusoire, qu'il n'a pas les coudées si franches qu'il veut bien le laisser entendre. Travers assez répandu... les hommes se croient souvent plus de pouvoirs qu'ils n'en ont... ils en font état et c'est déjà de leur part d'une insigne maladresse. Il leur arrive de promettre sans pouvoir tenir. Ça vous forge des ennemis en acier trempé.

À *l'Abbaye*, les habitués à soutane commencent à se méfier. Ils croisent trop de singuliers clients aux allures teutoniques. Les grands manteaux de cuir noir... les petits chapeaux quasi tyroliens... les nuques rasées sous les chapeaux... Ça les effarouche nos oiseaux noirs. Ils sont pourtant bien tenaillés par leurs passions, leurs fantasmes, leurs perversions... mais certains préfèrent s'abstenir provisoirement...

faire pénitence, ça fait partie du châtiment que le bon Dieu impose à la France.

En cette période, le clergé ajoute à tous les saints de son calendrier, Saint Philippe Pétain. Aujourd'hui ses descendants vous le cachent soigneux... que l'Église a résisté dès les premières heures, dès que le général a saisi son micro à Londres. Il faut bien raconter l'histoire dans le bon sens, les légendes ne se fabriquent pas en un jour, ni sans quelques arrangements avec la vérité.

Saint Philippe Pétain, peut-être, mais il n'empêchait pas les chleus d'être à Paris et d'y avoir installé la plus redoutable police qu'on puisse imaginer. Les vrais penseurs du Saint-Siège... les politiques avisés ne pouvaient pas ignorer que le cher et bien-aimé Führer dans son *Mein Kampf*, sa doctrine prévoyait de les anéantir eux aussi... après tout, ils n'étaient qu'une ramification dégénérée du judaïsme. Une fois la victoire acquise... le Reich installé pour mille ans, ils feraient pas long feu dans le paysage... au bûcher en rangs par quatre. On referait des martyrs pour nourrir les lions ! C'est pas le Saint-Philippe Pétain tout gâteux dans son hôtel de cure à Vichy qui pourrait empêcher Néron d'incendier la cathédrale.

Sur le plan de la rentabilité de son entreprise, Blandine ne pouvait pas se plaindre. Il lui venait toutes sortes de nouveaux amateurs... des hommes qui s'enrichissaient à une vitesse phénoménale à l'ombre de la Werhmacht... venant de tous les milieux possibles, bourgeois, industriels... commerçants et puis cette voyoucratie qui prospérait sous la houlette de M'sieur Henri et de quelques-uns de ses concurrents, Rudy de Mérode, M'sieur Martin, bien d'autres dont le nom s'est effacé. Ils venaient là, les uns, les autres, se faire soigner les crampes de la verge. Et ils avaient toujours de quoi laisser de jolis petits cadeaux... le fric leur sortait de toutes les poches. Que demandent les filles dans un boxon ?... *Monnaie qu'on descrie* comme a dit le poète.

Situation non pas idyllique, mais privilégiée en cette période de ramasse-miettes sur les trottoirs. Blandine sait où il faut s'adresser pour que la table soit correctement garnie. On y becte de la viande, des volailles, du pain blanc et des légumes qu'elle fait venir d'Arpajon deux fois par semaine dans une camionnette à gazogène munie d'un *Ausweiss*. Comme elle a toujours veillé à l'hygiène, la propreté corporelle de ses pensionnaires, elle trouve aussi du savon, des produits d'entretien... et pendant l'hiver le charbon arrive dans une chaudière, ce qui permet aux amateurs de gourmandises trouduculières de se déloquer sans craindre la pneumonie.

« J'ai honte à le dire mais cette première année d'occupation fut une des plus belle de ma vie. »

Une honte dont elle n'a pas honte finalement. Après ça, les choses vont se compliquer un peu. Le bonheur est fugitif, ma pauv' dame !...

XXIV

Où Blandine va perdre son dernier amour

On a toujours tort de se rassurer sur l'avenir, surtout dans un métier aussi spécial que celui de Blandine. Avec son histoire d'amour, elle ne pensait qu'à se faire la plus séduisante possible. Frusques... les soins de beauté. Malgré la pénurie, les rigueurs de l'époque, y a toujours moyen de moyenner pour ceux qui savent éclairer les ténèbres avec des espèces sonnantes.

Elle luttait contre ses premiers cheveux blancs, notre mémorialiste... teinture... les indéfrisables... la mode était encore aux sourcils épilés. Lorsque Hans arrivait tous les parfums d'Arabie étaient au rendez-vous dans la chambre. En général, il prenait même pas le temps de boire un verre, de raconter un peu (si peu) sa vie... elle était prête pour le corps à corps. Il te l'emballait comme une jeune fille... la basculait sur un sofa... sur le plumard ! Toujours il était en forme dès la porte ouverte, ce qui prouve bien le grand amour surtout au bout d'un an. Sans doute était-il atteint d'une forme de priapisme son esthète Hauptmann. Elle en convient, ce qui atténue un peu l'aspect sentimental qu'elle prête à leur liaison. Mais allez vous y retrouver dans ce dédale entre le fion, le cœur... l'ardeur, les mots, tout se brouille et si l'omelette est savoureuse, ça vous fait une bonne raison d'avoir vécu ces moments-là !

L'orage avait commencé à l'Est. Au début ça semblait du beurre... une motte... les blindés s'enfonçaient dans la steppe et les journaux s'en faisaient des titres triomphants. Blandine se demandait si cette gigantesque guerre qui allait consommer les hommes par régiments entiers allait épargner Hans. Allait-il rester là dans les dédales de Capoue-Paris pendant que ses compatriotes se faisaient hacher par les mitrailleuses russkoffs ? Elle se rassurait en pensant qu'on avait besoin de lui ici. Ici, ça voulait dire l'Abwehr... les services spéciaux de l'Hôtel Lutetia. Et puis toutes ses recherches d'œuvres d'art. Un petit verni... jusque-là il n'avait pris part à aucun combat, ni en Pologne, ni en France, ni en Afrique. Dans le climat de l'Allemagne en guerre c'était pas des choses dont on pouvait se vanter sans risque.

Et ce qui devait arriver, arriva... deux affreux de chez M'sieur Henri... Blandine ne les décrit pas, on se les imagine facile... pas des mecs à palabrer... à vous envoyer les propos d'amabilités d'usage. Ils ont annoncé un chiffre. Un chiffre avec beaucoup de zéro. Blandine ne précise pas mais ça lui paraît à peu près la moitié de ses bénéfices. Ça sera à verser chaque mois. Ils passeront, qu'elle se rassure, elle n'aura pas à se déranger. « C'est pour l'effort de guerre du Reich » a précisé l'un des affreux, un type à l'accent de Marseille.

– On reviendra mardi... préparez-nous une enveloppe. M'sieur Henri vous souhaite bien le bonjour.

Il s'est épanoui la tronche, celui qui parlait. Un sourire agrémenté de quelques dents en or. C'était en ce temps-là, le fin du fin de la fortune que de se faire aurifier la gueule.

Effort de guerre, tu parles ! Blandine savait qu'ils rackettaient ainsi tous les boxons... enfin ceux qui n'étaient pas carrément entre leurs pognes. Trop beau que M'sieur Henri se soit contenté d'une visite de politesse. Ça l'avait rassurée qu'il ne se soit pas manifesté dès le lendemain. Quatre mois s'étaient écoulés depuis. Après plus de vingt ans de putanat, elle pouvait pas se laisser pirater comme la dernière des cavettes. Son recours c'était Hans... il représentait l'Armée Allemande, elle était capable l'Armée Allemande d'aller envoyer ces frappes au piquet... en forme de poteau ! Ça lui aurait pas tiré une larme que M'sieur Henri se fasse étendre malgré les instants de plaisirs exceptionnels qu'il lui avait offerts.

Hans au courant... il a paru très embarrassé d'avoir à entreprendre une action contre Lafont. Comme il sait que son chef direct, Otto Brandt, est chevillé avec lui, il suppose que ça ne va pas être du bretzel que de résoudre le problème.

Et ça ne le fut pas. Dès qu'il engagea le fer... enfin un fer tout à fait verbal avec Otto, il était évident qu'il avait perdu une belle occasion de se taire. Otto ne pipa, mais, sans commentaire aucun, il agit. Tout simple, il avisa le Haut commandement des rapports suivis entre son subalterne et une mère maquerelle... une Frau directrice d'un pouf.

Sans qu'on daigne lui en expliquer le motif, Hans fut muté dans une unité combattante... direction Front de l'Est. Décembre approchait, il pourrait y faire du ski, du patinage artistique... toutes sortes de gracieux sports d'hiver.

Adieux déchirants. Blandine écrit à ce propos que c'était la fin de sa vie de femme cette rupture. Hans se fit le plus rassurant possible... qu'il allait revenir... la Russie serait vaincue dès que les divisions blindées pourraient se remettre en marche. Toujours cette fois dans le grand Reich pour mille ans. Il avait encore la peau dure mais ses ennemis étaient trop nombreux, il avait indisposé trop de monde.

Suprême partie de jambes en l'air. Le dernier coup de bite à Paris ! Les larmes... et comme corollaire la résignation conseillée... qu'il valait mieux casquer la dîme à M'sieur Henri. Négocier en échange sa protection... d'autres équipes de malfaisants au service des Fritz pouvaient surgir... que la carlingue de M'sieur Henri assure au moins sa protection.

Hans est parti et il n'est jamais revenu comme dans les chansons d'Edith Piaf. Pas un mot, pas une lettre. Des bonnes âmes ont suggéré ensuite à l'oreille de Blandine, qu'il avait eu des comptes à rendre aux policiers du Reichsführer Heinrich Himmler. À Berlin, ils se sont occupés de sa belle gueule. On l'a rendu méconnaissable avant de le flinguer dans la cour d'une prison. Des bricoles qui furent monnaie courante dans les deux, trois ans qui suivirent. Quel jeu jouait-il exactement le Hauptmann Muller ? Blandine n'est pas capable d'apporter le moindre éclaircissement à ce sujet. On sait simplement que l'Abwehr de l'Amiral Canaris s'est fait éliminer par la police politique, mais cette grande explication eut lieu plus tard, après l'attentat contre Hitler en juillet 44.

N'importe tout ceci appartient à l'Histoire qu'écrivent les spécialistes. Nous voici, nous, avec Blandine seule dans la tourmente. Inébranlable tout de même. Elle va affronter M'sieur Henri jusqu'en sa tanière. Enfin... tanière... il ne l'invite pas rue Lauriston où il a installé son officine avec un flic révoqué, l'inspecteur Bonny qui est devenu son second, son homme de confiance. Non, au téléphone, il l'a conviée à un dîner avec quelques amis dans sa villa (une de ses villas) à Suresnes... il sera ravi... etc.

Elle s'attendait à rencontrer les pires tortionnaires. L'erreur, il y avait là des gens du monde... un industriel, deux, trois hommes politiques qui gravitaient dans les eaux de Vichy... leurs dames bien sûr... une marquise de... Il affectionnait les marquises M'sieur Henri, je vous ai dit, les duchesses... tout l'armorial. Devant les difficultés du moment certaines se sont laissées séduire. La baronne Élodie, elle n'avait pas eu à beaucoup se forcer, elle aimait les aventuriers. Ça faisait partie de sa revanche à l'autre voyou de s'embourber des princesses... de leur en foutre un coup dans le blason... de leur filer une rouste d'amour à l'occasion.

Dîner où il y avait aussi, et le détail est d'importance, quelques Allemands. Des gradés bien sûr... un Standartenführer S.S. dans son uniforme noir... un homme aimable contrairement à l'idée reçue. S'y fier, c'est une autre paire de roubignoles ! Blandine était en robe de velours grenat, un modèle de chez Patou... juste décoré d'une broche en or sertie d'un petit diamant, cadeau d'adieu d'Hans. Une élégance du meilleur aloi.

Elle avait aussi redouté que cette soirée tourne partouse. Le bruit courait chez les ruffians que M'sieur Henri organisait cette sorte de divertissement dans les splendides villas qu'il réquisitionnait au-delà de Neuilly, dans la banlieue chic. Il y conviait des gonzesses prêtes à tout... des vrais Prix de Diane... du champagne, caviar à la louche... des menus royaux... grands crus, etc. Avec les facilités qu'il avait pour se procurer tout ce qui manquait sur le marché, il enveloppait les Allemands, il les introduisait dans des affaires d'enrichissement rapide. Il allait devenir un des personnage occultes les plus puissants de la capitale.

– Est-ce bien nécessaire de me mettre à l'amende ? a glissé Blandine à l'oreille du maître de maison qui recevait ses invités en bras de chemise, bretelles, col dégrafé... pour bien leur montrer qu'il était au-dessus de toutes leurs convenances.

Il a souri et puis en quelques mots, il lui a répondu que c'était surtout une question de principe. Que dans toute bonne féodalité le vassal se devait d'envoyer la redevance à son seigneur... Mais que s'il l'avait invitée ce soir, c'est qu'il la considérait plutôt comme une amie... et de lui présenter pour le lui prouver le Standartenführer... Une relation qui pouvait devenir d'une grande utilité.

Blandine est restée dans les fioritures des civilités habituelles. Là, ça consistait tout de même à célébrer les victoires du Reich en Russie... la blitzkrieg... Ça lui sortait mal de la bouche, il lui revient dans le fond du cœur des sentiments encore patriotiques. Pas très fermes, certes, mais elle se rappelle l'Histoire de France et comme beaucoup de gens, elle se fait des analogies avec Napoléon, sa catastrophique campagne de Russie... sa guerre avec les Anglais.

Le Standartenführer s'était mis à lui faire du gringue. Comme mâle il se présentait consommable mais elle a préféré éluder poliment... prétexté la fatigue, le mal de tête pour couper court à cette soirée pesante. Un des gardes du corps l'a raccompagnée en traction et dans sa chambre elle a retrouvé l'ombre de Hans... C'était à la fois tendre et douloureux de penser à lui. Elle avait conscience qu'il fallait qu'elle fasse très gaffe à présent... qu'elle garde ses distances avec le Standartenführer et autres sbires de la Gestapo. Le racket n'était peut-être qu'un moindre mal. Elle n'en parlera même pas à M. Félix lors de leur prochaine entrevue. Ça lui paraissait plus prudent. « J'avais l'impression d'être une funambule. »

Des mois passent... l'hiver se fait de plus en plus rigoureux pour tous, pour tous les crève-la-dalle en France et un peu partout en Europe, mais surtout pour les blindés du général Guderian devant Moscou. Même à *l'Abbaye* on ne chauffe plus toutes les pièces... on se restreint sur la bouffe. Pourtant Blandine fait des miracles pour trouver de la viande, du pain, du beurre, mais comme la dîme du racket est forte, ses moyens ont diminué. Elle subit... elle s'esquive aux invitations de M'sieur Henri qui vient de temps en temps accompagné de son chien fidèle, l'ex-inspecteur Bonny. Lui, parfois il reste ou il revient seul, pour monter avec une fille. Au chapitre de ses mœurs intimes R.A.S. Ce n'est pas un imaginatif. Nul besoin de déguisement, de fouet, de gode ou autres accessoires de la luxure interdite. Enfin interdite par la morale, mais la morale quand on en a les moyens on peut toujours s'asseoir dessus.

Encore un printemps, un été glorieux... où l'armée allemande arrive jusqu'au sommet du Mont Elbrouz dans le Caucase, planter le drapeau à croix gammée. Elle n'y est pas restée longtemps... à l'entrée du quatrième hiver de guerre, elle se trouve coincée à Stalingrad. La chance a tourné et, ça, Blandine en a bien conscience, surtout que les gens de l'archevêché qu'elle rencontre... lui laissent entendre que leurs prières pour le salut de la France vont enfin être exaucées. L'Amérique est en guerre et Dieu, qui a changé de camp, est avec elle.

Elle trace dans ses souvenirs toute cette période à grands traits, sans trop de détails. Très franchement, elle avoue que, sans avoir été une collabo comme sa liaison avec Hans pouvait le laisser supposer, quelque temps, elle avait cru à la victoire de l'Allemagne. Elle naviguait pour subsister dans cette éventualité, comme la plupart des gens en France. Et puis après le débarquement des Alliés en Afrique du Nord, le général Paulus fait aux pattes sur la Volga... elle était devenue de plus en plus sceptique quant à cette victoire. La balance penchait de l'autre côté, il était peut-être temps d'envisager l'avenir sous un autre angle.

De Rome lui parvenaient par un courrier spécial des lettres de Matthieu qui poursuivait ses études de séminariste. Il était, d'après ce qu'on lui disait, dans le meilleur établissement, celui qui conduisait aux fonctions les plus importantes.

Elle en est heureuse, mais elle voudrait bien le voir... son absence lui pèse... Dans ce domaine, elle est tout de même moins à plaindre que les mères qui ont leurs fils prisonniers en Allemagne depuis déjà plus de deux ans.

Hans, elle n'arrivait pas à l'imaginer étendu pour le compte dans une plaine ô ma plaine ! Pourtant c'était la façon la moins affreuse d'expliquer son silence. S'il était vivant, il aurait trouvé le moyen de lui faire signe. Maintenant elle se sentait bien seule. Seule avec son bobinard de curés et de détraqués. Depuis le départ de Hans, elle songeait pas à le remplacer, ne serait-ce que pour les plaisirs du plumard. S'il lui est arrivé de s'offrir un peu de jouissance avec un client, elle n'éprouve pas le besoin d'en faire état sur ses cahiers... Au moment où elle écrit, tout ça s'est déjà engouffré dans le néant du passé. Profits et pertes d'une existence.

Un matin, à une heure ou les filles dorment encore... où elle, déjà réveillée depuis longtemps... fait je ne sais quoi... ses comptes... on sonne à l'entrée principale. Avant que Julie, la soubrette, ait lâché son aspirateur, Blandine va gaffer à la lourde... au judas si bien nommé dans cette maison. Une jeune femme est sur le perron. Il fait froid ce jour-là, et Blandine est frappée par sa tenue ultra-légère pour la saison... Elle vient de la part d'une amie, une ancienne qui a travaillé ici, Mlle Yvonne. Elle explique ça à travers la porte pour se faire ouvrir. Blandine hésite, elle a tout de suite compris que la nana cherche de l'embauche. Habituellement les pensionnaires ne lui parviennent pas de la sorte, en sonnant impromptu à sa porte.

Pourquoi la fait-elle entrer ? Un mouvement de charité. Elle a rien contre la charité, elle envoie la soudure aux bonnes œuvres, aux sœurs de Saint Vincent de Paul, au Secours National... même à l'Armée du Salut pourtant protestante.

C'est une chose de donner l'aumône aux associations de bienfaisance, c'en est une autre d'ouvrir sa porte à une misère.

Voilà... elle ouvre Blandine, elle introduit la môme au salon... qu'elle s'asseoit, se réchauffe, elle est frigorifiée... elle tremble.

— C'est Yvonne Amine qui m'a dit que je pourrais travailler ici !

Une fois la première impression passée... les fringues... la coiffure... en la détaillant mieux, Blandine jauge un peu la marchandise. Elle a un joli visage grave aux traits tirés... les jambes sont assez fines... la poitrine, elle va demander à voir ça de plus près tout à l'heure si elle envisage de la garder.

— Où travailliez-vous avant ?

La petite elle hésite, elle a quelque chose de craintif dans le regard...

— Vous n'avez jamais été en maison ?

Elle fait signe de la tête que non... Pour l'aider Blandine lui mâche la confession.., qu'elle a michetonné au hasard des rues. C'est ça... oui mais à la rue elle y est carrément depuis plusieurs mois. Elle loge comme ça chez des amis. Elle a les yeux au bord des larmes. Blandine, là, fut prise tout de suite d'un soupçon. Cette fille est assez typée, genre méditerranéen... très brune... ça doit être une juive... peu à peu, elle en est convaincue. L'affaire devient délicate... brûlante, si on se replace dans le contexte. Les Juifs, les Allemands les raflent... les enferment dans des camps. La prudence serait de l'écarter, de l'envoyer se faire baiser ailleurs. Dans le milieu des bordels avec la plupart des tenanciers qui vont de plus en plus se compromettre avec les malfrats au service de la Gestapo, ça paraît bien sûr risqué qu'elle aille leur demander asile.

Blandine pour gagner du temps, lui demande sa carte d'identité. C'est élémentaire. La police – la française – enregistre toutes les putes sur ses registres de la prostitution, c'est obligatoire ne serait-ce que pour les contrôles médicaux. Toutes les semaines un médecin se pointe pour la barbotte... examiner le cheptel... envoyer à l'hosto les gonzesses contaminées.

Elle hésite encore, la môme, elle fouille dans son petit sac verni craquelé, en extirpe sans conviction une carte toute sale... souillée de graisse.

– C'est ma carte d'un club sportif. J'ai perdu mes autres papiers d'identité.

Blandine cette fois n'a plus de doute. Elle l'attaque direct.

– Vous êtes juive ?... Ne dites pas non... Je ne vais pas aller vous dénoncer.

La petite elle éclate en sanglots. Elle a un mouvement pour se lever... partir. Blandine la force à rester sur son siège. Elle trouve les mots qu'il faut pour la rassurer. La fille au bout du rouleau s'effondre... elle va tout dire... que ses parents ont été embarqués en juillet, fort heureux, elle n'était pas là ce matin-là, surprise par le couvre-feu, elle avait dormi chez une amie. Lorsqu'elle est rentrée... son quartier était cerné par les flics, les Allemands... ils enfournaient tous les juifs dans des autobus. Juste eu le temps de rebarrer chez sa copine et depuis elle erre, elle essaie de se faire héberger à droite à gauche par des anciens clients de son père qui était tailleur dans le Marais. Pour gagner quelques sous, elle a fini par se prostituer à la petite semaine, au petit bonheur, jusqu'à ce qu'elle rencontre cette Yvonne Amine qui lui a dit qu'à *l'Abbaye*, on pourrait peut-être la prendre.

Blandine, là, elle n'a pas calculé... c'est pas le retournement de la situation militaire des Chleus qui l'a conduite à protéger Sarah... qu'elle allait s'empresser d'appeler Nathalie. Non, un coup de cœur !

Après tout, elle avait appris la charité chrétienne au Couvent des Oiseaux. On leur serinait jamais assez que c'était la vertu des vertus, celle qui vous ouvre la porte de la félicité éternelle. Bien des années plus tard, on s'est fourré des idées... qu'une femme qui s'était envoyée en l'air avec un Fritz, n'était qu'une salope complice de toutes les persécutions. Pas si simple. Blandine, affirme qu'elle n'avait jamais eu aucun sentiment antisémite. Jusque-là, les juifs ne l'avaient jamais préoccupée ni en bien ni en mal, malgré les textes de l'Église qui les rendaient responsables de la mort du Christ. Même Hans ne tenait pas à leur propos le langage de la propagande. Mais, pour être vraiment sincère, la persécution qui se faisait de plus en plus sentir avec l'étoile jaune et les rafles ne l'avait pas non plus bouleversée.

Ça présentait un drôle de risque d'introduire Sarah dans son claque avec ces sbires gestapistes qui rôdaient, furetaient partout. Elle casquait assez cher pour avoir la paix, mais elle savait bien qu'elle ne pouvait tout de même pas se permettre certaines erreurs. Décision immédiate. Elle ne l'explique pas vingt-cinq ans plus tard avec des mots qui la situeraient à bon compte dans l'héroïsme. Cette fille perdue, éperdue... transie de froid, elle lui a offert tout de suite sa protection. On va contester, dire que c'est une curieuse façon de secourir une femme que de lui offrir une place dans un boxon. On ne voit pas ce que Blandine pouvait lui proposer d'autre. Dans son esprit, ça lui paraissait naturel de travailler de la fesse. Les nanas de *l'Abbaye* ne s'en plaignaient pas au contraire.

En plus, Blandine devait introduire Sarah devenue Nathalie avec d'infinies précautions... qu'elle paraisse une fille comme les autres... normandes, bretonnes ou auvergnates. En rien de temps, elle lui a fait fabriquer une fausse carte d'identité... Du travail d'artiste d'un ami de Gégène, un vieux briscard de la spécialité. Nathalie est devenue de son patronyme Bessière comme le maréchal d'Empire. Née à Dunkerque... là-bas l'état civil avait été réduit en poussière par les bombardements de 40, on ne pouvait plus rien vérifier. Elle pouvait raconter qu'elle était parisienne depuis sa plus tendre enfance... d'ailleurs dans sa vie réelle elle avait été élevée comme n'importe quelle petite fille française... école communale, cours complémentaire... apprentissage dans la couture. Pour la religion, Blandine lui a confié un petit catéchisme.

— Vous apprendrez tout ça très vite. Ici ça vaut mieux... on reçoit parfois des prêtres.

En quelques jours, elle fut sapée de neuf... harnachée pour attaquer l'homme au vif du sujet. Blandine avait constaté qu'elle n'était pas mal foutue du tout... les fesses et les tétons fermes... Comme par un coup de baguette magique, Sarah-Nathalie fut en état de se présenter au choix derrière la vitrine sans tain. Les malheurs qu'elle venait de subir, lui laissaient dans le regard ce je ne sais quoi de triste qui vous excite les hommes en mal de protection. Et comme elle était nouvelle, elle fut tout de suite choisie par le premier client.

– D'où la sortez-vous celle-là ?

... Question d'Adrienne... vicelarde... savoir ? Blandine a simplement répondu que c'était un ami très sérieux qui la lui avait recommandée. Ça lui plaisait pas la question d'Adrienne... mais valait mieux donner quelques expliques pour éteindre sa curiosité.

Les flics aussi se sont pointés, ceux des Mœurs, du commissaire Casave. Blandine leur graissait la patte avec des cigarettes, de la bouffe... elle les arrosait au champ'. Ils ont fait la fiche de Mlle Bessière Nathalie... sa carte... tout en règle... son numéro sur les registres de prostitution. Pas faire moins. Le commissaire Casave ne se dérangeait pas lui-même... en ces temps troubles, il préférait sans doute diriger les choses de loin. Il ne sortait que muni d'un grand parapluie en prévision des averses... des tempêtes de grêle...

Sans le savoir, le prévoir, Blandine en planquant Sarah-Nathalie entrait presque dans la Résistance. Le réel danger venait des truands de M'sieur Henri croyait-elle. En réalité ils avaient d'autres victimes à se mettre dans la baignoire. Ils choisissaient les riches si possible, s'ils pouvaient les dépouiller, qu'ils soient juifs ou non, ça n'avait pas grande importance.

Nathalie au bout de quelque temps s'était rebectée la carcasse... renippée, elle faisait florès dans le salon du choix. Les premières fois, elle eut des mouvements de recul, des appréhensions lorsqu'elle montait avec un Allemand. Il lui a fallu prendre sur elle-même pour ne pas les différencier des autres michetons. Un évêque de province était revenu plusieurs fois rien que pour elle... pour les petites séances de martinet qu'elle lui offrait avec une gentillesse enfantine. Celui-là, il voulait

289

retrouver les « tutu-panpan » de sa grande sœur lorsqu'il était bambin.

Bref, la vie au bordel continuait à peu près comme avant, n'était cette obsession du ravitaillement qui absorbait tout le monde à Paris, même dans les claques de luxe. Il arrivait à présent une nouvelle catégorie de clients qui n'auraient jamais mis les pieds à *l'Abbaye* avant-guerre... des plouques, des marchands de bestiaux, des commerçants enrichis au marché noir. Des gens qui pavoisaient de la trogne et du ventre alors qu'autour d'eux les joues se creusaient. À première vue on aurait pu croire que ce genre de zèbres ne demandait au bobinard que des satisfactions simples... des étreintes rapides après une petite turlutte. Toujours les clichetons, les idées trop vite reçues, ils avaient eux aussi des exigences particulières, des fantasmes bizarres parfois liés à leurs origines, leurs activités. L'un d'eux se faisait frapper avec une trique qu'il amenait lui-même, en se faisant traiter comme une vache qu'on conduit au pré. Que cette vache s'appelle La Joconde ajoutait une touche artistique à la scène suivie par Blandine et Adrienne derrière la glace. Les filles avaient du mal à se retenir de rigoler quand ce gros péquenot à quatre pattes, à poil se mettait à meugler. Ça, c'était tout de même nouveau dans le catalogue des manies et perversions. Tout ça encore à cause de la guerre.

Blandine se figurait que sa Nathalie passait comme une lettre à la poste, jusqu'à ce que M'sieur Henri se pointe un beau soir et abatte directement ses cartes après la première coupe de Dom Pérignon.

– Paraît que t'as une juive dans ton écurie ?

Blandine qui savait tout encaisser est quand même restée quelques secondes sans voix. L'autre arsouille ça l'a fait éclater de rire. Pas la peine de chercher à noyer le poiscaille avec M'sieur Henri. Il était là dans toute sa splendeur, le salaud... sapé sur mesure de tissu anglais, bagouse au petit doigt avec le brillant. On venait le voir de partout, lui demander des passe-droits... d'intervenir auprès de ses amis de la Gestapo... Jusqu'à des ministres qui faisaient antichambre pour être reçus. Et toujours une ferme activité de braquemard. Toujours des actrices de théâtre et de cinoche qui venaient se vautrer dans ses divers puciers. Oui, au pluriel, il avait installé ses pénates dans plusieurs résidences luxueuses. L'apogée de sa puissance. Croyait-il que tout ça allait durer encore bien longtemps ? Difficile à dire... au fond de lui, il devait bien avoir conscience de la relativité de son pouvoir.

– T'aurais pu me prévenir. Ça sert à rien de me faire des cachotteries puisque je suis le bon Dieu, je sais tout.

Pincée, Blandine lui a rétorqué qu'elle ne savait pas que la loi du racket l'obligeait à se confesser à son racketteur.

Comme dans un film de gangsters en noir et blanc, il a craqué une allumette pour allumer son cigare avant de poursuivre.

– Si je voulais me farcir ta taule, je te la ferais sauter et puis toi avec. Tes curés y pourraient rien.

L'évidence. Qu'allait-il exiger pour passer l'éponge ? Encore plus de fric. Il venait déjà de lui augmenter d'un trait de plume sa rançon mensuelle. À ce compte-là, Blandine n'avait plus qu'à mettre la clef sous la porte... passer la pogne jusqu'à ce que les événements changent la situation.

– Je n'ai écouté que mon cœur, je suppose que vous pouvez me comprendre.

Elle continuait à le voussoyer pour bien marquer une certaine distance entre eux. Ça ne la changeait pas, elle détestait tutoyer les gens. Dans ce métier de putasserie, c'était trop monnaie courante, de la sorte, elle se distinguait.

Oh, mais ce... « vous pouvez me comprendre » l'a piqué au vif, le grand voyou chef, il en a jeté son cigare sur le tapis... la fureur.

– Qu'est-ce que tu veux dire ? Hein ?... Tu t'imagines que je suis incapable de tendre la main à quelqu'un qui est dans la merde !

Il était lancé... il plaidait déjà sa cause devant la Cour de Justice. Tout le monde déconnait sur son compte ! Ce qu'on savait pas, c'était tous les services qu'il rendait. Justement les juifs... eh bien, il en avait sauvé beaucoup des juifs et pour rien !

Juste pour le geste. Sa petite pute à Blandine, ne l'intéressait pas. Elle pouvait bien se faire emmancher par tous les curés, les archevêques de France et des Colonies, ça ne l'empêcherait pas de dormir. Seulement, il ne voulait pas qu'on lui raconte des salades. Il voulait tout savoir de tout ce qui se trame dans les boxons.

— En cas de dèche, il faut que je puisse agir vite... est-ce que tu piges, tiroir à bites ?

Aimable qualification. Blandine ne pouvait qu'encaisser. C'était tout de même très dangereux qu'il soit omniprésent cet abominable. Blandine connaissait les voyous, ils sont souvent imprévisibles... soumis à l'alcool, à la crainte... avec des accès de dinguerie.

— Vous voulez la voir ?...

Elle prévenait son désir. À ce moment-là, fort heureux, elle était déjà en conférence... c'est-à-dire en train de secourir un braquemard en plein désarroi.

— Je m'en fous de ta youpine ! Mais si tu peux la planquer ailleurs ça vaudra mieux. Y a pas que moi sur la place qui travaille avec les Fritz, et les autres... c'est tous des enculés !

Blandine n'avait qu'à en conclure qu'il s'était déplacé uniquement pour la prévenir. Ce personnage était tellement bizarre, indiscernable qu'il était capable de ce genre de générosité tout en dirigeant l'officine de basse police la plus immonde qu'on puisse imaginer.

Il s'était levé, Blandine ne savait plus que dire, elle l'a raccompagné jusqu'à la porte. Avant de sortir, il lui a dit très bas, en serrant les lèvres.

— Mes hommes passeront mercredi pour le denier du cul.

La plaisanterie n'était pas d'un goût très relevé, mais en même temps, Blandine était avertie... ça lui laissait le temps de trouver une planque pour Nathalie-Sarah. Elle s'est tout de même cru obligée de lui dire alors qu'il descendait les marches du perron.

— Merci Henri... que Dieu te garde !

C'était la première et la dernière fois qu'elle le tutoyait.

XXV

Quand Blandine entre dans la Résistance

Le mercredi l'enveloppe était prête et Nathalie-Sarah s'était envolée. Les sbires de M'sieur Henri, pour la première fois ont perquisitionné à *l'Abbaye*. Sans trop de brutalité envers les filles, mais l'un d'eux a tout de même fait main basse sur quelques bijoux qui traînaient sur une table de maquillage... pour pas perdre les bonnes habitudes sans doute.

Blandine avait été se confesser à M. Félix, toujours mystérieux, toujours blafard dans le fond de son bureau. Ça tombait au moment où l'Église commençait à se remuer un peu la charité chrétienne. Elle organisait des réseaux d'aide aux persécutés... tout un circuit pour recueillir en particulier les enfants juifs. Par ce truchement Nathalie-Sarah a été accueillie dans une communauté religieuse près de Blois. Passer directement du bordel au couvent ça devait la changer... la reposer aussi peut-être.

Les voies du Seigneur toujours impénétrables ont permis une sacrée métamorphose... un miracle il faut convenir. J'anticipe un peu, je ne résiste pas... Blandine par la suite aura des nouvelles de sa protégée... devenue religieuse après la guerre... dans ce même couvent. Convertie au christianisme... pris le voile... sœur Sarah de la Miséricorde. Une lettre que Blandine a reçue pour la remercier peu de temps après son départ, et qui se terminait par « Je prie pour le salut de votre âme chaque jour », était déjà pour le moins surprenante.

A-t-elle pris goût à ce genre de charité ou a-t-elle prévu des lendemains qui n'allaient pas chanter pour tout le monde ? En tout cas, Blandine s'est branchée sur un réseau de Résistance en liaison avec l'Église. À l'évidence ce sont ses amis de l'Archevêché qui l'ont sollicitée et M. Félix qui a su lui faire comprendre où était son devoir. Bien sûr, il n'était pas question de planquer à *l'Abbaye* des filles juives recherchées. Sa taule était étroitement surveillée et M'sieur Henri avait des renseignements de première main.

Elle y a été de sa bonne monnaie... de ses relations de toutes sortes... de ses possibilités de trouver de quoi nourrir des personnes en détresse. Ça l'a changée de cette routine affreuse du vice. On s'en lasse aussi. Elle en convient en quelques lignes.

Le délicat c'est qu'il ne fallait pas que les gestapistes se mettent à la filer. Depuis l'affaire de Sarah, Blandine se méfiait d'Adrienne. Elle seule connaissait suffisamment des hommes de la rue Lauriston pour avoir pu les rencarder. Une nuit elle est sortie derrière elle pour la filocher... au coin de la rue Bonaparte, elle est montée dans une traction avant qui l'attendait. Sa religion était faite. Comme elle devait s'absenter assez souvent, Adrienne restait maîtresse de la place. Elle aurait pu, sous prétexte quelconque la virer, mais la remplaçante aurait-elle mieux valu ? La sagesse était de rien brusquer, de faire semblant de lui conserver sa confiance. Pour le tout-venant de la maison... les cinglés de la domination, du fétichisme... tout ceux qui, en cette période tragique, avaient encore le goût de se faire pisser dans la bouche, enfoncer des épingles dans les roubignoles... Adrienne était parfaitement apte à s'occuper de leurs menus plaisirs.

Blandine justifiait ses absences par la fatigue... la lassitude et surtout qu'elle s'occupait activement de l'intendance si importante en ce temps-là.

En quoi consistent exactement ses activités de résistante ? Blandine n'insiste pas là-dessus. Pudeur ? Peut-être se sent-elle plus à l'aise pour raconter sa vie de pute et de maquerelle. Elle trouve ça plus piquant... elle se confesse, d'une certaine façon c'est une espèce de psychanalyse... la motivation profonde de son écriture. À partir des débuts de l'année 44, jusqu'à la Libération, elle ne s'appesantit pas sur les activités de son claque. Les membres du clergé le désertaient de plus en plus, remplacés par des Allemands de toutes sortes en civil. Quelques officiers supérieurs bien sûr, ceux qui avaient le besoin pressant de s'offrir une parcelle de plaisir avant ce qu'ils pressentaient... la catastrophe finale.

Duraille de faire le partage dans les motivations de notre héroïne, entre l'élan sincère, un retour sur elle-même et l'opportunisme. Les services qu'elle rendait maintenant à la Résistance, allaient bien sûr la dédouaner de toutes ses compromissions avec l'Occupant. L'Abbaye était ciblée comme un claque où fréquentaient les Allemands. Même en civil on les repérait... de quoi s'attirer les bombes, les tueurs à la balle et au couteau.

Ce fut une période où les eaux troubles remontaient en surface. Toutes sortes de gens circulaient à vélo ou en traction avant, avec des paquets qui pouvaient contenir aussi bien du lard, du cochon, des grenades, des mitraillettes démontées ou pourquoi pas des morceaux de chair humaine. Le docteur Petiot fut arrêté par un hasard de feu de cheminée, mais on peut toujours se demander combien d'autres, docteurs ou non, se sont livrés à ce genre d'activités d'équarrisseur.

Petiot d'ailleurs... Blandine après la découverte du charnier de la rue Lesueur, se demande si elle ne l'avait pas reçu deux ou trois fois parmi sa clientèle. Elle n'en est pas certaine... il lui semble... ce type brun au regard inquiétant. Il serait venu en simple mateur d'après ses vagues souvenirs. On saura par la suite qu'il était en bonnes relations avec les boys-scouts de la rue Lauriston, ce qui expliquerait le pourquoi de ses visites éventuelles à l'Abbaye.

Blandine évoque aussi des parachutistes américains planqués chez des amis, certains clients avec lesquels elle a des relations extra-bordel. Ça pouvait lui permettre de se pavaner aux commémorations pour le restant de ses jours... se faire accrocher sur le téton une médaille par quelques vieux généraux toujours à l'affût d'une cérémonie. Nib. Elle a préféré s'effacer le plus possible. Son grand amour avec Hans pouvait toujours remonter en surface vingt ans plus tard... on a vu mieux.

Les brigands de M'sieur Henri sont venus dans les dernières semaines faire quelques séances de rodéo à *l'Abbaye*. C'était parmi leurs distractions d'aller dans les boxons foutre la barabille, tirer des coups de flingue dans la suspension... sabrer les filles à même le salon... molester les clients... vider la caisse, emporter des petits souvenirs, bibelots ou autres. La formule d'entrée « Police allemande ! Où sont les bijoux ? » avec, pour la plupart l'accent méridional, appuyant sur le *oux*... les bijouxes... ça faisait le thème d'une plaisanterie qu'on s'est racontée aux veillées des cellules dans les prisons bien longtemps après.

À partir du débarquement allié, Blandine a carrément pris ses distances, laissant le remplacement à la forte Adrienne. Elle était certaine maintenant que celle-ci avait été achetée par M'sieur Henri. C'était peut-être la bonne solution, une sorte de vengeance que de lui laisser essuyer les plâtres.

Sans hésitation, elle aussi passa du claque au couvent. Plus précisément dans un presbytère de la vallée de Chevreuse, où transitaient des armes de parachutages qui allaient servir à l'insurrection parisienne. Tout se précipite. Elle n'a plus avec sa sous-maque que des relations téléphoniques. Les besoins de son réseau la conduisent ensuite à s'installer dans une gentilhommière en Eure-et-Loir, point de ralliement de maquisards chez un noblaillon à leggins et moustaches blanches, colonel de l'Armée secrète. Assez vieille France, le lascar... l'œil allumé et pas que de patriotisme. Comme il essayait de serrer Blandine dans les coins, de lui faire un rentre-dedans effréné, elle s'est offert un plaisir qu'elle avait oublié... jouer les prudes... « Colonel, je ne suis pas celle que vous croyez !... mon cœur est ailleurs... retirez votre main s'il vous plaît ! »

En quelques semaines, elle est devenue une véritable combattante. Elle a appris à dégoupiller une grenade, à tirer à la mitraillette Sten. Tenue de campagnarde pour donner le change lorsqu'elle circulait dans la région à vélo.

Elle éprouve une vive satisfaction dans ce nouveau rôle, ça lui refile un coup de jeunesse. Elle rencontre des maquisards, de très jeunes hommes qui veulent refaire la France à neuf. On entend ça depuis toujours et toujours on revient aux routines, au train-train, aux prouesses électorales. Mais enfin, ils ont un côté exaltant ces gamins, dans les périodes d'espérance, on peut toujours se laisser prendre aux mirages des grands mots. Il en restera en fin de compte des souvenirs de moments exaltants... de dangers partagés.

À Paris, M'sieur Henri commençait à préparer sa retraite... Sans doute s'y est-il pris trop tard, une question de jours... de date comme disait M. de Talleyrand en parlant de la trahison. D'autres parmi ses concurrents ou congénères en Gestapo ont réussi à traverser les Pyrénées avec dans leurs bagages, l'essentiel... des documents de quoi envoyer au gibet certains personnages apparemment hors de tout soupçon.

Elle résume en quelques lignes la période libératrice. Quand elle regagne Paris, elle a revêtu une espèce d'uniforme à l'anglaise. Elle a été nommée lieutenante par le colonel sans lui accorder la moindre privauté. Elle peut donc réintégrer son domaine la tête haute.

Bien fait de se trisser, de se métamorphoser résistante. À l'Abbaye, avant de partir les drilles de la Carlingue sont encore venus faire de la casse... une razzia pour la beauté de la chose. Ils ont enlevé une fille, une nommée Nina, embarquée de force dans leur voiture vers une destination dont elle ne reviendra jamais.

Immédiatement après la Carlingue, les brassardés libérateurs se sont pointés à leur tour. Même saccage des lieux, matelas éventrés, mobilier en miettes. Ils cherchaient on ne sait quoi, un trésor ? Toujours est-il qu'ils ont fini par traîner la soubrette et deux filles qui étaient restées là, pour les tondre en place de grève. En ces heures de liesse, c'était le sport favori, la tonte des dames soupçonnées d'avoir eu des bontés horizontales pour les Allemands. En public, sinon ça n'aurait eu aucun charme. Et les gonzesses si possible à poil avec des croix gammées peintes au minium sur le ventre, les nichons. Hourrah ! Mille bravos, le peuple en joye ! Plus qu'à brailler une Marseillaise et l'honneur de la France était restauré.

Blandine est arrivée trop tard, pour pouvoir éviter le carnage. Elle s'était fait escorter de quelques flingueurs maquisards, des vrais ceux-là, qui avaient pris quelques risques. La taule avait subi un sacré pillage... on avait cagué sur les tapis persans... barbouillé tous les beaux miroirs d'inscriptions vengeresses.

— Fallait les attendre... ce que lui a dit Fabienne la taulière du *One Two Two*.

On lui avait arrêté son homme M'sieur Fraisette... expédié au Dépôt mais elle, elle est restée pour faire face, accueillir les nouveaux vainqueurs, les Américains. Ceux-là, alors, une engeance pas possible, de vrais sauvages du Far-West... coups de flingue à qui mieux mieux dans les décors, toujours bourrés à mort... brutaux avec les filles et des salades à plus finir pour se faire payer.

— Tout de même les Boches c'était autre chose comme gentlemen.

Réflexion prise sur le vif. Avec ses exploits de Résistante, Blandine ne pouvait pas approuver bruyamment, mais dans le fond du fond, vingt-cinq ans plus tard sur le papier avec son beau stylo-plume en or, elle trace une formule définitive « Les Allemands étaient des barbares mais ils étaient bien élevés ! »

Que voulez-vous que fît Blandine ? Appel à la force publique pour faire respecter *l'Abbaye*... évacuer les inopportuns, récupérer ce qui pouvait l'être. Tout ça ne se passa pas sans mal. On clabaudait que Madame Blandine, la dame de Saint-Sulpice avait reçu vraiment du sale monde dans sa maison.

Pour calmer l'ardeur épuratrice des patriotes, elle avait dans sa manche depuis quelque temps, un commandant communiste qu'elle avait rencontré dans la clandestinité. Toujours selon ses vieilles méthodes, elle lui avait graissé sa patte rouge. Elle ne le précise pas dans son cahier, mais j'ai l'impression qu'elle avait poussé aussi jusqu'à le gâter de son savoir-faire putassier.

Il a rétabli l'ordre sans avoir à tirer un seul coup de flingue. C'était un communiste d'occasion, il aimait le fric, les femmes et les boissons alcoolisées... tout n'était pas perdu pour lui.

Une fois rentrée dans ses murs, toujours dans son uniforme de lieutenante de Forces Françaises de l'Intérieur... les fameux F.F.I., elle a été rendre visite à M. Félix. Lui n'avait pas bougé... c'était pas le zèbre à se métamorphoser en héros des barricades. Pour une fois il s'est permis du bout des lèvres de la féliciter.

— C'est très bien madame. Dieu saura vous récompenser de vos bonnes actions.

Dieu ça voulait dire les pontes de la Sainte-Église. C'était de bon augure.

— J'ai quelques lettres de votre fils... a-t-il ajouté en les lui tendant...

Les nouvelles étaient bonnes, la Cité du Vatican avait été épargnée par les Tudesques et par les bombardiers de l'U.S. Air Force. Rome libérée, Matthieu n'en continuait pas moins ses études de théologie.

Il attendait pour se faire ordonner que sa chère maman puisse assister à la cérémonie. En tout cas il se portait à merveille, il était attaché au secrétariat d'un cardinal italien qui faisait partie des camériers du pape. Ça laissait comprendre pour Blandine qu'il n'avait pas loupé le bon wagon.

Pour ce qui était de *l'Abbaye*, valait mieux mettre tout ça en veilleuse quelques semaines, juste réparer les dégâts matériels et puis rouvrir dès que les esprits seraient revenus au calme.

La méchante nouvelle concernait Adrienne, on avait retrouvé son nom qui émargeait sur les livres de comptes de l'inspecteur Bonny. Formé par le fonctionnariat, ce branque tenait une paperasse d'enfer (le mot exact) rue Lauriston au siège de la Carlingue. Ça a été d'ailleurs leur perte, un peu partout aux Allemands comme aux Français qui les servaient... les fiches, les notes, les photos... les rapports circonstanciés. Ceux qui ont échappé au pire, qui se sont même parfois glissés dans des uniformes de commandant, capitaine F.F.I, étaient ceux qui avaient toujours tout brûlé derrière leur dos. Un sobriquet...

un courant d'air. Tout le monde devient n'importe qui. Moi qui vous cause, j'en ai connu et qui ont bien vécu ensuite entourés de l'affection de tous. Aujourd'hui, certes, ils ne sont plus dans la fraîcheur de leurs forfaits, comme tout un chacun ils se sont fait rattraper par le diabète, le cholestérol... les métastases de leur cancer. Faut bien que les crapules meurent aussi.

Adrienne avec son physique de lutteuse de foire s'est fait coxer rapidos par les flics de la D.G.E.R... les spécialistes des services secrets gaullistes, ceux-là savaient aussi faire cracher le morceau aux plus coriaces voyous. Il n'est de bonne police, efficace en tout cas, qu'avec des méthodes que la morale réprouve. La découverte qu'Adrienne espionnait pour le compte de M'sieur Henri à *l'Abbaye* arrangeait plutôt les choses pour parfaire l'image de Résistante de Blandine.

Convoquée par un juge d'instruction, elle accrédita la thèse qu'elle avait reçu dans son claque les Allemands pour mieux leur tirer des renseignements. Mais elle ne chargea pas Adrienne. Pourquoi cette mansuétude ? Le pardon enseigné par ses éducateurs religieux ? Peut-être... ou alors une espèce de pacte du silence qu'Adrienne respectait elle-même. N'importe... elle s'est même occupée de sa défense.

Un grand maître du barreau à la rescousse et encore quelques piécettes d'or glissées où il fallait. Adrienne a sauvé sa tête à un moment où le fait de figurer sur les listes des serviteurs de la rue Lauriston entraînait automatiquement au poteau... Après ça, elle a disparu dans quelque prison. Quand elle est ressortie des années plus tard, elle n'était plus bonne ni pour le fouet, ni pour le saphisme, ni même pour offrir sa viande dans une taule d'abattage.

Un temps Blandine s'est bercée de l'illusion que tout allait reprendre avec l'harmonium qui donnait le fond musical aux déviations sexuelles de *l'Abbaye*... bernique ! Une page allait se tourner. Ce que je fais...

Épilogue

On ferme !

Au début on ne s'est pas trop inquiété des agissements de la nommée Marthe Richard. C'était habituel sous la IIIᵉ République... un parlementaire, je vous ai dit, annonçait dans une feuille de choux de province qu'il allait déposer à la Chambre des députés un projet de fermeture des bordels, on le calmait rapidos avec des espèces en monnaie sonnante que le représentant de l'Amicale venait glisser dans sa tirelire (ou celle de son Parti). Amen... Le projet restait aux oubliettes. Au temps du radicalisme triomphant il est vrai que l'Institution de la Tolérance ne risquait pas lerche. D'autant que l'Église fermait les yeux, pardonnait, touchait elle aussi et bénissait... le bordel, vous l'avez lu à travers l'histoire de votre Sainte Blandine de *l'Abbaye*, lui offrait toutes sortes de garanties et avantages.

Le hic... l'os... c'est qu'après la Libération, la géographie politique avait changé. Nos bons radicaux étaient au rencard.., les communistes régnaient et un nouveau parti venait d'éclore... une fine fleur de la chrétienté militante nommée M.R.P. Ça ne dit plus rien aujourd'hui ce sigle, seules quelques vieilles rombières s'en souviennent... il s'agissait de la nouvelle mouvance de l'Église hâtive d'oublier « Pétain c'est la France... la France c'est Pétain » du cardinal Gerlier. Les joyeux drilles de ce M.R.P. étaient abolitionnistes... Sus aux claques et surtout aux tauliers ! Quelques-uns des plus beaux fleurons de cette profession admirable étaient en cabane. Bien entendu les plus malins avaient eu à temps leurs juifs dans la cave... leurs résistants en subsistance... leurs parachutistes amerloques cachés au grenier. Les

autres, certains ont réussi à se mettre au vert en catastrophe...
Madame restant fidèle au poste pour recevoir les nouveaux
maîtres. Je ne vais pas vous dresser l'inventaire de toutes ces
histoires. Elles sont multiples, chacune est un roman... un film...
une série édifiante pour la télé.

Marthe Richard qui s'était fait élire au conseil municipal de
Paris, brandissait l'étendard de l'abolition. Au nom de Dieu et
de la Patrie. Ils se marraient les vieux harengs de l'Amicale.
Ah... ils allaient la calmer la salope ! Ils savaient, eux, qu'elle
était du bâtiment... sur les trottoirs de Nancy autour des
casernes, elle avait fait son apprentissage au début du siècle.
Ça, c'était noir sur blanc dans les registres des filles en carte de
la Préfecture de Police. Par la suite, certes elle s'était refait une
virginité en jouant à l'espionne pendant la guerre de 14. Avec
son cul, bien entendu, offert en expiation à la verge plus ou
moins ferme d'un attaché naval de l'empereur Guillaume à
Irun en Espagne. D'où une médaille pas en chocolat, une
légion d'honneur et un livre relatant ses exploits. Tout ça enta-
ché de bluff, de mythomanie, de coucheries... mais dont on se
foutait jusqu'à ce qu'elle surgisse en vengeresse, en pourfen-
deuse du péché.

Derrière tout ça... cette campagne antibordel... les limiers de
l'Amicale avaient repéré un ancien taulier de la rue Laferrière,
un nommé Paul Neyme, qu'ils avaient borduré deux ans auparavant... Une ordure. disaient-ils... escroc, indic et tout ce
qu'on veut. Entre-temps cézig s'était glissé dans les draps de
Marthe Richard qui avait alors dépassé la cinquantaine mais
qu'on disait encore très portée sur la bricole. D'où leur plan...
faire cracher un maximum à l'Amicale. Tout ça bien sûr par
émissaires, rendez-vous dans les arrière-salles de bar. Marthe
représentée par un autre de ses minets, un gigolpince qu'elle
avait arraché d'une prison libératrice. Bouteille à l'encre.

Blandine bien entendu était au courant... elle suivait tout ça
avec intérêt puisqu'il en allait de l'avenir de son commerce.
Toujours est-il qu'un beau jour les membres de l'Amicale l'ont
sollicitée pour les représenter aux négociations. Ça leur a paru

adéquat que la tenancière préférée de l'Église aille rencontrer l'égérie du M.R.P. Deux putes face à face, mais l'une d'un monde en voie de disparition, l'autre d'une nouvelle conception des choses. Plus démocratique... plus humaine, n'est-ce pas... Marthe Richard militait pour la libération de la femme... la réinsertion des prostituées dans une société radieuse.

Et les communistes donnaient en exemple la femme soviétique au service uniquement du socialisme éclairé par le génial Maréchal Staline.

Blandine a donc obtempéré aux désirs de l'Amicale. Dans un salon de thé du XVIᵉ arrondissement eut lieu la rencontre des deux dames. À peu près dans les mêmes âges, de beaux restes de chaque côté... yeux bleus... tailleur et parfum Chanel. Difficile de dire laquelle pouvait charmer l'autre. Blandine reconnaît à Marthe une certaine classe... qu'elle sait s'exprimer comme il faut... glisser l'essentiel derrière de jolies phrases moralisatrices.

Lasse de tournicoter autour du fion, Blandine brusquement a coupé court.

– Combien ?

Marthe a accompagné un chiffre exorbitant de son plus gracieux sourire.

– Je ne pense pas que mes amis pourront faire face à une telle demande.

Nouveau sourire de dame Marthe.

– C'est le prix du pardon de la France.

Ça laissait entendre que le péché de collaboration était difficile à effacer. Proxénétisme plus trahison ça faisait beaucoup. Blandine a tout de même essayé de faire baisser les prétentions de Marthe. En vain. Avant de la quitter, elle s'est permis une dernière remarque ironique.

– Je suppose bien sûr que si mes amis acceptent de payer, l'argent servira pour de bonnes œuvres ?

Réponse de Marthe :

– Mes bonnes œuvres préfèrent du liquide, ça se répartit plus facilement...

S'en est suivie une réunion houleuse à l'Amicale lorsque Blandine est venue leur rapporter les résultats de sa mission extraordinaire.

Elle est folle ! ça va plus la tête ! Elle veut nous ruiner ! Salope ! ordure ! Xetera... Ça a fusé de toutes parts... mais ça n'avançait pas la solution du problème. Quelques-uns étaient partisans de céder, d'autres violemment contre. Le ton a monté, on en est venu aux menaces, aux insultes... à se colleter... se menacer de mort... On n'avait pas affaire, là, avec des syndicalistes ordinaires... Leur formation, ils se l'étaient faite dans la rue, aux Bat d'Af, dans les prisons centrales. Le moindre mot de travers ou mal compris, entraînait des bagarres, des vengeances qui se perpétuaient des vies entières...

La majorité n'avait même pas envie de livrer un baroud d'honneur. Ils allaient passer la pogne, plier bagages... se reconvertir dans les hôtels de passe, et ça ne faisait pas l'affaire des poulagas de la Mondaine. Le commissaire Casave avait été mis au rancard à la Libération... beau se tenir en marge :... donner des gages à des amis du réseau *Honneur et Police*, on l'avait tout de même fourré au trou quelques semaines, puis son dossier étant vide, on a préféré en haut lieu qu'il aille enquêter ailleurs... dans une petite ville de province. Beaulieu lui a succédé... lui, il avait transporté des armes pour déclencher l'insurrection parisienne à la Préfecture. Action d'éclat qui lui avait valu d'être décoré par Luizet le nouveau grand patron.

Avec Casave, Blandine n'avait pas de bonnes relations je vous ai dit. À propos du commissaire Beaulieu, elle ne tarit pas d'éloges... Un fonctionnaire avisé... un homme de cœur au physique plutôt avenant. S'il avait poussé ses pions, elle aurait succombé notre charmante. Mais il est vrai qu'a ce moment-là, elle n'avait plus les mêmes avantages physiques qu'au temps de ses amours avec le commissaire Lebreuil. Elle n'avoue pas qu'elle est tapée, mais puisqu'elle trouve Marthe Richard aussi séduisante qu'elle, avec les photos à l'appui, on peut se rendre compte.

Justement on en a des clichés. Ceux de la séance du 13 décembre 1945 au conseil Municipal de Paris. Elle est à la tribune la sainte Marthe et tout le gratin du proxénétisme est dans les tribunes du public. La mise à mort. Interdiction des maisons de tolérance dans la capitale qui allait être suivie par un vote de l'Assemblée Nationale quelques mois plus tard pour étendre la mesure à l'ensemble du territoire. Clac ! Le couperet.., tout serait fini en décembre 46. Un virage qui amorce un changement des mœurs non pas comme voudraient le laisser croire les abolitionnistes vers la vertu, mais vers une nouvelle forme d'hypocrisie sociale peut-être encore plus pernicieuse.

Ceux qui vont perdre ce sont les propriétaires de maisons de luxe... de taules de prestige... les *One Two Two, Sphinx, Chabanais, Palais Oriental* et bien sûr *l'Abbaye*, qui ne peuvent pas se reconvertir dans n'importe quel garni, puisque toute leur valeur repose sur les lieux où ils exerçaient leur bisness... les décors... le cérémonial qui faisait leur originalité.

Blandine prend les choses avec la philosophie que lui donnent ses arrières assurés. Retraite anticipée... elle aurait bien continué à prodiguer ses compétences aux ecclésiastiques en mal d'affection. Il est vrai que ceux-ci progressent déjà vers la soutane aux orties. Une fois le curé dépouillé de sa robe est-il encore un curé ? Un idéologue peut-être, un militant, un sectaire... mais a-t-il encore besoin du bobinard où il trouvait les frissons du fruit défendu ?

La question... Plus tard, au moment où Blandine prend la plume, les choses ont beaucoup évolué. Les prêtres sont déjà en jeans, en blousons cloutés... ils se marient presque ouvertement... en tout cas ils concubinent... beaucoup folâtrent parmi les folles sans se mettre l'âme au court-bouillon.

Sans la Loi scélérate du 13 avril, elle aurait sans doute conservé encore quelques années ses fonctions de grande prêtresse à *l'Abbaye*. N'aurait-elle pas alors comme les vieux champions de boxe fait un match de trop... celui de la déchéance ?

Elle accepte le mauvais sort sans participer avec les autres, les dames Fabienne, Lucie, Martoune à la chorale des pleureuses. Sa dernière année en tant que Madame de Saint-Sulpice, elle va l'accomplir comme si de rien n'était. Elle s'occupera surtout de la vente de son hôtel, d'en tirer le meilleur profit.

L'été suivant, elle descend à Rome pour l'ordination de Matthieu. Il est devenu un très bel homme Matthieu, il a des manières tout a fait raffinées... l'onction dans le gestuel qui annonce une belle carrière à l'ombre de la basilique Saint-Pierre. Blandine a retrouvé son prénom du Couvent des Oiseaux... Marie-Gertrude... métamorphosée en mater chrétienne. Aucune fantaisie dans les fringues... du noir, du classique de bon goût et elle se laisse blanchir les cheveux sous des chapeaux de presque dame patronnesse. Elle a voyagé avec tout un convoi de séminaristes, de bonnes sœurs qui vont se faire bénir par le Saint-Père. C'est Pie XII qui représente, à ce moment-là, le Dieu tout-puissant sur la terre. Lui, il a pas la tronche à aller se galvauder la vertu dans les bordels romains. Mais on dit, on répète sous cape qu'une religieuse s'occupe spécial de son auguste personne. Ce que ça peut cacher ? On ne saura jamais au juste mais on n'obtient rien à Rome sans passer par sœur Pascaline.

Avant les cérémonies de l'ordination, Matthieu et sa maman seront reçus par Sa Sainteté. Enfin, dans une fournée de fidèles qui viennent s'agenouiller devant son auguste personne et qui ont déposé auparavant une obole dans une corbeille prévue à cet effet. Il est plus que de peau et d'os ce Saint-Père... une sorte de bonze. *In nomine patris et filii et spiritus sancti. Amen.* Le signe de croix de la paluche. Les péchés de Blandine lui sont remis... et c'est pas rien !

Là, je reste sur ma soif... les pages suivantes ont été arrachées. Par qui ? Pourquoi ? Le commissaire Beaulieu était déjà mort lorsque j'aurais pu l'interroger. On s'y prend jamais assez tôt. D'après ce qu'il m'avait dit au moment où il m'a confié les cahiers... Blandine, redevenue définitivement Marie-Gertrude, s'était retirée dans une somptueuse villa sur la Côte d'Azur.

J'imagine qu'elle descend souvent jusqu'à la promenade des Anglais avec son chien-chien, Onésime, un teckel à poils ras. Encore fière allure l'ex-Madame de Saint-Sulpice... vêtue d'un tailleur rose en demi-saison, une capeline en paille d'Italie pour se protéger du premier soleil. Elle n'exagère pas, comme certaines, dans le maquillage. Juste ce qu'il faut. Elle n'oublie pas qu'elle a un fils à Rome qui sera bientôt intronisé évêque. Une récompense que bien des mères chrétiennes pourraient lui envier.

On ne sait jamais d'où viennent les vieilles dames, a écrit Jean Giono...

Marie-Gertrude ce matin-là aperçoit, venant à sa rencontre, un homme en noir, un quinquagénaire assez fringant. Il s'approche et elle distingue une petite croix au revers de son veston. Déclic ! C'est un curé nouveau modèle, sans soutane et sans chapeau. Elle lui adresse son plus gracieux sourire en le croisant et il répond d'un signe de tête. Une idée vaporeuse lui traverse l'esprit... l'espace de quelques secondes elle est redevenue Madame Blandine... mais bien vite elle chasse cette pécheresse de son esprit.

Cet ouvrage a été réalisé par la
SOCIÉTÉ NOUVELLE FIRMIN-DIDOT
Mesnil-sur-l'Estrée
pour le compte des Éditions du Rocher
en août 1996